荒山侠女·巾帼英雄秦良玉

民国武侠小说典藏文库·赵焕亭卷

赵焕亭◎著

中国文史出版社

赵焕亭及其武侠小说（代序）

赵焕亭，民国时期著名武侠小说家，被评论界和学术界称为"北赵"。他本名赵黼章，但发表作品上均写作赵绂章，生于清光绪三年正月初六，卒于1951年农历四月，籍贯直隶省玉田（今河北省玉田县）。

据新的有关资料记载，赵焕亭祖上是旗人，隶汉军正白旗，始祖名赵良富，随清军入关，携家落户在距离丰润与玉田交界线不远的铁匠庄。第五代赵之成于乾隆三十六年考中辛卯科武举，于是赵家迁居至玉田县城内西街，由此在玉田生活了一百多年，至赵焕亭已是第十代。

赵家以行伍起家，入清后应有相当经济地位，但无籍籍名。自赵之成考中武举，赵家在地方上开始有了一定名声。之成子文明曾任候选布政司理问，孙长治更颇受地方好评。据光绪《玉田县志》载："赵长治，字德远，汉军旗籍，监生，重义气，乐施济，尤能亲睦九族，世居丰之铁匠庄。悯族中多贫，无室者让宅以居之，捐附村田为义田以赡族。卜居邑城西街，遂家焉。嘉庆癸酉、道光庚子，两值饥，蠲全租以恤佃者，计金三千有奇，乡里称善人。"

赵长治的儿子赵大鹏克承家风，再中己酉科武举人，至其孙赵英祚（字荫轩），则一变家风，于清同治九年中举人，同治十年连捷中第二百七十二名进士，位列三甲，曾三任山东鱼台知县，一任泗水知县，还曾署理夏津、金乡等县，任内主修过鱼台和泗水县志。

赵英祚生四子，长子黼彤，附贡（即秀才）。次子黼清（字翊唐）光绪二十年中举，二人似未出仕。三子黼鸿，字青侣，号狷庵，光绪十九年举人，二十一年二甲第七十六名进士，入翰林院，三年后散馆以工部主事用，1903年复入翰林院，1907年选任为江苏奉贤知县，但被留省，直至次年年底方才正式到任。辛亥革命爆发，他弃官而走，民国时又担任过常熟县知事。据说他和著名藏书家铁琴铜剑楼主人有交往。赵黻鸿大约于1918年去世。四子黼章就是赵焕亭。

抗日沦陷期间，《新北京报》上曾刊登了一篇署名雨辰的《当代武侠小说家赵焕亭先生小传》（以下简称《小传》）。作者自承"与先生为莫逆，知之甚详，因略传梗概"。据该文介绍，因赵英祚长期在山东为官，赵焕亭的出生地实际是济南，玉田系籍贯所在。

赵焕亭在济南念私塾，还和其二哥、三哥一起，拜通家至好蒋庆第和赵菁衫二人为师，学诗和古文。

蒋庆第，字箸生，玉田人，咸丰壬子进士，文名响亮，著有《友竹堂集》。他历任山东武城、潍县、峄县、章丘等地知县，官声很好，甚得百姓拥戴。赵菁衫，名国华，丰润人，进士出身，曾为乐安知县，"以古文辞雄北方，长居济南"，著有《青草堂集》。《清稗类钞》中说他"清才硕学，为道、咸间一代文宗"。赵自署的集句门联很有趣："进士为官，折腰不媚；贵人有疾，在目无瞳。"（赵的左眼看不见。）

赵焕亭的开蒙师父叫赵麟洲，栖霞人，学问好，对教学有独到见解。

兄弟三人在名师的指导下，学业大进，在济南当地读书人中号称"玉田三珠树"。据《小传》所述，赵菁衫看了兄弟三人的习作，曾感叹道："仲、叔皆贵征，纪河间皆谓兴象，且早达。季子虽清才绝人，然文气福泽薄，是当作山泽之癯，鸣其文于野耳。"

果然，黼清、黼鸿二人很快先后中举、中进士，黼章则"独值科举废，不得与焉"。根据赵焕亭在小说中留下的只言片语，他参加过乡试，而且应该不止一次。在短篇小说《浮生四幻》开头，他写道："光绪中，予应秋试于洛（时功令北闱暂移河南）……"

北闱秋试移到河南举行，在清代科举考试历史上是独一无二的，发生于光绪二十八年和二十九年，考试地点在今河南开封。原因是受到义和团运动和八国联军攻占北京等事件的影响，本该于光绪二十六年举行的乡试被迫停办。赵焕亭究竟参加了其中哪次乡试不详，但显然没有中举，之后科举就被清政府宣布废除。

在其武侠小说《大侠殷一官逸事》第十七回中，也有一小段作者的插入语："……原来那四十里的石头道，自国初以来，一总儿没翻修过。您想终年轮蹄踏轧，有个不凹凸的吗？人在车子里，那颠簸磕撞，别提多难受咧！少年时，入都应试，曾亲尝这种滋味……"

据最后的寥寥十几字推测，赵焕亭在河南参加乡试之前，还曾经参加过在北京的顺天府乡试，估计以光绪二十三年丁酉科可能性最大，他当时已经二十一岁，正当年。其兄赵黼鸿、赵黼清分别于光绪十九年、二十年中举，那时他不过十六七岁，一同参加的可能不是完全没有，但应该不大。

无论如何，赵黼章一袭青衿的秀才身份应该是有的，只是两次乡试都不成功，待科举废除，就再没机会了。传统上升之路中断之时，他还不到三十岁，但没有因此而茫然，继续认真读书。《小传》中说他"矻矻治诗文辞如故"，同时大约为践行"读万卷书，行万里路"的古训，"北之辽沈，南浮江汉，登泰山，谒孔林，登蓬莱、崂山，揽沧溟，观日出而归"。游历之余，他还注意记录、搜集山东、河北等地的风土人情、逸事趣闻，老家玉田本地的名人掌故逸事更是他一直关注和搜辑的对象。这一切都为他后来的小说写作积累了大量素材。这些素材和人生经历是上海十里洋场中的才子们所不具备的，也是赵焕亭终成为"北赵"，并与"南向"分庭抗礼，远胜同期南派武侠作者们的一个重要原因。

赵焕亭正式开始投稿卖文的写作生涯，据其在1942年《雨窗旅话》一文所述，始于民国初年。文中写道："民国初，颇尚短篇之文言小说。一时海上各杂志之出版者风起云涌，而文字最佳者，首推《小说月报》并《小说丛报》，以作者诸公，如恽铁樵、王西神、钱基博、许指严等，皆宿学名流，于国学极有根底也。余见猎心喜，乃为《辽东戍》一篇，试投诸《小说月报》，此实为余作小说之动机，并发轫之始。"

《辽东戍》刊登于《小说月报》第五卷第二期，时间是 1914 年
4 月。但据目前发现，早在 1911 年 6 月的《小说月报》第二年第六
期上就刊有署名玉田赵绂章的短篇小说《胭脂雪》。关于这篇小说，
赵焕亭在《辽东戍》篇末自述中是承认的，他写道：

> ……有清同光间，吾邑以诗古文辞鸣者，为蒋太守著
> 生、赵观察菁衫，世所传《友竹堂集》《青草堂集》是也。
> 予以通家子，数拜榻下，伟其人，尤好拟其文，随学薄不
> 得工，顾知有文学矣。时则随宦济南，书贾某专赁说部，
> 不下数百种，于旧说部搜罗殆尽。余则尽发其藏，觉有奇
> 趣盎然在抱。后得畏庐林先生小说家言，尤所笃嗜，复触
> 夙好，则试为两篇，各三万余字，旋即售稿去，复成短章
> 《胭脂雪》一首，邮呈吾兄于京邸。兄颇激赏，以为殊近林
> 氏。兄同年生某君，则驰书相勖，后时时为之……

赵繻鸿 1907 年离京赴江苏任职，辛亥革命爆发方逃回北方，是
否在京无法确定，由此推测，赵焕亭的两篇试笔小说以及《胭脂雪》
或许写于 1906 至 1907 年间。只是《胭脂雪》何以迟至 1911 年才发
表，且赵焕亭似乎并不晓得此事，令人有些费解。倒是他自承笃嗜
林氏小说，连所写短篇小说路数都被赞极有林氏风格，倒是研究赵
焕亭包括晚清民国作家作品的一个新方向。

林译小说曾带动鲁迅、郭沫若、周作人等主动了解、学习西方
文学，并促进了西方文学名著在中国的进一步译介，在文学史上已
有定评。俞平伯先生晚年更认为"林译小说是个奇迹，而时人不知，
即知之估计亦不高"。林译小说对于当时青年人的影响，用民国武
侠、言情名家顾明道的话说："青年学子尤嗜读之，无异于后来之鲁
迅氏为人所爱重也……以为读林译，不但可供消遣，于文学上亦不
无裨益。"范烟桥在《林译小说论》中说，民初众人都在模仿林，
赵焕亭之言正可为一有力旁证。

关于赵焕亭中青年时期的其他职业信息，目前仅知进入民国后，他曾经有若干机会可以入幕当道要人帐下，但他放弃了。雅号"民国老报人"的倪斯霆先生曾提及，据说赵焕亭民国后曾做过《汉口新报》的主笔，可惜未能找到这份报纸和相关资料，也尚未发现相关的新资料。

自1911到1919年之间，赵焕亭在《小说月报》和《小说丛报》上共发表小说十七篇，有十余万字。是否同期在其他报刊上有小说刊登，目前尚无线索，但凭这些精彩的"林味"文言短篇小说，"当时名士如武进恽铁樵、常熟徐枕亚、无锡王蕴章、桐城张伯未、费县王小隐、洹上袁寒云、粤东冯武越，皆与先生驰书订交或论文"。

赵焕亭后来稿约不断，小说连载与副刊专栏在京、津、沪等地报纸杂志全面开花，持续二十余年之久，应与结交了这么一大批南北方的著名报人、编辑和文化人有很大关系。

当1923年来临之际，赵焕亭进入了小说创作的"爆发期"。

1月，《明末痛史演义》六册出版。

2月上旬，武侠小说名作《奇侠精忠传》开笔，此时他已四十五岁。该书直接就以单行本面貌出现，初集十六回初版于1923年5月，此时"南向"的《江湖奇侠传》第十回刚刚连载完毕，结集的第一集似尚未出版。赵焕亭的写作速度相当惊人。

10月，长篇武侠小说《英雄走国记》开笔，取材于明末清初的各家笔记，描写南明志士的抗清故事，全书正续编共八集。

自1923年到1931年这八年间，赵焕亭除了完成上述两部百万字的长篇武侠小说之外，还陆续写下了《大侠殷一官逸事》《马鹞子全传》《殷派三雄》（含《殷派三雄续编》未完）、《双剑奇侠传》《北方奇侠传》（未完）、《山东七怪》（未完）、《南阳山剑侠》《昆仑侠隐记》（未完）、《惊人奇侠传》《奇侠平妖录》（《惊人奇侠传》续集）、《情侠恩仇记》（连载未完）、《蓝田女侠》和《不堪回首》（历史小说）、《景山遗恨》《循环镜》《巾帼英雄秦良玉》等十六部各类体裁的小说，至少五百万字，创作力之旺盛十分惊人。

进入 20 世纪 30 年代后，赵焕亭的新作以报刊连载小说为主，多数是武侠小说，少数是警世小说，如《流亡图》。1937 年"七七事变"爆发，华北彻底沦陷，遍地战火，赵焕亭的连载就全部停了下来。截至 1937 年 7 月 15 日《酷吏别传》从报上消失，目前已知和新发现的京、津、沪三地报纸上的小说连载共十三部，分别是：

北京：《范太守》《十八村探险记》《金刚道》《剑胆琴心》《鸳鸯剑》；

天津：《流亡图》《姑妄言之》《龙虎斗》；

上海：《康八太爷》《剑底莺声》《侠骨丹心》《鸿雁恩仇录》《酷吏别传》。

以上这些小说多数都未写完即从报刊上消失，连载完毕的几种，如《流亡图》《剑胆琴心》等也没有结集出版单行本。需要单独提一下的是，《剑底莺声》就是《马鹞子全传》，只是在结尾部分做了一点儿删改。

此时的赵焕亭已经年近花甲，岁月不饶人，伴随而来的是精力和体力的持续下降，对于写作质量的影响不言而喻，这一点其实在 20 世纪 20 年代的写作大爆发后期就已经有所显现。当然，稿约缠身、疲于写作也同样影响到写作质量。而 20 世纪 30 年代全国时局的不停动荡——"九一八事变""淞沪抗战""华北事变"……对于社会的安定造成相当的影响，自然也波及报纸的生存乃至写稿人赵焕亭的生活和写作。

再有一个影响赵焕亭写作状态的重要原因，即赵妻张引凤于 1932 年夏天去世，对赵焕亭的打击异常大。他曾写了一副悼联，刊登在《北洋画报》上，文曰：

夫妇偕老愿终违何期卿竟先去；
儿女未了事正重此后我将如何？

张赣生先生评此联语"痛极反似平淡，一如夫妇日常对语"，可谓一语中的。赵焕亭本来于 1933 年开始在上海《社会日报》上一直连载武侠小说新作《康八太爷》，到 3 月份突然暂停，刊登了一批于 1932 年 10 月间写下的文言掌故小品，在开篇序言中更道出了对亡妻的深切怀念之情："则以忆凤庐主人抱奉倩神伤之痛，以说梦抵不眠，复冀所思入梦耳……以忆凤为庐"，专栏名"忆凤庐说梦"。原来，妻子周年忌辰临近，勾动了他的伤痛，于是停下武侠小说连载，转发"忆凤庐说梦"，足见伉俪情深。但从另一方面看，丧妻之痛对武侠小说创作有着直接的影响，也毋庸讳言。

当北方京、津及至上海一带战事暂告一段落，沦陷区的生活和社会局面也相对稳定下来，赵焕亭与报纸的合作又有所恢复。自 1938 年至 1943 年的六年间，他陆续写下《侠隐纪闻》《黑蛮客传》《白莲剑影记》《天门遁》《侠义英雄谱》《风尘侠隐记》《双鞭将》《红粉金戈》《荒山侠女》等九部小说，不过遗憾仍然继续，这些小说中只有《双鞭将》的故事勉强告一段落，聊算是不完之完。其他的均是半途而废，有的甚至只连载数月就消失不见，最长的《白莲剑影记》连载三年多，但从情节看，似还远未结束。

从有关信息推测，"七七事变"前后，赵焕亭已在玉田老家居住，抗战期间似也未曾离开。作为当时知名的小说家，自然经常有人向他约稿。从作品遍地开花的情况看，赵焕亭对于约稿有求必应，或许因此备多力分，造成不少作品烂尾，当然不排除有报方的原因。另外一直流传一个说法，谓那时不少作品实为其子代笔，或许这是造成作品连载未完就遭下架的另一个原因，不过目前没有发现确凿证据，仅聊备一说而已。

1943 年以后，报刊上就看不到赵焕亭的作品了。目前仅发现一篇《忆凤庐谈荟·名士丑态》于 1946 年发表在上海的一家杂志上。同年 12 月，北京《一四七画报》记者曾发文，征询老牌作家赵焕亭近况。两周后，《一四七画报》报道："本报顷接赵焕亭先生堂孙赵心民来函，谓赵焕亭先生及其哲嗣彦寿君，刻均在玉田，此老仍康健如昔，知友闻知，均不胜欣慰。"

之后的报刊和市场上，再也没有出现赵焕亭的作品，但他在武侠小说史上，已经占据了应有的位置——"北赵"。

1938 年金受申《谈话〈红莲寺〉》一文中即出现"南有不肖生，北有赵焕亭"一语，估计这一评语的真正出现时间应当更早，因为针对二人的武侠小说成就，在 1928 年 5 月的《益世报》上，就刊有署名木斋的读者发表了《评〈北方奇侠传〉》一文，该作者指出："近时为武侠小说者极多，而以（赵焕亭）氏与向恺然氏为甲。"并认为："（赵焕亭）氏之长处为能以北方方言、风俗、人情、景物，一一掇取，以为背景。盖氏本北人，于此如数家珍，而向来技勇之士，亦以北人为多，故能融合于背景之中，使卖浆屠狗之徒跃然纸上，读者亦恍若真有其人，为其他小说所不易见。其描写略似《七侠五义》及《儿女英雄传》，而卓然自成一家，盖颇具创造之才，非寄人篱下者也。"

对于与赵焕亭齐名的、同为武侠小说"甲级高手"的"向恺然氏"及其小说，木斋却并没有做进一步评价和比较，反而以当时著名的南派通俗小说家李涵秋与赵焕亭做比较，认为"苟取二氏全部著作之质量较之，则赵之凌越李氏，可无疑也"。

从这个角度看，木斋虽然把赵焕亭与向恺然相提并论，但他对赵氏武侠小说特色的评论，可以用之于任何小说。或许木斋心中对于小说类别并无定见，一定要遵循小说上的标签，但从另一方面来说，赵焕亭小说的"武侠特征"与向恺然相比，颇不相同。

简而言之，"南向"偏"虚"，而"北赵"重"实"。"南向"《江湖奇侠传》等小说是玄奇怪诞的江湖草莽传奇故事；"北赵"《奇侠精忠传》等小说则是在一幅幅市井、乡村生活画中，讲述的历史人物传奇故事。

虽然是传奇故事，总的来说，赵焕亭小说中的大部分故事都有所依据而非向壁虚构。《奇侠精忠传》据一部《杨侯事略》敷衍而成，《英雄走国记》则采明末笔记中人物和故事而成书，《大侠殷一官逸事》来自河北蓟县大侠殷一官生平逸事，《山东七怪》《双剑奇侠传》则依据山东济南、肥城一带真实人物的乡野传闻等。对于情节中涉及的历史事件，他的基本态度也是尊重历史记载，如《双剑奇侠传》中，浙江诸暨包村人包立身率众抗拒太平军，最后兵败身死。赵焕亭基本是完全采用相关笔记记载，连所谓的法术传说也照搬。为了故事情节的充实与好看，他当然会做一些发挥和演绎，比如把包立身这个普通农人改为武艺高强、韬略精通的英雄，同时还有好色的毛病，但这类演绎都不会改动历史事件本身的结果。

而对于不涉及历史事件本身的内容，赵焕亭就表现出化用材料的本领。在《续编英雄走国记》中，有一段谈到广西的"过癞"（俗称大麻疯，一种皮肤病）之俗，当地女子若不"过癞"给男子，自己就会发病，容毁肤烂，于是，很多过路人因此中招，而一个广东公子因女方多情善良，得以免祸。该故事原型出自清代著名笔记《客窗闲话》，发生地本在广东潮州府，"发癞"人也是男方，不惧牡丹花下死而中招。幸得女方情深义重，主动上门照顾，后来无意中让男的喝了半缸泡了乌梢蛇的存酒，癞病豁然痊愈。赵焕亭改变了故事发生地，发病人则改为女方，于是，一方面表现了女子的多情重义，另一方面又展现了男子一家的明理与知恩图报。治癞之方则仍然是那半缸乌梢蛇酒。

"北赵"的重"实"，还体现在小说内容的细节上。举凡山东、河北等地的风景名胜、美食佳肴，或出自前人笔记如《都门纪略》之类书籍，或出自作者往来京、津、冀、鲁各地的亲身经历。就连书中不经意间写到的地方风物，也同样是实景实事。《北方奇侠传》中有一段情节写向坚等几兄弟于苏州城外要离墓前给黄甪饯行。此地风景如画，"左揖支硎山，右临枫泾"，不远处是"隐迹吴门，为人赁舂"的梁鸿墓。笔者曾根据上面这段描述向苏州一位熟悉地方文史的朋友询问，他证实苏州阊门外确有支硎山这个古地名，今天见不到小山了，清代曾在那里挖出过古要离墓的石碑。

赵焕亭的长篇武侠处女作《奇侠精忠传》，洋洋洒洒上百万字，以清朝乾嘉年间杨遇春兄弟平苗、平白莲教事为主干，杂以江湖朝野间奇侠剑客故事以及白莲教的种种异术奇闻，历史味道看似浓厚，然而里面有关奇侠剑客的内容所占比例并不算大，平苗和平白莲教的战争与武打场面也有限，倒是杨遇春师兄弟及各色人等的日常生活与交际、各类生活琐事的碰撞与解决则占了相当大的篇幅，农村空气中漂浮的乡土气味仿佛都能闻得到。其他长篇小说如《英雄走国记》《北方奇侠传》《惊人奇侠传》等也莫不如此。

一触及生活内容，赵焕亭手中的笔就显得格外活泼，村夫野叟村秀才，恶棍强盗恶婆娘，还有诸如闲唠家常和赶庙会的农村妇女、混事的镖师之类过场人物，其言语举止、行为谈吐，或粗鄙，或斯文，或虚伪，或实在，展示着世间的人情百态、冷暖人生。比如《大侠殷一官逸事》中，名镖师李红旗的镖车被劫，变卖家产后尚缺几百两银子赔款，以为和北京镖局同行交往多年，这最后一点儿银两多少能得到点儿帮助，结果各位大小镖头该吃吃，该喝喝，拍胸脯的、讲义气话的、仗义执言的……表演了一个够，最后镪子儿不掏，躲的躲，藏的藏，还有捎回点儿风凉话的，把李红旗气得半死。已故著名民国通俗小说研究学者张赣生先生称赞这段文字不让吴敬梓《儒林外史》专美于前，而类似的文字在赵氏小说中也不止一处。

虽名"武侠小说"，而满纸人世间的生活百态与人情勾当，使得赵焕亭小说表现出与大部分武侠小说颇为不同的特色。书中的侠客奇人们更多地表现出"世俗气息"或曰"世情味"，而缺乏"江湖气"。他们活动的地方多在乡村、市镇乃至庙会中、集市上，除了头上被作者贴上个"大侠""武功家"之类的武侠标签外，其日常言语、行为与普通市民、村民并无二致。若说"南向"小说中人物是"江湖奇侠"，那么"北赵"书中人物最多称得上是"乡村之侠"。即使是已成剑仙的玉林和尚、大侠诸一峰、南宫生等，也没有在名山大川中修炼，反而在红尘中如普通人般生活，有当塾师的，有干算命的。《奇侠精忠传》和《英雄走国记》属于赵焕亭小说中历史类武侠，书中正反面人物各个盛名远播，也仍然近似普通人，而无我们常见的武林人面目。

应该说，这样的侠客源自他心中对"侠"的认识。在《大侠殷一官逸事》（1925 年）序言所述："予独慕其生平隐晦，为善于乡，被服儒素，毕世农业。侠其名，儒其实，以是为侠，乌有画鹄类鹜之虑乎？……俾知真大英雄，必当道德，岂仅侠之一途为然哉。"

再如次年所写的《双剑奇侠传》，男主角山东大侠梁森武功大成之后，"恂恂粥粥，竟似一无所能，武功家的矜张浮躁之习，一些也没得咧。……绝口不谈剑术。春秋佳日，他和范阿立有时巡行阡陌之间，俨然是一个朴质村农"。活脱脱是大侠殷一官的又一翻版。

可见，"儒其实"才是赵焕亭认可的"侠"之本质，侠行、侠举只是外在表现。真正的英雄豪杰，必是重操守、讲道德的人物，苟能如此，又不一定只有行侠一途了。他有这样的认识，无疑与前文述及的自幼年即长期接受儒家思想的教育密不可分。其实，在更早的《奇侠精忠传》中，他就是完全按照儒家的做人标准来写主人公杨遇春，一个类似《野叟曝言》主人公文素臣般的完人。其人武功高强，处处以儒家的忠孝礼义廉耻观念要求自己，也教导、劝诫贪淫好色的师弟冷田禄，更像个老夫子，不像个名侠，刻画得不算成功，但"侠其名，儒其实"的观念已经形成，并一直贯彻到后面的作品中。如1928年写的《北方奇侠传》，主人公黄向坚事亲至孝，终于学成绝艺，最后万里寻父，同样也是"儒其实"的表现。

就这一点而言，"北赵"之侠或又可称为"儒侠"。"南向""北赵"之别不仅在于两人的地理位置之不同，也在其侠客属性有所不同。

作为"儒侠"的对立面，自然是"恶徒"，武侠小说中不能没有这样的反面角色。赵焕亭自然不能例外。值得一提的是，赵焕亭小说中的不少主要的反面人物并不是一出场就开始作恶，甚至很难说是一个恶人，如《奇侠精忠传》中的冷田禄，虽是名师之徒，但屡犯淫行，品行不佳，但在杨遇春的不断劝诫与行为感召下，心中的善念在与恶念的斗争中，曾一度占了上风，于是冷田禄力求上进，千里赴京，追随杨遇春投军，在平苗战役中立了不少功劳，但最后还是恶念占了上风，彻底滑入邪魔外道中。又如《大侠殷一官逸事》和《殷派三雄》中的赵柱儿，本是聪明孩子，性格上有缺点，虽有师父、师兄的提点、劝告，但终不自省，终于蜕变为真正的淫贼。《马鹞子全传》中的主人公马鹞子，由乞丐小童成长为武林高手，然而不注重品德修养，逐渐热衷功名富贵，不论大节与是非，反复无常，最后羞愧自尽而亡。马鹞子王辅臣是真实的历史人物，最后结

11

局确实如此，小说中发迹前的故事多是赵焕亭的自行创作，讲述了一个武林好汉如何变为热衷功名、三二其德的朝廷走狗的历程。

上述这类角色身上都或多或少反映了人物性格的复杂和多变，赵焕亭或许并非有意塑造这样另类的武林人物，但与同期包括之前的武侠小说相比，大约是最早的，有些角色也是比较成功的。

对于这些角色包括书中的真恶人，其为恶的途径与发端，赵焕亭却处理得很简单，基本归于一个字——淫。恶人无不是好色之徒，也往往由各类淫行，终于走上为恶不归之路。更有甚者，普通人物也往往陷入其中，招致祸端。如此处理人物未免过于简单，只是赵焕亭在这类事情上的笔墨也花得有点儿过多。

顺带一提的是，时下论者都认为"武功"一词用于形容功夫系赵焕亭所创。其实他用的也是成品。清朝著名笔记《客窗闲话》续集里有《文孝廉》一文，其中就有"我虽文士，而习武功"一语。准确地说，赵焕亭的贡献是在民国武侠小说中率先使用而非创造该词的新用法。赵焕亭自己肯定没有想到，这个词竟然成为日后百年间武侠小说作者的必用词语，也成为日常生活中的常用语。

赵焕亭的武侠小说具有其他名家所没有的"世俗风情"，以此似完全可以单独撑起一个"世情武侠"的门户，与奇幻仙侠、社会反讽和帮会技击诸派别并立于武侠小说之林。

作为掀起民国以来武侠小说第一波高潮的领军人物"北赵"，作品无疑极具研究价值，可惜一直未能得到应有的重视。1949 年新中国成立后，直到 20 世纪 90 年代才有零星的赵焕亭武侠作品出版，至今二十多年间，仅出版过四种。

此次中国文史出版社全面整理出版的赵焕亭武侠作品，大部分是新中国成立后从未出版过的，所用底本也尽量选择初版或早期版本，即使如出版过的《双剑奇侠传》《奇侠精忠传》《英雄走国记》和《惊人奇侠传》，也都用民国版本进行校勘，由此发现了不少严重问题。《奇侠精忠传》漏字、漏句和脱漏段落十余处，近 2000 字；《惊人奇侠传》漏掉了大约 15 万字；《英雄走国记》20 世纪 90 年代的再版只是正编。这些意外发现的问题已经在此次整理中全部加以解决，缺漏全部补上，《续编英雄走国记》也将与正编一起出版。

此次出版的作品集中，还有几部作品需要在这里略做说明：

《南阳山剑侠》是赵焕亭写于20世纪20年代的文言武侠小说；

《江湖侠义英雄传》，又名《江湖剑侠英雄传》，系春明书局1936年出版的长篇武侠小说，封面、扉页均未署有作者名字。从赵焕亭所撰序言看，也许另有作者，他则如版权页部分所示，为"编辑者"；

《康八太爷》和《风尘侠隐记》都是未曾结集的报纸连载，也没有写完。为了让广大读者和研究者全面了解赵焕亭20世纪30年代和40年代不同时期的小说特点，特地予以抄录，整理出版；

《殷派三雄》在天津《益世报》上一共连载四十回，未完。天津益世印字馆出版单行本三册，仅三十回。此次出版据报纸补充了未曾出版的最后十回，以示全貌予读者。

笔者多年来一直留意赵焕亭的有关资料，幸略有所得，今效野人献芹，拉杂成文，期副出版方之雅爱，并就教于识者。

是为序。

顾　臻

2018年8月20日于琴雨箫风斋

目　　录

荒山侠女

第一回　龙母宫逸闻传古迹

　　　　太平村会议祈甘霖 ……………………………… 3

第二回　公推举大复主神坛

　　　　赠镖刀唐经惊奇女 ……………………………… 10

第三回　奉神驾取水朝山

　　　　走穷途藏林剪径 ………………………………… 20

第四回　入盗伙学艺负师恩

　　　　发横财请酒会乡众 ……………………………… 29

第五回　赴柳河忽逢酒友

　　　　奔北京却遇财星 ………………………………… 37

第六回　柳河村换盅定姻事

　　　　甄老好得意戏闺房 ……………………………… 46

第七回　良宵小宴忽喜忽嗔

　　　　冷被昏灯疑云疑雨 ……………………………… 53

第八回　相媳妇丑婆绝驴儿

　　　　议嘉礼老好谈恶霸 ……………………………… 61

第九回　庆响门伏祸牢生豚

　　　　会嘉宾贩舆来恶客 ……………………………… 69

第 十 回　闹前厅怒打恶老狗

　　　　摆礼堂哗吵满堂红 ·············· 78

第十一回　甄老好酬宾开喜筵

　　　　郝一刀踏福抢娇娃 ·············· 85

第十二回　混风尘市廛恶化

　　　　显内功月夜飞刀 ·············· 93

第十三回　海豹子盗珠遭女侠

　　　　罡风指射柱说奇工 ·············· 102

第十四回　铁沙掌逞凶毙命

　　　　李双姑狭路逢仇 ·············· 110

第十五回　入荒山异人传剑术

　　　　奔陈州实路遇同门 ·············· 118

第十六回　值卫宿孝女得仇人

　　　　结同心骄帅起邪念 ·············· 126

巾帼英雄秦良玉

第 一 回　拜师墓小憩禅栖

　　　　夺名马忽来恶客 ·············· 137

第 二 回　枣骝马隐伏风波

　　　　玄精剑引出豪侠 ·············· 144

第 三 回　鸣玉溪深宵捉盗

　　　　蹲凤山四次访贤 ·············· 152

第 四 回　走剑峰良玉射虎

　　　　开武塾曾珌授徒 ·············· 161

第 五 回　趁月色弟子小较艺

　　　　撒梨花师父授神枪 ·············· 169

第 六 回　寻怪物探险朝阳洞

　　　　遇异人得宝霹雳斧 ·············· 174

第 七 回　钟隐士炼金开炉火
　　　　　曾先生临命说根源 ………………………… 180

第 八 回　海公子弃官落草
　　　　　胡宗宪诱盗杀降 ………………………… 185

第 九 回　奢土司求亲讨没趣
　　　　　岑如虎闹店逞强梁 ………………………… 192

第 十 回　锦水驿秦马通款曲
　　　　　成都城文白隐姻缘 ………………………… 198

第十一回　小拨撩竟成大撮合
　　　　　鸳鸯脚翻结凤鸾交 ………………………… 208

第十二回　千乘较艺定良姻
　　　　　文璘赛马折奸伧 ………………………… 215

第十三回　岑如虎再逞奸谋
　　　　　白锦娃暗觇刺客 ………………………… 222

第十四回　闹栖凤良玉捉贼
　　　　　警枭雄锦娃送耳 ………………………… 228

第十五回　剿群盗良玉起兵
　　　　　守石砫文璘备寇 ………………………… 234

第十六回　白杆兵大破青山墩
　　　　　奢土司围攻成都府 ………………………… 242

第十七回　杀贼勤王荣膺宸藻
　　　　　上书策蜀预烛危机 ………………………… 251

第十八回　战夔州文璘夺大纛
　　　　　治石砫良玉保乡邦 ………………………… 258

第十九回　哭先皇全军皆缟素
　　　　　明因果圆照话兴亡 ………………………… 265

第二十回　万寿山遗策保黎民
　　　　　忠贞侯英灵示显报 ………………………… 270

荒 山 侠 女

第一回

龙母宫逸闻传古迹
太平村会议祈甘霖

　　话说有清咸丰年间，那河南归德府地面有座龙母山，此山并不甚高大，也没有什么古迹胜景。不过山脚下有一道很曲折的长溪，并有些远近的小村落，倒也颇有野趣。那靠溪岸的一片平阳地的高坡上却有座龙母宫，碧瓦红墙，规模壮丽。庙前左右是白石高坊，松柏夹道，那庙的山门左边，还有一区方塘，大可数亩，周围是石坝雕栏，杂植槐柳。每常夏日炎暑，那塘四外浓绿成荫，凉风习习，既已十分清爽，偏那塘内的水又碧沉沉的凉静异常，并且冬不结冰，夏不见涸，那水总是黑湛湛的似冒凉气。靠塘左近，连蝇蚋都不敢飞集。夏月，那乘凉的人们真要在坝栏间歇坐久了，便觉刺骨生凉，忍耐不得。至于那庙内，虽然宽敞整齐，却没什么可观。不过正殿上塑着许多的龙宫侍卫，并天吴紫凤水族夜叉等像。合神龛内塑着一位金妆玉裹、云仪月态、秉圭端坐的龙母娘娘而已。

　　说到这里，却还有一段似乎神话的逸闻。据说这位龙母娘娘在当年本系山下村落中的一位处女，虽已及笄之年，却因家贫不嫁，只以给人家缝纫浣衣，得些工钱，奉养老母。

　　这一日，时当夏令，龙母又提了衣篮砧杵走向长溪，想要工作。不料刚一步踏出村头，早望见有四五个浣衣的女伴，一路价说说笑笑，结队而来。这些女子都是左近村的野妮子，又有气力，又顽皮，每人提着老大的衣篮，都跑得黑汗白流。想是因热不可当，又见道无行人，大家都敞怀露肚，连撒脚短裤都勒列腿叉，那雪白的小腿下光脚间却踏双草鞋子。大家一见龙母踏了双褪旧鸦青色半底小鞋袅娜而来，不由笑叫道："你这位小脚娘娘，还不快走两步？你瞧西北上秃尾巴老李要作怪咧。没的咱衣服洗不完，却被它浇阵暴雨哩。"

说话间，大家跑来一面拥了龙母便走，一面指着西北向天空道："你瞧那不是龙挂吗？"

龙母望去，果见一片灰白色的云气，悠悠下垂，如水纹，如罗钗，但是当头还是赤日赫然如张火伞。那长溪边本有一处很高耸的土崖头，崖脚下正临溪岸，不但有些青石块可以歇坐浣衣，并且崖壁间有处一人来高的土洞，里面颇为深阔。她们每日来此浣衣，都是先到那洞内，安置了提篮等物，然后从事工作。当时众浣女拥了龙母一路价顽皮飞跑，本已大汗直冒，及至入得那闷不透风的土洞安置物事毕，不觉都一个个喘汗不已。其中便有人吵道："横竖这溪边没得人来，咱光了脊梁去洗衣，少受些热不好吗？"

大家听了，都道妙妙，及至龙母来到溪边将要工作，却还闻得大家直叫"脱脱"之间，忽地西北向长风遽起，日光立隐。接着便雷声隆隆，那风头到处，已挟有钱大的雨点儿，噼里啪啦一阵乱落。龙母真心取起放下的衣服抬头望时，早见那片灰白色的云气，驶如奔马，顷刻间铺遍半壁天空。那下垂的两脚白花花直插平地，其中雨声訇訇，便如春潮怒卷，竟一座大山似的直压溪头。龙母料是暴雨将至，百忙中也不暇去取那挂树的衣篮，三脚两步跑回洞内。方见众浣女都光着脊梁凑向洞口，直吵凉爽之间，便闻咔啦啦一边两个霹雷，电光乱掣，那雨已哗的声势如飞瀑。土洞口登时挂起一悬水帘，但闻外面风声雨声水声树声，混合成一片，便如翻倒天河般，闹过一阵，又自一个很干脆的焦雷截然声止之下，雨势顿小，又潇潇了一霎儿，竟自雨过天晴。

这时，但闻溪声大震，并两岸上的水潦急泄，由洞口处仰望天空，雨过后的湿云乱卷，由去隙中射出的阳光闹金耀紫，混合发如沐的山光，好不光景如画。这一来，招得众浣女正又在都吵有趣，龙母便道："不好了，俺的衣篮还挂在树丫杈上，被这阵暴风想吹落溪中，没影儿了。"

大家笑道："不打紧，这溪岸上都是沙土碎石子，只要雨过，马上就好走。少时咱大家先寻你那篮儿就是了。"

说话间恰好溪岸上的水潦声静，大家拥了龙母到溪岸边，先瞧那溪中时，倒也好个雨后的光景，正是：

> 一雨长深三尺水，溪流管激势犹强。
> 萧萧岸树声方静，对岸平沙一望长。

当时大家虽是一拥价都到溪岸边，但因水潦才过，泥沙颇滑，未免跌跌撞撞了，及至寻那龙母的衣篮儿，却已被风吹到对岸的沙窝间，已自埋了一半。原来那对岸间都是沙地，并有一条小路，也通着众浣女所居的村庄。当时大家既见那篮儿在对岸，有的便吵道："横竖今天咱衣服洗不成，不如将咱要洗的衣连咱脱下的短衫且寄放在土洞内，俟明日再来洗。咱且泅水过溪，取了那篮儿，径由那条小道取路回村，岂不又好走又方便吗？"

大家听了，方吵妙妙，便又有人笑道："不成功，咱们都会泅水，过溪不难。你瞧这位小脚娘娘怎么办呢？"

大家听了，正在笑嘻嘻地望着龙母的鸦青色小鞋儿没做理会处，便见漂漂悠悠靠着这边溪岸的缓流间，浮来一段长可三丈余、粗可两人合抱的枯木，黝黯权丫，仿佛具头角鳞甲。当时大家见了，不由又吵道："如今成功了，咱就将这枯木做筏子，把她掇弄过去，不好吗？"

说着，先有二三人跳下水去，扶稳枯木，紧靠岸边，随后两人左右扶了龙母坐稳，大家前后地护牢那木，一声喝号，竟自乱流而渡。虽是弹指间已达对岸，却把个龙母惊悸得恍惚如梦。及至被大家扶持登岸，方才如散。

且说龙母回到家中，见了老母，说起浣衣遇雨，诸女伴顽皮泅水，扶自己乘枯木过溪的光景，母女笑了一会儿，也没在意。不料自此后，龙母竟自不夫而孕，胎期满足。

这一日夜里，将要分娩，偏值大雨如注，疾风振屋，雷光哗哗，那老大的焦雷只顾一声接一声地不离屋顶。不多时，龙母竟自产生出一条小小金龙，随着雷雨破壁飞去。老母虽觉得奇怪，细询龙母以得此胎怪之由，方知龙母乘那段枯木时，恍惚有人道之感，这不消说，当时那段枯木或为神龙所凭，或为神龙所变化，皆未可知了。于是异事哄传，从此乡人便戏呼那处女为龙母。

其后，女奉母终天年，孝行著闻，己亦年登上寿，无疾而卒。既就葬封墓，忽天大雷雨，恍惚有鳞爪隐现云中，良久乃没。人皆以为龙子来吊母墓。从此好事者每值岁旱，便准备香楮牲醴，祷于龙母之墓，竟往往获甘霖。那乡人等既钦龙母之孝行，又感其惠，不但就那山脚下筑起龙母宫，为大家祈雨之所，并且以龙母名山。

以上所述便是这龙母宫的一段逸闻。似这神话类的故事，虽不值今之新学者科学家一笑，但是在作者这份满纸荒唐言、一把酸辛泪的小说中，似乎还可以凑些趣儿，所以不妨把来做个开场白的引子。

闲言少叙，书入正文。且说府城的东西乡中，有两处很繁盛的大村落，都聚居着数百户人家。东村名太平，西村名百旺。大家说起来，便称为东村西村，两村距那龙母山都约有十余里之遥。两村虽一般的繁盛，但是村人们性情风尚却截然不同。东村都坐些朴实实的老好子，务农为业，勤俭治生。除交租纳税之外，等闲连府城都不去踏脚，只是居近山麓，吃了硬水，未免有些老山根的倔强性。一言不合，便彼此各奋老拳，登时打个头破血出。至于那西村的老哥们，虽也一大半务农为业，但是那一少半的人们却品流甚杂，花样百出。也有窝娼聚赌的，也有开押当弄私宰的，甚至于小偷地痞，无所不有。他们除干这些营生之外，便是插圈子、编篱笆，把远近村镇的富家子弟引诱来，吃喝嫖赌。他们不便傍得好秧子（俗谓富家子弟曰秧子），跟着人家白吃白喝、白玩白乐外，挂着白使大钱，并且有时瞧人家用钱斟酌，出血不多，他们便可以登时收起溜哄奉承敬，狗脸一翻，来个硬的。不是拿刀动杖，向人家捏契诈财，便是舍出老婆的那个去玩个仙人跳。他们在闲暇时便攒三聚五，串街坊，溜雀子。虽一个个的丑脸子，都赛如人才驸马，却偏打扮得庄稼张生（俗谓村人之好修饰者）一般，都梳得油光漆儿五股攒心蝎子撅钩式的山紫辫，脸子刮得待破皮。有的歪戴瓜皮小帽，有的敞披青绸大衫，腰里硬的土布腰带间，高吊撒脚短裤，脚下却踹一双踢死牛的搬尖洒鞋。大家勾肩把臂，横冲直撞，专以在街坊上招风惹草，耍横欺生。若值集市的日期，由外庄来个生虎儿，或是什么土财主，他们算是见了肥猪拱门，一阵横敲硬诈，非把人家携来的钱钞榨干不可。人家因这西村风气歹闻，便把百旺两字叫白了，便叫作霸王庄。若问这西村为何风气特坏呢？便是俗语说得好，是"没得臭枳棘，招不得夜猫子（俗谓鸱枭也）"。

原来这西村有个土豪富户人家，真是田园遍地，骡马成群。在街心盖起瓦窑似的一片大宅舍，出入间车马阔绰，豪奴健仆，前呼后拥，行人避道。乍望去，便如一路诸侯一般，端的是跺跺脚四街乱颤的角色。此人姓郝，单名珍字。生得五短身材，蛤蟆大嘴，既已恶相十分，偏又颊颔间边脖子带脸生了些花花搭搭的白癫疤蛤，人家因他武艺了得，两膊有千斤之力，走及奔马，又习得好罡气功夫，不但拳棒使发了，十余壮夫近他不得，并且专练得一手好铁沙掌内功，真是横斫牛项，直截可洞牛腹。因此人家给他个诨号儿叫花狸豹。您想西村中既有这样的土豪头脑，那自然就有许多的无赖地痞，群往依附，所以西村中风气特坏。这且慢表。

且说这一年，那归德府地面适值大旱，自春往夏，滴雨也无。俗语都说大旱不过五月十三，因为那日是关老爷磨刀的日子，所以惊动四海龙王，大小不拘的总得下场雨，算是给关爷的磨刀水。不料这一年，偏偏俗语不应景，直至六月中旬，还是滴雨也无。干燥得地都裂缝，田禾无望。尤其是这东西乡一带，地势稍高，旱得越发厉害。这一来，那东村的人们不由都慌了手脚，于是大家聚会在庙中，商量求雨之法。有的主张铡草龙，有的要念木郎神咒，有的还要请法师术士等人掘旱魃，用五雷天心大法拘龙劫雨，又有吵的道："人事通于天道，阴阳闭塞，焉能落雨？不消说，是咱这一带光棍太多，寡妇也不少。咱只须大家出钱，做场好事，助他们娶的娶、嫁的嫁，久闭阴阳一通，那股子所蒸腾起来，自然就油然作云沛然下雨了。"

大家听了，正在哈哈笑，便闻室门外有人笑道："诸位不要玩笑，必须心诚，方可求雨。咱且商量善法吧。"

说话间，踱进一人，大家望时，但见那人好个安详和蔼的光景：

　　　　白皙微髭约四旬，体颇健硕态斯文。

　　　　慈眉善眼多含笑，风度蔼然甚可亲。

书中暗表，原来那来人姓李，名大复，便是本村的一个小康村户。大复少年读书，虽然真用苦功，却无奈天资笨钝，直至三十多岁，还不能青其一衿。便有人问他道："李先生，莫怪我说，你这样文场别扭，只管不稂不莠的到几时？你体格气力都来得，怎不改改行道，去下武场碰碰时运？那拉弓射箭、举石磙、耍春秋刀，都是些粗活儿，只要有气力，有个三年五载的工夫，便可成功。如今府城里郭武举家正开着武学塾，你去习武，且是方便哩。"

大复听了，因思量起古人书不成去而学剑的话来，不由欣然之下颇觉有理，及至从那郭武举就学年余，方知万般事体不是笨钝人干的。因为自己气力虽有些，讲到艺术精妙上，就不成了。举石磙、耍春秋刀还可勉强敷衍，唯有拉硬弓，射马步箭，总不能入彀合法。并且武场中最重要的，便是马步箭。自己既拙于射，焉能下场望中？所以大复径自知难而退，废然而返。话虽如此说，但是这年余工夫，总算没白搭。因为那郭武举于武场的功夫之外，还颇精于拳棒，所以于教授正课之暇，有时高起兴来，便教授些拳棒。大复虽是吃亏了笨钝，但是他却因为人和蔼之故，同学朋友们都肯帮忙。譬如当郭武举当场教授时，大复记不清诸般路数，那同学们便私地里教与他。

其中有个姓唐名经的朋友，也是东乡一带的人，尤其与大复相契。此人本是拳棒名字，在郭武举那里，并非执弟子之礼，不过因性好交游，不时地往来府城，和郭武举本是旧友，所以每来府城，便下榻郭宅。不知怎的，和大复甚是投缘，两人竟一见如故，交称莫逆起来。那大复既有同学们的帮忙，又有唐经指点，所以在这年余中，虽是笨钝，却也学会些寻常拳棒。当时大复回到家中，因习武又不成功，正要下帏用功，重理故事，恰好这年就有童试，大复因无端地去习武，把文字荒了年余，以为这次定然越发不会获售了。不料却文运亨通，及至试毕发榜，居然冷锅爆热豆，竟自高高中了一名秀才。

那时节很重功名，只要村中出个秀才，大家都仰望得了不得。并且以为这人既有能为中秀才，一定是无所不能。从此本村中只要出些大小事体，必要来请教大复，商量办法。于是大复便无形中做了东村的首领。好在大复为人公正，办事妥当，过了几年，大家无不佩服。久而久之，那邻县的人们竟有仰望大复的文名，请他出门坐馆的。但是大复因自己离家不得，也便婉言拒绝。看官，你知道如何？原来大复的妻子吴氏于前两年得病逝世，虽没给大复留下男孩儿，却慰情胜无，留下个女娃子。

正是：

鼓盆虽感朝飞雉，绕膝还欣掌上珠。

欲知后事如何，且听下回分解。

第二回

公推举大复主神坛
赠镖刀唐经惊奇女

话说这女娃子却有些异样，是因她五月五日所生，便乳名双五，又叫作双姑。据妈妈经上说，这生日十分歹毒，长大来不是剋父便是剋母。当时依着吴氏便要将双姑抛弃，大复却笑道："你不要信那些没考究的婆子话。昔日战国时，那孟尝君田文也是五月五日所生，长到五六岁便有明公们向他父母道：'你这孩儿，长到头顶房门的上门限时，定然剋杀父母。'他父母听了，又怕死，又不忍弃掉田文，老两口儿未免相对愁叹，声达户外。田文便笑道：'父母不必愁叹，既是恐孩儿头顶上门限有什么不吉利，何不将上门限增高丈余，孩儿的头永顶不着，便永无不吉了。'他父母听了，不由恍然大悟。后来田文竟富贵毕世，为当时名人。如今咱这女娃子，将来或有些福泽，也立名创业，有些异样处，都未可知哩。"当时夫妇说笑一会儿，也便丢开。

不料双姑长至八九岁上，却真有些异样处，不同寻常女孩。便是虽然出落得玉娃娃一般，窈窕身材，俊秀异常，却伶俐壮健，气力颇大。虽不能力举石臼，但是老重的柴捆，老粗的水桶，她便提起掇了嗖嗖飞跑。像女孩们所好玩的把戏，如拈花斗草、识纹线抓石子之类，她是一概不愿，却专好踢球打瓦、上树掏雀、下水摸鱼等等的跳宕把戏。并且淘起气来顽皮异常。三不知的便闯到街坊男孩群中，领头儿跳闹个尽兴。不是大家都提了秫秸柴棒，即便两对圆，呐喊摇旗，冲锋交战，便是由她高坐在土台上，当起大元帅，叫男孩们分班比武。哪个稍违将令,她便跳下来,抡起粉团儿似的小拳头,打得人家鼻青脸肿。因此往往有人寻来责问,倒累得大复夫妇向人家作揖举手,一面赔礼不迭,一面还须整备酒食,安慰人家。再瞧双姑时,却如没事人一般,早又笑嘻嘻歪着小鬏髻,跑到灶下,劈柴掇水,帮着吴氏操作起来。

原来双姑虽是跳宕顽皮,不可拘束,但是父母若稍一沉脸儿,她便登时如驯羊一般,不知怎样才好。这时,她方现出寻常女孩的态度,必要撒娇撒痴,哄得父母开颜一笑方罢。尤其是见吴氏操作家事,如治炊浣濯等粗重营生,她必去帮助忙碌,唯有见吴氏拈针弄线,做起女工,她就要攒眉跑去了。当时吴氏见她性儿孝顺,只是好动不好静,如性气飞扬的男孩一般,便叫她跟着大复识字读书,本想是蠲蠲她好动的性儿,不料双姑读起书来虽颇聪慧,却不肯寻章摘句,只嫌麻烦,不过略明大义便罢。但是有时节听大复讲起书中忠孝节义等故事,她却乐得什么似的。及至大复由郭武举处学得些拳棒来,双姑却不觉大悦,登时便磨着大复抽空儿教给自己。那大复虽是学了些寻常拳棒,倒也费了好多的气力,以为双姑愿学,不过还是顽皮性儿,只要稍觉费气力,她自然厌烦不学了。哪知双姑学将起来,不但不厌烦,并且略经指点,一学就会。因为她有天生的气力,并身手伶俐,不消旬月光景,大复所能业已竭尽无余。当时双姑一来是孩儿家,二来又不曾见过什么武艺,便以为自己所学的拳棒颇有可观,便越发的踢跳自喜。及至吴氏病殁,她已十三四岁的光景,那大复因家下无人照料双姑,所以不去坐馆。这一日,因本村的人们都在社设中会议求雨之法,所以也趸来兴议哩。

且说当时村众们正在七嘴八舌,吵得热闹,忽见大复到来,不由都纷纷站起,一面让座,一面哄然道:"俺们吵了半天,也没想出好法儿。还是您知文识字的人,开口便有道理。这求老天爷赏饭吃的勾当,自然需一片诚心。但是咱需用何种方法求这雨,快请您出个主意,咱也好准备一切哩。"

大复笑道:"只要心诚,咱也不需采用什么特别方法,只用那铺坛取水代表通诚的老法儿便好。咱这东西乡一带的村庄,每值旱年都是向龙母宫去朝山取水，回到本坛，供起那宝瓶，由主坛人每日三时焚香叩祷。这求雨的老法儿，连官府们都采用，因为是载入祀典的哩。"

大家听了，都道妙妙。便又有人道："如今求雨的方法是有了，但是这一片诚心，怎样的准备呢？"

大复笑道："这诚心二字却也难说。昔日汤王爷因大旱三年，曾向桑林祈雨，是身做牺牲，断发反缚，并以七事自责，果然诚心上感，大雨立降。咱虽不用如此诚心，却也不可自欺。譬如应该斋戒，却也不可偷偷地酒肉齐来，应该晒顶光脚去跑路，却不可戴帽穿鞋，也就算各尽诚心了。"

大家听了，连连称善之下，便一面公推大复主坛，一面定规了从明日起，便在这社庙中铺坛，供起龙母神位。本村断屠，大家斋戒三日。然后户出一丁，由主坛者率领，大家奉了龙母的行驾并取水的宝瓶，前往龙母宫的方塘边朝庙取水。

按下当时议定大家各散，且说大复出得社庙，漫步踅回。一路上但觉热风扑面，骄阳如炙。那村人们因旱得田中没工作，便攒三聚五，都歇坐在篱根下或是枯燥燥的柳荫间，相与闲谈。有的便道："先旱后涝，芒神知道，这是在本的话。今年宪书上芒神爷是光着两只脚，这就是发大水的象征。你别瞧这时旱得人都喉咙冒烟，将来不许喝老汤不迭呢？"

大复听了，正在好笑，便又有人道："你别旱得胡说白话，只管念藏经。依我说，这雨还是没大远限呢？怎么呢，因为俺脊梁上有个疤拉，只要一发潮痒，准要落雨。"

大家听了正在都笑，先说话的那个人便唾道："好腥气。人家是王八晒盖才有雨，你却闹个脊梁潮痒哩。你发潮也罢，发痒也罢，如今社庙里叫咱们斋戒诚心，你却不要因痒大发了，偷偷地吃饱喝足，又去摸索老婆哩。"

大复听了，好笑之下，因热不可当，便紧行几步。方一脚踏进家门，忽闻身边岔道边蹄声嘚嘚，接着便有人笑唤道："李兄好闲暇呀，这样大热天还下街坊？俺今适有远行，不便耽搁，咱们回头叙谈好了。"

说话间，蹄声已近，大复忙望时，却是唐经。这时遍体行装，行色匆匆，跨了一匹青骡，上面驮着褡套行装，那褡套中还微露着短刀的刀柄，果然是远行模样。见了大复，一面含笑拱手为别，一面略磕那骡就要匆匆趱过。当时大复见状，不由大悦，因为唐经一向没到过自己家里，于是一面跑上去，带住骡儿，一面笑道："你说俺大热天还上街坊，你怎的大热天还跑远路呢？咱自从那年在郭老师那里一别之后，一向也没有见面，快请到舍下咱且叙谈吧。"于是不容分说，就要直奔家下。

慌得唐经一面跳下骡，自家拉了，一面道："俺就因一向穷忙，又因有点儿虚名，多承远方朋友们不弃，不是你来招游玩，便是我来请教授子弟些武功，一耽搁便是成年累月，通不在家。所以闹得你发科高中，并老嫂去世，这样大事俺都没来庆吊，真是缺礼得很。如今俺又因有远县朋友相招，须耽搁些日方回。如今俺到你宅上认认门口也好，等回头咱再畅叙如何？"说话间，跟大复趱入李宅。

到得前厅庭院，唐经是初次登门，留神瞧那庭院时，倒也好个宽敞雅趣的光景：

地洁砖平俗气无，老槐清荫影扶疏。

盆花丛竹相辉映，绝好幽居入画图。

当时两人一面将骡儿拴向厢室的廊柱，一面相与入厅。因为那屋檐前的那株老槐十分高大，枝柯四出，如一篷绿伞一般。清荫所及，直覆却半个庭院。清风入座，所以那厅内甚是凉爽。当时宾主相逊就座，略谈数语，早有仆人献上茶来。这里大复方命仆人去备酒饭，唐经却笑道："饭倒不必，倒是有酒快来些，俺吃了凉爽爽的也好上路。"

大复道："这话不错，俺也听郭老师说过，平常人吃酒躁热，武功家吃酒却凉爽，又能解渴。因为他会运罡气，滚走全身，可以把酒的热力化掉，从毛孔中发出。酒化为水，所以多吃些，倒能解渴哩。"

说笑间，由仆人端上肴酒，两人且谈且饮之下，唐经不由笑道："俺听说你自断弦后，至今还没续，想是咱这左近地面，没得相宜的良配。俺如今时时远行，那么，待俺给你物色良缘，你重新做回新郎，不有趣吗？"

在唐经这话本是随便说笑，不料大复却慨然道："李兄，你不晓得，这续弦虽也是正事，但是俺左思右想，还是不找这份病为是。俺没得男孩儿，不怕她唱《芦花记》，但是却有个女孩儿，名叫双姑，如今已十三四岁，相貌虽不丑，只是憨跳起来，淘气异常，不好拈针弄线，专好擒拿舞棒。便是俺在郭老师处学得那几路拳棒，她也磨着我学会，每天必要叫我瞧着她练习一回。她虽是性颇孝顺，不至于见忤于继母，但是俺却恐人家见她淘起气来，来处眉眼高低给我瞧，未免叫人心下不舒畅。你这不是找病吗？"

唐经听了，正在哈哈一笑，便闻听后院奔马似的一阵乱跑，接着便有人吵道："都是他们自愿寻父亲去商量求雨，连俺的杆棒也没空瞧俺练哩。"

唐经料是双姑，因听她语音高亮，中气甚足，正在倾耳之间，早见由闪屏后人影一闪，霍地跳出个倒提杆棒的女孩儿，端的怎生光景：

> 初齐额发趁双鬟，活泼精神娇且憨。
> 花面丫头十三四，短衣提棒态尤憨。

且说唐经因听得双姑语音中气甚足，已然暗暗称奇，今见双姑身格健壮，精神活泼，这时穿了窄袖短衣，手提一根小小的杆棒，一面偎在大复身旁，一面却望着自己，两点黑如点漆的小眼睛只顾乱转，似乎是诧异客为何人的光景。不由暗忖道："怪不得大复说此女性好踢跳拳棒，据她这中气并精神体格而论，如经明师教授，倒是很好的材质。殊非其父的笨相可比哩。"

当时唐经怙怒慑间含笑正要站起，不料双姑忽地将杆棒向自己劈面一晃，道："喂，你这位客人，满面红光，结实实的，莫非也会些拳棒吗？"

一句话招得唐经正在扑哧一笑，大复忙一面站起，一面也失笑道："你这孩儿，真是要在圣人门前写大字了。这位客人便是俺常向你说的那位唐伯伯，还不上前拜见过，收起你的踢跳吧哩？"

说着，给她整整衣襟，正要伸手且取过她提的杆棒，哪知早乐得双姑一面蹦跳着，向唐经好歹地叩拜过，一面去跳起来，揪住唐经向厅外便拖，道："好唐伯伯，俺听俺父亲说，您会的武艺又多又好，快请教给俺两手儿留着玩。俺天天练习俺父亲教的拳棒，都厌烦了。"

大复见状，正在笑喝放手，这里唐经早觉她来的手把又敏捷又结实，不由惊爱之下便笑道："俺教给你两手倒现成，你且就你所会的练习一回，等我先瞧瞧你近于哪一路棒法，然后再就你的资质，教与你些好了。"

双姑大悦道："来来来！"说着，猛一放手。不料唐经不曾提防，又趁着被她揪的偻身之势，竟自身形一晃，跟跄跄倒退两步。这一来，招得唐经和大复正在哈哈都笑，这里双姑早一个箭步，跳向厅外，及至两人也到厅外，就槐荫下立定，那双姑早就当场嗖嗖地使发杆棒，倒也好个翻飞游走的光景：

抱紧兜严招数全，虚实奇正亦相兼。
寻常棒法忽活跳，都在身灵气旺间。

当时双姑使发那棒，是不紧不慢，不滞不滑，端的是周度中规，进退合度。虽然一招一式地都按着定法走去，但是因她身段伶俐，气旺神流，那换形移步，忽起忽落，并前超后越左排右布之间，却平添了一番迅疾活泼之势。俗语说得好，戏法人人会变，各有巧妙不同。当时双姑这一路寻常棒法，却与大复的笨钝相大不相同。须臾舞到酣畅处，仗着手疾眼快，身段伶俐，竟有龙腾虎跃之势。

这一来招得唐经高起兴来，因见她伶俐光景，正想教给她一路四平棒法，恰好双姑练习已毕，笑嘻嘻递过杆棒，于是唐经一面接棒，一面和她步向当场，却又笑道："俺如今因赶行程，不便耽搁，等我先教给你一路招数略为简单的四平棒法。虽是简单，但是一时间也恐你记不清全套的招数。今且叫你认认门径，俟俺回头有暇时，再仔细教你好了。"

说话间，撤身踏步，一亮那棒，使个旗鼓，放开门户，接着便徐徐舞起。真个是静则滋生如山，动则萦回似水。那换形移步，起落发收，并招数的变化曲折，即怎么开门，怎么接笋，怎么正中有奇，怎么虚中有实，虽是都一一地次第表示，但是那诸般的手眼身法步，都取从容徐缓之势。看官，你道这四平棒法纯以从容凝重为用吗？却又不然，原来唐经因恐双姑一时间记不得许多招数，所以特从容表示，以便她目注心维，易于记清哩。

这时双姑远远地躲向一旁，只顾了两只俊眼儿飞飞霍霍，跟了那杆棒旋转，却不道大复因见唐经的棒势只顾慢腾腾的，又天气太热，便以为唐经有些倦意，便笑向双姑道："你这孩儿，还不快请你唐伯伯放下杆棒，且自入厅歇息。横竖这种棒法你一时间是记不清的。"

说话间，恰好唐经棒法使完，方在哈哈一笑，抛棒于地。不料双姑如飞地拾起那棒，一面舞得风车一般，一面却笑道："父亲偏没说对，这套棒法俺已完全学会，还记它什么？"说着，真的嗖嗖舞起。

这里大复还以为她是逞起顽皮，正在槐荫下手招唐经，请他歇凉的当儿，哪知唐经已自忘掉了热，还在赤日当头之下，只顾瞧了双姑的棒势，喝彩不迭起来。哈哈，说也不信，原来双姑竟真个学会了四平棒法，不但舞得如唐经一般，并且她只知一气紧赶，所以其飘急迅骇之势，似乎比唐经还有精神哩。当时唐经乍见双姑如此聪慧，一套四平棒法居然一瞧就会，虽是喝彩之下，颇以为奇。但是大复见惯了双姑学自己会的棒法时也是如此敏捷，至此也便视为

16

寻常。因此双姑业已舞毕，抛棒于地，方自去将唐经拖入槐荫立定，还未及相让入厅，恰值那树的鹊巢内钻出只乌鹊，忽地一掀尾，便是一泡鹊粪，却几乎落向唐经肩头。那乌鹊正吱喳着在树梢间穿枝过梗，直跳格蹬之间，不料双姑却随手由衣袋内取出一枚玩弄的石子儿，一面喝声着，一面手起石发，便见那乌鹊好个落地宛转的光景：

> 颌伤项折尾翘翘，宛转尘埃落羽毛。
> 虽是儿童游戏技，这般手法却高超。

这一来张得唐经正又诧双姑手法灵妙，那双姑已自拾起那半死的乌鹊，跑向槐荫，大复便喝道："你这孩子，只顾淘得，却耽搁了唐伯伯吃酒歇凉。咱快都入厅去吧。"

唐经笑道："你休说她淘气，此女的姿禀过人，端的少有。就她一见四平棒法，登时就会，并这打石子的手法而论，若真个破工夫习起武功，怕不一日千里？她既好踢跳，俺行李中却有两样物件正好与她做见面礼。如今俺还等赶路，咱再期后会吧。"

说着便一面牵过那青骡，一面从褥套中先取出一个小小镖囊，内藏五支精钢打就的枣核镖，端的是锋钢照眼，十分精致。便递给双姑，笑道："你既有那打石子的手法，若飞起打镖，自然相宜。至于棒法，原通于刀法，如今俺这柄短刀正合你用。"说着又取出那刀，脱手出鞘，铮然有声。慌得双姑忙接过瞧时，但见那刀长仅尺余，形如匕首，冷森白哗哗，好不锋利。

慢表双姑向唐经拜赐之下，真有小儿得饼之乐。且说当时大复送得唐经去后，连日价向社庙中和大家忙碌求雨之事。展眼间三日已过，次日便是向龙母宫朝庙取水之期，于是这日傍晚，大家便议及次日里龙母发驾的时辰，依着大复，是清晨发驾，趁早凉大家还少受些热，无奈大家记牢了诚心二字，如图凉躲热，便非诚心。议来议去，却定规了辰时发驾，午时取水回头，一去一来，正赶这热当儿，方算诚心。大复听了，只好从众。

及至趱回家下，业已上灯时分。大复和双姑用过晚膳，方在内院中一面纳凉一面说起明日辰时发驾等事，忽闻二门外有人笑道："双姑还没困觉吗？这求雨的勾当可不许女孩儿家跟着。大热天晒得冒油，跑远路，有什么好玩？等我明日早些来，和你做伴儿，并领你到咱后园中逛逛青不好吗？"

说话间，趱入一人，端的怎么模样：

面目温和蕴笑容，钗荆裙布朴诚风。

步趋绝少龙钟态，健妪何人入宅中？

书中暗表，原来来的这个老妈妈非别个，便是大复的一位族嫂。她娘家姓蔡，人家因她为人和气，好说好笑，在村中很有人缘儿，便都叫她蔡大娘。她虽年近六旬，却非常壮健，若讲到操持家务，更是一把好手。起初她也是小康人家，按理说既有健妇操持，应该越过越发旺才是，无奈她汉子便是大复的那位老族兄名叫李福的，虽也能勤苦操作，却吃亏了为人太老实，又好喝两盅儿，并掷个幺二三，人既太老实了，又有这两样嗜好，自然就有些溜哄拐骗外挂着借赊如白捡的人们，都来傍吃傍喝，傍玩傍乐，不差什么还要揩油抹水，一个小康庄户，有什么大气脉？于是年复一年，李福的家境不支，渐至于田房都尽。还亏得李福当不得蔡大娘日夜价数落聒吵，忽然醒悟，回头立戒饮赌，两口儿都去给人家佣工了数年，这才稍有积蓄，不至冻馁。那大复素日本喜欢他两口诚朴，及至吴氏去世，大复有时外出，双姑便没人做伴。大复宅后本有一所老大的菜园，园内又有几间草房，一向招人租种，至此大复便招得了两口儿来白种那菜园，一来是怜恤穷族，二来有蔡大娘早晚间来往宅中，自己值出外时，那双姑也有人做伴。前两日，蔡大娘见双姑要跟着大复去求雨，所以这时又趱来瞧瞧哩。

且说当时双姑忽见蔡大娘趱来，便跳起来，一面牵衣促促，一面笑道："俺本不要跟了去求雨，如今您说不许女孩儿去，俺倒偏去玩玩。难道女孩儿便不是人不成？"

大复听了，正在好笑，但见蔡大娘笑嘻嘻地说出一席话来。

正是：

　　既尔关心来探望，不妨谐语阻娇憨。

欲知后事如何，且看下回分解。

第三回

奉神驾取水朝山
走穷途藏林剪径

且说蔡大娘忽见说话之下，脖儿一梗，小眼一翻，似乎要逞拧性。不由怜惜道：此女性儿颇有决断，敢作敢当。她只要拿定主意，是不怕吃苦，百折不回（暗映下文之诸事迹。借蔡大娘之思忖，写其性格，尤妙），如今正言正色地和她讲道理，要拦她跟去玩耍，还不如如此如此，招得她笑了，或者就许收起拧性哩。

当时蔡大娘想罢，便笑道："不是女孩儿不是人，皆因你这女孩儿这么俊样，太可人了，人家都说这位龙母娘娘因自己生前长得脚大脸丑，所以成神之后，就喜欢个俊女孩儿。明日大家去取水，你如跟去，倘被娘娘瞧见，她一定先来一阵狂风暴雨，遂既遣虾兵蟹将并巡海夜叉等等，把你抢进龙宫，去当她的三公主哩。"

一席话闹得大复正在哈哈大笑，双姑却道："那不打紧，俺就是不怕强横。无论他是神是人，只要横行霸道，惹了我，我是非宰掉他不可哩。（隐照下文复仇等事）"说着不觉嫣然一笑。

按下蔡大娘见双姑欣然意解，收起拧性，这才放下心来，又说笑了一阵，即便回去。且说大复和双姑纳了一会子凉，各自入室歇卧。双姑是倒头便睡，唯有大复因明日有事，只是辗转睡不去。偏偏这夜里越发闷热异常，直至夜深，稍为凉爽，方才沉沉睡去。正在蒙眬间，忽闻耳畔有人吵道："父亲还不快起，为今社庙里已撞过齐人的号钟，俺也将你应用的物件都拿来了。"

大复忙睁眼下榻瞧时，业已鲜红的日色大上，将及辰时。那双姑方笑嘻嘻地站在榻前，却一面将所拿来的轻鞋凉笠并一根行杖都置在榻头。大复便笑道："如今大家去取水，俺是主坛人，更应该不怕吃苦。这些物件，都用不着。少时，你瞧我打扮起来，管保吓你一跳，你就不想跟去玩耍了。"

说话间，双姑也便匆匆跑去。这里大复因时光不早，便忙趄向前厅，略为用了些干粮，连脸也没洗，忙将辫发挽了个抓髻，脱去鞋袜，光脚踏地，挽起裤脚，只披一件搭膝短衫，方拿起那面上写"风调雨顺"的会头旗，早闻社庙里几杵号钟，徐徐撞起来，正是：

余韵挖空断复连，非关法事响禅关。

齐人号令霜鲸动，发驾还须先拜坛。

当时大复听得社庙中第二次号钟发动，晓得是大家都已到齐，单等自己到场，就要拜坛发驾了。恰待唤双姑来，嘱咐她请蔡大娘来做伴儿，忽闻厅外双姑笑道："哟，父亲你这样儿不像囚犯也像路卧。这样火烧似的大热地，光了脚底，不是烫脱皮便是一不小心就要栽倒。那么，还是俺跟您去，也好搀扶一下子哩。"

大复听了，一笑之下，拔步出厅，刚一脚踏到槐树下，连忙摆手，还未及吩咐她不要跟去，并请蔡大娘来做伴儿，不料树上鹊巢内乌鹊鸣叫，接着便嗒的一声，一点儿鹊粪不偏不倚恰好落向大复肩头。这双姑眉梢一挑，方要掏石子向巢打去，早又闻得社庙的号钟发动，于是大复笑道："如今方求雨断屠，岂可伤生？你不要跟去，快唤蔡大娘来做伴儿好了。"

按下这里双姑一面唯唯，一面送大复出门，且说大复匆匆地趄上街坊，早见各家门首都插了柳枝，置了水桶。门框上都供了黄纸的龙王神驾，上写"五湖四海九江八河龙王之神位"的字样。至于香炉却只是个纸兜兜，内贮少灰，插了香支。这时，因就要拜坛发驾，各家门首不但都洒道清尘，香烟缭绕，并有些小儿们，大家都戴了青葱葱的柳条围的帽圈儿，有的便攒三聚五，相与振臂，做商羊舞。有的连连串串，挽了手，做个栲栳圈儿，围了水桶，大家便一面转磨，一面和声唱起个调调儿道："刮风来，下雨来，王八戴个草帽来。"尤其是街坊上，数步之遥，便横悬着一条草绳，上挂四个黄纸斗方儿，写着"风调雨顺"的字样。更为热闹的，便是各岔道间并巷口间纷纷地走来许多与会的村众。大家都一色的头戴柳圈，赤踵跣足，各持一束焰腾腾的高香，都向社庙趱去。乍望去，端的是浓绿映空，轻烟匝地。当时大复不暇细瞧，方趱过这条街坊，早又闻得那社庙间人声浩浩，势为鼎沸。从一片音乐悠扬中，又夹着胯鼓如雷。原来这取水随驾必然有音乐队和胯鼓队，那音乐队都是本街斯文些的人们，学了些老八板、小开门、一汪风、香柳娘、鸳鸯扣、皂罗袍等等乐谱，吹起笙管笛箫，打起云锣脆鼓，是在驾前引驾的。至于那胯鼓队，却专管当先开路，并且这一队人们，非一杠子打不倒的愣小伙子不可。因为那鼓之大，便如小圆桌面一般，系了绊绳，套在脖梗上，垂于胸腹之下，所以那鼓手们不但须强项用力，还须一面挺腰腆肚，一面双抡鼓桴。若气力差些，便玩不剋化哩。

当时大复既见村众都集，哪敢怠慢，便匆匆地到得社庙跟前，但见一片广场中，却又是一番光景，正是：

> 柳枝翻舞绿条条，仪仗行舆幡影飘。
> 佛曲仙间方合奏，旃檀如雾映云霄。

原来这时那社庙内的执事人等早已将神驾的行舆安置在广场，中舆前除异行的香案并祭品异案外，还有全副仪仗并宝盖香幡，宫扇提炉。至于行舆左右，却现出两棚僧道，各十二众，一边是毗卢袈裟，一边是星冠羽衣，大家吹吹打打，正合奏起一套引驾的仙音法曲，端的发声嘹亮，缥缈入云。再望向仪仗之前，但见绿云绕绕，赤脚纷纷，大家分两行列立，单是那手巾高香，都焚得焰腾腾的，便如一条火龙一般。便是与会的村众们，都在伺候随行。至于村众前面，便是那音乐队和胯鼓队。这一摆列，由那社庙前直到村头，足有半里之遥，好不热闹。这时，早有在庙的执事人等，簇拥了大复，入庙去拜坛如仪毕，及至大复匆匆地趸就神驾行舆前，那起驾的大炮也便发动。就这声中，那鼓乐齐鸣之下，全队人众也便滔滔走发，好不整齐热闹。正是：

雾笼旌檀气馥芬，旌幢羽葆亦纷纭。

祈来三尺甘霖否？引驾威仪似赛神。

按下这里在庙的执事人等见神驾已发，且自在神坛上伺候一切，且说大复，因自己是主坛人，故不辞辛苦，发动一片诚心，光头赤脚，为众人倡首，趸了小小一和，因为精神振奋，还不觉怎样难受。不料又趸过不远，便但觉头顶如蒸，脚底如熨。偏偏这条路虽不是什么崎岖山径，却也粗沙碎石，间以凹凸坡坨。便是寻常的车辙土埂，也因久旱之故，干硬得七裂八瓣。那土岔儿就如刀锋，赤脚底踏上去，热而且硬，好不难受。这时，因已到野地，端的是赤日当空，如张火伞。极目处，但见干巴巴的龟坼大热地，青草都无。更趁着远近间的枯林涸澜，既已令人神疲意躁，偏搭着这时，大家都已消磨了振奋精神，疲不可支，于是仪仗凌乱，音乐不闻，大家只气喘汗流，悄没声地纳头奔去。虽不至于一步一哼，却也竭蹶异常，十分狼狈。

这一来不打紧，不由张得大复越感疲倦。没又苦撑了一程，方在也随众纳头而趋之间，忽闻前队一声欢呼，接着便吵道："阿弥陀佛，我的妈，可到了！咱快走几步，还正赶上午时取水哩。"说话间，大家走发，好不踊跃。这里大复料是将到那龙母宫了，忙抬头望时，但见那龙母山色业已苍茫茫的近在咫尺，耳边并闻得溪流漱响，令人意爽。那一片高坡上，从竹树交荫中，早现出龙母宫的碧瓦红墙，加以庙前那方塘的水汽霏霏，虽在这等旱时，还依瀁蔚涵空，由那塘边吹来拂拂轻风，好不令人精神硕健，如入清凉世界。这一来张得大复的疲倦不由免去了一半儿，因为神驾行舆到庙前驻了之后，自己还须先入庙去，进香祈祷毕，然后再如法取水。并且祈祷时还须将赍来的取水宝瓶就神案上供养片时，有许多耽搁。当时大复思忖至此，便连忙一手执了会旗，一手由昇的神案上取了宝瓶，一径地脚下加快，趋到前队之前。

本想是先入庙去，早些行礼，以免耽搁取水，不料刚一步踏到那高坡下的一处岔路口的树林边，忽闻林内有人大喝道："什么鸟人，还不快些住步！你们是哪里来的取水的？竟敢不等俺家郝爷来取过头水，便想取水，也就好大胆哩！"

这里大复猛闻郝爷二字，方在一愣之下，暗道晦气，早见由林内嗖嗖嗖跳出五六个汉子，不容分说，竟自蜂拥上前，拦住去路。

看官你道大复为何一闻郝爷二字，便登时一愣，又暗道晦气呢？书中暗表，原来这郝爷非别个，便是上文所说的那府城西乡百旺村的那个土豪郝姓。说起他怎的创成土豪，并习得一身好武功来，却还需作者补叙一下。

原来这小子单名一个珍字，天生的身强力壮，性儿凶悍，十四五岁上业已成了个泼皮无赖。在村中酗酒打架，搅闹市坊，无所不为。因为他抡起拳头那金刚似的大壮汉都近他不得，并且他逞起顽皮，十分歹斗。一日，他向酒家去赊酒，那店翁因原封的酒坛中新酿才熟，不欲开封泄味，便辞以酒还没熟。他听了，虽是白瞪了两眼，一笑趔去，但是不久那店翁店后的柴堆间忽然火起，及至店翁跑去救灭了火，转向前店，叫声苦，不知高低。只见酒流满地，那好些原封的酒坛还端端地摆列如故，忙仔细一瞧，方知郝珍使了促狭，因为靠坛底间，都有个粗锥凿的小孔，这不消说，柴堆间那把火，也是他用的调虎离山之计了。其顽皮劣性，至于如此。

渐渐地偷鸡摸狗，越来越劣性。有时将村人们气极了，大家齐合了捉住他暴打一顿，他不但当时属煮鸭子的，身烂嘴硬，只是破口大骂，并且不消三两日，那领头打他的人，必被他狙伏于要路，一把抓住，打个头破血流，气息仅存。因为他有力如虎，若单对单好不凶恶哩。便是如此光景，村众们正愁郝珍是个小祸害，不料他又三不知的，偷了人家一注钱，忽地不知去向。从此村中安静非常，大家以为这小子既干了贼营生，必然远走高飞，不敢回家。巧了将偷的钱吃嚼光了，还许成了路倒卧（俗谓饿殍也），大家正在欢喜不迭，哪知郝珍偏不为大家所料，过得年把光景，不但居然跑回家，并且拳头越大，胳膊越粗，凭空地学会了几路拳棒。不但此也，并且来家时连他父母都吓了一跳，因为他忽地十分阔绰，骑了高头大马，驮了行囊褥套，也不知从哪里来的钱。

从此便交结些远近村中不三不四的人，每日里成群搭伙，酒肉嚣呼。或相与掉臂市坊间，见了人先立愣眼，一句不投机，便抡拳头。身上带的家伙是腿绷插子、二人夺、牛耳尖攮子一概俱全。看他横眉溜眼，吹烟冒泡，领了一群嬉皮笑脸的下三烂，在街上横着膀子，晃来晃去，好不自觉着是个朋友。这一来不打紧，他回家没得年把光景，虽然在西乡一带创成第一条好汉，咳唾睥睨间可以吓杀人，却也将他草堂上的二老双亲活活气杀。

原来他父亲名叫郝仁，倒是个很规矩的好人，便在本村开了一爿屠坊。虽说是刀子行，宰杀为业，再不晓得短秤使水，占人家便宜。因此主顾颇多，所业甚为发达。老两口儿辛辛苦苦，积蓄了几个钱，真是看一文就有车轮大小，恨不得穿在肋巴上，还恐掉了钱渣儿，哪里割舍得妄费浪用？不料他那位令郎哲嗣长到十来岁上，业已形同枭獍，没钱时便向老子瞪眼硬要，不给他他便偷摸，再不然他便向三邻两舍间去要骨头，胡摸索，惹得人家来骂门不依，还须郝仁来赔礼貌，搭酒食。一来二去，老两口儿所积的几个钱，业已堪堪殆尽。这已够老两口儿痛心疾首了，偏偏的越渴越吃盐，越紧越加劲儿，自从郝珍由外面阔绰回家之后，老两口儿询知其所以阔绰之故，却几乎吓杀气杀。

看官你道为何？原来郝珍当时偷摸了人家一注钱，跑出家门，在各处胡撞了些时，果然不出村众所料，竟自将钱花光，饿起肚皮。一不做，二不休，索性唱起打杠子那出戏，便去寻了根老粗的杆棒，早晚间狙伏于要路口或深林之中，做了两次，居然得手。也是这小子合该贼星发旺，这一日日西时光，郝珍又伏在一处小道边的树木里，呆等良久，好容易方望见一个骑驴的老头儿，驴背上还搭着个大麻袋，方在由东而西，将近林旁。郝珍不由暗忖道：好了，他这麻袋中虽不知有无钱钞，但是这头驴若抢来卖给私宰的汤锅上，好歹也值几文。怙惚间，一摆杆棒，突地跳出林，方喝声站住，不料因跳势太猛，惊得那驴儿眼睛一岔，长耳一竖，猛摆头向斜刺里一片草地里四蹄腾空，如飞便跑。这里郝珍不舍，虽也快步如风赶了一阵，无奈自己今天从早晨到这时还在空着肚皮，这就肚内一阵吼叫，腿子一软之间，那驴和人已自影儿没得。

这一来闹得郝珍垂头丧气，于是一面回步仍奔树林，一面怙惚道：怪不得人都说急性没好处，好好一泡彩兴，却被我迎头一拦，竟自闹去。少时若再有彩兴，须要仔细哩。思忖间，脚下一绊，几乎栽倒，忙低头瞧时，却是那驴上搭的大麻袋，横在地下。这不消说，是那老头儿仓皇中丢落的了。及至连忙打开那袋一瞧，不由啐了一口，又是唰的声咽口饿唾，原来那袋内并没钱钞，都是喂驴的草料。内中却有个粗布包儿，裹着七八个气蛤蟆似的大馒头。于是那郝珍一面倾去草料，提了那袋，仍入树林，倚了杆棒，借草而坐，一面大嚼馒头并溜瞅着林外，不由又怙惚道："俺今天丧气得紧，等呆雁似的等了半天，只等了几个馒头，一条麻袋。如今天色将晚，料没得什么行客来往，且待俺吃饱，铺了这麻袋，困他一觉，俟明日抓取彩兴好了。"

思忖间，四五枚馒头业已入肚。真是人是铁饭是钢，当时郝珍果腹之下，不由精神暴长，便一面随手将所余的两个馒头揣起，一面张向林外，但见好个荒郊晚景。正是：

> 阵阵归鸦噪晚风，平铺野色暮烟笼。
> 残阳将没犹明灭，古道行人竟绝踪。

当时郝珍既见天色将晚，料得不会有肥猪来拱门了，方在道边站起，先提了倚的杆棒，想要拨草归地，以便铺那麻袋，准备歇卧之间，忽见林外道西向远远地从暮色苍茫中似有人徐徐就来，这里郝珍大悦之下，一面暗道声惭愧，一面倒提杆棒，忙隐身林边一株大树后瞧时，只见那来人已自来临将近，却是个年约三旬上下的短衣汉子。不但包头裹腿，结束得十分伶俐，并且腰里硬的宽带间，佩一柄短刀，并一且布囊，虽在暮色依稀中望不清他的面目，但景他行步矫健看来，却像个武行朋友。这一来不打紧，倒闹得郝珍登时老大的不得主意，不由暗忖道："他妈的，活该俺今天丧气到底，如今虽等了个呆子来，却又硬邦邦的，看光景不大好弄。料想他那布囊内多少总有些彩兴，如今俺若去迎头拦截，彼此动起手来，说不定倒叫他打了我的呆雁都未可知。不如悄没声地给他个冷不防，一下子将他打昏，岂不甚好？"

当时郝珍怙慭停当，便去树后，一面目注那汉子，一面一紧手中棒，方拿出螳螂捕蝉的式子，作势而待。恰好那汉子脚下飞飞已候地由那大树前闪身而过，这里郝珍赶忙地一个箭步赶到他背后，一面抢起杆棒，正要夹后脑便是一下。不料棒风刚嗖的一声，那汉子早觉得背后有人，真是会家不忙，你看他虽觉背后有人，却并不回头，只候地向道旁一闪身形，这里郝珍早啪嚓一声打了空，杆棒两断。因为去的势猛力足，不但跟跄跄抢出数步，并且身形一晃，几乎栽倒。方在忙踏住脚，愣怔怔地寻望那汉子，忽闻背后有人喝道："你这小厮，好生可恶，俺不恼你拦路劫财，却不该使出这么大力气，暗下毒手。你瞧杆棒都断，不是俺闪身得快，怕不被你打杀？你既要结果人，待我先结果你好了。"

郝珍听了，刚要回头，早被那人抓住后脖梗，健腕一翻，使出个老鹰拗兔。这里郝珍咯喽一声，方在倒抽一口凉气，那人早喝声到，接着便猛起膝头，向他后腰眼间啪的一撞，遂即上面猛一撒手，又是一推，及至郝珍跌出数步之遥，就地一滚，方闹了翻白儿。未及挣起，那揣的两个大馒头也甩落在草地之间。那人已自赶上去，先一脚踏住郝珍的胸膛，然后拔出短刀，就郝珍额门上凉森森地一按，笑喝道："你这毛头小厮，昏头昏脑，笨手笨脚，也来干这好汉爷的营生？真真给好汉们丢脸。待我先宰掉你，然后问你为什么在此劫路。"

说话间，提起短刀，劈面一晃，但见这时郝珍好个光景。

正是：

惧色全无神自定，扬眉嗔目气犹雄。

欲知后事如何，且听下回分解。

第四回

入盗伙学艺负师恩
发横财请酒会乡众

当时郝珍定睛一瞧那人非别个，正是那短衣汉子。既见他用刀威吓，又有些笑侮之意，本来气往上撞。及至听他说先宰后问的要骨头的话，不由登时大怒，便喝道："斫掉头碗大的疤，什么大事便值得这样张致？脑袋放在这里，由你去斫。你且放俺起去，待俺一面吃馒头，一面等你斫头。须知俺那会子劫了几个馒头，还没吃完哩。"

那汉子听了，一瞧他身旁不远果然有两个大馒头，不由一面放他起去，一面哈哈大笑道："你这小哥，原来是为肚子饿才劫路，就你这力气胆量，学个好汉倒也不难。那么你就跟俺去，学个好汉，岂不甚好？如今俺正去干活儿，你且给俺巡风如何？"

说话间，一面询问郝珍的姓名来历，一面又报自己的江湖字号。郝珍听了，不由大悦，向那汉子纳头便拜。

看官你道为何？原来那汉子绰号一阵风，便是江湖闻名的一个捷盗，有时独脚游行，有时也合伙打家劫舍。人家因他高来高去，捷疾如风，故称以此号。那郝珍天生的贼性，虽有气力胆量，却苦于没机会去学武艺，如今得此机会，自然是乐不可支了。

按下当时一阵风竟领郝珍去偷摸了一家富室，十分得彩，且说郝珍自从归到一阵风手下，端的是贼星发旺，没有数月工夫，业已学会了些寻常武艺。虽没有什么惊人的本领，但是跟着群贼去打劫，也可称一员健将了。于是一阵风十分爱他，不但每去抓得彩兴来大家分赃，赐他独厚，便是偶然在窝巢中，窖藏起金珠珍宝，虽然屏却群贼，却独与郝珍共事。便是如此光景，又过得些日，那郝珍跟了一阵风各处游行，累作大案，所得的金银着实不少。

这一日，由一阵风领了群贼聚向窝巢，入夜之后，一阵风因又要去打劫某富室，便一面大召群贼，一面想和大家先商量打劫之策。原来那家富室的财力甚是雄厚，不但高墙大宅，攻劫不易，并且有许多护院人，彻夜巡逻。所以一阵风便思量博采众议，谋定后动。当时那窝巢中聚义厅上大排宴筵，交椅排开，端的是大碗酒，大块肉，好汉吃喝。一霎时堆满春台，须臾众家好汉也便陆续到齐，因为酒罢之后就要起马，大家都一个个包头裹腿，结束伶俐。身上各带应手的家伙，单刀铁尺，七节软索鞭，甩头梢子棍之类。不多时，一阵风也便走来，于是大家声喏毕，即便纷纷就座，这场大吃二喝，好不热闹。正是：

酒肉淋漓礼数疏，推诚聚义在江湖。
酣呼意气虽云拥，知否巢倾鸟散无？

不多时，酒过三巡，菜上五道，当由一阵风当筵起立，先报告过某家富室不易攻劫的情形，然后询大家以良谋善策，以便自己采择施行。群贼听了，不觉都扬眉抵掌，如陈所见。恰在乱吵得乌烟瘴气时，不好了，忽闻那窝巢外一声号炮，飞上半天，接着便四外价呐喊如雷，杂以人马杂沓并兵杖摩擦之声，如风雨之遝至。这时郝珍恰巧因群贼乱吵起劲，自己一来插不下嘴去，二来又恐酒吃多了不便跟一阵风起马，便悄悄逃席，蹓向那窝巢的后身儿一处高冈上，方在树林间徜徉散步，及至闻得这般声响，大骇之下，正在一愣，早见冈前四外价人马如飞，一声喊，先将空巢团团围住。其中却闪出一队步下捕健模样的人，都一色的短衣快靴，各持单刀标枪，约有百余人。不容分说，一声呼哨，便都虎也似的冲入窝巢。

这里郝珍料是来伙的捕健人等，不知怎的探准了一阵风的老窝儿，便齐合了城防兵丁，前来办案。正在百忙中隐身林中，没做理会处，早闻得窝巢内喊杀连天，登时大乱。郝珍见状料是一阵风领众拒捕，已自和捕健等交起手来。虽是一阵风武艺高强，并众好汉们也都凶悍，但是今日这官中军健人多势众，并且那捕健们也都精神踊跃，异乎寻常。倘相持时久，便恐一阵风或有闪失，自己既蒙他见爱一场，又教与了许多武艺，今值他生死关头，自己焉有袖手之理？

当时郝珍怙惬至此，一时间良心略动，正想奔下冈去助一阵风的当儿，便闻闯入窝巢的捕健们又是一声喊起，接着便烟焰冲天，里面火起。杂以自己人众们奔窜呼号之声，势如鼎沸。这一来郝珍大吃一惊，便料是捕健得手，方在一面放火烧巢，一面趁势追捕了。不觉登时把那点儿略动的良心又复吓回。正在林内探头探脑，想要驰下，又复逡巡之间，便闻自己的人众一声喊起，接着冲烟冒火，由巢内七零八落地纷纷闯出数十人众，一个个都带彩负伤，便如斗败的鸡子一般。大家方喊声风紧，纷纷四窜。哪知后面既有追来的敌人，这巢四外又有围截的马兵，当时两下里一声喊号，前后堵围，捕健是短兵相接，马兵是长枪并举，放马一冲，这一来，但见那残败的数十人众，登时又是一番光景。正是：

血肉模糊溅马蹄，纵横伏仆各东西。
难逃好似笼中鸟，势败浑如落水鸡。

按下这里官中人们且就贼巢内外一面烧巢，一面捕杀逃贼，且说郝珍这时节既见一阵风的人散巢毁，一败涂地，百忙中又望不见他的影儿。这不消说，定是因他斗不过敌人，业已死在巢内。自己这时便是去拔刀相助，也是白搭。如此风火事儿自己还在此呆望，岂非傻瓜？当时郝珍怙惬至此，正待整个儿收起良心，且自给他个溜之大吉。不好了，便见这时巢内火势冲霄，又复杀声大震，并有人大喊道："快向后赶，休叫走了这贼头要犯！"

这里郝珍听了，方窃幸一阵风还未死，说时迟，那时快，便见那窝巢的后墙壁间，从一片烟焰迷漫中，忽地刀光闪闪，加以哗啦啦索鞭声响，接着便嗖嗖地似乎蹿出三条人影，顷刻间已自搅作一团。乍望去，但见刀光飞飞，鞭影条条，加以三条人影滚作一处，旋风似的顷刻间已卷临冈下。却忽地略为驻步，三条人影都霍地一分，都各倒退数步，放开一片打场。这时郝珍望得分明，但见那来者三人正是一阵风和两名官中的捕健。百忙中郝珍瞧见一阵风时，业已焦头烂额，浑身浴血。手提一柄折铁单刀，也自血渍模糊，刀锋半缺。虽是厮杀得十分狼狈，却还怒目横眉，气势虎虎。

这一来张得郝珍不由又暗忖道："如今活该这两个捕健前来送死，待我且去给他个冷不防，再作道理。"想至此，正待拔刀，忽闻索鞭哗啦一拦，连忙望向两捕健时，不由又是一阵踌躇。原来那两名捕健并非寻常捕健，却是本县著名的捕头，并且是同胞兄弟，一名朱祥，一名朱瑞。两人都习得一手九节攒花蜕龙软索鞭，十分了得。这不消说，是本县捕头特邀的硬头朋友，专办此案了。郝珍因一阵风还被他两人追杀得十分狼狈，自己这些许本领，焉能得手？所以不由又自踌躇。但是郝珍这一踌躇之间，那冈下三人已自杀了个翻翻滚滚，慌得郝珍先瞧一阵风那片刀法时，倒也十分厉害。正是：

> 翻飞上下势无前，阴斗阳开路数全。
>
> 钩剁劈拦风雨急，却凭一气紧周旋。

当时一阵风虽说是被朱氏兄弟追逼得十分狼狈，但是这时已在困兽犹斗的情势之下，不觉把心一横，拼命冲锋，登时施展出一套看家的本领。看官你道怎的，原来一阵风在江湖间颇为驰名，号称捷盗，便是因他生平有两手绝技，一手是练得铁沙掌的掌上功夫，一手便是这看家的本领，名为一气混元刀。这路刀法施展开，是一气回旋，变化多端，并且节节兜严，层层外拓，忽而贴地流走，忽而跃空取势。使到酣畅处，人影都无。但见一团风晕中夹着条条刀光，掣来掣去，便似云中闪电一般。这其间还夹着几手儿使敌人不备的冷毒巧招儿，如三环套月、八翼排天、叶底藏花、云中闪电等等。倘敌人稍一疏忽，便要吃亏。

这时一阵风因被敌人逼逐得势在危急，所以便拼命之下，使出这混元刀法。但是这一来却将正在踌躇的郝珍望得心又沉吟下，不由暗忖道：怪不得人都说艺人性独，不传约艺。俺久知他的两手绝技，除铁沙掌外，便是这混元刀法。俺曾屡次请他传授掌功并这刀法，他只是不肯，如今他着了老急，这才施展出这手刀法，料那朱氏兄弟虽然本领了得，也自难以得手。俺且趁此机会，偷学他这手刀法，岂不甚好？当时郝珍怙惬至此，哪里还顾得下冈助战，正在目不转睛地只顾跟着一阵风的刀势游走。不料那朱祥朱瑞两条索鞭早已双双地由招架变成攻势，便如两条游龙般顷刻卷入一团刀晕之中。这一阵大力盘旋，那手眼身法步一一施展开，却与那短兵的刀法光景又自不同。正是：

兜掠势如风雨急，层层外拓占先筹。
刚柔迭用须因势，断水抽刀水更流。

看官须知，若讲十八般兵器，唯有这软索鞭最为难用，也最为厉害。因为这种兵器旋缠缭绕，用起来十分不利落。若用者的身法手法步法等稍为含糊，自己先缠绕不清，更不必说用以胜敌了。所以用这种兵器必须气力深长，纵跃伶俐，然后方拓得开，敛得紧，再以手眼身法步因势价相辅而行，方能尽这索鞭的刚柔之用。您别瞧一条死蛇似的，十分难缠，但是到人家善用者手中，真是使发了，赛如活龙。您瞧那鞭的软硬劲头来得好不扎实，端的是上起如白虹亘天，下落如银蛇走地，再加以巧掠猛击诸般手法，便如一团风晕月岚之中，杂以明星闪烁，好不厉害得紧。话虽如此说，但是倘遇善用单刀的对于，却须小心人家觑个破绽，猛地矸近身旁，以致索鞭之失其用哩。

且说郝珍百忙中正想偷学一阵风的混元刀法，忽见朱祥朱瑞两条索鞭忽取攻势，直卷入一阵风刀晕之中，三人登时搅作一团。这一来，闹得郝珍不但望不清刀法的路数，便连自己的眼睛也被这三般兵器都照花了。但见三人忽离忽合，在冈下走马灯似的这阵团团大战，好不凶险。正是：

直入单刀伵虎跃，双飞鞭索赛龙骧。
当前胜负虽难定，二虎终须擒一羊。

当时朱祥朱瑞使发这两条九节攒花蜕龙鞭，端的是呼呼风响，便如双龙天矫般，登时将一阵风裹入飞飞的鞭影之中。但见双翻匹练，上蟠下扫，左旋右抽，入时如回风掣电，发时如堕石奔雷。那明晃晃的两点鞭头，便如繁星乱闪，没有顷刻间，已自将一阵风兜裹得一面央垫步，左趋右避，一面尽力使发那刀，总想抵隙待鞭索走空，抢近敌人身旁，以便得手。好笑这时郝珍业已瞧得眼花缭乱，休说是想瞧清什么刀法，便连三人的身形进退也都一片模糊。正闹得呆呆发怔，忽闻一阵风在索鞭围中，大喝一声，刀光一闪，人随光起，嗖的一声直跃起三四丈高，接着便用个饥鹰抓兔的式子，倒提单刀，就那朱祥头顶上大喝一声，倏地向下便砍。这里郝珍方替朱祥暗道不好，便见朱瑞从斜刺里单手用鞭便是个棒打金钱的式子，那鞭索飞蛇般破空直上，不但啪一声，那鞭头正中一阵风的提刀手腕，并且趁势一抖那索，早已将一阵风掠跌在地。这时朱祥忙抢上去，抓起一阵风抛的单刀，啪啪两刀背，先将他脚踵骨砟折。这里随后赶来的捕伙们，也便一拥齐上，于是要犯就缚。当由朱祥朱瑞先自押解了，直奔县城。这里众捕健和兵丁们照例地巢了贼窝，须发点儿小财，于是一面连连串串，先将擒获的群贼缚向一旁，一面去扑灭了贼巢中的火，然后将贼赃等物大抢一空，这才分驮马上，列队回城。

从此这贼巢那烧不尽的房屋院落等经官中查封，再也没人去踏脚。不料过得旬余，黄夜之间却有一人跃入其中，竟收拾了一个老大的包裹，负之而去。看官，你道此人是一阵风的余党，还舍不得老窝儿，来闹个回头看吗？却又不然，原来此人正非别个，便是郝珍。因为当时郝珍既见一阵风被擒，便忽然想起他所窖藏的金银珠宝，唯有自己晓得那所在，捕健兵丁们是再也搜寻不着的。自己且藏匿几日，俟事体冷下来，悄悄地来发这注横财，好回老家，岂不甚好？当时郝珍怙悝停当，便溜下冈来，就荒僻处藏了几日，如计行事。所以回到家后，便忽然十分阔绰。

以上所述，便是郝仁夫妇询得郝珍所以阔绰的一段缘故。交代既明，书接上文。且说郝仁夫妇本都是规矩老实人，辛苦作家，岂是容易？今既见积蓄都被郝珍抢光，又知他发了贼的横财，回家来如此胡为，自己将来是没得好日子过了。于是连气带忧愁，为时不久竟自双双病殁。这一来，郝珍去了老厌物的终日絮聒并咳声叹气，好不耳根清净。没有数月光景，他那爿屠坊中，登时兴隆，热闹异常。

看官，你道他比郝仁还会做生意吗？却又不然。原来他自郝仁殁后，便公然创起字号，于是一面修理屠坊的店面，十分整齐辉煌，一面遍撒请酒的东帖，于西乡的各村首事人，定期便在本宅洁樽候教。那西乡一带少说着也有百十个村庄，当时各首事人接到他这份突如其来的请帖，虽莫名其妙，但是大家都晓得他是个又臭又硬无头光棍的角色，谁也不肯辞酒，抹他的面孔，自找麻烦。大家以为他或者因本宅新修落成，想借请酒，夸耀于乡邻，亦来可知。于是大家便彼此齐合了，各携贺礼，届期都赴郝宅。到得门前，抬头望时，但见好一片簇新的高大宅舍。正是：

　　门容驷马势轩昂，高峻围垣迤逦长。
　　彩画丹青多壮丽，暴发新户好辉光。

当时大家忽见郝珍新修的宅舍竟如此气势，便知他把贼腥气的钱都施展出，方在彼此相视而笑，那郝珍早已拱手出迎，一面接过大家的贺礼，一面相逊入去。及至到得前厅内，只见丰腴酒膳都已列席停当，于是主客相逊，即便就座。不多时，酒过三巡，菜上五道，大家一面且谈且饮，一面见郝珍面容和蔼，方在心下稍安。又是猜测他请酒之间的当儿，只见郝珍忽地站起身来，笑吟吟地遍席敬酒，一面却慨然道："俺一向在乡里顽皮无状，多承诸位担待，不加督责。所以草草具酒，敬申薄意。不料反蒙诸位礼贺，令人不安。乘明日，俺也有菲礼敬赠诸位，但是哪位若不赏脸，给俺璧回的话，却莫怪俺顽性发作。"说话间，哈哈大笑，接着便尖厉厉的目光一闪，望向厅壁间挂的一柄短刀。大家见状，莫测其意。因见他双眉轩动，目注短刀，正在都为一怔，便见郝珍却又笑吟吟说出一席话来。

正是：

杯酒言欢方洽意，短刀入望又惊心。

欲知后事如何，且听下回分解。

第五回

赴柳河忽逢酒友
奔北京却遇财星

  且说当时各村的首事人们见郝珍说了些场面客气话，却又忽地挑眉立眼，望着短刀，大家正在一怔，便见郝珍一面从容站起，将衣服略为扎拽，摘取短刀在手，一面拂拭着刀鞘凝尘，却笑吟吟地道："俺一向在外游玩，虽见不了长进，却也幸遇机会，学得几路刀棒。如今大家聚会，无以为乐，且待俺献丑一回，博诸位哈哈一笑，多吃两杯好了。"

  大家听了，虽是莫测其意，但因他满脸生笑，眉飞色舞，不由都怙惚他是乍穿新鞋高抬脚，既发了臭财，又营了踢跳，自然要在人前卖弄了。大家怙惚至此，便都索性捧他个场儿，正在哄然站起，连连称妙。那郝珍早已呛啷一声抽刀出鞘，这就锋芒一闪，光照满座之间，这里大家早纷纷出厅，都聚拢在厅院的二门旁，单等观看。因为那所在既有一株老槐的树荫，又有些青花石块，可以垫脚瞧望。就是那两厢下，也聚拢了些豪奴们，都在帮乱凑趣。有的挺胸腆肚，有的啧啧着嘴子，直竖大指，先给郝珍提起气来，就仿佛将要瞧名角登场，先准备叫挑帘好一般。百忙中又有两人勒胳膊挽袖，端了两铜盆水，站在两厢的廊柱下，也不知摆的什么阵仗。

  大家见了，正在不解其意，那郝珍早已倒提短刀，卖一个燕子穿帘式，唰一声飞临当场，接着便单足落地，卓如山立。就这个金鸡独立的亮相才亮出来，早闻得两厢下众豪奴喝彩如雷。并有人高叫道："诸位上眼哪，您瞧这个千斤坠的脚跟柱，踏的多么结实！真是内练一口气，外练筋骨皮。真金不怕火炼，稀松才叫捣蛋。好武艺不怕行家看，就这一手儿，便需好体面的水磨苦功。人家又说了，是会看的看门道，不会看的看热闹。这套八宝连环护身刀，真是刀刀见血，层层变化，讲的是里三套，外三套，阳紧七，阴慢八，外挂着漫天落雨，滚地回风，一口气软硬俱全，八面锋虚实兼到。这其间的门道可多了，你就属看西湖景的，往后瞧吧！"

　　当时大家听那人这阵胡吵，居然给他主人帮起江湖溜口，恰在暗笑什么主子使什么奴才的当儿，那郝珍早霍地移步换形，一摆短刀，使个旗鼓，先就当场前超后越，左挑右搜，加以徐步走边，拉了个四门斗。然后侣步超风，就场中嗖嗖地使发那刀，一时间倒也好个火炽光景：

　　　　走场飒飒赛风旋，钩剁劈挑招数全。
　　　　虽是花刀归海派，却凭气力占筹先。

　　要说郝珍虽是跟一阵风学了些寻常刀棒，没得什么奇处，但是他天生的力大气盛，纵跃矫健，所以舞起那刀也自有虎跃龙骧之势。又搭着各村的首事人们都是笨眼儿，今见他舞到酣畅处，一片刀光，滚滚流走，须臾人影都无，竟自满场中簇起一团刀光风晕。大家至此自然都不由暗暗称奇。正在这当儿，恰好那团光晕滚至场心，大家方恍惚似见刀光起处，郝珍的人影一闪。忽然两廊下又是一声喝彩，接着便见那团光晕外，忽地水汽霏霏，只顾跟着光晕乱转起来。大家忙一面就一块大青石旁簇拥着，跂脚而望，一面定睛瞧时，不由也自喝彩不迭。原来那两个端盆水的人方在一面跟着光晕趋立，一面抄水只顾泼洒。但是那水却都被光晕旋转的风势激向四外，端的是滴水不入。这一来不打紧，张得大家正在都竖起脚尖，伸长脖儿，忽闻郝珍在那团光晕中大喝一声，接着便一现身形，刀尖擦地，其疾如风，便如一条银蛇般直向大家奔来。

　　大家因躲闪不迭，方惊得哎呀一声，纷纷跌倒。说时迟，那时快，便见头顶上刀光一闪，接着便咔嚓一声响亮，火星乱爆。大家正又惊得眼睛一眨，有的起而复倒之间，却闻郝珍哈哈大笑道："俺今天只顾献丑，却是不惊诸位。来来来，且罚我三杯。以后咱西乡中遇有事体，俺还要求诸位帮忙并指教。但是他们外乡老哥们如有不懂交情的，且叫他瞧这石块的榜样好了。"

大家听了，忙爬起瞧时，不由都面面相觑，心里打鼓。便料郝珍摆出这个阵仗，是意在敲山震虎，想独霸西乡了。看官你道怎的，因为那块老大的青花粗石，竟被郝珍一刀两段。这不消说，是他想借此立威用以胁众了。

按下当时宾主重新入座，一场欢饮吃至天色将晚，方才散去。且说各村的首事人等一路怙惚，回到家下，虽料郝珍是想创个字号，独霸西乡，但因他接待大家既十分和气，又说是还有什么礼馈回敬大家。自来创字的朋友，总要先装个人样，往人里走，方才有人捧场。想他要礼馈大家，无非也是这等用意了。

大家胡猜乱想，过了两天，因不见郝珍有什么礼馈送到，大家正又料他是只口说白话，嘴上的惠气之间。不料这一日早晨，才一开大门，大家门首都置着鲜肉一方，并有郝珍的传单一纸，上面的言词便是吩咐大家以后用肉只许用本屠坊的，不许外买，并有故违定惩不贷字样。末尾，他的署名之下，还画着一把刀，就如画押一般。这一来，大家方才悄然于郝珍想创字号，先从垄断这卖肉起手。统计西乡中，偌大地面，人烟稠密，一年到晚，大家小户，冠婚表祭，请客会亲，并做生日闹满月，还有过年过节，接闺女，犒劳做活的，等等，用起肉来是多的。他这份专利的营生，也就可观得很了。

当时大家接到这传单不由都皱起眉头。因为他既要胳膊做起独行生意，一定是高抬肉价，没得准斤足两，巧了还不管肉的好歹，你拿了响当当的大钱去，他一不高兴，就许把那刀前刀后筋断膜脑的烂污肉，胡乱丢给你算数。比其不妙者一，再者早早晚晚人都有个闲忙，扬风下雨天，也有个变化，如今要用肉，无论天好歹，人闲忙，都须从老远巴巴地奔他那屠坊去，磕头听赏，端的是十分不便，再别扭没有了。当时大家彼此会见了，谈起此事，虽是都不乐之下没做理会处，但是毕竟因用肉是小事一段，犯不着去掠老虎的逆毛儿，致生麻烦，于是不约而同地从此便都用郝珍屠场的肉。

始而郝珍趁着高兴，见大家来买肉，真还和气应付，给的肉也都鲜亮，而且还真是准斤足两。后来厌烦了，便胡乱地让屠场人们应付大家。俗语说得好，主多大奴多大。那些抱刀的人们仗了郝珍哇呀呀的威风，哪里肯耐烦做生意？见人家拿钱来，他只估量着斤两就是一刀，多也是这一刀，少也是这一刀。至于肉的精粗，是否新鲜，并皮骨多少，那就看你的当时交运如何。他屠场中的毛竹钱筒虽是钱满便倾，至于摆的大秤，却永远不动。大家至此未免忍气吞声，便给郝珍上了个徽号，叫郝一刀。虽是说他的行为却是暗寓强梁者不得其死，终须凉凉地吃一刀之意。便是如此光景，过得年余，因为没人去捋郝珍的虎须，倒也彼此相安无事。

不料为时不久，那郝珍却干出一桩骇人听闻的勾当。看官你道为何？原来那西乡的村户中，有个小康人家，此人姓甄，人家因他为人诚实和气，好说好笑，再也不会和人吵嘴打架，但都叫他作甄老好。他家有数十亩良田，膝下是一双儿女，儿名大拴，女名招弟，都有十八九岁的光景。大拴既生得精精壮壮，可以耕种刨锄，代乃翁之劳，那招弟也颇能操作家事，十分伶俐，并且生得一貌如花，只是头是头，脚是脚，从哪里端详也是浑身堆着娇俏。乍望去，竟似画中人忽然得了口仙气儿，活跳起来。甄老好有这双儿女膝下承欢，已然十分自在，偏又有个勤俭作家的老伴儿康氏，把家虎一般，每日价里里外外，一天跑到黑，操持起来，真是数过星星算月亮，滴水不漏。俗语说得好，表壮不如里壮。那老好得此好内助，按理说更该越发自在了，哪知偏又不然。两口儿却不免闹个小嘀咕，有时还有个小别扭。往往老好斗她不过，只好退避三舍，由她一个人唠叨发落。

看官你道怎的？原来老好为人百样都好，就是好喝盅儿，每逢去赶集进城，或是籴粮，或是卖家织大布，及至市罢得钱，必要解解嘴头馋，大吃二喝，尽醉而归。那集市上虽没得什么精致吃喝，倒也有的是熟食切肴，烧黄二酒，还有烙饼切糕、大碗面、漏饸饹等。老好本来和气，只要碰着三朋四友，或是对劲的酒友，他是非做东不可，大家便打地摊儿，团团一围，你去买肴，我去沽酒，那热腾腾的糕饼大面只顾流水似端将来，大家嘻嘻哈哈，吃饱喝足，一溜歪斜，唱起自在腔调，斜阳影里各奔归途。虽也真是个乐子，但是那所得的钱未免去了一半。老好素知康氏生属闷葫芦的（即扑满也），钱是许进不许出。因唯恐她碎嘴唠叨，每逢赶集回头，还必要大块割肉，归贻细君。不料他这位细君见去了钱，就赛如割她的肉，哪里还见得响当当的大钱换了吃到肚变大粪的肉？于是两口儿不免嘀咕。还有康氏虽是把持家好手，但是人要太精细了，就未免邻于啬刻。老好有时瞧不过，只要一插嘴相劝，您瞧吧，那康氏登时脖儿一醒，小鬏一撅，又开八字大脚，一面伸出老壮的指头，指点着老好的脸子，一面一张嘴便如翻花一般，从她入进门子起，直到现在，她怎的吃劳受苦，怎的兢兢业业，方才做起这份人家。如今你要倒提钱串，甩大鞋，摆谱儿，非驴非马，愣装四不像的样儿往穷里跑，老娘还不跟你去抱瓢拉棍，当花子老婆呢？好但好，不好咱便马的朝东，驴的朝西，老娘有吃有穿，有儿有女，谁还稀罕你这醉鬼来摆样儿不成？一席话，直闹得老好干瞪大眼。

那老好虽是常听康氏的絮聒，但是有她持家，自己除和大拴勤劳农事外，毕竟自在得很。这时大拴才十八九岁，没娶媳妇，虽不算迟，但是乡村习俗，当家主婆的，都讲究早使媳妇，那康氏更因自己操持太累，想给大拴娶妇，以便稍代自己之劳。于是不时地絮聒老好，去留心这份亲事。老好听了，却马马虎虎的，没甚在意。

也是合当遇有机会。这一日，老好向柳河村去赶集，市场将散，方才日色稍西。老好因时光尚早，正好从容觅醉。于是一路信步便奔河岸。原来那柳河岸下一带，便是市场的尾梢，地既旷朗，又有些树荫并河下的烟波风景。因此饭棚茶摊并诸般卖食物的小贩们，都聚拢在那里做生意。当时老好一路散步，见有鲜鱼活虾并肥蒲嫩芹诸般的下酒物，正待买些携归，忽闻背后有人拍掌呼唤道："喂，甄兄吗？好巧好巧，俺回家不久，正想看望您去，不想却在此幸会。您还是这样发福，真是心广体胖。咱们二十多年没见面，真该痛快喝一场子咧。"说话间，嘚嘚的蹄声已近。

这里老好听得语音似乎厮熟，忙回身瞧时，只见不远的从柳荫中走来个牵驴的汉子。遥望他约有四旬上下，生得高高身量，颇为魁梧。并且衣冠整洁，居然是长袍马褂，脚下还踹着一双登云福履。乍望去，竟不像乡村人们。这时他头戴青缎小便帽，当额的帽檐上还插着一纸折叠的红东帖，便做了遮阳的眼遮儿。手提鞭，一手却牵了头油光水滑的黑驴，甚是俊样。当时老好见状，那汉不像村人，却又认得自己，语音颇熟，忙在暗忖这是哪个，那汉已自趱到面前，方一面取下那红柬，一面向老好哈哈一笑，这里老好定睛一瞧，不由也大笑道："真的！咱们一晃二十多年没见面，真该喝一场子，自不消说。但是我就怪杀你，自那年你赌输了，抓了我一件旧大褂起了黑票（俗谓潜逃也），一向也没音信。怪道我方才听得语音厮熟，原来却是你老兄。如今咱闲话休提，快去吃酒，先较量一下好了。瞧你这一身荣耀，满面红光，想是在外面发财回头哩。"

那汉笑道："别提了，什么发财，不过托您的福，还有个该喝两盅的命，没饿杀在外面罢了。"说话间，一面彼此地唱个无礼喏，一面便相与直奔酒肆。

看官，你道那汉子是哪个？书中暗表，原来那汉名叫郭起，便是老好少年时所相契的一个酒友。当时两人每在集场上相遇，是不醉不散。郭起便在这柳河村左近住家儿，地名小屯。他本是孤身一口，跳墙挂不住耳朵的穷汉一条，却仗着口齿伶俐，心眼活动，先做小贩生意，弄了些本钱，便包捐牙税。虽是抓钱不少，却当不得他既有伯伦之风，复具盘龙之癖，又搭着马马虎虎，好交好玩，那钱是东手来西手去，再也握不住一文。

一日，又在赌场中玩钱，不但把现钱一下输光，并且欠了那囊家几串钱的垫钱账。论说这点儿小意思那囊家也不至于一抹面孔马上就要账，不料事有凑巧，前两天，郭起却因起牙税，和那囊家吵了几句嘴子，于是那囊家趁此机会，便成心塌郭起的台，当时竟自不容分说，动手剥衣作抵。这一来郭起却吃不消了，因为他好歹的也是个走外面耍人的朋友，虽然没钱，他却会拆东墙被四寨，全仗着把式打得圆，不露穷相。所以能站街面，像个人儿似的。有时窘住手，在街上摘摘借借，还不为难。如今被人家这一剥衣服，一场羞辱倒是小事，唯有这一露穷相，那些账主们定然都来要账，不但马上这一挤对，便似烂眼子撵蝇子，分拨不开，便是以后这份街面，也就没法再站哩。当时郭起思忖至此，摸摸腰中，还剩了吊把钱，一路价垂头耷脑，趒出小屯，方想且去吃酒破闷，恰好劈头撞见甄老好赶集回头，手内还提着酒瓶食物等类，不容分说一把拖住，向家下就拔步。两人见面就吃酒，虽是老对手，但是此次郭起却闷闷地不大高兴，及至老好询知其发闷之故，却笑道："玩钱勾当是当时交运，这次输，下次就许赢，不算回事。咱一去吃酒。"郭起听了，只好没精打采跟了老好去一场痛饮。俗语云，闷酒易醉。当晚郭起在老好的家中倒头便睡，直到五更左右方才醒来，不由蓦地想起心头之事，暗忖故乡既没法再混，只好且出外谋生。人家都说：出门何所图？胜如家里坐。虽无天上梯，一步高一步。自己虽没得显亲贵友可以投奔，但是刻下北京地面还有个族叔，现方在户部里当点儿小减速，何妨去投他，碰碰运气？虽不能到那里抓好事，但是总有安身之处了。当时郭起想得停当，便挑起残灯，取过文房四宝，刚要将自己投奔北京之意，写下小书一封，留给老好。忽地一阵将晓的凉风吹得自己打个寒噤，郭起这才猛想起自己的外衣被人剥去，只剩贴身短衫。于是叹口气，随手将老好脱下的一件旧长衫穿在身上，即便写好留函，悄然而去。

在郭起之意，以为那族叔不过在户部里当个小差事，定然局面有限。不料到得那里，一瞧那局面好不阔绰。原来他那族叔现方在户部银库上当差事，手下管着许多库丁。单是库丁们每年孝敬头儿的银两，就以十余万计。所以他那族叔住起高房大舍，出入走马热车，奴仆成群。宅内是宾客常满，酒肉笙歌，通宵达旦。乍望去，就如什么富商显宦的大宅门一般。当时郭起初到那里，也颇怪那些库丁们不过是奔走下役，单管由库里搬取银两，无非是卖气力的工作，虽工资颇丰，却也有限，怎的每年价就有许多银两，来孝敬头儿呢？后来听他族叔的家人们说起来，郭起方恍然于库丁们生财

43

有道。

　　看官你道怎的？原来当这库丁，并非尽人可为，必须是当地的豪猾之流，不但须略会武功，还须会些运气功夫，方够资格。因为只要一当上这库丁，那九城中的地痞光棍人们，便都视他作财神爷，冷不防的大家便齐合了，或狙伏于要路，或简直地闯入他家，不容分说，架起便走，一径地把他撮到秘密窝藏之处。这份优待真如供养活财神一般，不但饮食服用务极丰腆，并且声色玩好之娱无所不备。却一面撒黑信于其家属，定数价令其拿银来赎。银到时，大家便佛眼相看，那库丁毫毛无损。不然的话，便休想活命。当时口号便叫作抢库丁。所以那当库丁的人，不但出入需有打手保镖，还需自己会些武功，准备危险时不至于束手被擒。至于还需会些运气功夫，说起来却恐财主们不大爱听。原来库丁们生财有道，他这份道，真可谓非常道。也不是胳膊长，也不是手把快，却大有日进斗金、面不改色之势。看官你道奇也不奇？因为每当开库搬取帑银时，那户部的官员们另防库丁舞弊，或有夹带藏掖等情，是照例地叫他们脱得赤条条，一丝不挂，这才入库。及至出库，还须舞臂踢腿，或打个飞脚，以示无弊。那堂官们便都是雕花的眼睛，明察秋毫，因见他们都光溜溜的，自然不疑会偷藏银两了。哪知他们回到家中，居然会屙金屙银，不但并不皱眉，并且谈笑如常，仿若无事。看官，你道他们都做过龙阳，所以才有这般大量不成？却又不然，因为他们运用那口气功，所以臀内松活，收放自如，且能提得住那么大的重量，这便是他生财大道哩。

　　且说郭起见库丁们发财甚易，虽是眼热，却苦于自己不会气功。过了些日，正想求他叔另觅一枝丫，暂且安身，哪知人的时运来了，就有财星照命。他那族叔这时已年老气衰，本已虚弱不堪，偏又有些小婆子们都抡圆了斧头，争伐枯树。一日，竟自得了个软腿半瘫之症，自己既行动不得，便派郭起去管理库丁。这一来，郭起不由大发财源，因为一时的用舍库丁之权已归郭起掌握，那库丁自然都来奉承了。刚过得数月光景，郭起业已坐致万数千，自己在家乡本做过小贩营生，很懂得操奇计赢的门道，如今既有了资本，自然便弄说多财善贾。于是便择相宜之地，寻了伙友，开起个小小杂货铺。过得数月光景，十分得利。郭起大悦，正待再添资本，开拓门面，索性大做，不好了。

正是：

快意当前忽小挫，会看树倒散猢狲。

欲知后事如何，且听下回分解。

第六回

柳河村换盅定姻事
甄老好得意戏闺房

　　且说郭起正待再添资本，拓大局面，不料他那族叔油干灯灭，一旦归天去了。管理库丁的这份优差，那司库的官员自然是派别人，从此郭起便在北京专营商业，连年价甚是兴隆发财。人既有了钱，虽是光棒一条，自然就会成家立业，于是郭起一面央媒娶了老婆，一面安居乐业，过得两年，还添了个女孩，便取名金子。

　　光阴迅速，转眼间便是二十来年。一日，郭起忽起乡思，暗忖自己抓了人家一件旧长衫，跑到北京，混到如此局面，总算罢了。当时若非那囊家一场逼迫，焉有今日？看起来，俺不当怨他，还该引以为德才是，如今他却不知是何光景。便是俺酒友甄老好，也自多年暌违，殊令人思。怎的和他痛饮一回，畅叙契阔才好。当时郭起怙惚至此，竟自鲈兴大作，正待便整归其，连妻女也带了，且自回乡瞧望上一趟。恰好事有凑巧，一日杂货铺的伙友们因应付生意，却得罪了一个无头光棍，此人生得傻大黑粗，十分凶恶，刀子不离身，专讲杀打砟割自不消说，并且专好羞辱人，如剥光屁股栽刀蜡等事。当时那光棍大怒之下，抢起拳头将得罪他的人暴打一顿还不算，并且迁怒于郭起，便扬风卖嚷，定要冷不防来寻晦气。郭起一想，此等人不可理喻，他说得出就做得出，自己朝夕出入，又防不胜防，倒不如且避他的风头，索性携了家小，到家乡住上两年。一来整理门户预为归老之计，二来望了故乡朋好，岂不是好？

　　当时郭起想得停当，更不怠慢，便一面略为料理铺事，并嘱咐伙友们好好营业，一面向妻子一说暂避那光棍之意。妻子笑道："如此也好，只是咱金子前些日吴家央媒，来给她说亲事，连乾造八字都开来。吴家和你是朋友，那男孩子的年龄相貌也都配咱金子，只差着还没给他们批算八字，不知合用与否。俺想且把这八字请人批算了，合用咱就许这份亲，不合用咱就回复人家。料理毕此事咱再走不好吗？"

郭起道："不必耽搁，等我到家乡央人批算了，咱许亲与否，只消回复吴家一封书信就是。"

当时夫妇商议停当，即便收拾一切，择日登程。及抵家乡，那小屯的人们忽见郭起发财还乡，自然是冷亲疏友都来钻这份热灶门。于是郭起一面整理门庭，安置家事，一面连日置酒，款洽亲朋，直闹过个把月，方才稍为消停。郭起略为定神，正待向柳河村赶个小集，一来瞧瞧故乡风景，二来集场上有的是批八字合婚的摆摊先生，且去拟过这份男女的命运，以便复书于吴家的当儿，不料紧接着又上来些地牙子房牙子等人，今日你来说田地，明日我来说房产，既已闹得郭起迎张送李，昏头奄脑。偏又有些穷亲友并帮闲的人们，都瞧郭起是块肥肥大肉，大家只顾川流不息地来闲谈起腻，总想揩点儿油水，才是意思。大家屁股上都似坠了千斤闸，一坐便是半日，哪里肯动。好容易又乱过几日，郭起这才抽空儿来到柳河村，及至批算命运毕，却不合用。郭起只好取了那批命的红柬，又自在集场上游逛一回，便奔归途。不意却在这河岸间，恰遇甄老好哩。

以上所述，便是这郭起的一段来历。且说当时两人行抵那酒肆门前，一面就肆旁柳树上系了驴儿，一面步入肆内。早有酒保就临窗一处座位上安置杯箸，两人故友忽逢，更不客气，方相与随便落座，彼此略述别后光景毕，都各欣然之间，早由酒保端上酒菜，老好便笑道："你我相别忽已二十余年，彼此都苍老了许多。还亏得酒兴不减，咱且慢叙家常，先干他一壶如何？"

郭起拍手道："好好，不瞒您说，俺虽在北京什么好酒菜都吃到过，只是和人家吃起酒来，总觉不如故乡风味，又觉不如和您吃酒有趣。今天咱酒场重开，端的可贺。来来来，咱且碰个盅儿，便当贺喜发子。"

老好笑道："人家做亲家是换盅儿，咱们会朋友却碰盅儿，倒也有趣。"说笑间即便各自斟杯，端的是：

旧朋忽逢各举杯，相看莫慨鬓毛衰。
当年豪兴依然在，莫惜十千沽酒来。

当时两人谈笑之下，杯来盏去，不觉各叙家常。那郭起及知老好膝下有大拴招弟，不由笑道："看起来还是甄兄有福，业已儿女双全。俺跟前虽有金子那妮子，和大拴同岁，便是却还缺个子嗣，总觉是件事儿似的。今天俺来赶集，就因有人给金子提亲，俺文教请人将男女命造八字批算了一下，却不合用。"说着，将那案上置的红柬一指，道："您瞧，这就是人家给批的命造帖儿。像这些批算命造的事，都是婆婆妈妈的勾当，满可不必。给儿女定亲，只要本乡本土，门当户对，两亲家对脾胃，男女的年龄相宜，这就很好。如今俺家金子正和您家大拴同岁，咱们多年的酒友，对劲儿更不消说，那么咱们也不用央媒说合，也不用批算命造，干脆，换个盅儿，给孩子们定了这份亲事，咱们也旧友亲为新亲。今天这场酒，才吃得有趣哩。"

说话间，哈哈大笑，一面先将自己的杯子斟满，一面将那红柬一把撕掉，不料老好也顾不得答话，先斟满杯子大笑道："您怎么想来？方才俺正怙惔到这里，这套话还没出口，您倒先替我说了。那么，咱就一言为定，二句话没有，好咧！"说着，便彼此换盅，双双的一饮而尽。方相与一照杯底，响亮亮地喝声干。恰好酒保来添热酒，倒闹得一愣。

按下两人一场欢饮，直吃至日色将落，方才各散，且说老好吃得酒有八成醉，因见郭起骑了驴儿嘚嘚而去，便也算付酒钱，一溜歪斜出得酒肆，又买了些食物肴饼等下酒物，用荷叶包了，便奔归途。因为康氏终日絮聒着给大拴定亲，如今无意中居然成功，心下好生畅快。于是一路行歌，只顾两脚如飞，纳头奔去。不料正唱到

"手提银壶把酒筛，叫声小郎才……"忽闻背后有人吵道："你这天杀的，实邪咧！这会子黑天没日头才撞回来，又不知在集上撞见哪个王八，吃得这样醉猫似的，索性连家门口都不认识了，还哼什么'把酒筛'，你这老杀才，还不给我住步。"

老好听了，忙住步回头，自己也觉好笑，原来业已过自己家门数步之遥，那康氏梗着小鬏，方倚着门，斜迈出一只大脚，一面用手指点着自己，一面还两眼鳖鸡似的哩。老好忙一面转步，一面暗忖道：这老婆讨厌得很，每逢俺一端盅儿，她那套讨厌话马上就来，不是没柴就是少米，再不然提起什么老账，只顾疙瘩啰唆，麻烦不清。再不高兴，便怨天恨地，夸起她的十大功劳，又是怎的起早睡晚、怎的数米量柴、怎的拆洗缝补、怎的下场（谓勤农事）上炕（谓动女红）。夸到起劲外，简直地连生儿育女都是她一个人的功劳，不算我的数，瞧我是个提起一嘟噜撂下一块的活废物。及至吵得人盅儿一蹾，去犯别扭。她也很得意的，耷拉着个丑脸子，也不知是冷笑是好笑，一撇黄板牙的臭嘴子，壖着屁股，拉开八字大脚，百忙中还来个一扭三道弯，给你瞧瞧，这才算完事一宗。你若有时高高兴兴地，买些时新食物，叫她整治，想把来下酒，这个麻烦自找的又大了，她先是脸子一沉，抢风使火，先给你个下马威，然后提高小宫调的尖嗓子，你瞧这阵数落，又是拿她当驴使了，不知她闲忙，不知她辛苦甘苦了，这套完毕，便绕八个弯，便如秀才做文章一般，一路价因话逗话，起承转合，总要绕到她嫁我抱着八分委屈的话头上，这才为止。这一来，虽是香喷喷的食物，可以叫人嚼出苦辣酸甜咸，外带着带有些不可说的滋味。至于我吃酒想叫她欢天喜地地服侍一回，那更休想。如今且趁这大拴定亲的大喜事，待我且摆摆架子，先叫她听个喜信头儿，心头发痒，然后再支使她服侍我吃回痛快酒，岂不甚安？

当时老好想得停当，更不怠慢，便笑道："你不要胡吵，这次俺赶集可真真没吃酒，不信时，你瞧俺把这消夜的食物都买来了，就为的是少时找补一下。俺皆因这次去赶集办了一件大喜事，心下一痛快，所以连家门口都马虎过去。少时你听了这件大喜事，保管连屁股都乐得颠两半。没别的，今天咱有这么大的喜事，可谁也不许闹别扭，你就快去整治这食物，服侍我且吃喜酒吧。"

说着，凑向康氏，还未及将所携的诸物递过，却被康氏劈手夺去，一面唾道："人家说你是个瞎撞，不知人辛甘苦，你还似乎抱委屈。人家在家里筛米簸面，劈火柴，挑水担，忙早食，做晚饭，抽空儿还须缝缝绽绽，穿针纳线。堵鸡窝，扫猪圈，关后门，扫前院，盖酱缸，擦油罐，一天给你忙到黑，咱们这个且不算，如今黑天没日头，你弄些个食物，瞎撞四头，亏你不羞还好意思地支使人又去刷锅攘灶。人家是嫁汉嫁汉，穿衣吃饭，外挂着茶来伸手，饭来张口。都是身不动，膀不抬，四平八稳，坐在炕头上当老太太。俺这可不错，倒成了你花钱买到的骨头肉，当起奴才来了！那喜神难道瞎了眼，就会撞到你身上？你会办什么喜事？如果你把大拴的亲事办成了，算件喜事倒也罢了，只怕你又没这本事。如今却来胡说八道，想支使人，老娘还不耐烦弄这份鬼吃的倒头饭哩。"

说着一梗脖儿，刚要赌气抛物于地，老好早哈哈地笑道："你且别忙，这份喜事还真叫你吵对了。咱家大拴不但定了亲，并且咱们这位亲家是个响当当的大财主，人家新从北京回家，嚙，那阔绰法就不用提了。现在细情且慢说，如在当街，走了喜气儿，可了不得。你快去整治肴菜，把酒烫得热热的，待我歇歇腿子，细说于你。但是这等喜酒必须吃了顺齐，谁也不许说闲话闹别扭。"说话间便大摇大摆，含笑入门。

那康氏早眉欢眼笑，一面跟在背后，一面用袖撢撢老好背后衣上的土，便笑道："真有这样的喜事吗？你若说谎俺可不依。你瞧你真是乍穿新鞋高抬脚，才攀了个阔亲家，就摇摆起来了。你快说这个大财主是哪个，俺早听早欢喜。"

老好微嗔道："你忙什么？谁还抢你的阔亲家不成？"

康氏忙笑道："哟，你不要发大爷脾气，嫌人絮叨，但是你不说，俺也猜个八九不离十。咱村南里有个大舌头，在北京开着好几处米粮店，莫非是他？"

老好道："不是。"

50

康氏道："莫非是石臼窝的李大侉吗？他是山东人，推车贩布出身，如今却在北京大做布庄生意哩。"

老好听了，好笑之下，一面迈起鸭子步，一面哼了声道："李大侉吗？他往哪里摆呀？"

康氏惊喜道："哟，咱这亲家比李大侉还阔吗？这可真了不得。东也不是，西也不是，这可是哪个呢？"说着，一面又伸手去舒舒老好后衣襟的皱纹，一面哈哈地笑道："这回，俺可猜着了。准是咱西乡村首户的王大麻子，他在北京虽不做生意，那乌壳儿（俗谓气派也）可大了，全仗着结交官吏，走动衙门，并包捐放债，每日价真是大把抓钱，流水似的往家里淌。真要是他，俺还发了愁呢？你说俺这褪毛鸡似的穷老婆样儿，怎的去会亲家吃人家的果子茶并金碟银碗满汉全席呢？"

一阵胡吵，招得老好正在忍笑不迭，不料康氏高兴之下，又见老好一声不哼，便俏摆春风，一面扭了两步，一面就老好屁股上轻轻一掌，嗤地一笑道："你不言语，准是叫我猜对了。你时常说我屁股胖，有点儿后福，如今俺得了这样阔亲家，简直地连带你这瘦屁股也有福了。怪道俺今早爬起来穿裤，直觉屁股发酵发胀，原来是这股子喜气冲的。不信，你来摸摸，还又软又热，似腾腾地冒蒸气哩。"

老好听了，也不理她，一径地走入室内，却又闻康氏一面向厨下走，一面嘟念道："喜鹊吱吱叫，必有喜气到。怪道今早喜鹊只顾叫，便连那灶王爷老两口儿也似瞅了我直滋嘴儿。如今没别的，等我先给他老人家多烧香，多磕头，然后我也吃杯喜酒，冲冲我跟着人家苦了半辈子的穷气。"说着刚咳了一声，这时老好料她又毛病发作，要照老例的那一套，便忙喝道："你不耐烦吃喜酒就罢，把物儿丢在那里，待我歇够了，自去整治就是，难道没屠户还连毛吃猪不成？"说着，索性地啪一声一拍桌子。

正在又复忍笑，便闻康氏又嘟念着笑道："真是人有了阔亲戚也气壮，俺也没说不耐烦，人家就拍桌子了。说不得，快些划起来，且讨人家个欢喜脸吧。少时，索性连俺老草鸡下的蛋也煮上两个，

51

来吃喜酒，俺为什么想不开？有了俺大拴的阔丈人，难道还愁挨饿不成？"

老好听了，虽是还不理她，但是却不由暗笑不已。又暗忖道："少时，俺索性叫她高兴个大的，然后再戏弄她一回，也出出我连年价受她许多的絮聒气。"

怙惚间，就榻歪倒，本想略为歇息，不料酒力已过，发起困倦。头才着枕，早已蒙眬睡去。恰在恍惚中，还似和郭起吃酒一般，忽闻浓浓的一阵脂粉香气直钻鼻孔，接着便有只软软的小手儿，就自己肩头轻轻一拍，便笑道："人家都是人逢喜事精神爽，你怎的打瞌睡？莫非被喜气冲大发了吗？如今喜酒停当，待我揽你起来，快去一面吃，一面细说咱那阔亲家到底是哪个好了。"

老好听了，忙睁眼一瞧，只见满室中明烛辉案，上是碟碾碗碗，都已摆列停当。不但酒酒肉肉，汤汤饼饼，一概俱全，并且还有盘鲜红的喜蛋。对面的座位上，也拂拭得净无点尘，而且加了椅披红垫，榻前是笑嘻嘻娇滴滴花绿绿香喷喷叮咚乱响地站定一人，非别个，便是康氏。老好不瞧她时便罢，一瞧时不由浑身肉麻，便起来大笑道："你这可不对，俺还没死，你就想再走一家吗？"

正是：

　　且喜良朋结姻好，不妨游戏闹闺房。

欲知后事如何，且听下回分解。

第七回

良宵小宴忽喜忽嗔
冷被昏灯疑云疑雨

　　上回书交代到老好一见康氏不由浑身肉麻，便跳起大笑道："俺还没死，你就想再走一家吗？"看官你道如何？原来康氏因高兴之下，早已重新晚妆，扎括得花朵儿一般。那张冻梨似的长脸，鸡窝似的小鬓，都已擦脂抹粉，插花戴朵自不消说，并且把她做姑娘时的老箱底儿都施展出，虽没有什么珠翠锦绣，倒也是银钗金钗，红裙绿袄。并且满身上都是零碎，如汗巾怀镜等类。既已花花绿绿，行动间叮叮当当，偏又踏起一双大红绫布，满着扎花，红绸提跟，绿牙锁口，仙人过桥式弯木底儿的翘尖小鞋儿。想当年，她穿这双小小莲钩，虽是增半天风韵，但是而今穿起来却未免有些凿柄，只好借重于重台（俗谓重台日里高低），好歹地将纤纤玉趾揉憋在里面。这一来，虽也略增清波微步若往若还的姿态，但是却未免眉心频蹙，瓠犀微启。虽是似添了些又是想他又是恨他的病厌厌的闺情媚态，然而老好乍见之下，又焉能不浑身肉麻？原来这浓妆艳抹，是美者增其美，丑者增其丑哩。

　　当时康氏见老好笑她，便笑道："你别嚼蛆，咱既吃喜酒，就该扎括得人儿似的。依我说，你也扎括上做新郎的那一套，咱索性趁这喜酒，演演旧礼，重新地先吃个交杯盏儿，然后再哈哈，岂不是有趣？难道你瞧咱大拴不久就娶阔媳妇不眼热吗？"说着，笑眯眯一眯风眼儿，就要用手来搂。

　　慌得老好忙摆手道："我的妈，你饶了我，叫我多吃两杯喜

53

酒吧。"

说笑间，两人就座，即便斟杯。这里老好方要举箸，那康氏早剥了两个喜蛋，递将过来，一时间彼此说笑，盏去杯来。这场喜酒倒也吃得十分舒齐。正是：

> 红台烛影泛金波，喜气今宵特地多。
> 昔有傲妻常峙节，今看老好戏康婆。

当时老好一面吃酒，一面瞧康氏是眉欢眼笑，一会儿给自己斟酒，一会儿布菜，一会儿问汤问水，一会儿问咸问淡，不但殷勤无可无不可，并且柔声和气，娇娇滴滴，蝎蝎螯螯，不知怎样熨帖自己才好，竟把每见自己吃酒的奍拉脸碎嘴子一概收起。康氏本不会吃酒，这时是三杯入肚，脸泛红霞，居然眉梢眼角间荡漾出三分春色。俗语云，人是衣衫马是鞍。她这样一擦抹扎括，从影绰绰的烛光下，猛望去加以观其大观，无须细求，谁说不像个半老佳人呢？老好见状，不由一面瞧了她两眼，一面沉吟道：这个碎嘴婆，今天可被我拿下马来。待我再凑她两句，然后再说给她这定亲的正事。

怙惚间正要开口，不料康氏忽见老好笑嘻嘻地连瞅她两眼，便头儿一低，也撩起好几道皱纹的俏眼皮，低唾道："呸，你别害邪了。难道你还真想温旧礼吗？你快说给俺咱那阔亲家是哪个才是正经。"

老好笑道："正经正经，管保你喜气冲冲。待俺说给你吧，也是活该咱婚姻有定，今天俺赶集去，忽然撞见个二十多年没见面的老朋友。嗬，那阔绰法就不提了，人家新从北京发财回头，俺两个在二十年前要是见了面非吃不可。当时吃将起来，话来话去，谈起家常。他说他有个女孩儿名叫金子，现方有人提亲，只是合起命造使不得，俺虽想把咱大拴把金子说了来，但是人家那么阔绰，咱也不便开口。哈哈，你猜怎么着？反倒是人家愿意做这份亲事。所以俺两个彼此一换盅儿，登时便两亲家了。家里的，你瞧这不是天作之合吗？"

54

说话间，方要斟酒，康氏早笑道："你瞧瞧，如今我又要说你是个二百五了，你说了半天，咱这阔亲家还是个无名氏哩。"

老好笑道："咱也不必提名道姓，但提一事你就明白。二十年前有一老客，宿在咱家，抓了我一件旧长衫，起了黑票。咱这阔亲家便是此公。你瞧不含糊吧？"

一句话不打紧，只见康氏啪的一声蹾杯于案，登时又是一番光景。正是：

眉梢倒竖眼圆睁，变相忽成夜叉容。

是喜是嗔全不辨，但余冷笑势汹汹。

当时老好见此光景，正在摸头不着，那康氏早咬牙切齿，倏地站起，先出一指向老好脑门上尽力一戳，然后道："你说什么？说的那王八，不就是那赌博鬼郭老起吗？他一向没把浏览似的，东撞西骗，撩天刮地，谁不晓得？凭他叫人剥了衣，夹着个屁股眼子，撞到北京就会发财？难道北京人都是他爸爸吗？你这瞎撞，血迷心窍，在集上不知怎的吃了他两杯便宜酒，便忘了生日，和他换什么盅儿。这还不算，又回家中装大爷，还吃什么臭喜酒。难道这事就罢了不成？再者你知他家金子是怎样个黄毛丫头？倘若丑八怪似的，外带着拐腿瞎眼，这不坑杀人吗？你不要慌，反正是这酒把你支使昏了，换盅换盅，我且叫你拉出屎坐入腔，你不乖乖地快去给我退亲，咱马上就是饥荒。"说着，唰的一声一勒袖儿，现出老壮的一段黑粗的胳膊，因为劲头十足，那腕上戴的两副三两重的大银镯碰撞之下，只顾乱响，就要去抓老好。

这里老好忙抬手道："你且消停，他发了财回家，是他亲口对我说的，难道人家还说谎不成？你不愿意也是活事，待俺明日去看望他，便打退此亲，你也不用生气着急，只当听闲话儿，待我细说了他发财的缘故。此亲不做，以后你可不要后悔。"

康氏听了，一面怒气稍息，一面道："你没的说，郭老起嘴里准有舌头吗？他说发财你见来？"

老好听了，也不理她，便一面自斟自饮，一面将郭起在北京的一切际遇细细说毕，又笑道："反正这是闲话，他谎不谎的都不打紧，横竖明日俺去退亲。就是如今话既说开，又难得你今晚这么一扎括，咱且吃酒。换盅儿虽不算数，咱这演旧礼的交杯盏可得算数。来来来，咱且演过这套旧礼，少时，咱还要演那套旧礼哩。"

说着举杯，呷了一口。还未及递向康氏，但见她好个光景，正是：

> 耳倾目转态沉吟，似是踌躇此项亲。
>
> 慕富怕贫交战处，悬旌一片此时心。

且说康氏听老好说罢这位阔亲家在北京一切际遇，不由心下犯起含糊。因为此亲若做，又恐郭起自家表富的话或是撒谎大吉，若是不做，若郭起真这么阔，岂不是悔杀人的勾当？并且老好赌气明日就去退婚。此亲做与不做，到底怎么办呢？当时康氏怙悷至此，正在一面思潮起落，一面低头沉吟，恰好老好笑嘻嘻地站起身来，一面就康氏肩头轻轻一捏，道声照礼，竟自递过那他喝过一口的酒杯。这一来，闹得康氏不由扑哧一笑，便唾道："没人样的，人都叫你闹昏了。待我到灶下一面料理，一面清清头脑，回头再和你算账。"说着竟自暂去。

按下这里老好见状，情知康氏是听了自己的一席话，暗暗挠不得，对于此项亲事是属舐热油的，又要吃，又怕烫，不由好笑之下，直吃至半醉光景，这才解衣就寝。且说康氏一径地到厨下，一面将锅头灶脑盆儿碗儿料理清爽，一面剔亮壁灯，又给灶王爷上了晚香，这才坐向安榻，只顾扶头沉吟此项亲事是做兴否。但是两个念头在肚内越打越凶，却总没个解决。正在躁汗涔涔、十分难受之间，忽闻微风吹灶，扑扑作响，接着便灶下鸡窝内的鸡子扑拉一团打翅喔喔一声。康氏忙抬头瞧时，那壁灯已昏沉沉的，其光如豆，有支香却倒在灶王爷的大黑脸上，烧了个挺大的窟窿，倾耳村柝，业已连敲四记，差不多将近五更，所以鸡子竟打头鸣哩。

康氏不由越发着了老急，因为天明在即，老好赌气说去辞婚，自己这会子还没拿定主意，此亲毕竟做不做呢？当时康氏怙惚至此还要抹抹额汗，恰好那壁灯啪的一爆，满室大亮，这一来倒提醒康氏，不由合掌，暗忖道：灯光菩萨，倒是你老人家不白受人家香火，遇事真提醒人。不像那灶王爷只知拿人糖瓜，活该烧他那黑脸子。俺与其叫他去辞婚，何如俺去跑上一趟，再定此亲。不但瞧出郭老起发财与否，便连金子也就势相相，岂不甚好。

康氏怙惚至此，连忙下榻，方想去和老好商议，不料因忽地得了好主意，心下一喜，下榻慌忙，一下子蹶了脚尖子，这就略一皱眉，刹那之间，忽又暗道：慢着，那天杀也是属牛性的。他只定了主意，是棒打不回的。他既被我摆布得赌气要去退婚，这会子一定没好气。若平白地和他商量，是非吵架不可。如今说不得只好先给他消消气，等他到无可无不可的当儿，再提俺的主意，管保成功。

按下康氏想得停当，便不怠慢，一面剔亮壁灯，拢头整鬓地做作一回，这才悄悄地趄向内厅。且说老好，甜甜的一觉睡到五更头上，忽地醒来，只见昏暗的残灯一穗，酒桌上杯盘狼藉，连自己坐的凳儿也倒在地下，想是自己半醉后，趁身就寝所撞歪的。老好见状，正在一面地好笑，一面想翻身向内，再找补一霎儿回头觉。忽闻院中隐隐地有人走动，老好料是康氏，不由暗忖道：这不消说，准是那老婆，惦念着那亲事的勾当，不知怎的，一夜也没睡觉。如今却来和我捣蛋。少时她进来见我吃醉的样儿，不消说又是一阵雷头风，还夹着唠叨不清。我且给她个大麻木，装睡大觉，看她怎的。

老好想至此，因酒力发作之下，下部有些发热。便一面掀开被窝，又揪揪背后的被头，出出热气，一面眯合了眼，小作鼾声。从残灯光中偷瞅去，方料康氏一定是风娘娘似的，一面嘟哝着咸咸淡淡，一面闯然而入。不料康氏的脚步到门忽驻，接着便轻轻地略揪门帘儿，这才悄手蹑脚地挪将进来，竟仿佛怕惊醒自己一般，并且一面剔亮残灯，扶起凳儿，更不去料理酒菜，就便榻脚头的便宽间坐了，一面望望自己，一面先轻轻地卸下簪环等物。这一来老好不由又是一阵怙惚道：这老婆对于我一向不会这么小心过，如今不知因那亲事憋出什么馊主意，却来如此蝎螫。不要管她，俺是装睡大觉，给她大麻木就是。

　　思忖间，偷瞅康氏，已自脱得光溜溜的，狠不雅相。这里老好方在一面地好笑，一面紧合两眼，鼾声大作，忽觉自己背后的被幅间凉渗渗的一股风，接着便热温温的两只胖乳先偎将来。老好料是康氏由榻脚头爬向自己背后，竟自启衾而入，真个想温旧礼。但是这当儿因婚事彼此方犯别扭，她却如此高兴，这其间未免事有可疑，说不定她憋出的馊主意，是想向郭家瞧上一瞧，然后再定此亲。因恐我赌气之下，不叫她去，所以才如此地小心下气，怪道她忽地把夜叉式的嘴脸子收起哩。老好怙惚至此，正在连忙忍笑。不好了，忽觉自己身后偎到一只胖牛一般，不但热乎乎的一只大腿先搭向自己的腿子，挟着一股五味俱全的裆风，中人欲哕，并且上面一只胖胖的胳膊挟着腋臭弯过来，不容分说，搂紧自己的脖儿，就要扳转面孔。在康氏不暇温存，便来个开门见山，双管齐下，本是急于消了老好的气，以便商量正经。不料老好早已瞧透她这份神机妙算的阴阳八卦，一时间一阵肉麻，并且被她扳得咯喽一声，倒抽一口凉气，哪里还吃得消？于是登时来了个鲤鱼打挺，一面甩开康氏那只胖胳膊，仰面朝上，刚喊得声且慢动手，下面的一只脚还未摆脱康氏那只大腿之间，哪知康氏更来得干脆，便就势抬身，一面将搭的腿虚拱着向前一挪，接着这面的一只腿也取半跑之势，顷刻间，就要跨马临阵，据鞍头顾盼，重温旧礼起来。

　　就这阴阳颠倒、若即若离之间，慌得老好不由一面尽力夹住她，吭哧声推向枕畔，一面引衾盖了，却大笑道："你不要胡闹，你无非是想亲自向郭家走上一趟，先唱出《瞧亲家》，横竖我不拦你这份高兴就是。没别的，你且给我免礼，咱且谈正经。若论郭老起发财，那是一百个没含糊，只是那金子的容貌如何，俺却不晓得。你自去相相倒也甚好，但是有一件，你去不打紧，却不许穿你这份花花行头，扎括得花老婆婆似的，没的倒叫人家见笑。"

　　康氏听了，不由一面乐得眉欢眼笑，一面引手摸索着老好的胸腹，却笑道："瞧你不出，你这个只知装酒馕饭的屎瓜大肚皮内倒也有心眼，会钻人心缝，猜人心事。俺不曾向你说，你怎的便知俺要向郭家走一趟呢？"

老好笑道："那不用问，你自家也该明白，你每逢来困觉，因嫌我不济事之故，必要沫沫渎渎，来一套磕搭腔给我听听，又是我食亲财黑了，不知人甘苦了，又是你嫁我一百个不值了，一天到晚，家里人们彼此碟大碗小，碰着撞着的许多琐琐碎碎，你一个不高兴，这份不是便登时派在我身上，总要治得人牙掉了肚内咽，胳膊折了袖里揣，这才算数。再不然便装傻装愣，就仿佛自己受了天大的委屈，死活都难受，奔拉着脸子，向着炉壁，不哼不哈，死木头一般，一坐便是半晌，并且还要眼泪汪汪，只顾挤拉。如今这套整治人的刑法一概都免还不算，并且还向我这么殷勤，这是日头从西出的事，所以我便料到你必然是有求于我，是要向郭家走一趟哩。"

康氏笑道："你没的胡嚼蛆，给你点儿脸，你就样儿上来，这就是求着你吗？那么，我便真个求句。"

说话间，倏地引手向下，慌得老好忙扭身道："慢着，咱还是免礼吧。一霎儿天就亮，你如真个去唱《瞧亲家》的话，还须梳头裹脚，找蓝布衫，寻大花鞋。新亲登门，还须不村不俏地给人家拿点儿礼物。可是唱《瞧亲家》的话了，是'想来想去，没有什么拿，一头扁豆角，一头大倭瓜，掭帚帚帚拿上十来把'，一切啰唆完，还须备咱的毛驴儿。你还不趁这时歇歇哩。"

康氏笑道："那么你就跟去，当傻小子好了。"

按下当时两人说笑之下，即便各自找补一觉。且说老好昨夜因困到五更头的甜觉儿上被康氏来搅了一阵，睡梦沉酣，直至次日辰牌时分方才醒来。刚下榻结束，忽闻院中驴声大叫，接着康氏已叫道："驴儿呱呱叫，准有喜来到。但是你若走到半道上闻骚儿卧泥洼，污了我的新鞋子，我可要打折你的腿子。今天出门准须适，待我给你搭上褡套，咱就走吧。"

老好听了，忙去瞧时，但见康氏已自扎括得光头净脸，虽是钗荆裙布，却还穿着昨晚那双花鞋子，一个鼓蓬蓬的褡套，里面也不知装的什么礼物，已自搭向驴背。于是老好一面上前给她备好驴子，一面笑道："依我说，你这双古董的花鞋子还是收起是正经。因为你到人家财主家吃醉酒，回头走路不便哩。"

康氏听了，不由笑嘻嘻又谈出一席话来，正是：

演礼昨宵方打落，探亲今日的逡巡。

欲知后事如何，且听下回分解。

第八回

相媳妇丑婆绝驴儿
议嘉礼老好谈恶霸

且说康氏笑道："你不要胡嚼念，咱且说正经。如今俺去是去，却又有些不得主意起来。因为此亲还在未定，俺到那里，怎样说话呢？"

老好笑道："你百样自觉能干，怎的肚里这点儿抽展都没有呢？那郭老起先时节常来和吃酒，你本见过，你不会说因闻他从北京携眷回家，特来看望吗？好在人家也不是傻子，野鸟进宅，无事不来。一见你这双大花鞋踏上门，便知是来相媳妇哩。"

康氏笑道："人莫要只顾胡嚼念，我相不中媳妇，白搭冤腿时咱再算账。"

慢表康氏说罢含笑拉了驴儿匆匆趄去，且说老好见康氏去后，情知她是一双嫌贫爱富的势利眼，一见郭家的阔绰光景，此亲无有不成。因为既和人家换了盅儿，就需聘礼，以便诹吉过聘。于是趁着康氏不来琐碎的当儿，便携了银两，匆匆进城。先央人写了过聘的龙凤喜帖并全红礼单，然后到各店肆中选购聘礼，无非是簪环钗钏并衣裙尺头之类。至于外面的水礼，如鸡鸭酒坛并所谓斗米斗面等等，家中皆有，便不去买，只买了些喜饼喜果并荔枝枣儿栗子等等，一切都毕。又料康氏回头，必然乐得什么似的，不如趁这时索性叫她欢喜个大的，省得和她商量起随后办喜事等事只顾掺在里面，拉开叫驴嗓子，胡叫没够。于是又到各食物铺，随便买了些酒肴黑饼等物。因知康氏是属猪八戒的，你给她人参果，她也是囫囵吞掉，

61

就喜欢可口的大块肥肉并一咬流油的肉丸馒头、两面擦油的大烙饼。只要见了这类的食物，便如饿虎扑食，照例地是大把抓来，张嘴便塞，并且拿出武将竞猜的架势，你看她下面八字脚站稳，上身不动，两手齐忙，一面张开血盆口，甩开后槽牙，这阵狠吃，好不快活。

当晚老好为讨她欢喜起见，便又到肴肉店内，买了诸般肥腻之物，却才日色落西，于是一面将聘礼喜帖等物原色儿置向榻头，恐落尘土，随手用被单盖了，一面将消夜的食物等类都归入厨房的食作中，因知料康氏不差什么也该回头，便索性等她到来，同用晚餐。及至一切料理停当，业已日色傍晚。老好因康氏还没回头，便信步走到大门外，就自家门首徒倚眺望了半晌，又向康氏的去路上凝望一会儿，但见苍然暮色，自远而至，却不见康氏的影儿，不由暗忖道：这老婆，想是被人留了过夜。郭老起人本活动，那吴氏娘子又是个京油子，岂有见了新亲家到门，不会客气留住之理？那么活该俺耳根清净，今晚且吃个快活酒哩。思忖间，正等回步，忽闻宅门首西边一条小巷口内蹄声嘚嘚，接着便闻康氏吵道："你这王八，再也不作好了。俺受了一天罪，这会子肚里咕呱乱叫，你不说替我省点儿力气，反倒摔的人屁股生疼，你还仰着脸子要驴，等我到家再算账。"

老好听了，因为自己回步之间恰在仰首回望，便以为康氏已自在巷口内望见自己，听她吵受了一天罪的话，正在一面不解其故，一面又疑惑或者此亲不成，所以她没好气，又来找寻自己的晦气的当儿，便闻巷口内驴声大鸣，嗖的声听出那仰头大叫的驴子，那康氏勒它不住，业已在上面前仰后合，人溜到驴屁股上，两只花绿绿的莲船也直蹬向驴头，眼睁睁就要如陈老祖掉下驴来的样子。老好见状，一面好笑，一面跑去还未及去抓溜的缰绳，说时迟，那时快，便见那驴忽地将仰的头向下一低，紧跟着后蹄双起，一个撒欢的模样，虽然啾的声竟自站住，那康氏早已一背着地，两脚朝天，实胚胚地仰跌于地。慌得老好忙去扶起瞧时，却不觉哈哈大笑。看官你道如何？因为康氏这时虽然尘头土脸，满屁股上都是污秽，却满面是笑，喜气洋洋。这不消说，是所行不虚，亲事已成，并知她是巷口内胡吵，却是骂驴子，大概是先已跌了她，却不料一骂之下，那驴子也会凑趣，却又实胚胚地奉敲一下子，所以康氏竟如此狼狈。

且说老好一面笑着扶起康氏，一面去拉了驴来。那康氏还在笑嘻嘻龇牙咧嘴，一面一拐一点地摸索着屁股，还未开口，老好却笑道："跌喜跌喜，大吉大利。俺瞧你这喜气洋洋的光景，便知是相中媳妇，亲事已成。不消说，你是亲家太太进门，人家一定是满汉全席，外挂着烧黄二酒，大家来款待新亲。可是唱《瞧亲家》的话咧，是'亲家太太要吃肉，猪肉、羊肉、牛肉、驴肉，还有死孩子肉。亲家太太要吃面，切面、拉面、饸饹面、打卤面、炸酱面，切口蘑，甩鸡蛋，王瓜丝，青豆瓣，咕唧咕唧捣大蒜'（此系《瞧亲家》剧中之科诨）。你这样地大吃二喝回来，怎还吵肚里乱叫？又是什么受了一天罪，难道这么些样儿的肉，你还没吃饱不成？"

康氏笑道："你不要耍贫嘴，俺真挨了饿来咧。待我歇歇再说，没别的，你且去赶紧弄饭，待我吃饱了，才不依你哩。"

老好笑道："这个现成。俺料你此一去，亲事准成，所以连咱消夜的喜酒都准备下了。"

说话间先自进门，一面将驴拴了喂好，一面自到厨下整治晚饭，却还闻得康氏自在内室里不住地自说自笑，仿佛是十分高兴。老好听了，好笑之下，也不理她。不多时，晚饭停当，便一手提了食盒，一手拾了酒壶，趔入内室瞧时，只见案上灯光明亮，杯箸已具，那康氏却并不曾歇坐，也不曾擦拭尘土，方在泥母猪似的叉开两脚斜靠在榻上，笑吟吟地一面连连点头，一面又似神似呓，只顾发怔。百忙中，一只手还插入襟底小肚间，也不知揉搓的是什么。见自己就案上放下酒壶，从食盒中取出许多可口的肴物，虽是欣然色喜，却又只花攒眉。当时老好见状，一面好笑，一面以为她从驴子上颠的肚内压住寒气。及至放下食盒，斟上两杯热酒，笑道："人家是人逢喜事精神爽，你却喜得只顾发怔。怎的却又说受了一天罪呢？这不消说，准是在路上跑得压住了真气，且吃杯热酒暖暖肚，再到茅厕中走动一下子，管保就好了。"

说着，刚要去取酒杯，不料康氏啊呀一声，机伶地打了一个寒战，接着便一面解裤，一面向茅厕便跑。弄得老好方在一怔，便闻茅厕中稀里哗啦一阵乱响，便如连珠炮并倒水桶一般。这一来老好方才恍然于她说受了一天罪，并挨饿回头之故。这不消说，准是一到郭家一瞧人家那阔绰局面，并待以新亲之礼，一下子便把她给拘住了，又搭着人家久在北京的，自然都能说会道，满会周旋。她那一面锣似的响嘴子，虽是咶叫起我来满够用，但是搁在周旋谈论上，却满用不着。被人家这一拘束，大概是木雕泥塑，就赛如被捆索一般。及至被人家弄到筵席客位上，一定是屁股上起刺，如坐针毡了。搭着大家客气，你来敬酒，我来布菜，已经闹得她昏头奔脑，百忙中，人家再来两句客气话，她又不知怎的应对才好，所以虽有盛筵，只觉吃也不好，不吃也不好。她既被人拘束得连溺都忘了，直至这会子，才被我提醒，又焉有不挨饿回头之理？那么她吵受了一天罪的话，倒也委实不虚。这老婆一向对我扎煞过分，今天叫她受受，也算个小报应了。

老好怙惚至此，不觉哈哈一笑，便闻康氏也笑道："你还笑哩？你要一向不似醉鬼，说话有准，叫人信得及，这头亲事说做就做，俺为什么亲自出头向郭家跑这么一趟？挨饿还不算，连撒溺都忘掉。等我吃饱了再说，今天受的这份罪，可就大了。"说着一面系裤，一面走入。

老好望她时，却已舒眉展眼，喜笑盈腮。老好一面好笑，一面装憨，便笑道："你瞧瞧，这又是我的不是了。但是你到了那里，人家一定是贵宾相待，吃吃喝喝，谈谈笑笑，怎的你只顾吵挨饿受罪呢？这却叫人闷杀。"

康氏笑道："别提了。你既发闷俺偏叫你闷一杀。如今咱且吃酒。"

老好大笑道："你不说，俺也晓得。你不信时，咱就打个赌。你那里一面吃，俺这里一面替你说说。对时你敬我三杯，如不对，我敬你三块大肥肉，如何？"

康氏笑道："真的吗？那么你就算输。俺先扰你的肉好了。"

说笑间，两人落座，各自斟杯举箸。那康氏果然似挨了一天饿，狼吞虎咽，风卷残云，顷刻间案上诸物去了一半，这才一面斟上三杯敬酒，一面笑道："你快说吧，说不对时，咱再算账。"说话间，仍然是两眼望肉，杯箸齐忙。

及至听老好一气儿说罢她挨饿受罪的光景，不由乐得前仰后合。恰好老好说罢，她嘴内还含了半杯酒，于是扑哧一笑之下，那半杯酒竟自激筒似的，直奔老好面门。还亏老好躲闪伶俐，这才没闹个满脸花。于是老好大笑道："你这样敬我三杯，请你免了吧。你听我的对也不对？"

康氏笑道："对对对，这个且由你说嘴，但是俺还有一件顶受罪的事，你却没猜着。他家一伙子人，虽在北京开过大店，却都似没见过大花鞋一般。俺行行步步，他们便如瞧什么稀罕物一般，大家都笑着只顾瞧我这两只脚，闹得我没处安没处放，伸出去也不好，缩回来也不好，当时俺真恨不得脱下鞋，揣起来才好。你说这份叔伯（俗谓没来由也）罪受得好不冤枉。"

老好大笑道："这是你自作自受，你去时俺就叫你脱下那古董玩意儿，你偏不听。人家没抄起你的脚来玩古董就不错了。但是咱说是说，笑是笑，白扯了半天，也该谈正经了。今天你跑了一趟驴子，亲也定了，罪也受了，饿也挨了，那么你相的媳妇毕竟是像丑八怪或是丑七怪呢？"

一句话问得康氏不由一愕，便笑道："你瞧瞧，你也会磕搭人了。不瞒你说，俺是属王婆子拜年的，只顾说话，忘了拜年。你也不替人家想想，俺当时叫人家拘束得只顾难受不迭，谁还想起相媳妇？再者俺心里早定了谱儿，人家那样阔绰法，是不会有丑丫头的。如今俺也来谈正经，咱这份亲事既定，接着便该过聘礼，选婚期，会亲友，吃喜酒，一样样的都须操办。今晚咱趁着吃喜酒，又彼此没犯别扭，先商量好大谱儿如何？"

老好笑道："说了半天，就是你这两句俺还佩服。既没犯别扭，商量起来可不许驴的朝东马的朝西，彼此地一说一拧。这是他小两口儿的大喜事，咱老两口儿也需和和气气的，取个顺适。不瞒你说，自你上了驴子，俺就早料此亲必成。所以俺便进城去，买下聘礼等

65

物，连喜帖都求人写停当。你先瞧瞧这份聘礼，咱再商量别的。"

说着，就榻头一掀那表单，随手将诸物的包儿一一打开。这里康氏忙了瞧时，但见好个光景：

衣料镯环一概全，金银光闪起丝棉。

金红喜帖描龙凤，果饼成封枣栗圆。

康氏笑道："难为你这份聘礼，真还都不错。这倒要敬你一杯。"

说话间两人归座，及至老好受宠若惊地吃过敬酒，因康氏这次竟没嫌好道歹地絮叨自己，正待也给她斟个盅儿，不料康氏若有所感，忽地低头，瞧瞧那花鞋子，啧啧了两声，却微叹道："真是呀，想当初俺做新媳妇穿这鞋子时才几年，不料俺也要当婆婆了。人家说多年大道熬成河，多年媳妇熬成婆，真是不错。难道是早养儿子早得济，早娶媳妇早生气。话虽如此说，但是俺因前世不烧香，嫁了你这醉鬼，这些年也实在操持够了。早娶媳妇毕竟有个人替手换脚，俺但盼媳妇到咱家，不要像我似的命苦就好了。"

老好听了，料她又要发老毛病，便索性打消敬酒，忙笑道："谁说不是呢？咱早给大拴娶媳妇，先完一件心事。咱郭亲家眼皮宽，俺再托他给招弟找个好婆家，咱就心事都毕。那时你也可以歇歇心，补补累乏。过两天，咱下了聘礼，俺便寻张铁嘴请他给择个天月二德的吉日良辰，一顶花花绿绿轿，吹吹打打，把媳妇娶过门，便大事完毕。这些事都好办，只是待新亲会亲友上，咱还须先商量个谱儿才好。便为郭亲家虽是和我是酒友，一切没讲究，但是人家是在北京见惯了大脸面的，所烦请的男女陪亲客必然也都是体面人物。你说咱这款待人家的筵席怎样斟酌个不村不俏的局面才相宜呢？"

康氏道："单是款待新亲的筵席倒好办，无非是内外两桌。你忍个肚子痛，到城里百货店并糕点铺买些参筋翅骨肚，并干鲜蜜饯的果品，咱准备两桌咱乡下时光的全席，也就用得过。好在咱的至亲好友也没多少，届时咱请他们陪陪新亲见面，就很相宜。唯有讲到款待男女庄客，却有点儿不大好办。咱西乡中的乡风你还不晓得吗？

66

凡是本村中一家有喜事，全村的庄户都来塞着二斤点心，前来道喜。是来道喜的不分男子，全算主人家内外执客。其实，哪里是执客，简直的是吃客。早午晚三顿酒饭，都是填饱了，抹抹油嘴子便走。主人家喜事正日的前一天，便须开始请他们，叫作请执。正日的后一天，还须请他们全班都有来，叫作酬执。一气儿地狠吃三天，真能使主人瞪眼，厨司摔勺。男客还好些，唯有女客，遇着这种机会，哪肯轻轻饶过？唯恐自己一张嘴便宜了主人，于是铃铛寿星，所有的孩子爪子，尽数儿都带来，不是俺嘴挖苦，她们都吃得顶到嗓子眼还不算，临去时，都将席上的中饭点心划拉着，给孩子兜了才走。其中再下作的还有趁着值席的不在跟前，居然抓了炸丸子、冷荤碟等物，装向裤兜儿。这班庄客狠吃三天的席面，俺粗估着，就需百数十桌。你说咱该怎么预备呢？"

老好笑道："你好糊涂，这庄客的席面叫作广席，无非是肉挡头阵，以多为盛。咱只高搭客棚，多预备大肉好了。"

康氏笑道："你好明白，谁还不知道预备肉？但是我就因这泡肉发愁哩。"

老好笑道："这又奇了。现在放着郝一刀那里开着很大的肉坊，难道还愁没肉用不成？"

康氏一愕道："你说什么？咱用好多的肉，若用他肉坊磕头赏的货，那还了得？他也没有准斤足两，那肉是香臭不管，好歹就是那么一来，这份横亏咱吃得起吗？"

老好笑道："那可没法儿。咱就得认吃亏，求个顺适。谁叫人家是响当当的大字号呢？休要说咱们惹不起太岁，你不信，就去问人家，自他知会乡众，独霸西乡以来，哪个用肉的人家敢违他的知会，用别人家的肉？并且那厮近来越发地横行霸道，无法无天。家中养了许多恶奴打手，成日价向三瓦两舍生些是非。如打降砸门，并强占人的田房，放债盘剥，逼死人命等事，不一而足。不过就差着还没抢男霸女。像这样的无头光棍，咱躲之还不迭，咱为什么用猪肉吃亏这样的小事，大喜事上自找别扭呢？"

康氏道："哟，照你说来，他就成了咱西乡的皇帝老倌儿了？俺

67

就不信，谁有他的肉，他就敢咬谁的鸟。如今俺倒想了个好主意，咱不用他的肉，也不用别家的肉，咱自家圈里有猪，杀了用肉，这总不算不遵他的知会，料他也没话说，不至于来没缝下蛆。这一来，咱就便宜多了。你想，杀翻一口猪，除正经肉之外，还是头底下水挂油等的，席面上正用得着。并且鬃毛骨头，都好卖钱，连泡猪洗下水的肥水，放在灰土粪内，种起地来，也是好体面肥料。咱有多大便宜，为何怕他来咬鸟，去用他的肉呢？你别瞧那姓郝的小子吹气冒泡，扬风卖嚷，老娘就是不怕硬的。咱们是海来着干。"

说着，便哈哈一笑，晃悠悠地直站起来。老好以为她是酒有八分，胡吵的是些醉话，于是也没在意，当即扶她登榻就寝，自去料理了酒菜，一宿晚景休题。

次日，因见康氏只顾喜气洋洋，催促自己派人向郭家下聘礼，却不提用肉之事，便更放下心来。过了两天，派人去下聘礼，即便寻人择定婚期，两下里各自忙碌一切。

郭起那里是给金子置备嫁妆，并订请男女送亲客等。虽也都是手忙脚乱，却喜吴氏唯郭起之命是从，两口儿和和气气，商量着忙过几日，早早地一切停当。唯有老好，一面忙碌，一面还须应付康氏，暗含着这份别扭可就大了。

正是：

只为悍婆来作梗，却叫娇女去当灾。

欲知后事如何，且听下回分解。

第九回

庆响门伏祸牢生豚
会嘉宾贩舆来恶客

上回书说到老好因准备婚事，十分别扭。你道为何？原来这时康氏虽不曾又自爱毛病，单和老好死抬硬杠，但是却又念起她的妈妈经。俗语就叫作老太太例儿。从预定婚期始，一直到入洞房吃交杯盏并子孙饽饽长寿面，这其间层层步步，那小过节细而且多，端的是赛如牛毛。弄得老好昏头奄脑，一面料理正事，一面还须应付康氏，其别扭可想而知。还亏得招弟乖觉，每见两人说岔了，彼此乌眼鸡似的，势将用武，她便一面笑嘻嘻地拿话岔开，一面拖了康氏便走。便是如此光景，过得几日，如洞房礼堂、客厅饭棚以及里场儿款待堂客之所，一切都备。接着便料理厨房，便在跨院内搭棚筑灶。厨师等虽还没来，早有些本村的街坊人们，都来落忙。又过得两日，已是响门之前一日（婚期之前一日动鼓乐，俗谓响门），老好因厨师等就要上班，正要亲自领人向郝家屠坊去买肉，只见康氏小鬏上横插着一枝旧绒花儿，笑吟吟地扭来道："亏得我来得巧，不然你这瞎撞，又不知撞向哪里去了。方才我蓦地想起一件天大的事，没别的，你向城里跑一趟吧。"

老好皱着眉道："这又是什么事，便这般要紧？等我回头再说吧。俺正待向郝家去取肉哩。"

康氏笑道："那倒不忙，横竖你御驾亲征，那小子也不会多给你肉。少时我派人去取好了。俺这件事可不能耽搁，因为菩萨妈妈正是今天生日，所以急等此物上供哩。"

老好听了，料她不知闹什么花样的妈妈例儿，正在连连搔首，只见康氏一面从发上取下那旧绒花儿，一面笑道："你去城里便寻那挑京货箱的刘老广，照这绒花样儿买两对儿好了。"

老好一面好笑，一面道："偏你的蝎蜇事儿多，戴个绒花也拉上菩萨奶奶，并且城里有花粉铺，又去寻那串街坊的货郎儿怎的？他哗啦着一串铜片片子东走西溜，哪里去寻他呀？"

康氏笑道："俺可不上这份俊样，这花是预备给新人戴的，所以须先供在菩萨面前，取个吉利。你只寻向刘老广家去买就是。你先瞧瞧这花，不要买错了花样儿。"说着，递过那旧花儿，竟自去了。

这里老好一瞧那花样儿，却是五福拜寿，没奈何只好且奔城里，本想是快快买毕回头，还是自己去取郝家屠坊之肉。哪知在城内街坊上，问来问去，谁也不晓得刘老广在哪里。末后，还是从一家花粉铺买到两驿绒花儿，却是蝙蝠戏双桃的花样。当时老好因天色不早，快揣了花匣儿匆匆趑回。刚一步踏到那跨院的角门边，恰好闻得那院内一阵价猪子乱叫。老好一怔，忙入去瞧时，不由连连顿足，方知自己竟中了康氏调虎离山之计。因为这时那厨房院中，正有一班打杂的人们和烧汤的二汉，大家正嘻嘻哈哈，挥拳勒袖，开剥得好猪子。有的熏洗，有的刮毛，并且已挂起七八片白条子，好不鲜亮。不但地灶大锅内已热腾腾煮起白肉和杂碎等物，几个厨师们正在忙着发落那蒸锅的大作。便连康氏也掺在里面，只顾瞎嚷乱吵。一会儿捋把猪鬃，一会儿捡个尿泡，招得大家都笑道："你老别帮忙了，你老在这里抓来吵去，俺们倒不得干活儿哩。"

原来康氏早已打定主意，是自己杀猪用肉，又唯恐老好作梗，所以借买花调开老好，却不道不肯吃小亏，竟至吃大亏哩。

且说当时老好见事已至此，无可如何。怔怅了半晌，终恐因此得罪了郝珍，不是要处。于是一面瞒着康氏派人向他屠坊中买些肉，一面且自忙碌明日响门的热闹。原来响门这日不但张灯结彩，门首亮起花灯，并且须大排宴席，先请男女执客。及至次日早晨，那老好宅门前端的好个光景：

灯彩辉煌喜气飘，乐工鼓手坐分曹。

花舆锦绣描鸾凤，灿其盈门气象豪。

当时鼓乐们鼓吹三通，奏过一套鸾凤和鸣的喜曲，交代过响门的场面，接着便男女执客人等都一色的衣冠齐整，花枝招展，次第都来。正忙得本宅执事人接应不迭，偏又三三两两，陆陆续续踅到一班男男女女的不速之客，大家嘻嘻哈哈，也不用人接待，便属溜边鱼的，相与散向门墙左右，有的便凑向迎门的照壁之下，大家便登时各安其位，有的箕踞而坐，有的负墙而立，其中还有稳不住屁股，一面溜瞅着宅内，一面循墙来往的。至于这班客的模样结束，却与出入的客人们大不相同：

肌瘦面黄有菜色，踵决肘见半鹑衣。

蓬头垢面相望处，好似流民作队归。

哈哈，这班男女与其说是客，不如说是乞丐较为贴切。因为当时西乡中的俗例儿，凡是人家有什么庆吊的红白事，那远近村庄的乞丐们便趁势都来乞讨。其中人类还分软硬两帮。软帮都是些老弱男女，其来乞讨，并无奢望，无非是希望主人宴罢宾客，由本宅人们打发些残肴剩饭，于愿已足。他们虽然容易打发，却死蛇缠腿，起腻不过。不但一来接连着就是三天，并且那道路较远的人们干脆便就主人宅外各择地势，打起公馆，以便明日之讨。至于那硬帮的人们却不然了，他们都是些远近村中横眉瞪眼、杀打不怕滚刀肉似的大花子。不但挂着偷鸡摸狗，到手是货，并且谁要惹了他，他到半夜里小则向人家院内抛砖丢瓦，大则向人家篱笆或柴草垛上放上一把火。这班又臭又硬的穷爷，平日向人家去乞讨，端的是说一不二，要三个不敢给两个，那主人家还须喜笑相迎，赔着小心，他方扬长走去。这班人们虽是不好打发，但是他们到人家红白事上去乞讨却又是一个路数。譬如主人家有喜事，他们便大家凑合了就街坊上借份贺礼，居然是喜烛成对，喜果成盒，一般地写了贺帖，前去贺喜。他们扎括得虽不像金松似的那么整齐，但是那当头领众的，还必把丐头那顶红缨帽儿扣在头上，以昭郑重。这时，那主人家早已把款待他们的一桌酒饭并各人的赏钱都已端正停当，他们一到，便坐下来大吃二喝毕，各携赏钱，这才欣然而去。至于那份贺礼，事过之后主人家还须派人给他们送去，并致谢意。俗例相沿，由来已久。当时老好宅外趸来的这班乞丐却是软帮的人哩。

按下这里宅门前形形色色，且自十分热闹，且说老好这日里清晨爬起，端的是前厅跑到后院，后院跑到前厅，忙了个不亦乐乎。但是因许久不闻康氏吱吱乱吵，忙抽空儿到内院中瞧时，但见客堂中并新房内都已铺设得簇簇一新，便连院中一株老槐树上也都挂了一块红布，上面还写着槐仙神位字样。树根下有个瓦香炉，里面的香已半烬。这时树上面的鸦巢中正有两个鸦雏儿，在那里探头探脑，老好素知康氏妈妈调儿多，凡是宅中偶见个黄鼬小蛇儿，她都认为是财神爷。这老槐本是古物，她自然一例地认为财神。当此喜事上，所以也给它披红挂彩哩。

当时老好见状，也没在意，于是一面向内室走，一面暗笑道：这老婆，不消说一定是还在巧梳妆哩。她那秃头皮上，毛儿虽不多，但是摆布起来就需足足的两个时辰。因为毛疏且硬，既需用油腻之物黏附停当那秃头皮，还须满抹乌膏。这套完毕，又需俟其稍干，加以梳笼。虽是头上扣下乌漆盔似的，放光耀彩，十分难看，但是她却美得什么似的。接着便对镜徘徊，或前后两面镜，打阵闪儿，这才算梳妆完毕。如今忙忙的，人家贺客们都要到来，待我去催她快些摆布好了。

怙惚间方要声唤，忽闻康氏在茅厕中笑道："你不要只顾催促我，我是不会误场的。俺因今天人来客往，没空儿出脱，所以预先到这里。不想却是忙碌得大肠干燥，越着急越觉挺硬的一条子只顾往里去哩。"

老好听了，正在扑哧一笑，便觉眼前一亮，忙望时，早见康氏一面龇牙咧嘴，一面揸着屁股，从厕中趸出。想是因用力出脱之故，已累得面红筋涨，脸上似乎挂些没好气。虽是新摆布的漆亮的头皮，上面却略沾尘土，不消说，想是出厕慌张，不知怎的却触了厕壁上的蛛网浮尘。老好见状正在好笑，康氏早唾道："你这瞎撞，再也不做好事。既是连日价叫人们打扫院子，怎的这茅厕中就不着个眼，那陈年古代的老尘土，却动也没动。如今闹了人一头土，好不晦气。"

老好听了，料她又要拿自己撒气，于是一面趱赶着脚子向外走，一面笑道："这又是我的不是了？如今不差什么，人客将到，俺也该向前院瞧瞧去了。"

按下这里康氏哼了一声，自向客堂中，且等着接待女客，且说老好一路逡巡，到得前院，又向各处照料一回，业已将近巳分时光，及至趱入前厅，只见众执客都已到齐。于是老好一面周旋众客，一面却闻得内院中众女客夹着康氏大家吱吱喳喳，说笑成一片。这不消说是内场的人客们也自到齐。乡中习俗，这日照例地是早面晚席。用罢早膳，众执客方才各执其事，替主人家忙碌一切。

这日虽没得什么重要的事体，却有女家派人来送嫁妆的过场。当时老好怙怀至此，恰待向饭棚中去瞧瞧，以便早膳毕大家专候嫁妆到来的当儿，不料众客忽地都一个个含笑倾耳，似乎是听向内院。这一来闹得老好一怔，连忙也倾耳听，不过是众女客们越发吱喳说笑的热闹，并且一片喧嚣，只顾在院中流动。老好听了，以为是大家在客堂中呆坐久了，所以到院中疏散疏散，于是也没在意。不料刚一步趱出厅门，不好了，忽闻康氏哞的声长出一口粗气，接着便啪的一声，也不知是什么棍棒砟在地下。老好听了，正又在一怔，便闻康氏大吵道："你们不要拉着我，快都闪开，今天我非毁掉他不可。什么大好喜日，俺倒闹了一头烂污哩！"

这里老好听了，不由暗道不好，方以为她是因那会子头沾尘土，气还没出，百忙中又要找寻自己。正待奔去瞧瞧，便闻众女客哄然道："这是您和甄大叔白头到老的吉兆，您不说谢谢它，怎还要毁掉它呢？"喧笑间又夹着康氏只顾乱吵。

这一来老好诧异之下，连忙悄悄地趱向内院的二门边，先探头向院中瞅时，不由忙忍笑不迭。原来这时众女客方由那大槐树下你推我挽地簇拥了康氏向客堂中趔去。康氏虽是光头净脸，遍体新衣，那乌里漆亮的头发上，却现出白渣渣的几点鸦粪，这时还在气吼吼地手中拿着一条老壮的门闩。这不消说，她是由内室趔出，经过树下，可巧落一头鸦粪。便在平日谁都觉得晦气，何况这大喜日上呢？所以康氏登时大怒，便抓了条门闩，一面叫，一面想毁掉那鸦巢哩。

且说当时老好见事不干己，这才放心，连忙回步之下，刚要趔向前院的客棚内瞧瞧，以便早开早膳，忽闻前厅内也是隐隐喧哗，略为倾耳听去，除众客的说笑语音外，其中还似乎有侉声侉气的语音，一时间七嘴八舌好不热闹。老好不由暗恼道："今天来的贺客们不差什么，都已到齐，这又是哪位呢？难道还有远客不成？如今就开早膳，只须添杯增箸好了。"

怙惚间刚一脚踏到前院，便闻厅内众客哄然笑道："您不要如此，咱们都是本地娃娃，在街坊上厮冲厮撞，朝朝见面，彼此都有个担待。虽是主人家因事体忙碌，一时疏忽，没请您前来帮忙，但是这小过节儿还请您高抬贵手。如今闲话休题，便请您快快更衣，咱且吃酒。虽是你老兄爽快性儿，好逗有趣儿，但是少时倘有生客到场，未免显得大家都不雅相。再者，主人家今天大喜事，未免也有官面上的人到场，您只顾逼逗趣，似乎于您也不方便。"

老好听了，正在一面摸头不着，一面前行几步，踱上厅阶，便闻有人娇声娇气地嗯了一声，接着便笑道："俺和主人不分彼此，简直的是一个人，他的事就是我的事，还讲什么担待？俺这里正帮他的忙。俗语说得好，表壮不如里壮，难道这样大喜事上，俺只袖着手，当太太不成？今天人来客往，谁不扎括扎括，何况俺当家主婆的？但是有什么官面上的人到来，他也清官难断家务事，管俺不着。如今俺那口子既不照面，想是气俺没到里边去，给他操持内场。那么，诸位且自便坐，俺且向里边寻他来，给诸位道谢好了。"说话间，踢沓踢沓似乎是脚步挪动。

这里老好听了，大诧之下紧行两步，还未及去掀厅帘之间，便闻众客又复哄然道："您这就不对了。俺们话已点明，是请您高抬贵手，喜事过后，人家主人家也是走外面的朋友，自然有您的一份敬意。如今没别的，快请您更衣，咱且吃酒就是。"

说话间，一阵步履响动，又夹着那人的怪声怪气，既已热闹异常。偏偏百忙中又复闻得康氏还在内院中一面吵着叫人放树，一面用门闩捣得地砰砰乱响，又搭着众女客纷纷笑闹之声，竟自闹了个锅滚豆烂。一时间内外两下里一片喧哗，锣鼓大作，竟似对台唱起全武行的大轴子一般。这一来闹得老好愣愣怔怔，百忙中一掀帘儿趸入厅去。定睛一瞧，却不觉又气又笑之下，只剩了连连跺脚。看官你道怎的，原来这厅内众客方在闪屏前各人屯聚，更相背向，其中却围拢着一人，大家正在高拱手低作揖的，劝那人更衣就座，至于那人的这副小模样，端的是难画难描。头挽钻天椎髻，上插一朵红纸花儿，并且套一顶纸糊彩画的串珠凤冠，一张黑漆大脸，满涂白粉，虽是两道低梢眉，一张蛤蟆嘴，却偏重重地描黛、厚厚地涂脂，更衬着一个撩孔鼻，两眶烂边眼，乍望去，便如丧门吊客一般。上穿一件打花鼓的破女衫，下系一方搭膝的旧花布，便算作裙儿。那人本生得傻大黑粗，穿了这两件小小裙衫，只好露着漆黑的胳膊并两段黑毛精腿。再望到足下，却踏着一双稀烂的草鞋子。你看他一面向众客嬉皮笑脸，一面扭捏作态，好上怪相。这一来，不但闹得老好只顾跺脚，没做理会处，便连众客也一面拦他向内院跑，一面相顾不知所为起来。

说了半天，你道此人是哪个呢？原来此人便是西乡中一个小小地痞，名叫牛金，浑名恶老狗。他本是外乡的一名恶丐，初到西乡，自然是搅扰乡村，除恃强恶讨外，还挂着偷偷摸摸。有一天，却招恼了村众们，大家便一面齐合了缚他来，一面鸣钟聚众，相与在社庙中会议处置之法。当时西乡中处置恶丐的俗例是重则培柴烧杀，轻则挖其目，或刖其双足。但是此等刑罚必须本人有害人放火的行为，大家因其有害及公众的治安，所以才如此处置。不然，便暴打一顿，驱出境而已。当时牛金自恃不有害人放火的行为，从被缚起，便一路破口大骂，村众们七嘴八舌，越会议得没有结果，牛金这小子越骂得起劲。

这一来，村众都怒，便有人提议道，此等贼骨头，倒不怕打，咱莫如给他个不痛不痒不死不活的小刑罚，只须叫他上不着天，下不着地，一面打秋千，一面喝西北风，隔三天，喂他大饱，不消个把月，管保小子叫妈，不撵自走。说着，便一面望着社庙外的旗杆，一面向大家一说。大家听了，不由连连称善，于是不容分说，登时将牛金牵向庙外，大家先望向那老高的旗杆顶上时，但见荡悠悠的系着一物，人称好汉兜。

哈哈，你道什么叫好汉兜呢？原来却是旗杆顶上，设有长绳滑车，系着一具堪容人卧的粗布兜，牵动那绳，便起落自如。此兜所以好汉为名，却不是单为强横之徒设此刑罚，却是专为给色哥儿们受用的。因为乡村间每逢香火庙会，照例是演戏酬神，或出全会。届时是男男女女，游人如蚁，十分热闹。这其间必然有许多的油腔滑调的轻薄少年，但向娘儿们群中乱钻乱蹭，外挂着飞眉溜眼，丑态百出。这时会首们便暗含着留上他的神，先瞧他是怎的路数，如其人只是个初出茅庐，不知自爱的滑头少年，大家不过海骂两句，或是趁他伸长脖儿目注娘儿们之间，便冷不防地过去，双手扳住他的头，连脖子猛地一拧，一面却笑道："喂，那娘儿们里面没你妈妈，戏台还在这边哩。"一句话，招得游人哈哈一笑，那少年自然是满面通红，撒脚便跑。如其人是个积年的恶少，专以趁庙会上卖俏，不但耍得好贱骨头，并且趁机会有无赖行为，或是相与一起哄，挤得人家跌跌滚不以，或是横冲直撞之下，顺手拔人簪子，脱人鞋子，他不唯毫不知耻，而且扬扬得意。便是撞着会首们，他也横收睖眼，满不在乎。那会首们如遇此等恶少年，便不客气地施展那好汉兜儿，一径地把他高高悬起，一任他喊破喉咙，也没有答腔。因此被兜者虽不痛不痒，却十分难受。便是金刚似的好汉，也须哀鸣告饶。

当时那村众们被牛金气极，所以想用此兜处置他，话虽如此说，但是牛金那小子本是个软硬都有的角色，当时见事不妙，自然是随风转舵，不肯吃这眼前亏了。正在一面极口告饶，一面向村众们只顾磕头之间，偏偏事有凑巧，却恰值郝珍手下一个得意的恶奴名叫贾四的从社庙前经过。当时牛金虽是恶丐，但是他每逢到郝宅去乞讨，不但不敢强横，并且殷勤异常，挟着箕帚跑将去，先将郝宅门首打扫个一干二净，然后靠墙根一蹲，哼也不哼，并不登门去喊叫讨厌，一来二去，那郝宅的人都喜他殷勤。唯有贾四是单管把宅门，牛金去了便打扫门首，他自然省了许多事。因此贾四常想叫牛金在宅中当一名打杂儿的三小子，岂不胜于沿村乞讨？无奈牛金自由自在，过惯了乞讨生活，恐入宅去，受不得拘束，因此也便一径地耽搁下来，不料这时，却巧遇贾四至。

正是：

无赖被捉正无赖，恶人偏巧遇恶人。

欲知后事如何，且听下回分解。

第十回

闹前厅怒打恶老狗
摆礼堂哗吵满堂红

　　且说当时贾四见村众们摆出如此阵仗，并牛金情急叩头之状，早料知他是因恶讨之故，犯了众怒。于是上前去，一面向村众解劝，一面喝牛金道："你这厮，真是天生的挨饿胚子，我那么叫你在郝爷宅中去打杂儿，吃碗现成饭，你偏来搅扰村坊，如今还不谢谢诸位，快跟我走？难道你真个想上旗杆顶露高眼不成？"一句话招得村众们哈哈一笑，怒气全消。这里贾四也便趁势领了牛金匆匆便走。原来当时村众们一来被牛金哀告得都已心软，二来因郝宅的人出头说情，所以趁势做个人情，放掉牛金。不料为日不久，那西乡一带，虽少了个讨厌的恶丐，却又多了个可恶的地痞。

　　看官你道为何？原来当时贾四领得牛金去后，虽不曾真个叫他在郝宅打杂，但是宅内偶用短工，却必把他叫去，给他开一份大些的工钱。那郝宅的人们既都喜他殷勤，便任其在宅内出入随便。那牛金自以为是郝宅的人，便如披上虎皮一般，登时摇身一变，竟自命为小小光棍，仗了郝宅的威风，娼门赌肆等处，常去敲诈，自不消说，便连各乡户他也不断地前去借贷，并借端起发。人家虽明知他不是郝宅的地道货，但是因他出入随便，恐他向恶奴们搬弄是非，所以只好给他个好鞋不沾臭狗屎，大家花钱了愿，随时地应酬于他。大家这一含糊不打紧，却不道暗含着把小子闹得姥姥家都忘掉了。于是牛金得意之下，居然自以为是个人物山水，从此各乡户谁家有喜庆宴会等事，必须请他去做执客，不然的话，他不是自去问罪，便是嗾使恶丐们把主人家搅得昏头荤脑。当时老好一时疏忽，不曾请他，所以牛金单趁响门这日，拿出无赖神气，前来胡闹。

且说当时众客正围拢着牛金没做道理处，忽见老好踅入，愣愣怔怔地只顾跺脚，便以为他是怒气发作，倘或得罪牛金，他便会越发地缠个不清，于是大家一面闪开牛金，一面哄然道："牛爷快快更衣，如今主人前来道歉，少时吃酒殉敬您三杯好了。"说话间，又向老好一使眼色。

不料牛金一扭身段却笑道："诸位如此说便言重了，是嗔我妇道人家不该在此抛头露面。本来俺当家主婆的人应该在内守里给他照料家务，如今却是我的不是了。那么诸位不要见笑，俺便快些回避就是。"

说话间，一面俏摆春风，向大家深深万福，一面似笑非笑地向老好一飞眼儿，用手一掩嘴子，咦了一声，正等回身便奔闪屏之后，便闻屏后奔马似的一阵脚步乱响，立便有人骂："姓牛的小子，你是好些的，接着太太的，跑的不算好汉。你跑这里来要滑头，老娘要不揭掉你的皮就不算人。"

老好听得是康氏语音，料她因头落鸦粪正在气头儿上，这一来，其势汹汹，非同小可。百忙中不管好歹，正等去拖走牛金，再做道理。哪知还未及迈步，便闻门闩一响，那康氏一个箭步早从屏后如飞抢出。那牛金见势不妙，也顾不得扭捏作态，方迈开大步，嗖一声逃出厅门。说时迟，那时快，背后康氏已如飞赶到，便两手平端那门闩，仿佛使枪一般，正待向他后腰眼尽力戳去，恰好牛金因下阶慌忙，一面前探身形，一面略撅屁股，这一来，啪的一声屁股着镖，连人带闩一齐滚落阶下。牛金是臭嘴啃地，一背朝天。因屁股上发烧火燎，正痛得挣扎不起，不料康氏既发出撒手锏，随后便是个张飞骗马，一下子骑牢牛金。先是高耸尊臂，实胚胚地三起三落，然后便揪头拽发，连抓带咬，及至老好和众客大家齐上，一面将康氏掇弄到屏后，一面忙去扶起牛金，但见好个狼狈光景：

脸肿鼻青长血流，披头散发似牢囚。

79

这回光棍吃亏去，会看乘机起祸由。

当时这阵大乱，不但街邻人们大家都聚拢在老好门首，只顾观望，便连响门的鼓乐也一时暂停。那老好和众客因康氏一下子得罪了邪神歪鬼，大家正在一面围拢了牛金，高举手低作揖地只顾赔礼，一面想拖他吃酒，然后再悄悄地由袖儿内递过所以然去，以平其气，免生是非的当儿，忽闻得街坊上一阵吹吹打打，那郭家的仆从人等早已押了新人的妆奁，一径到门。便有本宅的仆人们高擎新亲的全红喜帖，如飞报来。慌得老好一面将牛金交给众客，一面忙向门外去迎接之间，这里牛金却一跳丈八高，攘臂大叫道："好打好打！姓甄的，咱们今天这过节总算有在这里了。泰山石不烂，黄河水不清，捆着你的，放着我的，咱们是骑驴看喝醉，走着瞧。朋友，改日见吧。"说话间便奔宅门。

这时老好虽隐隐闻得牛金吵叫，以为有众客周旋，他自然不会跑掉，逡巡之间，早见郭宅的两名仆人当头价并骑而来，两人都一色的青衣大帽，十字披红，骑了高头大马，十分阔绰。随后是跟定抬夫，大家共抬了二十四个妆奁桌儿，上面一色的猩红桌毡，上陈各样食品。就街坊上略为一驻之间，早已灿烂辉煌，光彩四溢。那靠甄宅的半条街坊，好不花团锦簇，慌得人们都跑去瞧时，但见好一堂阔绰妆奁：

锦绣绫罗璀璨陈，金珠翠玉亦相因。
堂皇富丽多珍品，想见新娘似玉人。

这一来不打紧，不但街邻人们都瞧得眼花缭乱，相互赞美，并且许多妇女也都跑来，乡村娘儿们哪里见过如此的妆奁，大家便聚拢着一面啧啧一面夸说新人有福，一定生得如花似玉，天仙一般。其中那倚老卖老的婆子们便笑哈哈地又叹道："真是有福不用忙，你看甄家大拴，才几时没有街坊上只顾乱跑，如今就红鸾星照命，得了这样又阔又俊的媳妇。"

80

大家听了，正在哈哈都笑，恰好那牛金也从人丛中一面溜瞅着各食口，一面快步跑过。慌得众婆娘哟了一声，正在躲闪不迭。那郭宅的一行人众早已人骑纷纭之下，由老好和值门的执客们迎接入宅。那押送的仆人自有本宅的仆人陪了去款待酒饭，又由本宅账房中照例地放赏，并开发过抬夫们的喜钱。那老好真是越忙越抓瞎，因为他还不知牛金已去掉，本想是抽空自去留住他，一面赔礼，请他吃喜酒，一面用钱钞点缀一下，以免他着恼成怒，或生是非。不料却又被康氏一把抓住，只顾念起她的妈妈经来。

　　看官你道怎的？原来那乡中俗例，新人的妆奁既到，就要刻不容缓地登时纳福。不然跑了福气，便大大不吉。所以妆奁到后，便要女主人领了本宅的女人将所有的奁品立时都摆列在新房内，就如同把福气都纳在房中一般，按惯例，这是女主人的勾当，本没有老好的事，但是康氏妈妈经上的条例却规定颇多，她愣说在大喜事上，必须成双，最忌单儿，这纳福的大典，岂有只女主人独自举行之理，所以必须老好陪着，不但必须将许多的物件摆设完毕，并且还必须关门进行，这份福气，方才算纳得结实，一丝不动。这一来，把个急得去周旋恶客的老好急得火烧头顶，但是却又恐有违号令，大喜事上惹恼了康氏，非和自己大闹不可。当时老好没奈何，只好陪她到新房中，本想快快了事，以便脱身。哪知康氏一见如此阔绰的奁品不但将摆布牛金的一腕怒气化作乌有，并且乐得不可开交。你看她同了众妇女便如老妈开唠一般，一面夸说这位阔亲家一面鉴赏一件摆一件。这还不算，摆摆歇歇，再唱上两句喜歌。这一耽搁，时光就大了。末后，好容易等她关的门居然大开，那老好便赛如囚犯出牢一般，如飞跑到前厅看时，休说是牛金影儿没得，便连众客也一个不见，唯见厅中筵席上杯盘狼藉，并有本宅的仆人们在那里收拾而已。原来众客因久待主人不出，一来大家都饿，二来因送妆奁的人们已去，今天也就没事可办了，所以大家便吩咐仆人开筵，竟自吃喝毕，当即各散。当时老好问起仆人来，方知牛金当妆奁到门时，众客拦他不住，已自怒吼吼地叫骂而去。老好听了，虽不免心下怙惚，但事已至此，只好俟过得这喜事的忙碌，再设法去周旋他了。当时老好打算停当，也便将此事抛在脑后。

慢表当日的一宿晚景，且说次日里那甄宅中还未及巳分时，那男女宾客已自纷纷都到。那内外两场也都安置停当。外场还简单些，无非是前厅上铺设整齐，作为客堂，并吃喜酒之所。唯有内场却较为复杂，因为既有新房礼堂，又有女客的客堂，这三处里收拾铺设，好不忙碌。亏得昨日已将新房客堂都料理停当，今天只有拜堂成亲的礼堂尚须摆设。那康氏老早地便爬起来，先打扮得老妖精一般，里里外外，只顾乱跑。一面吱吱喳喳，嘴子不闲，便如阵阵都有的穆桂英一般。及至女客们都到，她方和大家都聚拢到礼堂上，看着人铺设一切。她因众客都在，正在越发地卖弄精神。忽闻门外有人娇滴滴地道："娘，还不歇歇吗？您瞧俺这样，少时就可以递宝瓶吗？"

说话间，袅袅婷婷款步走入一人，大家望时，端的好个光景：

芳年如月貌如花，正是你闺娇小娃。
素面蛾眉本艳质，更增丰韵是铅华。

当时来者非别个，却是康氏的爱女招弟。原来乡中习俗，那新人的花轿到门驻了，还有与新人递宝瓶添胭脂的说法。照例是由男家选择两个美貌少女承办此事。便是宝瓶内装了五谷，胭脂饼上系以五色彩线，由这两个少女递进轿去。新人抱了宝瓶和胭脂，两少女退后，紧接着还需有个儿女双全老头子健在的老太太，手持一面古铜镜，就轿中打上一照，以被除不祥。这套仪注完毕，新人这才由喜娘搀了下轿，此之谓递宝瓶。当时招弟和一邻女承办此事，所以也便靓妆而来。

且说当时众女客虽一向闻得招弟一貌如花，但因招弟等闲不出大门，女客中多有不曾见过的。今见她靓妆如仙，果然名不虚传。又见她云鬓边只簪一朵淡白的月季花，越显得明眸皓齿，十分雅丽。当时大家见了，不由都围拢去，一面瞧着招弟只顾啧啧，一面向康氏道："瞧你不出，竟会有这样玉娃娃似的女孩儿。人家都说阔人家的女孩都俊，少时递宝瓶，还恐把新人比下去哩。"

招弟见大家都笑嘻嘻地目注自己，正在羞晕之下要搭趁着去料理礼堂，那康氏早一面笑哈哈地拖过招弟，一面道："我的宝宝，你这会子就出来忙碌怎的？倒是少时新人坐福时，你替我在新房中照料一下好了。"

招弟听了趁势刚一转身，康氏却又笑道："你瞧我也忙糊涂了。怪道我总觉你鬓边白花花的，原来是朵白月季花儿。今天大家都该闹个满堂红才是，你快把我这枝双喜字的红绒花儿戴上好了。"

说着，便由髻上拔下，方赶过去递与招弟，不料有个熟读妈妈经多嘴的女客忽地拍手道："哟，甄大嫂，你真是忙糊涂了。你说话最有讲究，怎的今天大喜日上反倒失神走嘴，说丧气话呢？人家都是打起架，闹个头破血流，才叫作满堂红。你昨日摆布牛金那小子，业已闹了个满堂红，怎的今天还想找补一下？莫非还有人来找碴儿吗？"

康氏听了，不由大怒，便登时唾了一口，一面指着那婆娘吵道："你没的嚼蛆放屁！谁不知你是个休八家子不下驴的妨家货，惯会夹塞着寻个歪声邪气地扯淡没够。你既是百事通，说满堂红是打架，咱就干一下子，我先叫你露露红好了。"

说着，一个虎势扑过去，正待一面揪住那婆娘的小纂儿，一面去撕裤，那婆娘早飞红了脸，一溜烟似的跑了。这一来，招得众女客不由哄堂大笑，因康氏胡骂乱吵之下，一句话正说的对了景。原来那婆娘正是个累次再醮的后老婆儿哩。

当时康氏还要追去，忽闻街坊上远远鼓乐喧天，接着便闻前院的人众传呼，新人轿到。慌得康氏也顾不得逞性儿，正在一面请两位女客去接送亲的女眷，一面去唤招弟并那邻女之间，这里宅门前早鼓乐大作，一阵噼噼啪啪喜鞭响动。就这声中，由外及内，重门洞开。望将去，一溜胡同。这里照料礼堂的诸女客早见前厅上的众客大家衣冠齐整，先将送亲的男客迎将进来，随后那两位女客也便导引了送亲的女眷，直入客堂。这里大家正在目不暇给，百忙中，却又见招弟和邻女一个捧了五谷宝瓶，一上擎彩线胭脂，随后跟个了福胎福相的老太婆，一手拄了龙头拐杖，一手擎了一面柄系红绸的青铜古镜，由两个花枝招展的喜娘簇拥了，大家直奔宅门之间，早又见门前花轿已驻，这时那门前观者如堵，自不消说，偏又有些后到的贺客们，只顾临门，闹得众女客正是睹望不清，便闻康氏吵道："一个娶媳妇，害什么臊？你快站在这里，等候拜堂好了。你瞧你妹儿都转来了。"

大家听了忙望时，早见康氏笑嘻嘻地由那礼堂旁的厢房中拖出一人。

正是：

　　本知佳儿占喜日，谁知娇女遇恶风。

欲知后事如何，且听下回分解。

第十一回

甄老好酬宾开喜筵
郝一刀踏福抢娇娃

且说众女客忽见康氏一面吵，一面由礼堂旁的厢室中拖出一人，非别个，便是新郎大拴。这时不但是靴乎其帽，袍乎其套，并且帽插金花，戴了黄澄澄的秀才顶儿。虽然有些怯头怯脑，但是这一扎括，倒也添了八分人才。因为当时习俗后生家娶妇谓之小登科，所以无论有无功名，必须贯上个顶儿，是没有说闲话的。当时众女客正见康氏一面乐得眼睛没缝，一面将大拴拖进礼堂的天地桌前，向左边一站。众女客见了，料得新夫妇就要拜堂成礼了，忙和康氏都闪向闪屏门两旁之间，早见老好也一般的整冠束带，陪了两个身穿蓝衫靴帽十字披红的赞礼生，大家步入礼堂。老好是和大拴对面站定，单等上天地纸马前的那股香。两礼生在天地桌前分左右各就其位。

正在这当儿，早又闻得新人下轿的喜鞭响动。就这鼓吹大作声中，那招弟等一班人也便事毕趸转，这里大家正见她穿过闪屏门，便奔新房，单等着照料新人坐福的当儿，忽见宅门前光华一闪，却有两个仆人各挟红毡，就花轿两旁伺候。这一来招得大家眼光都各注去。因为新人下轿进宅，照例的足不踏地，须用红毡承足，一直地进了新房为止，其名就叫飞红毡。是两仆在新人前后，先由前仆置毡，新人甫踏上，后仆之毡已由新人头上飞过，前仆接了，仍置如前，后仆即以新人所踏之毡仍飞如前，虽是以两毡循环替换，但是那仆人却需有伶俐手法，倒也十分有趣儿。

当时大家正在目不转睛，早见两喜娘由轿中搀出新人，凤冠霞帔，绣襦红裙，自不消说，并且身段不高不矮，不胖不瘦，端的是纤秾得中，修短合度。大家正恨不得去揭蒙巾之间，早又见新人红裙款蹙，踏上新毡。及至两仆一路价如法飞毡，这里老好早又将高香点得焰腾腾，准备停当。不多时，新人踏进礼堂，由喜娘扶了，和新郎就天地桌前，双双站定。先由老好上过香退后，这里礼生也便一递一声地赞礼如仪。新夫妇交拜礼成，早有执事人一面请下天地纸焚化，一面撤去桌儿。这时女客们还有照料新人坐福的便相与趄向新房，方见招弟和康氏都在那里含笑而待。那康氏还手擎一根尺余长的红绒缠就的揭巾喜棒。又见两喜娘左右扶了新人，由新郎手执绒花前行引路，大家步入新房。这时那坐福的床榻间早已准备停当，便是于锦帐绣褥间，不当不正地设了一具红缎坐垫，因为新人登榻坐福，必须面向有喜神的方向。那喜神不一定准端端正正地在东西南北，所以必须由诹选吉日的先生，预先定出喜神的方向，开具红帖，贴在新房，以便新人坐福时面向红帖，便算是对了方向，一见大喜。

当时新人这一登榻，如法坐稳，大家都围去，要瞧新郎照例地新揭蒙巾，不料大拴丢下绒花回头便跑，慌得康氏一面将喜棒递与招弟，一面赶去。百忙中却被门限绊了一歪，急忙扶住门限之间，这里招弟早手起棒到，轻轻地挑去蒙巾。这里大家忙瞧新人，端的好个光景：

体态丰腴多厚重，面容平正欠丰姿。

敛眉凝目低头坐，正是含羞无限时。

原来那新娘子只不过姿色平平，算是不丑，殊非如大家意念中之所期，阔绰家的女儿必就美貌。当时大家一面端详新娘，一面再瞧招弟，彼此相形之下，越发显得绰约如仙。大家正在暗暗稀奇，便见康氏一面望着大拴跑去的后影，一面吵道："你这怯小子，这新房中也没来老虎，你跑怎的？倒绊得我脚尖子生疼。你也不配娶俊

86

媳妇，待我与你娶个丑八怪来好了。"

大家听了，以为康氏百忙中已看见新娘，正在相视微笑。便见康氏一面放下握脚的手，一面低着头，笑眯眯地趋来，及至望见新娘，又望望招弟，不由一惭之下，噫的一声，似乎是十分失望。恰在脸子一耷拉，没有言语，便有个巧嘴女客忙笑道："俺们先给您道喜呀。您瞧这新娘，多么福相，不过和招姑娘比起来，另是俊样法罢了。"

康氏听了，正在哼了一声，似笑非笑，便又有个和康氏闹过小吸溜的（即诙谐之意）快嘴女客道："我说甄大嫂，你就别不知足。这只怪你没好模子，却会脱好坯。因为有你这至天仙的女儿，便显得人家不甚俊样了。再者，俗语说的好来，娶媳丑是家中宝，俊的招祸害。你没见说书唱戏，那强梁恶霸都抢俊的吗？我可不会说恭维你的话，人家便算是丑，总还一百个对得起你这份俊样的婆婆哩。"

大家听了，不由哈哈都笑。那康氏也便笑逐颜开，正这当儿，恰好前厅和内院的客室中喜筵都开，于是康氏一面叫招弟和喜娘等且在新房照料坐福，一面陪大家且去赴筵。

按下内外两下里宾主就座，欢呼畅饮，十分热闹，且说那宅门前因喜事已毕，观者渐散，却又有一班软帮乞丐，都聚拢在照壁门墙间，大家虽不敢登门乞讨，大呼小叫，却都此唱彼和的，小声价直乱叩喜。这时有两个应门的仆人因打发他们还须待天晚客散，正在和他们分说不清，便闻街坊上远远地泼剌剌马蹄响动，接着尘影开处，趋来一班人，须臾将近，望得分明，但见前后五六骑高头大马，雕鞍丝辔，甚是整齐。上面都坐定青衣大帽似乎是大家仆人模样的人，居中却现出一乘二人抬的精致小轿，垂着轿帘，却望不见里面的人。轿前左右，却还有三个仆人，夹舆而趱，一个手持全红拜帖，一个却手擎小小的红绸包裹，另一个人却结束得雄赳赳的，似乎是马夫模样，不但短衣劲装，胁下佩刀，并且牵了一骑油光水滑的枣骝骏马，更衬着鞍辔鲜明，好不气势。

那甄宅两仆见状，以为是过往的人客，于是也没在意，因见众乞丐有些碍路，正在一面和他们分说，一面叫他们且自闪路之间，便见那一班人众经过门首，忽地都驻，轿驻门首自不消说，连那一班仆人也自纷纷下马，竟就门首列队而待。这一来甄宅两仆虽是料得来人是向本宅来的贺客，但因老好乡居，自过他的庄农日月，一向不和什么阔绰人们往来，如今怎的会有如此的贺客呢？正是愣愣地一面观望一面怙惓，便见那持帖的仆人拔步上前，高呼接帖。接着擎包裹的也便向前，送上贺礼。

按下两仆分头接了，诧异之下连忙回身向前厅如飞便跑，且说当时老好陪众客人入得前厅，只见列席酒筵都已摆设停当，是厅正中闪屏前一席，东西靠着却分列四席，照例的是正中一席，新亲客首座，主人居末座相陪，还须烦四位贺客相陪。至于那旁列的四席，又由其余的贺客们随便就座。当时老好照例地先奉了送亲客的酒，安了座位。本想是早些都痛痛快快地大家吃酒，不料烦请起那四位陪客，却费了大事。因为大家惦着大吃二喝，狠嚼主人，若陪起新亲，未免老大的吃亏。因为当新亲的人，自然客气不过，都是酒只湿唇，肉仅知味。再客气些的，筵席已罢，本人还许暗含着饿着半个肚子。那陪客们见人家拘拘束束，只顾着彬彬有礼，自然也不便酒到杯干，肴馔上来，就叫它碗底出现。至于伸长胳膊挫桌子，学净坛使者，那更休想。眼睁睁见人家旁席上无拘无束，大杯酒、大块肉只顾流水似的向嘴里送，自己吃的这份亏，可就大了。因此之故，那老好未免费了许多嘴子并气力，方才生拖死劝的烦到四位陪客，及至中席的座位已定，大家既然同堂，自然须一齐就座。这时老好忙望旁列的四席时，只见众客好个光景：

> 论交序齿正纷纭，拱手哈腰谦让频。
>
> 我却你推逊首座，嚣嚣哗笑起飞尘。

说也好笑，越是老好急欲酒罢客去，以便自己去忙他别事，哪知旁席上众客又复互让起这份首座，捣乱良久，好容易有了次序，由老好向大家长揖致谢，正待一齐落座之间，忽闻厅外伺候的仆人高报客到。大家将落座的屁股恰在又复一起，便见有两个应门的仆人匆匆趱入，是一个手持全红客帖，一个擎着红绸包裹的贺礼。大家见了，正在怙惚这后到之客却是哪个，便见那两仆人一面将客帖包裹都呈到主人面前，一面回话道："如今这位贺客的小轿已驻门外，便请主人前去迎接好了。"说着，便一说那位客人阔绰的光景。

大家听了，正在越发怙惚，一面都围拢去，争瞧客帖，并要瞧这份润礼之间，只见老好一面命仆人打开那贺礼包裹，一面急瞧那客帖时，不由咦了一声，连道奇怪。原来那帖上并没有客人的姓名，只写着"谨具拜礼四百金，奉申奁敬"的字样。那仆人抖手打开那包裹内的四封桑皮纸包，谁说不是白花花的八只整宝呢？这一来不但老好一怔之下，越发地连道奇怪，便连众客也不由都各怙惚。因为凡送拜礼奁敬的贺客，一定是主人的至亲好友，方来这份靠近。所以拜礼奁敬者，便是特给新妇拜见的见面礼。按习俗说，此等贺客，吃罢喜酒照例地必须向新房中略为小坐，名为踏福，新妇便趁势拜见。

当时众客因老好一向不曾有这样出手便是四百金阔绰的至亲好友，并且帖上不具姓名，尤为奇怪，所以不免都为怙惚。正这当儿，便有一客忽笑道："甄兄不必迟疑。您就一礼全收，快去迎接这位阔客吧。俺想此客一定是您一位多年不见的好酒友。您想您亲家多年不见，便忽然发财还乡，又焉知您这位酒友不似您亲家一般，也自阔绰回头，忽来贺喜呢？如今酒筵都备，快请来一同吃酒就是。"

老好听了，还在迟疑，却当不得大家都道此话理。老好沉吟之下，正待拔步出厅，便闻院中一阵脚步乱响，接着便有人哈哈大笑道："甄兄，你也特杀小气，不用俺屠场的肉，本是小事一桩，怎的今天有这样喜事也不叫俺来吃杯喜酒呢？如今俺贺者一步来迟，来来，且罚我三杯。俺的贱足还要踏新房福地哩。"

老好和众客听得竟是郝珍的语音，正在都各一惊。尤其是老好，一时间愣愣怔怔，竟不知怎样才好的当儿，早见厅帘扬处，大踏步走进三人，是郝珍当头，后跟两个雄赳赳的恶奴，都一色的头戴甩帽，身穿打衣，护膝腿绷间掖着明晃晃的牛耳短攘。那郝珍却笑吟吟的，只不过衣冠华焕，倒似个贺客模样。但是他那脸子上一种神气，一时间却又叫人不测来意：

> 虽然喜笑并和颜，眼角眉梢狡恶攒。
> 闪灼双睛多锐利，来情叵测一时间。

这一来不打紧，不但老好是蛇钻窟窿蛇知道，料郝珍来意非善，定是因自己没用他的肉，所以特地来找碴儿。说不定他凶性发作，少时竟打个满堂红也未可知。便连众客其中晓得这段过节的，也都如此怙惵。

大家正在相视发怔，仓皇失席，连那位居中首座的送亲客也慌得连忙避席之间，便见郝珍一面向老好拱手致贺，一面大笑道："俺听说今天您这里有天仙下降，所以俺特来踏福。一求瞻仰，且待俺领过罚酒，便烦您引路就去踏福好了。"说话间，向两恶奴一使眼色。

那老好听他的语气轻薄，大骇之下，正要先跑入内院，叫新娘且由后门向邻家去藏躲。那两恶奴早叉手向自己凶神似的一站，老好至此只好盼众客前来解纷，哪知众客见事不妙，早已趁乱中溜掉大半。正这当儿，那郝珍也便就中席上狂饮数杯，掷杯而起。

按下这里老好没奈何只好引了郝珍等便奔新房，且说康氏那会子陪了女客们都赴客室即使开筵，这班女客都是左近乡邻有名的吃客，大家入座自然就不会客气，便连康氏也因媳妇入新房，老小子成家，大事完毕，心下一畅快，肚皮一松，不觉把连日忙碌的饿都泛上来，于是也便陪了大家一面说笑，一面大吃。登时满室中杯箸乱响，欢笑如潮，好不热闹。大家百忙中虽也闻得前厅上隐隐有喧哗之声，但是以为众客们豁拳行令，不但没在意，反倒招得康氏酒兴大发，连举大杯干了几杯，未免身上发热，便索性脱去裙衫，只穿短衣。大家见她雄赳赳的，又有八分酒意，便都凑趣道："甄大嫂，你真是女中英雄，若讲起支持门户来，甄大哥一百个不及你。即如昨日牛金那小子无端来搅，甄大哥急得跺脚，干没法儿，却被你出马一条枪，登时打个满堂红。"

康氏听了，得意之下，还未言语，恰好由左右端上一盘东坡肉，端的是喷香稀烂，好不鲜亮。大家见了，咽的声正想一齐动手，却当不得康氏手疾眼快，早抖手一面抄起连肥夹精的一大块，一面哈哈地笑道："休说是牛金那小子，便是他的硬靠山什么郝一刀，俺也不怕。即如这家宰的肉，多么出息，又鲜亮。可笑俺那口子，提起郝一刀来，便吓得猢狲似的，如今俺偏不用他的肉，也没见他敢来抢俺的新媳妇哩。"

说着，咽的声一块肉入肚，正在眉飞色舞，还要大夸威风，忽闻新房中也自略有喧哗，这里大家正在倾耳，便有个伺候新房的仆妇来向康氏道："您还不快瞧瞧去吗？如今咱主人领了郝珍还有两个恶奴入新房去踏福，两个喜娘都拦他不住。这会子正吓得咱招姑娘只顾哭哩。"

大家听了，正在都惊，不料康氏一来有了酒意，二来正在要夸威风的高兴头上，于是喝那仆妇道："你没的大惊小怪，到新房去踏福什么稀罕？既是咱主人领了他，想是也来贺喜。"

说话间，恰好望昨天打牛金的那门闩还倚在客室檐下，于是越发得意，便一面一勒老壮的胳膊，一面向众女客大笑道："你瞧怎样？俺就料郝珍那小子是个纸糊的老虎假的光棍，软的欺，硬的怕。如今果然，俺不用他的肉，他一般狗颠似的也来贺喜，并且拿靠近去踏福。那样王八怕他怎的？还吓得俺招儿只哭？待俺赏他点脸，去瞧瞧他。他好便好，不好时又活该俺门闩开市哩。"

说着就要脱下身裙衫。这时忽闻新房中一阵大乱，接着便闻老好大叫并招弟直声怪哭，百忙中还夹着郝珍哈哈大笑。一时间势如鼎沸，已自由新房乱到院中。康氏和大家听了，正在一怔，早又有个仆妇如飞报来。

正是：

阿母威风方抖擞，娇娃踪迹已仓皇。

欲知后事如何，且听下回分解。

第十二回

混风尘市廛恶化
显内功月夜飞刀

　　且说康氏和众女客听得新房中一阵大乱，直到院中。大家正在一怔，早有仆妇来报道："不好了，如今郝珍将咱主人推倒，竟抢得招姑娘去了。"

　　众客听了，啊呀一声，又恐郝珍闯进客室，见了俊人就抢，大家正在花枝乱颤地向室外乱跑，早见康氏吼一声，一个虎势抢出去，一面抄起门闩，一面便奔那内院的二门，意在迎头拦打。因为吃得醉眼迷离，百忙中似乎是寻郝珍不见的当儿，这里众女客一面纷纷乱躲，一面早见郝珍大踏步提拳在后，前面两个恶奴是一个背负招弟，一个手挟短攮，当先开路，径入新房前直奔二门，恰好康氏因乱望郝珍之下，略一转身，两恶奴早大喝一声，一径地冲出二门。康氏急忙转身，方似乎见招弟的衣襟一闪，恰好郝珍一步抢到，便就飞步之势，略一挫身，闪开康氏拦腰打来的门闩。这里康氏一下打空，闩头着地，浮尘乱飞，连康氏也身形一晃，抛掉门闩，险些栽倒。这里众女客忽闻老好大喝道："姓郝的慢走，今天咱是死死活活，难道平白地抢人妇女就罢了不成？"

　　说着，莽熊似由新房内追出，但见好个骇人的光景：

　　　　脸肿鼻青长血流，势如疯汉瞪双眸。
　　　　一腔急怒从何见？面色铁青气促啾。

看官，你道老好既被郝珍推倒，为何当时不爬起和他拼命，直待人已抢走才追出呢？原来老好虽见郝珍来意非善，但是以为他不过来找那没用他的肉的过节，还没料到他便敢动手抢人。哪知事有凑巧，前日郝珍因自己宅中死掉一个爱妾，便吩咐贾四等人去物色美貌女子，以补其缺。贾四因自己事忙，便随口告诉牛金也帮着物色。牛金听了，也没在意，及至老好家响门的那一日牛金吃了康氏的横亏，怒吼吼地跑到街坊上，本想去寻贾四来给自己出气。不料却闻得街坊观众纷纷讲论，都说阔绰人家的女儿一定美貌。牛金听了，不由心中一动。因为他本知老好和郝珍有那不用肉的过节，倘若引得郝珍来抢新娘，自己这口恶气方出得写意，于是如飞地报向郝宅。

　　那郝珍正因老好违其用肉的命令有些着恼，今既闻新娘貌美，自然是正中下怀，所以便径自领了人哄向甄宅。本意是抢新娘，不料及入新房上眼之下，那新娘却姿色平平，除两个喜娘之外，却还有个妙龄少女，端的一貌如花，见自己闯入，正吓得抖衣而泣，便如梨花带雨，摇曳得迎风一般。及至问及喜娘，又知是老好的女儿招弟，所以郝珍登时变计，丢掉新娘，便抢招弟。当时老好既急气交攻，又一跤跌得颇重，竟委顿不起，所以人已抢走，他才拼命挣起，随后赶出。

　　交代既明，书接上文。且说当时一场大乱，老好夫妇和众客赶出宅门望时，但见郝珍骑马跑后，竟自拥了一班人轿，匆匆而去。

　　按下这里老好夫妇只好相对大哭一场，情知自己势力不敌，只好忍气吞声，且自料理过自己的喜事。且说郝珍自抢得招弟之后，越发地独霸一乡，横行无忌。但是他这时的武功虽说是在那一阵风处学习了不少，却终以不会铁沙掌并混元刀法为恨。虽是时时留意，物色能人，想学会那掌法刀法，却也不得其人。

　　也是恶人该当武功大进，如虎添翼，竟自无意中遇着一位混迹风尘的能人。看官你道怎的？原来郝珍既独霸一乡，自然有些混账人们都有趋附。为的是仗了郝珍的威风，自己也可以创个小光棍，以便鱼肉乡里。一时间，市侩无赖群集其门，自不消说，其中却还有一个奸商，姓宋名奎，此人生得干筋瘦骨，身长不满三尺，一颗木瓜脑袋，冻梨似的一张两腮无肉的哭丧脸，偏衬着两道低梢眉，两只烂边白蛤眼。雷公尖嘴上，安着疏疏的几根黄梢鼠须。行步低头，仿佛和老二算账，见了阔人登时嘻开臭嘴子，满脸是笑，恨不得自居孙子辈。见了穷朋友，您瞧吧，他不但狗脸一晌，理也不理，并且人家走过老远，他还要浑身抖搂，恨恨地唾上一口，为的是去去穷气。您别瞧这小子其貌不扬，势利眼睛，他却在谷亭镇地面开着一爿老大的粮行，挂着杂货店。五间大门面，收拾得金碧辉煌，十分齐整。单是跑外并站柜台的商伙们就有数十人，每日交易其门如市，端的兴隆，财源茂盛。商店的字号就叫日兴昌，在谷亭镇号称第一的大商号。

您道宋奎是资本雄厚，多财善贾，遂成大商吗？却又不然。原来宋奎阴险无比，最戏心计。起初他做生意本领有财东，他只掌柜，仗着溜哄奉承敬，并出其心计，做了两宗投机的买卖，竟自大得其利。哄得那财东深信不疑，他这才伸长胳膊，一路狠搂。那财东生意亏折，倾家赔账，宋奎却暗含着暴发大财，从此便自开这日兴昌的商店。于是又大出心计，除投机得利外，并专以屯积米粮，并百其计地操纵行市，垄断其利，所以那日兴昌越来越盛。

宋奎虽然暴发，但是人家都知他那坑人起家的臭根子，不但没人去敬他，并且赠他个火蝎子的外号，以喻其毒辣。更有那左近的无赖人们，往往拿刀动杖，或是开山带彩，凶凶地走向他商店，抢起拳头要钱。宋奎若一沉吟，不但被人家骂个狗血喷头，还须乖乖地出钱了事。因此之故，宋奎思量这班难缠的小鬼，必须用阎王来降服。于是便备了一份厚礼，夤缘纳交于郝珍。郝珍也因他是谷亭的富户，保他这份镖自己自然是没有亏吃。从此两人你兄我弟，往来甚密。这一来，果然是姜太公在此，诸神退位。宋奎这才免却许多麻烦。

这日，郝珍思量宋奎的寿辰在即，自己又适用一笔款项，正好去和他商量。于是一面准备寿礼，一面带了仆人直奔谷亭镇而来。不多时，已入镇中，可巧这日恰是镇中的集期，端的是熙熙攘攘，十分热闹：

列道夹廛百货镇，市声浩浩杂黄尘。
街头巷尾多摊贩，酒肆茶坊喧笑频。

当时郝珍一面缓辔前进，一面观望市景，不一时早已远远地望见那日兴昌。冲天招牌之下，坐北朝南，现出了彩画丹青的大门面，很有许多人在那里围拢得黑压压，风雨不透。郝珍因今天是集期，日兴昌又是大商号，自然是往来交易的人多，于是也没在意。及至将近店门，方下马由仆人带了，忽闻人围里面缓缓的木鱼声，其声訇訇然，却不是寻常木鱼。这里郝珍一面略拂行尘，一面正在倾耳，忽闻围的人们哄然笑道："你这位老师父，不要贪得无厌，想一拳头掏个井，一口吞个猛张飞。化缘化缘，本是十方布施、万家结缘的勾当，聚少成多，自然会功德圆满。你愣想抓住一家儿，叫人家把出千金，给你修庙，这不是说梦话、愣来搅吗？你不要撒赖不去，找没意思。人家东家宋爷可不是弱茬儿，人家若不看你老迈可怜，还不给你这些钱钞哩。"

郝珍料是有什么僧人化缘，但因大家说他要化千金，不觉诧异之下又是好笑，正在赶行几步，想去瞧瞧，便闻那木鱼越敲越响，一片訇訇，恍如春潮涌动。这时那门首围观的人越来越多，大家纷纷乱吵，十分热闹。百忙中有人吵道："你这老师父还不趁宋爷没在这里，拿了钱钞快走？你不见人家都抄起大马棒吗？"

郝珍听了，方又急行两步，便见那圆圈儿忽地向外一拥，接着便闻店人们都喝"打打"，就这声中，郝珍掉臂挤入去瞧时，不觉好笑之下又暗忖道："俺以为是什么凶恶僧人，来此恶化，原来是个穷老和尚哩。"

看官你道为何？原来那店门首阶下正堵着门面西向四平八稳坐定个年老僧人。方正在垂眉闭目，力敲他座前置的木鱼，身旁还围桌着四贯老钱。那僧人年约六旬余，生得长躯伟膊，紫渗面皮，长眉大耳，额下一部苍白胡须，根根见肉。胎貌颇为不俗，但是却穷

96

困之状可掬。是光着亮澄澄的秃头，只穿一件又肥又大的破衲衣，趺坐之下却现出一双行脚芒鞋。这时他身旁业已围定几个小店伙，都各手提棍棒，一面勒胳膊挽袖，一面喝道："你这秃厮，但看你这老大的木鱼便是个无质胚子。你想这里来讹钱，却是做梦。给你四贯钱不走，却单等挨打哩？"说话间，一阵抢攘。

这里郝珍忙望那木鱼，不由好笑之下又暗忖道："这个穷僧人果然有些无赖又古怪，这个老大的木鱼，不消说定是纸糊的，外加黑漆，但是又訇訇怪响，却也可怪。"

看官你道郝珍为何如此怙惙？原来那木鱼又黑又亮，有似铁色，足有巴斗大小，所以声音訇訇，甚是可怪。当时郝珍因见店人们各提棍棒，就要动手，因怜那僧人无非为穷困之故来此恶化，于是一面止住众店人不要打，一面走近那僧人座前，笑道："你这老师父，不必作闹。你若嫌布施少些，待我再布施十千，结个善缘。如今这大集场上，你这木鱼碍人出入交易，待我给你挪远些好了。"

说着便迈步撩衣，凑向木鱼，啪的声左足踏牢脚柱，接着便右足运足气力，略一蹲裆挫身，喝声起，猛的一个迸尖儿，迸向木鱼。在郝珍之意，本想迸起那老大的木鱼，取个笑。不料一迸之下，那木鱼只滚出数十步，恰撞在大石上，啪的声，火星直爆。众观者因见那木鱼竟是铁制，少说着也有数百斤重。大家正在秘奇道怪，连郝珍也因伤了脚尖，奇痛非常，身形一晃，向斜刺里抢出数步，几乎栽倒。便见那僧人双目一张，快如闪电，微微一笑之下，即便用手向那木鱼轻轻一招，说也奇怪，但见那木鱼竟如有线牵一般，骨碌碌仍滚到那僧人坐前。这一来郝珍大惊，料那僧人有异，恐店人们得罪于他，定然有祸。待忍痛入店，寻宋奎说话的当儿，恰好宋奎闻声也已跑出。于是彼此厮见之下，郝珍却附耳数语，宋奎听了，即便匆匆入店，不多时，竟由店伙们真个取出千金，白花花二十只翘边细纹的大整宝，都堆在那僧人坐前。这一来，张得众观者正在都目瞪口呆，郝珍却只命那仆人牵马入店，自己趁乱中闪向一旁人丛中，一面留神那僧人的去路，一面却见那僧人向店人们合掌当脸，道声打扰，又向着店内微微一笑，即便从容站起，先将千金都装入那垂囊似的大袖，然后轻轻地一手提了那木鱼，竟自缓步直奔野外。

你道郝珍附宋奎之耳说了什么言语？宋奎竟自脱手千金呢？原来郝珍正在物色能人，以便学那铁沙掌混元刀法，今忽见那僧人不但化缘有异，并且能手抬那偌大的铁木鱼，这分明是内功家，浑用罡气之法。那罡气由招手发出，直达木鱼，一下吸回，既有此等内功，定是能人，所以登时好奇心起，便从宋奎暂假千金，看他得金之后，走向何处，且先探明他落脚的所在，再做道理。

按下这里众观者见那僧人居然化去千金，啧啧稀奇之下，即便纷纷各散，且说当时郝珍既见那僧人从容直奔野外，于是遮遮掩掩，远远地尾随于后。但见他装金的大袖翩翩如轻无一物，须臾，趋向偏北的一条小径，又约行三四里之远，却经过一小村落。这时，日色偏西，还有几个侍门妇女，一个个擦脂抹粉，乔乔画画，都在那里相与笑语。这里郝珍见状，正暗忖这等小村也有土娼之间，便见她们望见那僧人拢着大袖趑来，便呸一声围拢来，道："你这贼秃今天化来什么大钱钞？快把给老娘些。不然，你那破庙内却没有高兴去踏脚哩。"

郝珍听了，正在一面好笑，一面就人家檐下一隐身，便见那僧人一面笑嘻嘻闯出村头，一面却回头笑道："你们今晚但多准备酒肉饭食，不但你们都有重赏，俺还许请佳客哩。"

这里郝珍因见他目光如炬，直注门檐，方慌得一伏身，便闻众土娼一阵欢笑，须臾便静。及至自己赶出村头，却见那僧人的衲衣影儿已自闪入一处野庙中。郝珍略为定神，料那野庙便是他落脚处了，逡巡间，蹭向那庙前瞧时，原来却是座门墙不整、久无香火的山神庙，倒也好个野趣光景：

> 坏垣颓檐茂草丛，山门不销待云封。
> 斋厨冷落无香火，时有饥鸦噪晚风。

当时郝珍因见那僧人离离奇奇，行踪古怪，既有那等的内功，又不忌酒肉，却要狎暱土娼，不觉越发想观其异。及至回向日兴昌，一面和宋奎晚膳款谈，一面说起潜伏那僧人的光景，宋奎却笑道："郝兄虽是学艺心切，但也须仔细一二。如今江湖间往往有会邪术的人，他那手招木鱼和袖装千金，轻若无物，还许并非内功，或是什么邪术呢？"

郝珍听了，也不理他。按下当时膳毕，宋奎又款谈了一会儿，自去料理店事，且说郝珍当时听了宋奎的话，虽没在意，但是宋奎去后，郝珍又独坐之下，怙惚宋奎的话，却也近理。那僧人倘是邪僻一流人，却也不可不防备一二。思忖间望望客室内，可巧壁上挂着一柄尺余长的匕首短刀，绿鲨鱼皮小鞘，甚是精致。于是一面取下那匕首刀，佩在腰间，一面听街柝时业已连敲二记。及至一径地奔向山神庙，早远远地便望见庙内有灯光耿然，上浮树梢，并隐隐闻土娼们笑语之声。郝珍至此不由又暗忖道：这僧人果然离奇，令人莫测。不要管他，俺只先在庙外面听听动静，再做道理。

这时月色大上，望得分明。郝珍一面悄悄奔去，一面望那灯光上浮处，似乎是在那大殿前。及至奔到山门间，一推那门，却已关牢。郝珍至此正退后两步，用个旱地拔葱式子，一跃用手扳墙头，先自探头内望，忽觉身后似有一股凉风从腰间一掠，吹得匕首鞘儿轻轻一宕，接着便闻墙头上的短草飒然有声，似乎是那风儿吹入院内。当时也没在意，及至退后两步，还未及作势跃起，却闻土娼们哄然笑道："你这秃厮，惯会瞎三话四，你说你会唱，赚得俺们都唱了小曲，你却三不知地溜出去，又颠弄这刀儿来吓人。还不快唱来，难道还等俺们揪了耳朵灌酒吗？"

郝珍听了正在好笑之下，略一逡巡，便闻那僧人顿开响亮亮的喉咙高唱道：

二十年前草上飞，夜行衣尽换僧衣。
隐身混俗原游戏，四海风尘识者稀。

一片歌声虽是调高声道，中气回荡，无奈哑着个喉咙，桀桀然便如老鸦一般。郝珍听了，一面好笑，一面忙跃身扳墙，探头望时，顿时眼前大开，原来那大殿前月台上，铺着地毯，灯烛辉煌之下，现出一席酒膳，端的是大块肉大碗酒，并蒸馒大饼之类，十分丰盛。那僧人和四五个土娼方在团团围坐，杯箸交错。那庙虽是破落，却是敞旷，那山门内，破钟楼旁，却还有一株老槐，枝柯攫拏，有似虬龙飞舞。那月光穿叶隙而下，便如筛银簸玉，凌乱满地。当时郝珍因见那槐有枝平挺的横柯，正挡自己手扳的墙头，并且那分柯的柯槎间足可隐身观望，于是悄悄地略一耸身，用个鹞子翻山式，唰一声跃上横柯。接着一路蛇行，方就柯槎间枝叶密处，隐住身体。便见那僧人一面按着老大一块豚肘，用短刀只顾切割，一面却笑道："如今佳客将来，所以俺去取此刀，割肉供客，你等既嫌俺唱得不好，咱且做飞刀之戏好了。"

　　郝珍听了，一面恐他下月台来舞刀，望见自己，忙一伏身，一面又见那短刀亮晶晶的，很像自己所佩的匕首。这时便闻咚然一声，恍如裂帛。接着便眼前刀光乱闪，纵横夭矫，其疾如风。顷刻间满院中都是刀光，只顾翻飞上下，并且飒飒有声，寒风四起。郝珍因见那刀平空飞舞，却不见人，正在诧异之下眼花缭乱，忽闻土娼们乱吵道："你这秃厮，弄什么邪法吓人，快收起刀，且吃酒吧。"

　　郝珍听了，忙望向月台，不由且惊且笑。因为那僧人正端然坐在那里，丝毫没动，只戟手舒出中指，作纵横上下之势，似乎是指挥那刀。那刀便真个随其指势，只顾飞舞，所以闹得土娼们只顾惊吵。当时郝珍因见那刀暗暗飞近月台，吓得土娼们都站起来挤向殿廊下，互相拥抱，正在好笑之下，便见那僧人霍地站起，一面指不停挥，一面却大笑道："如今佳客来临，你等不说是小心伺候，反倒乱吵。且待俺去迎佳客好了。"

　　说话间，目光一闪，直往老槐。这里郝珍料他已望见自己，因不测他的来意善恶，赶忙地回手拔刀，想做准备，不料却只余其鞘。郝珍一面大惊，一面又悄然于飞舞的那刀，便是自己的匕首之间，说时迟，那时快，便见那刀如一道电光般，直奔自己而来。慌得郝珍不及躲闪，忙一闭目，便闻咔嚓一声响亮，横柯立断，连郝珍也跌晕于地。

正是：

学艺有心觅能者，探奇无意得名师。

欲知后事如何，且听下回分解。

第十三回

海豹子盗珠遭女侠
罡风指射柱说奇工

　　且说当时郝珍正伏在庙树上潜观那僧人，忽见那刀明晃晃地飞来，不由吃惊之下，跌落在地。当由那僧人趱来扶起，那郝珍正因不曾学得一阵风的铁沙掌并混元刀法甚以为憾，今见那僧人竟有如此武功，料是异人，不由大悦之下一面纳头便拜，一面请那僧人来家下以便拜求传授武艺。那僧人本是闲云野鹤的行踪，既见郝珍诚意相留，也便点头应允。

　　及至次日，郝珍置酒拜师毕，两人饮宴，郝珍便问道："师父既有如此武功，为何却混迹风尘，又如此落魄光景呢？"

　　那僧人笑道："你不晓得，俺唯其有此武功，所以才当了和尚。"说着，便斟杯温饮，一面从容说出一席话来。

　　看官你道怎的？原来那僧人当在壮年时，本是辽东地的一名捷盗，诨号儿海豹子，手下也聚积着数十名盗伙，也都是些飞檐走壁高来高去的角色。这一日海豹子领了众家兄弟，都扮作小贩商人模样，落在千山脚下一处村店中，本想是入夜后去劫山脚下羊角沟的一家大粮户（关外众谓富户也），不料日西时分，大家饭毕，海豹子忽起游兴，想瞧瞧千山内的风景。因为这千山一名莲花山，为辽阳的著名大山。据说山中寺观以数百计，说不尽的峰岩洞壑之美。当时海豹子独自出店，一路望山喝彩，刚行抵那山口边，忽闻车声辚辚，却由对面林影间趱来一簇车马人众，须臾将近山口。海豹子望得分明，但见前后是四骑高头大马，都一色的雕鞍丝鞚，甚是俊样，上面却跨着青衣大帽的仆人，不但衣冠鲜明，并且马上都驮着衣色行箧之类。居中是两辆安车，端的锦绣豪华，照眼生辉。一色的菊花青对儿骏骡，车帘高揭，后面车上斜跨着个十五六岁的丑婢女，生得黑黢黢的，挂些顽皮憨态，却结束得窄袖短衣，十分伶俐。前面那车上，却端然坐着年可六旬的老太婆。

当时海豹子一瞧那老太婆，不由诧异之下暗忖道："俺久闻辽阳地面多有巨富之家，果然不虚。待俺尾缀她们一程，再做道理。如系附近的住户，正好今夜劫那羊角沟的大粮户，趁势去劫她家哩。"

看官，你道这海豹子为何如此怙惙呢？原来那老太婆生得慈眉善眼，白胖胖的，十分福相。不但衣饰阔绰非常，并且襟怀上佩着一挂念佛的念珠，都是老大的珍珠串成的，端的是颗颗匀圆，毫光射目。尤其是串上下的两颗系捻东珠，足有龙眼大小，价值连城。既如此阔绰，不消说定是巨富之家，所以海豹子如此怙惙。正这当儿，那一行人众业已车马纷纭，一径地趱入山口，于是海豹子连忙悄悄地尾缀在后。天色将晚时分，却见一处山野间，孤丢丢地现出一所老大的宅院。门首是雕花照壁，广亮大门，围墙迤逦，好不气势。望向宅内，但是楼阁参差，花木扶疏，真像个富家光景。

这里海豹子见状，正暗诧如此阔绰宅院，却修筑在这四无居邻的野地里，那一行人众已自抵那宅门后，即便由那丑婢扶侍着老太婆下得车来。一时间，大家纷纷都入，当即闭了宅门。当时海豹子见此光景，不由又暗忖道："这家儿既如此阔绰，单是她这挂珍珠就是无价之宝，那宅中还不定有金银珍宝的财物，料那羊角沟的大粮户绝不能如此阔绰。俺与其去劫他，何如就近便劫她呢？"

怙惙间一面信步绕至宅后，但见距宅后墙不远，偏西向却有一带高林，那偏东向却是一片野菜园，间以坡院回互。靠园的后墙间，还有几间小草房，大概是种园人所居。并且那宅的后墙并不怎的高峻，正好夜间由此入去，给他个暗入明出。

当时海豹子端详好入宅的道路，当即匆匆返回村店，向盗伙们一说所见，并自己改劫此家的主意。大家听了，都各欢喜。及至晚饭已毕，大家又歇坐了一霎儿，早已二更天后的时光。这夜是个云遮月的朦胧天，于是大家整束停当，都暗藏器械，当由海豹子引路，出得店来，一径地便奔山口。那班盗伙有什么正经，既听得有那珍贵的念珠，便都兴高采烈，刚进山口，早已七嘴八舌，乱吵起得彩后怎么分赃起来。这一来，海豹子不由心中一动，想自己先入寮去，独得那念珠。但是当时也不言语，及至行进那宅后墙间，盗伙们方在揎拳勒袖，做出跃跃欲试的光景，海豹子却笑道："诸位且慢动手。你想如此富家，焉有没得护院人之理？并且深宅广院，道路曲折，你们贸然都进去，却是不好。你等须在外稍候，待俺先进去，道路探明白，拍掌为号，你等再进去，方才妥当。"说着，便将大家都引入那偏西向的高林中暂为隐身。

按下这里盗伙等且自坐地歇息，一面拉长兔子耳朵，呆等掌声发作。且说海豹子将大家安置停当，即便一面扑奔那宅后墙，一面留神那偏东向的草房中，见没有动静，又无灯光，料种园人都已睡熟，这才施展出高去高来的本领，用一个平地升雷的式子，双足略踩，嗖一声跃上墙顶。先来个羚羊挂角，用双手扳住墙檐，探头内望，见没甚动静，然后一耸身形，用个顺水投鱼，翻落墙内。就驻足之所以背靠墙，略为闭目定神，这才四望那宅内。但见除正院之外，还有东西两院，都静悄悄黑黢黢，朦胧于一团夜色之中。倾耳一霎儿，悄无声息，也不见灯光并巡更之人。自己这驻足处却是正院的后院，前面约有百余步之远，却现出一道矮矮的亚字界墙之西边，有个角门，却虚掩在那里。因为界墙矮，却望见墙内正房的后窗有灯光外射。当时海豹子一面觑望，一面却略闻正房内有妇女笑语之声，及至由那角门进入界墙内，先靠近那后窗向里面瞧时，不由大悦之下，暗忖自己的财运来临，来得正是机会。原来一眼便张见那念珠光闪闪地置在临后窗的案上，简直由窗上探手可得。靠东壁下有一钿榻，锦帐半揭，那老太婆业已高枕而卧，就寝停当。那丑婢方在榻前给她安置枕边的唾盂。再瞧那靠西壁下，也设有矮榻，却帐儿弥垂，似乎是那丑婢的卧处。这时，房门已自关了，那临前窗案上的红烛业已结了个秃秃的烛花。那丑婢这时只穿着紧身短衣，跋着鞋子，似乎也要就寝的光景。当时海豹子见状，因为得珠心切，也不暇望那房中的箱箧陈设等物，正在目注念珠的当儿，便见那丑婢给老太婆掩好帐儿，又去剪剪烛花，即便就矮榻钻入帐内。一霎时，即便响起鼾声。但是那老太婆却还要咯咯微嗽了一阵，这才悄无声息。

海豹子至此料两人都已睡熟，倾耳满宅中又没动静，正待由窗外探手取珠之间，忽闻老太婆转侧有声，一面微嗽，一面叫那丑婢道："香儿呀，你且起来，把那念珠递给我再困觉。"

海豹子听了，那要伸的手方在猛一停顿，闻那丑婢一面醒来呵息，一面没好气道："在哪里搁着？罢了，横竖你老人家清晨起来才念佛，这会子要它做甚？难道咱家还有贼王八敢来偷摸不成？"

海豹子听了，恰在好笑之下，悄悄屏息，便闻老太婆笑道："你这傻妮子，晓得什么？你没见今天咱行到山口边时，有个贼王八翻眼瞭睛，只顾端详咱们吗？"

海豹子听了，不由大惊，按理说那海豹子也是久走江湖的人，既见那老太婆如此眼亮又仿佛知自己就在窗外，但是却不惊慌，反倒从容笑语，就应当晓得此人必然有异，快些知难而退才是。哪知海豹子利令智昏，竟不暇寻思至此。当时海豹子因那后窗的棂密，不便探手，方在拔出短刀，咔嚓声斫向窗棂，招得老太婆哈哈一笑之间，这里海豹子不管好歹，恰待用刀去挑取念珠，便闻哄然一声有如裂帛，顷刻间满房中如同白昼，一股冷森森的劲风只射得人气息都噤。海豹子忙望时，这才慌了手脚，因为这时那房内却有一道尺许长的白光由那矮榻的帐中飞出，虽是细裁如筋，却奇光哗哗，不可正视。方在帐帷间如白索吐信般，倏地一现。这一来不打紧，那海豹子料得是遇了劲敌，人家的剑气出现。于是急转身形，一气儿跃出后墙，仓皇中也顾不得去招呼盗伙，自己方乱撞一菜园草房后面，忽闻那高林内的盗伙们一阵大乱，鬼哭神号，闹得很不像好

105

汉的局面。

这里海豹子料事不妙，一面模糊地见眼前现出一个大坑，一面正待回头望去，忽觉背后便如电光一闪，忙回望时，恰见那道白光由林中飞出，直奔自己，真个比闪电还疾。于是海豹子大惧，回头便跑，一个箭步方尽力蹿出三四丈远，不料扑通一声，恰巧跌入那坑，不但几乎灭顶，并且奇臭难闻。海豹子料是跌入野厕的粪坑中，急忙向上一耸身，刚露头便觉眼前一眩，脑门上奇痛彻骨。及至跳出那坑，却见那道白光倏地飞回那宅后墙内。当时海豹子惊魂初定，先摸脑门，业已被削去一块肉皮，尚自鲜血直流。及至忙去瞧那林中的盗伙时，不由大骇之下，却又侥幸自己亏得跌入粪坑，这才不至于死。因为林中盗伙都已身首异处，想是那剑气最忌污秽，倏地飞回，自己方幸保性命哩。

当时海豹子经此大创，方知强中更有强中手，世界上真有异人。这强盗生活终久不得其终，须要及早回头。于是在那千山左近盘桓数日，一面入山去落发披缁，一面向山中居民探询那老太婆是何人物。方知她是辽东地面的著名女侠，家赀富有，弥通剑术自不消说，并且行侠尚义，施惠一方。当往年时，这千山中本为盗穴，亏得她来诛除都尽，居民才得安生。从此她便居住山中，广置山田，越发豪富。她宅中家人奴仆等都会武艺，颇谙剑术。人家因她福惠一方，便都尊之曰杜老娘。当时海豹子听了此话，不由摸摸脑门，悚然汗下。从此便折节改行，做了僧人，云游各外。又反思忏悔做强盗时的罪恶，所到之处，便仗了自己的身手，遇有为富不仁的人家，便取其不义之财，以济贫乏。有时也在街坊上游戏强化，无非是混迹风尘，免得或有人识破自己的真面目罢了。以上所述，便是那僧人的一段来历。

且说当时郝珍听海豹子说罢来历，不由喜得心头怪痒。因为自己正想物色能人，学习那铁沙掌并混元刀法，如今却幸遇明师。于是一面给海豹子斟杯，一面笑道："师父既有如此武艺，不知可也会那铁沙掌并混元刀的功夫吗？"

海豹子笑道："此等粗浅外功，焉能不会？那铁沙掌虽是以打熬气力磨炼皮肤为主，却还须略用运气的内功，方能掌如铁铸，中人必死。习练起来须略费时日，俟其火候成熟，才可应用。至于那混元刀法，只须记牢了诸般路数并出奇的许多变化，再精熟了那套刀法的手眼身法步，不消旬余，便可成功。待俺先教给你这刀法，然后再慢学掌功好了。"

郝珍听了，不由越发欢喜，忙又道："可见师父的本领无穷，俺连年寻求能人，想学这掌功并刀法，都未遇到。不料师父都会还不算，并且视为浅近外功。那么师父的内功定然是越发的神奇厉害。不知师父此时可高兴见示一二吗？"

海豹子听了，不由哈哈一笑，目闪精光，趁着一时酒兴，于是一面微微点头，一面徐伸中指，略为向厅外廊柱上一指，那柱上正挂着一条手巾，当即飘然堕地。当时郝珍虽见状，也没理会。因为海豹子听了自己请示内功的话，不曾言语，也就不便再请。及至两人饭罢，便坐闲谈，那郝珍满腔高兴，恨不得一时间把海豹子所能的武功都学会，好去大出风头，于是忍不住又请示内功，海豹子却大笑道："俺用指指柱，早已略示内功，你还只顾来问怎的？"

郝珍听了，不解所谓，及至海豹子领他去瞧那柱上挂巾的铁钉时，不由惊喜之下向海豹子纳头便拜。看官你道为何？原来那蘑菇头的大铁钉，经海豹子一指，愣会钻入柱内，只剩钉头，嵌在柱皮里。当时海豹子一面扶起郝珍，一面笑道："此不足为奇，此名罡风指，便是内功家所练的那股至大至刚的罡气，由指端射出，端的是无坚不摧，十分厉害。敌人中此立受内伤，不逾旬日，定然呕血而死。但是习学内功，必须外功可观，方可依次而进。这时俺便讲说来，你也领略不得。且先学这掌功刀法就是。"

郝珍听了，一面唯唯，一面将海豹子敬之如神，不但请他住在跨院中，款待丰腆，并且将招弟打扮得花枝招展，拜见过师父。从此郝珍便专心致志每日按时跟了海豹子先学起混元刀法，郝珍既专心，海豹子又循循善诱，果然旬余光景，一套混元刀法已自完全学会。每当施展起来，端的是层层变化，出奇无穷，自觉比一阵风还高出一筹。郝珍大悦之下，以为学那铁沙掌虽是较难，料有月余光景必然可以学会。哪知学习起来竟自费了数月工夫，方才学会。因为学此掌功，必须内外功兼修并进，外功便是磨炼掌上的皮肤并指上的锐力，其法是用一高可三尺的布袋，内中满贮铁沙粒，却攒骈起五指，用掌向袋底戳探，直至一下子戳到袋底，方为成功。那掌至此端的是下研可断牛项，平戳可洞牛腹。虽是外功，练时节却大受苦楚。至于内功，便是运气力于掌指间的诸般火候，并凝神导息诸法，虽不甚受苦楚，却必俟得火候成熟，所以竟费了数月工夫。

当时郝珍既学会了刀法掌功，不由越发地趾高气扬，十分得意。在乡里间作威作福，益发横行更不消说。海豹子见此光景，方知郝珍竟是土豪恶霸之流，其专心学艺，却为的是益济其恶。此等人只顾教给他武功，岂非自己作孽？海豹子怙恹至此，正待托故辞去，恰好郝珍又要学那内功罡风指的功夫，于是海豹子便趁势笑道："你要学那罡风指，因是练气的内功，少说着也需一年余的工夫。你虽不嫌为日太长，但是俺却耐不得这长期的寂寞。不瞒你说，俺虽做了出家人，却未能忘情色欲。所以游方所到之处，多有眷所。如今俗念既起，不可再留，只明日便行。且等俺去了却俗缘，回头再教你罡风指如何？"

在海豹子之意，本是托辞要去，不料郝珍却大笑道："原来师父还是个趣人，既嫌此间寂寞，何不早说？您快不要去，俺保管你今晚便不寂寞好了。"

按下郝珍说罢，匆匆趑去，且说当晚海豹子自在那跨院客室中怙恹一阵，去意已决。当即收拾好行李，便去登榻趺坐，用起了导息的静功。正在垂眉闭目，鼻息弥弥之间，忽闻室门略响，接着便一股香风已到榻前。忙张目时，便见榻前且前且却，若往若还，趑到一人，端的好个光景：

含羞饮泣态轻盈，美貌天然画石成。

108

韠袖低鬟禅榻畔，恍如魔女现摩登。

正是：

跌坐方温内功术，揭帘忽见美人来。

欲知后事如何，且听下回分解。

第十四回

铁沙掌逞凶毙命
李双姑狭路逢仇

哈哈，说也好笑，那来人非别个，便是招弟。原来郝珍既学艺心切，又唯恐海豹子走掉，所以竟不惜招弟遣来献媚。想用此留住海豹子，免失却学艺的机会。那招弟虽不欲来，却当不得他持刀威逼，所以这会子还含羞饮泣哩。

当时海豹子一面大诧之下，一面询知招弟的来意，不由暗忖道：原来郝珍竟非人类，俺此时不走还待何时？于是一面屏退招弟，竟自连夜飘然而去。及至次晨郝珍晓得了，忙跑入那客室中瞧时，哪里还有海豹子的影儿？当时郝珍大恨之下，虽将招弟打骂一顿，却也无可如何，从此便自恃武功，越发地横行无忌，独霸一方。

也是那李秀才大复合该晦气，这时领了东乡的村众们向龙母宫去进香祈雨，却适值郝珍也领了西乡的村众，前来祈雨。那前驱的恶奴们，方行到龙母宫前道旁林间，忽见李大复手执会旗，提了取水的宝瓶，领了东乡村众也来祈雨，业已行到山坡前，势将入庙去焚香祈祷。那恶汉们一向仗了郝珍的威风，本来就好无事生非，兴风作浪，又搭着习俗相传，凡是祈雨，烧头香取头水者，必得神佑。所以众恶奴不容分说，便登时从林间跳出，一面喝阻，一面先抬出郝珍。以上所述，便是这西乡恶霸郝珍一段来历。

插叙既明，书接上文。且说当时李大复既见众恶奴恶模恶样，又乱吵郝爷，横来喝阻。虽不免气往上撞，但因祈雨在即，不欲多事。恰在一面举旗，暂止村众，一面紧走两步，想去和众恶奴搭话，便见从林那面尘头大起，泼剌剌马蹄声动，须臾，林影开处，早乱哄哄趱到一班祈雨的人众。当头现出一骑高头大马，上面斜跨一人，生得魁梧长大，青茳脸子，两道吊梢眉，一双叠暴眼，好个恶相。非别个，正是郝珍。他虽是来祈雨，因为一路游玩，还依然结束伶俐，衣冠华美。休说是诚心斋戒，居然面色上酒气醺醺，似有八分酒意。你看他在马上，扬眉吐气好不得意。这时因见前驱的恶奴们都在那里，一面拦住了大复的人众，一面乱吵之下，势将用武，方在跳下马来，要去询问。那恶奴们早如飞跑去两人，向他一说缘故。当时郝珍听了，将眼一瞪，捻起拳头，一面东张西望，一面方喝声："那鸟秀才现在哪里？"恰好大复也一步抢到，因为见郝珍的面色不善，一面高举会旗只顾乱展，一面又紧行两步。

大复举旗乱展，本是叫对方且慢动手之意，不料那班狐假虎威狗仗人势的恶奴们却大叫道："郝爷还不动手？您瞧人家都下了把了。"说着便喊一声，蜂拥而上。

这里大复势难回避，因恐他们乱抓之下，弄坏宝瓶，恰在丢下会旗，飞起一脚，一面踢翻当头的恶奴，一面置瓶于道旁，还未及喊不要动手之间，说时迟，那时快，那郝珍早大喝一声，一个箭步直抢过来，不容分说用一个黑虎掏心的式子，向大复当胸便打。还亏得大复急闪身形，虽然躲开，却当不得郝珍矫捷如飞，只脚下略一拧根垫步，早已翻转身形，唰唰唰向大复一连又是几拳。还亏得大复往年时曾跟郭武举学过些寻常拳棒，晓得些闪转腾挪，这才躲过郝珍的这阵雷头风。但是事已至此，虽明知自己难敌郝珍，也只好施展所能，给他个火烧眉毛，且顾眼下。当时两人这一交手，倒也成趣：

　　攻击猛似下山虎，躲闪忙如溜水鱼。
　　强弱相悬成斗局，会看肇祸在须臾。

当时郝珍一面抖起威风，喝令恶奴们快去打东乡的村众，一面施展开手脚，向大复只顾进击。端的是脚似飞风，拳如密雨。两条铁臂纵横上下，趁着身形捷疾，真个是赛如猿猱，风鸣电掣。那大复只走了几个照面，早已闹得眼花缭乱，手忙脚乱，只有招架之功，并无还手之力。及至此时，休说是招架，便是躲闪都有些来不及。看官你道怎的？原来大复所能的拳法本不高明，又因久已不弹此调，未免生疏，偏又搭着从烈日之下，两脚打地，一气儿跑了这么远的路，单是气力就不成功，怎当得郝珍招招紧，步步逼，这么一路狠打呢？当时大复又勉强躲闪了两个照面，本已汗喘之下势已不支，偏又见众奴将东乡村众打得纷纷乱跑，所带的祭品等物都给毁掉，便连会旗宝瓶也被人家践踏了一世界。当时大复见状，一股急气，再也忍耐不得，便猛地向后倒退几步，觑了郝珍的当胸一低头，如飞撞去。方要以死相拼，恰好郝珍大喝一声，一面连环进步，一面平挺铁沙掌，也便如飞戳来，这一来不打紧，掌和头碰个正着，但闻大复惨叫一声，当即横尸在地。

按下这里郝珍哈哈大笑之下，遂领了众恶奴进庙去祈雨毕，匆匆趱去。且说当时那东乡的村众们被众恶奴赶打得纷纷乱跑，大家都藏得远远的，暗听动静。直到郝珍已去，大家这才一面聚拢来，一面去寻大复。及至先到那打场，大家不由一声惊呼，当即面面相觑之下，都呆在那里。方知大复已命丧郝珍之手。因为大复的头颅被戳裂，方在脑浆四溢，鲜血模糊，死得好不可惨。当时大家呆了一会子，只好一面先遣人去向大复家报此凶信，一面就在近村中寻来人夫，就大复横尸之地，搭起席棚，覆了尸身，又留了两个人看守，以备事主报官后官来相验。一切草草料理毕，大家这才垂头丧气地便奔归路，这且慢表。

且说那种菜园的蔡大娘，既见大复去祈雨，便来陪伴双姑，瞎三话四了老半晌，又领双姑到菜园中一面玩耍，一面挑了些嫩菠菜，双姑便笑道："这菠菜又淡又没味，您只顾挑它怎的？"

蔡大娘笑道："你真没吃过好东西，这菜连皇帝都爱吃。回头我弄个红嘴鹦哥抱白石给你尝尝，好不得味哩。"

双姑听了，不解所谓，蔡大娘笑道："你不晓得吗？待我告诉你吧，便是老年间，有一位马上皇帝，南征北讨东荡西杀，虽是打成了一统江山，但是这位老王的圣寿也将近六旬。这日，他老人家正在高官晏坐，忽得边庭警报，那西蕃国王特遣大元帅吗木儿领十万雄兵犯边，势甚猖獗。老王得信，不由龙颜震怒，自恃当年的英勇，便领大家御驾亲征。及至和敌人两阵对圆，那老王全身披挂，座下逍遥马，手中斩将刀，出得阵来，慢闪龙睛，瞧那吗木儿时，果然是人高马大，八面威风。但是老王却满不在意，不料两下里一交手，不好了，那老王方知自己年迈，非复当年英勇。只一阵，早被吗木儿杀得丢盔卸甲。当时那老王匹马单刀落荒而走，堪堪日落时光，却得抵一片荒村。

"这时老王又饥又渴，且幸后无追兵，便下马来，慢步入村，想寻宿处。恰好望见一家豆腐坊，门首斜挑出一挂酒帘，老王见状，正待去沽饮三杯，再寻店道。急闻吱扭一声，豆腐坊门一开，却由里面踅出个挑担的村妇。那担筐中不但有一壶老酒，并且有粗粝粟饭，其中还有一大碗菜汤。老王只认得汤中有些大块豆腐，那菜却不知其名，但见红根绿叶十分鲜亮。原来那村妇和她汉子耕作之暇，又开豆腐坊添补家用。那妇人正要向田中去送饭哩。当时老王正在饥渴，便上前道：'你这饭可肯卖吗？待俺用毕付钱如何？'那村妇听了，一瞧老王是军爷模样，气象不俗，料非骗子，于是点点头，放下担筐。那老王这时正在饿肚怪叫，吃起村酒粗饭，已然味美异常，及至一吃那菜汤，不由暗忖道：原来平民百姓也会如此享用，朕虽贵为天子，玉食万方，却不曾尝此美味哩。当时老王一面怙惚，一面从马上取出一锭大银，付过饭钱。临上马时却笑道：'请问大嫂，这碗菜汤是何名目？便如此味美？'这时候村妇正颠弄那大银，乐得两眼没缝，一听这话，不由暗忖道：这个呆子，花了这么锭大银，吃了这么碗稀烂贱的菜汤，他还不知其名。俺若照实说出，他倘要回银子，那还了得？待俺给他个闷葫芦，哄他走去好了。于是眼睛一转，便笑道：'这碗菜汤其名就叫红鹦嘴哥抱白石。'当时村妇说罢，挑了担儿，自行转入坊门。这里老王扳鞍上马，刚要去寻店道，恰好自己随驾的将官并溃军等都寻将来，于是大家连夜匆匆还朝。

"过了几日，那老王虽是歇息过来，但因大败而回，心下愁闷。总觉饮食无味，不由想起那碗菜汤，十分味美。于是立时传旨御膳房的官儿，命其做来。当时那官儿一瞧圣旨，不由呆了，因为那圣旨上只有两句言辞，却是'红嘴鹦哥抱白石，这般羹汤做将来'。当时那官儿猜谜似的猜了半晌，只好将老王平日爱吃的物儿做成鹦哥抱白石的形象，再加上极肥浓的高汤，进上御前以冀称旨。哪知老王愁闷，心火上攻，一尝这浓厚的汤，不由大怒之下立斩那官儿，另换人管领御膳房，仍命照前旨做来。那新换的官儿自然也是猜谜不着，及至惴惴做成，还是难合圣意。老王越怒，也便立斩那官。直至斩掉五六员官，这时，却惊动了老王的一位爱妃。原来她心思灵巧，最善猜谜。当时将那圣旨上的两句言辞猜测了一回，早已心下了然，便一面请老王斋戒三日，并少进饮食，一面做成一碗菠菜豆腐汤，献上御前。当时那老王业已半饿了三日，一尝此汤，果然和那村妇所做的一般味美，这才龙心大悦。你想这菠菜好吃得都有古事流传，你怎说又淡又没味呢？"

当时蔡大娘本是信口开河，哄着双姑玩耍，哪知双姑自得了唐经所赠的短刀之后，便终日摩擦，随身佩起，只要有暇便脱鞘舞弄一会儿。这时见蔡大娘慢慢挑那菠菜，便笑道："俺就不信，这菠菜便如此好吃？待我快帮你多挑些，你快做些红嘴鹦哥抱白石，果然好吃的话，咱天天来挑，不好吗？"

说着便抽刀出鞘，迎风一晃，早从蔡大娘蹲身低头的脖子边掠过。蔡大娘不由一缩脖儿，笑道："你这快性姑娘，倒吓我这么一跳。咱索性多做些，等你爸爸回头，吃这清淡菜才消暑气哩。"

说话间，两人一齐动手，不消一霎儿，早已挑了一大抱。蔡大娘便用篮盛了，先叫双姑提入宅中厨下，然后踅向街坊，买得豆腐。及至踅回厨下，却见双姑自在厨下院中，踢跳得风车儿一般，舞弄得那柄刀只顾呼呼风声。蔡大娘也不理她，自入厨下去料理菜汤。

正在忙碌之间，忽闻关的宅门有人叩得啪啪山响，蔡大娘听了方要置下操作，踅去瞧瞧，那双姑早吵道："你老人家快做吧，还许是俺爸爸祈雨回来，待俺去开门好了。"说着便连蹦带跳，提刀跑去。

　　这里蔡大娘因正忙着手也没理会，不料方将菜汤盛出，忽闻双姑在宅门外大叫一声扑通跌倒，并且接着又闻有两三人也便直声乱吵起来，慌得蔡大娘忙放下所事，三脚两步跑去瞧时，却见有两个去祈雨的村人回来，都跑得气急败坏，面色惊急，这时正一边一个蹲在跌倒的双姑身旁，一面拍唤，一面连称祸事不迭。蔡大娘一愣之下，也不暇问其缘故，忙先瞧双姑时，却已面如白纸，双眼紧闭，口鼻间只剩一丝气息，并且手中还握紧了那柄短刀，竟似乎是惊痛之下，一跤跌倒的光景。这一来蔡大娘不由大惊，便忙去帮着两个村人，一面拍唤，一面询知李大复的噩耗，方惊得老泪直落。

　　两村人却道："会众们先遣俺们来报此信，不料双姑听了，登时昏倒。如今咱们快拍醒她再做道理，恐怕少时会众们也便到了。"

　　正说着，恰好随后的会众们也匆匆都到，蔡大娘因不见大复，正在越发泪如雨下，忽见双姑猛地舒出一口气，竟自一跃而起，不但不哭，并大笑道："如今姓郝的在哪里？等俺去剁他个稀烂好了！"

　　大家见状，料她是一时气癫，方想去夺下那刀，再做道理。恰好随后的会众们也便到来，那双姑一见其中真个没得大复，不由大叫一声，重复昏倒。及至经大家上前，乱哄哄地将她唤醒，这才哇的一声放声大哭。这时蔡大娘一抖机灵，方伸手要取过她那短刀，不料双姑呜咽之下，又复两眼发直。蔡大娘恐她乱舞那刀，只略为逡巡之间，那双姑却忽地住哭，一面将刀入鞘，一面哈哈大笑，撒开脚向会众们的来路上便跑，并回头向蔡大娘道："你老人家自去做红嘴鹦哥抱白石，你瞧俺爸爸不是提了姓郝的脑袋来了吗？"

　　大家见状，料她是惨痛气急之下，真个发作，已失常态，正要赶去相拦，恰好从双姑对面如飞奔来一人，彼此撞个正着，双双跌倒。来人非别，便是大复的族兄李福，在街坊上闻得大家讲说大复的凶信，所以忙忙跑来。及至蔡大娘和会众们赶去，李福已自爬起，大家忙去扶双姑时，这时却气如游丝，直挺挺的竟似真个死去。蔡大娘见状，两手一拍，正待放声大哭，会众内有两位年高有德多有经验的人，一名刘代，一名孙恺，便忙道："蔡大嫂不要惊慌，她这是猛闻凶信，一时间急痛交攻，血迷心窍。少时您唤醒她，且扶她去安卧歇息，并吃些安神药，自会好的。俺们且和李福兄到社庙中商量报案到官，请官中速拿凶手郝珍好了。"

按下这里蔡大娘拍唤良久，双姑才悠悠气转，当由蔡大娘扶入宅内，且自用药安卧。且说当时孙刘二人一面散却会众，一面和李福都到社庙中商量起报官之事。李福本是个老好性子的粗人，只晓得看园种菜，哪里晓得什么官事？只好由孙刘二人斟酌停当，便是命李福去做事主的报告人，孙刘两人作为证人，先请官相验大复的尸身，然后请逮捕郝珍，接法论抵。当晚孙刘二人便住在社庙，不必细表。

且说那本县官儿既见李福等前来报人命案子，无非是照例地讯问一回，去相过验，命事主家抬尸埋葬。又照例地签派公人，去拿郝珍到案。这时郝珍早已就官中上下打点停当，那郝珍明明在家，仍然是如常出入，扬扬得意。公人们回官的话，只说是畏罪远飏。于是那官儿又照例地贴一张海捕的告示，便算是完事一宗。这期间孙刘二人虽然撺掇李福去递了两次催缉的呈词，无奈官中人们都得了郝珍的大钱，谁肯去捉郝珍到案？

按下官中竟自将这人命重案悬置起来，且说双姑自那日跌昏之后，过了几日，方才神识如常。初时，还指望官中捉凶到案，可报父仇。既见悬置此案的光景，不由向大复墓前大哭一场，发誓要手刃郝珍，以报父仇。话虽如此说，无奈郝珍既武艺高强，又住在深宅大院。双姑既非其敌，又焉能得报仇的机会？那蔡大娘几次劝她，不可冒险去做，双姑不但不听，反倒索性把家事托于蔡大娘夫妇，自去哭拜父墓，誓言不报父仇不复回家。从此双姑便挟了唐经所赠的短刀，每日出没于郝宅左近并西乡一带，意在于道路上得遇仇人，即使刺杀于他。这期间昼行夜伏，雨打风吹，居无定所，饥饱无时，受尽千辛万苦自不消说。

这一日双姑探得郝珍赴西乡极西边百草洼地面，去吊人丧事。于是便匆匆奔去，冀可遇仇。当时双姑一路问途，行了半日不觉足倦，正想略为歇息，忽见身旁不远却现出一座高山，苍苍莽莽，甚为深邃。那山口边的高坡上，林草甚茂，其中隐隐似有红墙。双姑料有庙宇，可以歇息，于是奔去一瞧，却是一座小小的灵官庙。那位灵官爷赤发红须，明盔亮甲，手按驱邪金鞭，塑得倒很有气势。双姑见状，不由触动了一腔冤愤的心事，便上前拜祷，祈神明默佑，好早得仇人。拭泪出得庙来，因见那高坡间一带树林中细草如茵，正堪歇坐。方入林去，就一株大树后略为徘徊，忽闻林外坡下大道间嗒嗒的马蹄响动。双姑听了，忽地心中一动，忙隐身树后，探头望去，不由闹得登时心中乱跳，暗道声谢天谢地，百忙中又要掏镖，又要拔刀，竟自手忙脚乱起来。

看官你道为何？原来这时那大道间由东而西却嗒嗒地踅来一骑很骏样的走马，端的是平腰健步，又稳又快的一派大走儿。上面扬鞭抖辔顾盼自豪地坐定一人，是头戴遮阳轻笠，身穿密扣短衣，腰间佩一条白孝带儿，短衣外并披一件青绉绸英雄氅。非别个，正是郝珍。方吊人丧事回头，路经此间，不料冤家路窄，却适值双姑。好容易得遇血仇，又见他单人独马，没带兵器，端的是大好机会。正在惊喜愤恨一时交并，不料郝珍的马快，唰一声已过坡下。及至双姑掏镖在手，如飞出林下坡，那郝珍的笠影一闪，已在数十步之外。好双姑这时真个的红了眼睛，也不知哪里来的气力，一连两个箭步，早已距郝珍十余步远近，这里双姑方一面觑准郝珍的后脑，一面大喝一声，抖手发镖。哪知恶人报应未到，命不该绝。偏偏那马忽地一失前蹄，那郝珍身形向前一探，头一低，便闻啪的一声，登时有一物飘然落地。

正是：

　　方欣狭路逢仇雠，谁料椎来中副车。

欲知后事如何，且听下回分解。

第十五回

入荒山异人传剑术
奔陈州实路遇同门

且说当时郝珍正在抖辔前进，忽闻马后面远远地似有人脚步乱响，且是飞快。这小子作恶多端，每逢出门，必带兵器，用以防仇人暗算。偏这次因去赴吊，不便带着家伙。当时闻得后面的脚步奇怪，正待扭头，不料那马却前蹄一蹶，一低头，便觉头顶上一股劲风，啪的声正中笠顶，及至见笠儿落地，却有一支铜镖，飞向马前。这一来郝珍大怒，赶忙霍地带住马，方才甩镫，还不及一跃而下，又是见追来身材娇小而伶俐的乞儿，眼前又是白光一闪，那乞儿的第二支镖又已直奔自己的咽喉。这里郝珍忙用个歪卧鱼式子，一面闪过那镖，一面一跃而下，倏地甩脱外套，单手提定，早见那乞儿举步如飞，业已距自己数步之内。这时郝珍望得分明，但见那乞儿好个光景：

> 衣衫敞黯形容悴，面目模糊尘垢多。
> 漆体吞灰同志向，烈心堪一谢家娥。

原来双姑自离家之后，倏然已经月光景，又加她四处寻仇，随缘乞食，所以不知不觉，竟闹得形容尽失，乍望去便如小乞儿一般，那郝珍想不到便是双姑。且说郝珍忽见那乞儿竟敢无端地来行刺自己，正在略为沉吟，却当不得这时双姑已自目眦尽裂，咬牙切齿，一柄明亮高的短刀早已来临切近，更没得什么招数路数，只大叫一

118

声，早已连人带刀一同扑到，不容分说，只顾向郝珍拼命乱扎乱斫。那郝珍虽仗了跳跃如飞，腾挪闪躲，躲开了她这阵乱劈柴的刀法，但是也未免十分吃力。于是一面越怒，一面趁敌人一下斫空，前抢出数步的当儿，便哧的一声，把大氅撕开，双手抡起，虽然是两片绉衫，但是郝珍使发了，呼呼风响，一阵连兜带绞，不消顷刻间，早已将双姑的短刀掠飞。这时双姑把心一横，哪里还顾死活，虽见郝珍凶神似的拾刀在手，却依旧奋拳而上。正这当儿，恰好郝珍左手的那片绉衫用一个流电落地式子，下走扫来，双姑忙足一跳，虽是闪开，却当不得郝珍手法捷疾，接着便健腕一翻，拦腰横掠。这里双姑足才落地，还未踏牢根柱，这一来不打紧，不但一下子被掠出十余步，一头抢地，并且一下子跌个发昏。

那郝珍大喝之下，丢却绉衫，提刀赶去。因见双姑虽是发昏，却还在咬牙切齿，不由喝道："好你这乞儿，竟敢来行刺于俺。这其间必有主使之人，待俺且缚你去，慢慢拷问就是。"

说话间，刚用左手取下那腰间所佩的孝带，不料那乞儿悠悠醒转，也便有气没力地喝道："好你郝珍，休得胡说，我父亲李大复命丧你手，俺今报仇不得，但求速死。"说着猛跃起身，想要夺刀自刎，不料刚醒来气力微弱，重复仰面卧倒。

这里郝珍大诧之下，忙凑去瞧时，哪里是什么乞儿，却是大复之女双姑。这一来，郝珍不但怒气全消，并且投刀带于地，哈哈大笑道："你这泼辣妮子，倒也有些志气胆量。只是你想刺死俺，却比登天还难。俺今饶你一命，快去寻师学艺，再来报仇好了。"

看官，你道郝珍本是个凶猛恶霸的角色，怎的忽然饶了双姑，竟似乎有些大人大量的光景呢？书中暗表，原来郝珍今天去吊人丧事，却会见了一位豪客，两人气味相投，一见如故，越谈越对劲，于是登时结为兄弟。郝珍因此事心下十分高兴，一来是正在高兴头儿上，二来又藐视双姑，不足为虑，所以竟当时饶却双姑。

至于那豪客，却名吴大纲，毕竟是何人物，却令郝珍如此高兴呢？原来这吴大纲却是陈州地面的一个大大的土豪，好枪棒拳勇，自不消说，并且现为陈州南乡的团练老总。他便仗着团总的威风，把持官府，鱼肉乡里，其行为比郝珍还要凶恶。因为那时捻匪方在猖獗，所以朝廷下诏，命各处都办团练，一来保卫地面，一来辅助官军办贼。本是良法美意，不料日久弊生，当地选用团总，如非其人，便流弊不可胜数。那团总不但挟贼自重，目无官府，甚且潜通捻匪，首鼠两端。那官府虽明知此等团总实为地方隐患，但以其盘踞势成，却也无可如何。那吴大纲便是此等团总的角色，自然和郝珍气味相投，所以郝珍高兴异常哩。

不表当时郝珍大笑之下，匆匆上马，竟自趱去。且说双姑既眼睁睁见仇人走掉，又受了他几句抖飘的奚落，分明见伶仃弱女，不足为虑。当时双姑虽是气恨之下愤不欲生，想去拾刀自刎，无奈气微力弱之下，竟自挣扎不起。好容易歇息一霎，气力稍复，逡巡站起，紧行两步，刚要去拾那刀，忽闻那灵官庙内有人笑道："你这孩儿，不要轻生。你在灵官前祷告神明，俺已尽闻你的冤仇并你的孝心志向。那恶人既叫你寻师学艺，再来报仇，俺因你这孩儿孝心可嘉，你且跟俺去学艺好了。"

双姑听了，便见由庙内笑吟吟趄出个年可五旬的老道姑，生得慈眉善眼，满面道气。虽是五旬之人，却还精神饱满，尤其是目闪精光，神采四射。这时是道服云鞋，手挂药锄，一后提了个竹篮儿，里面有些青葱葱的草药，便这样飘然而来。当时双姑见她精神有异，料是异人，不由上前拜后，一面请问她的法号居处，一面呜咽着刚要诉说冤苦，那道姑却一面挟起双姑，一面笑道："那会子俺因出山采药回头，偶在灵官殿后歇息，听你祷告神明，已尽知一切，如今不必再诉。至于俺的法名来历，你此时也不必致问，且随俺入山去学艺好了。"

双姑听了，不敢再问，于是由那道姑引路，便入山口。约趄过数里之遥，双姑留神瞧那山中时，却端的好个深秀光景。当时双姑一面四望山景，一面竭蹶紧跟。但见那道姑举足之下，飘忽落风。没多大时光，似已趄至山中深处，一处处流泉竹静，一带带大壑高林，便如展开画图。双姑至此正在耳目间接应不暇，忽见那道姑遥指前面一带竹林道："少时过得那林儿，再行不远，便到咱家居处的茅庵了。"

说话间，两人穿过竹林，忽地四围山色豁开，现出个很幽静的山洼，观不尽的白石清泉，时花好鸟。那靠北向一处高坡上，从一片嘉树葱然碧草如茵中，却现出一围矮矮的树篱。及至双姑跟道姑入得篱门，却见那院儿十分宽敞，坐北朝南，有三间很明洁的茅庵。里面是木几草榻，位置秩如。庵后院还有柴棚灶室等处。当时道姑入得庵中，便一面放下锄篮，一面给双姑换了衣服，一面从药篓中取出些粟米大小的红色丸药，却笑道："你这孩儿，自不量力，既力弱如常人，又没得结实武功，竟敢去刺杀仇人？虽是可笑，却正见你孝心决性。此药是俺采取各种药草所炼，名为虎力丸，不但安神定气，并能增人力量，如服此丸，可抵三年打熬气力的功夫。俺因云游各处，不能在一处久留，却欲你早些艺成，你且先服此丸，看是如何。"

双姑听了，一面拜谢，一面服过那丸。不大时光，忽地反觉浑身无力，懒怠欲眠，一个呵欠没打完，早已歪向草榻，沉沉睡去。这一觉直至次日巳分时，方才醒来。只见道姑业已将午饭安排停当，药锄药篮也准备在身旁，似乎是要用饭毕便去采药的光景。当时双姑见状，恐道姑嗔自己贪眠，因为爬起来只顾惶悚，也便将服虎力丸之事忘掉。及至两人匆匆饭罢，道姑却一面取起锄篮，一面指着院隅间一块大青石笑道："俺今将去采药，你可将篱门关好，前些时撞来猛兽，只关门还不妥当，你且将那石提置门边，准备俺走后用以抵门好了。"

说话间，即便莛向院中，含笑而待。这里双姑忙跑去瞧那石块，不由逡巡之下又是怙惙。因为那石块形如碌碡，高三尺王府，粗估去足有千八百斤的重量。那双姑虽一向好踢跳，却没得什么大气力，所以不由逡巡怙惙，老大的不得主意。话虽如此说，但是双姑本是个好胜性儿，又搭着自己方要从人家学艺，如果畏难退缩，辞以不能，未免不够瞧的。当时双姑寻思至此，便一面振起精神，一面揎拳勒袖跑将去，先将那石块端详一会儿，一面叉腿蹲裆，略为挫身，骑马式踏住脚柱，然后用两手撮住石的上端，哈的一声略为用力，本想先将石撮离原地，再做区处，不料手才着石，那石已轻松松地猝然歪倒，竟似不甚沉重一般。这一来双姑大悦，不管好歹，两臂一振，用手撮住那石，一举平胸，还要高举过顶之间，那道姑却大笑道："你瞧俺的虎力丸效力如何？你今增了力量，不过可用。且稍待几日，你熬些勤苦，略为熬炼身体，俺便教与你内外武功。将来不但父仇可报，当此乱世，还许有些事业可做哩。"说着，竟自挟了锄篮，采药去了。双姑至此方知道姑并非要用石抵门，却要瞧自己增益的气力哩。

慢表当时那道姑采药回头，当即命双姑行过拜师之礼，且说双姑自拜过师父，恨不得连夜便学起武功。哪知师父却于武功一字不提，只命自己去打柴汲水，并执炊爨之役，一面命跟着去采药等粗重气力活计。双姑因有力量，倒不为难，唯有跟去采药，倒吃了许多困苦。因为师父不但健步如飞，并且履险如夷，单向那高峰峻岭崎岖险阻的所在去采药物，并采些山果，随采随吃。双姑随时追随，自然不免足下竭蹶，履险惊悸，备尝困苦。但是日久了，习而安之也，便可以勉强从事，而且渐渐地不觉相从吃力，反倒觉得怪好玩的。唯有偶至险绝之处，还有些心跳神悸。便是如此光景，转眼间过得半年余的光景，双姑自觉气力日增，身体日益矫健。但是还不见师父说教武功，双姑也不敢请问。

这一日，双姑又跟去采药，行经一处高崖之下，师徒二人坐地歇息，双姑纵目四望，端的好一片山中春景：

> 桃红柳绿艳阳天，南北删减多墓田。
> 节届清明才返了，纸灰腾现野外前。

光阴转瞬，原来自入山后倏忽又届清明节过。当时见状，不由想起父仇未报，连父墓都不能去拜扫，一阵伤心，不觉凄然泪下。那道姑见了，早知其意，便笑道："你不必伤感，恶人天报，自有其时。你只顾悲苦怎的？你瞧那崖壁上，有些初熟的山桃，且去摘两个来。"

双姑听了，一面唯唯，一面站起来，紧紧腰身，然后仰面望那崖壁上时，不由登时一怔。因为那崖壁足有数十丈高，距崖顶还有二尺上下的光景。愣从巉巉削壁的石隙间平挺出一株山桃树。树干不过胳膊粗细，柯叶却扶疏下垂，从风摆动，上面却结了几个半红嘴的山桃。乍望去，倒是个奇景。但是要采此桃，不但须爬上崖顶，还须由崖顶上爬上树干。那崖虽是陡峻，却还有蜿蜒上达的悬径并葛藤可以攀援，只是那树干下临无地，着足非易。若非神定气闲极有胆量之人，焉敢从事？所以双姑一望之下，不觉一怔。

正这当儿，那道姑却大笑道："你这孩儿，还想去报父仇？连这点儿胆气都没得，将来怎能舍死忘生，以完你的志向？如今你既胆怯，不可强勉，咱快些转去就是。"

说话间，正要站起，那双姑早把心一横，取道径登崖顶。端的是一鼓作气，捷似猿猱。这里道姑方在含笑点头，双姑又已在崖顶间略为凝神定气，蛇似爬上树干，方采得一枚带细枝的桃子，用个蛇倒退的式子，缩身退回崖顶。

道姑却大笑道："俺因你虽增气力，却还欠身形矫健并胆气坚定，所以命你随俺采药，磨炼身体。今既颇增矫健，又胆气坚定，采得此桃，快些转去。从今日为始，待我教与你诸般武功就是。"双姑听了，这才晓得师父一番苦心。

按下当时师徒二人回向茅庵的一宿晚景，且说双姑从此跟师父学起武功，一来双姑心灵性慧，二来道姑循循善诱，不消三年的光景，双姑已武功大成，一切的内外功夫并马上步下，诸般的长枪短打，件件精通自不消说，并且尤精剑术。

这一日，双姑自在庵外舞弄一会儿短剑，得意之下，自觉足敌郝珍，兴冲冲回到庵中，正想向师父请命，去杀仇人。不料那道姑正行色匆匆，在那里料理行装。一见双姑便笑道："你今武功已成，俺亦在此间缘当尽矣。你出山去自有一番际遇。你且送俺一程，咱师徒就此别过好了。"

双姑听了，感激师父教艺之恩，不由一面泪如雨下，一面拜问师父的法名来历。道姑笑道："俺自修道以来，只以采药云游，随缘济人为务，因为道心既静，静中生慧，凡事颇能前知。方才俺说你出山去自有一番际遇，并非空言，到那时你自然晓得俺的法名来历了。"

按下道姑说罢竟自用行杖荷了行装，和双姑出得庵来，穿过那片竹林，笑吟吟飘然而去。且说双姑拭泪回到庵中，寻思师父说自己自有一番际遇的话，以为是父仇定然得报，于是欣然之下，也便即刻略为收拾，挟了师父所赐的一口短剑，取路出山，一径地先奔家下。

虽然只三年的光景，一路所经的村落早已景物都非，当日傍晚行抵家门，和蔡大娘夫妇厮见，自不免彼此的悲喜交集。及至双姑向他们询起郝珍的踪迹并近况来，不由心下十分踌躇。因为这时郝珍已不在家下，居然和那吴大纲都当了响当当的大股捻匪，在陈州地面十分猖獗。这时奉朝廷钦命来经略鲁豫皖三省军事的大帅，名叫胜保，现方驻大营于亳州地面，方要派部下得力的营官，领大军来痛剿他们。

至于吴郝两人为何便忽然做贼，便是郝珍自和大纲结识之后，大纲因其武艺了得，便邀他来教练团众。年余光景，果然日益精悍。因此大纲越发地顾盼自雄，目无官中。不但为害地面，并明目张胆地潜通各路的捻匪。那郝珍本是个贼胚子，见大纲如此局面，比自己独霸一乡又强胜百倍。于是索性移家陈州，与结芳邻，二恶相济，自然是越闹越凶。不消说，吴郝两人通捻的消息，也便远近皆知。于是为日不久，那官中却有拿办两人的消息。两人既如此胡干，自然是在官中的耳目甚多，于是两人先发制人，公然揭竿，当起捻匪了。

且说双姑当时踌躇一会儿，虽见郝珍当了捻匪，拥众甚多，自己去报仇未免须费手脚，但因自己的武功今非昔比，要刺杀他还不算难事。及至次晨，便换了些衣服，打叠起小小行装，取了些金赀，一面去拜别父墓，一面取路直奔陈州。当时过午时分，行抵一处繁盛镇聚，名为池阳镇。街坊上是商贾云集，车马如织，十分热闹。双姑觉得饥疲，恰在趸过一段街坊觇望之下，想寻个店道打午尖。

忽见前面不远一处大商肆门首聚拢了许多人，方在围了个大圈儿，只顾跑动脚觇望。双姑信步趓去瞧时，但见好个光景。

正是：

奔波未弭心中憾，萍水忽逢意外缘。

欲知后事如何，且听下回分解。

第十六回

值卫宿孝女得仇人
结同心骄帅起邪念

　　原来那圈里面却站定个江湖卖艺的少年，方要作场。那少年约有二十五六的年纪，生得面如冠玉，剑眉星目，十分英俊。虽是要作场，看那光景，又不像江湖人模样。并无枪棒等物，只有一肩行李，置在场角，上面还颇带行尘。那少年这时并不结束得短衣伶俐，只穿一身很朴素的行装，倒似乎是跋涉风尘的客人模样。双姑见状，正在怙惚此人倒好个气度，便见那少年一面将衣衫略为扎拽，一面向大家拱拱手笑道："在下是南省人，路过贵处，适因旅费缺乏，所以来惊动诸位。如今待俺打回拳，博诸位一笑。"

　　说着，便略为退步，啪的一声，一踏脚柱，登时亮个门户。当时众观者因见那少年竟不会江湖溜口，刚上场便老老实实地要打拳，大家正在相视而笑之间，却不道早将双姑瞧得双眉一耸，不由诧异之下暗忖道："此人门户亮相，分明是俺师父教与俺的那套八风拳法。俺师父曾说这套拳法是由自己采取了诸般拳法内的精要招儿，再运以己意，混合而成，是自己独得之奇，外间并无此拳法流行。怎的此人他也会此拳法？少时他打毕，如果真是八风拳，俺倒要问问他的姓名来历，是从哪里学得这拳法的。"

　　当时双姑一面怙惚，一面置下行装。还未挨入人丛，早见那少年放手垫步，从容打起，端的是轻尘不起，足下无声。一时间前超后越，左排右排，进退转折，极兔起鹘落之观。这一来张得双姑不由神凝息屏，因为那少年打的不但是八风拳法，并且酣畅淋漓，比自己打得还机旺神流。当时双姑正在越发诧异，不料众观者是笨眼儿，既见那少年打得没甚花招儿，便哈哈一笑，纷纷散掉。那少年见状，不由叹口寡气，正要去取行李，双姑不由失口赞道："好一套八风拳，可惜没打完，还有最后的乌龙掉尾一招哩。"

那少年听了，不由大吃一惊，一瞧双姑身带行尘，也是行客模样，便笑道："你这位姑娘倒是行家，此间非讲话之所，前面不远便有店道，在下虽旅费缺乏，还能勉屈一饭，便请叙谈一会儿如何？"

双姑也正要询其姓名来历，于是便和那少年都取了行李，及至由少年引路，入得一处店内，就客室中安置了。双姑也不暇客气，便询那少年的姓名来历，并从何人学得八风拳法，不由窃喜得遇同门之友，于是不待那少年来问，也便将自己的姓名来历并将赴陈州去报父仇等事，一一说出。

看官你道究竟是怎么回事呢？咱且从那老道姑说起。原来那老道姑法名静修，本是由剑侠而修道的一流人物。道家都讲济人利物，修外功以助内功。所以静修每当静极思动，便采药云游，随缘济人去。修外功有一年，静修游至江南宜兴地面，爱其山清水秀，便在山中结茅，勾留下来。一日，行经周处河边，这道河因当年周处斩蛟而得名，烟水渺然，甚有风景。静修正在徘徊纵目，忽见一个十五六岁的贫家孩儿泪兮兮地跑来，用两手一掩面，就要投河。亏得静修手快，忙上前一把拉住，问其何故轻生。方知那贫儿姓叶名琦，父亲早殁，只有老母在堂，因家贫无以为生，只好母子都去佣作，胡乱度日。那叶琦十三岁上不幸老母病殁，无以为葬，便卖身于当地的一个富户人家，用那身价葬过老母。不料那主人是个刻啬不仁的角色，总嫌叶琦没用，饭不管饱，还不时地打来骂去。这日，却命叶琦去放羊，因有一只小羊去爬山崖，一下跌毙，叶琦又挨主人一顿暴打，所以情急投河。

当时静修听了，因念叶琦身世可怜，又有孝行，便收他为徒，携入山中，教以诸般武功并剑术。及至静修又复云游他去，叶琦也便出山来。因自己既有了武功，又北省一带捻乱方殷，当时剿捻的各将帅方在用人，于是叶琦在各处混了两年，却没什么际遇。这时却闻得那现驻亳州的军帅胜保颇能用人，方在广收习武之人，果然本领出众，不惜破格录用，所以叶琦想赴胜营去投军。路经池阳镇，因旅费将尽，偶在街坊上打拳卖艺，不料却巧遇双姑。

当时两人各叙罢来历，同门相遇，彼此大悦之下，自然都亲近非常。两人一同用饭，双姑又提起将赴陈州去刺郝珍来，叶琦不由沉吟道："如今郝某公然做贼，出入贼众护拥，却恐不易得手。依我之见，你倒不如和我去投胜营，那时，借官军之势，堂堂皇皇擒获那厮明正国法。一来你父仇可报，二来咱们也可以博得些出身际遇。俺虽不才，还能助你一臂之力。"双姑听了，因叶琦之言十分关切近理，不由欣感之余，当即点头应允。

慢表两人商洽停当，次日登程，取路直奔亳州，如今且说那驻节亳州的胜大帅。看官你道他是个什么人物？说起此人，却大大有名。这胜保系满洲世家，字克斋，虽是文科入仕，他却好精研韬略，慷慨谈兵。为人是倜傥不羁，风流自赏，自负才能，端的是目空一切，意气不可一世。尤其是豪华骄恣，敢为大言。他行军所到之处，每以声妓自随，不但治军不暇，帐下美人，轻歌曼舞，并且节钺所指的行程中，随员杂沓，甲士如林间，杂以绣毂香车。所过之处，香尘溢路，还要当地的官员唱名跪着路接。至于骇人听闻的事甚多。今但举其一二事，便见其为人了。

他曾因饭中偶有沙粒，杀掉厨夫，他曾于夜筵间思吃某地所产的嫩韭，立命某材官飞马去取，立候登筵。但是其地还远在百里之外，当时材官快马加鞭，虽是拼命一阵好跑，但是取韭回头，那行辕外已是东方发白。不消说这早已罢筵，自己误了差事，焉有命在？当时某材官既跑得气息仅属，又着了老急，不由哇的声口吐鲜血，登时跌杀，这才免了胜大帅震怒之下，开刀问斩。

那胜保虽是狂悖如此，但是却不拘一格，善用能人。所以他自驻亳州办贼以来，便广收才武之士，以便亲自考验，破格擢用，这也不在话下。

且说双姑叶琦这一日行抵亳州，一面觅店住了，一面到胜营报名应募。且喜事有凑巧，这时来投胜营的人已有了二百余人，胜保

128

因那陈州的捻匪特为猖獗，想亲去督队进剿，要从这新来投的人内，擢用几个，作为自己的卫兵。于是便一面悬牌，定了考期，一面命在校场中齐集听点。及至届期，那校场中好不热闹：

> 缨弁如云照眼明，值场军吏列西东。
> 阅台大纛从风飐，校武安排好阵容。

当时胜保就阅台上列了公座，按名点阅，令其当场献艺。因为胜保不但颇娴军事，并且很精拳棒。当少年时在北京是有名的角色，饮博冶游，驰骋于红尘紫陌之间。那北京地面讲拳勇的无赖光棍，本是多的，以为胜保是个大宅门的纨绔公子，正可以去诈大财。于是大家便齐合了，摆了个仙人跳的美人局。及至到紧要当儿，大家发作起，不料财没诈成，反被胜保一阵拳头，打了个落花流水。胜保尝说，拳法为诸般武功的基础，如欲知其人武功的优劣，但看他拳法如何，所以每次考验来投的人们，便只试以拳法。

当时胜保按名瞧过些人，见无甚出色处，正有些不高兴，不料瞧到叶琦的拳法，登时眼光一亮，但命他站向台下，听候发落。当时满场人众见大帅关注此人，恰在都注目叶琦，便闻台上又唱名道：李双姑。大家听得是妇女名儿，正在纷纷寻望，早见由来投的人中，响亮亮一声应名，登时趋出一人，端的好个光景：

> 芳年如月气如虹，一段英姿画不成。
> 眉秀含威原锁恨，剪瞳秋水照人明。

这一来不打紧，不但满场人众都望着双姑暗暗称奇，便连胜保也不由神为一耸。正这当儿，双姑早已照例献艺，便施展出八风拳法，但见满场团团光影，起落无声，打了个龙争虎斗。须臾打毕退下，方和叶琦都立台下，恰好胜保见点阅已毕，便一面吩咐众投者散去，听候派用，一面将双姑叶琦唤上阅台，略问来历。登时将两人都派作卫兵队的左右队长，即日入营供职。

129

按下这里胜保回辕之后又过了两日，一面命人留守大营，一面领了将佐们即便亲提大军，去剿陈州的捻匪。且说郝珍和吴大纲这时已自攻陷陈州，由大纲驻城据守，那郝珍却自领大队，驻于距城十数里之三叉坡地面。一来犄角城中，二来扼据要隘，以防官军猛然来剿。既探得胜保有新来剿办的消息，本营中严加警备，自不消说，并且自恃有高去高来的能为，想刺杀胜保，出奇制胜。当时郝珍想得停当，更不怠慢，便一面命人留守本营，一面自去行事。

且说胜保一面命在街坊外空阔之处扎了大营，一面自带了卫队人等，驻在一处店道中。那店虽说是小店，却院宇宽敞，群房连延，足以敷用。胜保用过晚饭，自在上房中秉烛披阅公文，并寻思办贼之策。

当晚将及二鼓时分，那双姑见叶琦领了几名卫兵向店四外巡逻去了，自己也便结束停当，就店中前后院来回巡望。少时，巡至后院，忽闻后墙外白杨萧萧，有如涛涌。原来那店后身儿便临野地，距店不甚远，却有老大的一片杨林，并且林中荒草甚茂。这时野风刮动，所以作响。当时双姑听了，不由心中一动，暗忖道：如今将入陈州地界，须要特别小心，那杨林中足以藏伏贼探，俺何妨去瞧瞧呢？

双姑想罢，便趁着朦胧月色，跃出院后墙，一径地奔入林中。但见月光穿树梢而下，凌乱满地，还未及仔细巡望之间，忽闻林外一条小岔道上，草树间的鸟虫一阵惊噪。双姑觉得有异，方回身抢到林边，早见由那岔道口突突突飞也似的撞出个短衣人，一径地便奔店后墙。双姑见那人举步如风，分明是个夜行朋友，已然吃了一惊，今又见他直奔店后墙，哪敢怠慢？于是一面拔剑在手，一面如飞蹑去。这时那人已到墙下，略向左右望望，恰待向后略退，还未及跃上墙头，后面双姑已自一步赶到，正要大呼有奸细，知会店内卫兵。不料那人忽闻背后脚步响动，倏的一回身，明晃晃的短刀一举。这时两人相距咫尺，月光下双姑望得分明，登时一股怒气堵住喉咙，要想大呼哪里能够？

及至两人刀剑并举，这一交的，端的十分凶险。双姑至此俨如

130

煞神附体，恨不得一剑结果那人，不由施展开静修所传的剑术。那人一柄短刀，神出鬼没，虽也不弱，但是怎当得双姑的剑术非凡，这时又抖擞出十二分精神。一柄剑登时化为层层光影，只顾风雨般向那人兜裹上来。不消顷刻间，那人早已且战且退，将近那岔道口边。双姑恐他跑掉，正在越发地剑如雨下，忽见那岔道口内剑光一闪，接着便闻叶琦大呼道："李师妹不要慌，待我来结果这厮好了。"声尽处，人剑飞到。

恰好那人划开双姑的剑影，刚一扭身，哧的一声剑中左腿，大叫栽倒。叶琦当即上前，捆捉停当之间，不料双姑因精神过奋，又见大仇得报，猛然一时感触，也不知是悲是喜，竟自大叫之下，也便一跤晕倒。直至被叶琦拍唤良久，方才醒来。这时跟随他的卫兵们也自由岔道口内赶到，于是大家便带了那人去见胜保。

哈哈，说了半天，诸位明公自然都晓得那人便是郝珍了。至于叶琦为何来得这么凑巧呢？原来叶琦在四外巡逻了一会儿，适巡至那岔道内，偶然登高处本是想远瞭一回，即便回店歇息。不料却望见那岔道口外一团剑光，翻飞上下，其中杂以刀光闪闪。双姑和叶琦本学得同门剑术，自然一望而知，是双姑和人交手，所以便急急赶来。

且说当时胜保一见双姑叶琦竟因值夜巡逻，捉得贼渠郝珍来，不但护卫自己可嘉，并且于剿贼的军事上大大有功，于是大悦之下，一面传令将郝珍军前正法，一面将双姑叶琦嘉奖一番。即便趁势提兵前进。这时那吴大纲丧却郝珍，自然是心慌意乱，不知所为。只好自领匪众，在三叉坡地间去拒战一回，却被官军杀了个落花流水，没奈何只好退守陈州府城。于是胜保趁势提兵前进，登时合围攻城。那捻匪们军心既乱，哪里能支？不消旬余，已自纷纷溃散，吴大纲也死于混战之中。于是胜保红旗报捷，陈州的捻乱悉平。

从此双姑叶琦便跟了胜保逐处剿捻，所立战绩甚多，胜保累次嘉奖，时有厚赐，自不消说。便连军中人们也无不啧啧称羡。按理说，双姑叶琦两人既得此际遇，就当安心跟随胜保，以奔功名才是，不料又过得年余，两人却颇有去志。看官，你道怎的？原来这时胜保越发地恃功自恣，骄蹇无状。虚费国帑，滥杀邀功，蒙蔽朝廷，自不消说，并且越发地奢侈异常，极声色之如，堪堪地要学雍正间年大将军的光景。两人恐他将来功名不终，一旦得罪朝廷，那时未免身与其祸，所以都阴怀去志。

这一日，两人闲谈，谈及此事，叶琦便道："智者见机而作，不俟终日。咱们要去此他适，倒有个所在。咱师父那年和我相别时，她曾说广西桂林一带名山胜水，甲于天下，并且多产草药。自己云游之下，要去采些药物。如今说不定或就在广西盘桓。稍迟几日，咱托个事故，辞却胜师，去寻师父。寻得着咱们深造剑术，抛却尘世功名，固然甚好，便是寻不着，咱一来远游一番，开开眼界，二来或遇机缘，在那里也可以做些事业哩。"

双姑欣然道："咱要去便去，还稍迟几日怎的？你不晓得，近些日，胜保见了我有些不像模样。不时邪眉溜眼，笑嘻嘻地没话找话，却叫人瞧着长气哩。"

叶琦听了，不由哈哈一笑，一面剪剪案上的烛花儿，因见已二更大后，正要站起趄去。恰好胜保又命人来赏赐双姑，是一具食盒，并一个小匣儿。匣外用绢素层层包裹，扎以红绒绳儿，十分华美。及至使人退去，双姑便留叶琦共饮，先打开食盒瞧时，里面不但酒馔丰腴异常，并且都是金银器皿，犀杯象箸，一概俱全。叶琦见了，便一面和双姑将诸物摆列于案，一面端详着双姑，却笑道："你瞧咱这位老师果然有些要作怪，俺虽也得过他的酒食，却不及这席盛筵。这器皿已名贵如此，料这小匣内的物儿都是些金珠珍宝了。"

这时双姑只顾了解去那匣的绒绳，一层层剥去绢素，也没言语，须臾绢素都尽，早现出个七宝镶嵌的小锦匣儿，只刚一启匣盖，已自宝光腾起，满帐生辉。便见里面那物儿，端的好个光景：

> 珠光宝气灿平铺，妙手良工制作珠。
> 一物虽微寓深意，同心结子做量珠。

原来那小匣内并无他物，只有珠宝串成的一对儿同心结子，用

132

红丝系定。这不消说，是胜保意在双姑，要金屋藏娇，先用此表意了。当时两人见了，情知此间不可再留，于是索性相与痛饮毕，即便一面留书于胜保，一面收拾了行装马匹，连夜登程，直奔广西去了。说到这里，本书算是全部结束。

巾帼英雄秦良玉

第一回

拜师墓小憩禅栖
夺名马忽来恶客

弯弓跃马做男儿，代父从军事亦奇。
凯唱旋师还把酒，拂云堆上祝明妃。

这首最流传的诗句，便是唐人咏木兰从征那段奇事的。木兰从征人所共知，并且见于戏剧小说，硬生生叫木兰姓花，就仿佛非这个名贵英武的花字，不足辱木兰一般。虽属可笑，却也足见后人敬慕奇女子的一番心理。因木兰忠孝双全，敌王之忾，不但同男儿一般，并且愧煞男儿。

说到这里，作者忽起一番感想，如今文而且明的女同胞们，大讲平权自由，一切呼声恨不得吵塌了天。顶时髦的，还有参政运动。论理说，近年以来便该生出许多的奇伟巾帼。然而除秋瑾女士差强人意外，却又寂寂无闻。可见和男子平权，也不必吵闹，也不必运动，你只要有惊人的本领，自然能抗衡男儿。譬如你要显文才，须有曹大姑黄崇嘏的本领；你要奋武功，须有冼夫人冯夫人的本领。推开来说，假如你要忽有大志，冷不防地要戴戴皇冠，便须有武则天的歪才。您看以上所举的人，很够瞧吧？然而那当儿，并没有吵什么平权了参政了的许多腔调。可见凡做事，须耐下心去，准备实力哩。奉劝看作者俚书的女同胞们，学学本书中这位女英雄才好。

你道本书的女英雄，便是花木兰吗？这又不然，木兰不过得这位女英雄的小小一体，业已被后人演述得天人一般，什么花木兰扫北了，花木兰弹词了，说得个木兰女便如大破天门阵的穆桂英，三下南唐的刘金定一般，嗬，好热闹！其实是离了板了。

本书中这位女英雄，却传自正史，有根有蔓，忠孝传家，一生戎马。也曾破贼，也曾勤王。相夫继世袭之官，教子尽纯臣之节。先机预烛，拯两川之生灵；聚族筑堡，为一方之保障。并且英武绝人，慕义如渴。生平逸事，奇伟非常。生而专阃，死而封侯。述她平生正事还愁说不尽，哪里有暇去附会她？

你道此人是哪个？既不是大战流贼的沈氏女，也不是雄踞霍山的黄家妇。说至此，诸公尊目一定都注定作者两片子嘴，以为画龙点睛，这位女英雄定从作者舌尖霹雳声中，奋迅而出了。哪知白没事。因为作者稍晓得点儿行文笔法，委实不欲将绝妙文字，弄成直脚口袋的样儿。对不住，只好请诸公闷一霎儿。

闲话小叙，书入正文。且说大明年间，四川省忠州地面，距城数十里，有一片大大村落。山溪环抱，风景清幽。因那溪水琮琤，鸣声如佩环，所以此村便名为鸣玉溪。距溪不多远，便是蹲凤山的山脚。此山形如凤舞，微展两翼，主峰高峻，似乎矫首北顾，左右两峰，一则石骨森竦，锋芒如剑，一则平峦端正，远望去似石鼓。土人象形命名，便呼为剑峰鼓岗。更奇的是主峰后面，还有一峰，那形势便如大纛高揭，近望来还不见怎的，但从十来里外一望，那山的气象雄发，就不用提了，简直有层营叠垒，旗鼓相望的样儿。所以这一带的人，性质豪悍，易于为恶；然而沉毅才武，磊落英明之人，也出乎其中。这也是地脉的关系了。

其时蹲凤山中，有座静缘寺。寺中住持僧年已七十余岁，不但道行高洁，并且精通文墨。因所居为山之西边，因自号西峰。

一日为三月初旬，清明节到，这西峰用罢午斋，便携杖就山门外徘徊散步。只见春光骀荡，山径中野花吐艳，一处处红红紫紫，甚是有趣。

老和尚高高兴起来，不由自笑道："光阴好快，去年这时光，正是俺老友曾先生掩蜕的当儿，不知不觉，又是一年了。"

因信口朗吟道：

花开又是一年春，世上曾无百岁人。

于是携杖踱过庙左边一个小桥，抬头一望，只见远近各山村中，男女纷纷，都提了香楮祭椟之类，一队队各去祭墓。西峰猛然想起这位老友曾先生，不由诗兴打断。刚想转步，只见一骑枣骝马，鞍辔鲜明，飞也似的由林影中跑来，上跨一个十六七岁的女孩，生得白皙长大，莲脸花颜，翠森森两道长眉，眉棱微挑；水澄澄一双俊眼，眼角含威。鼻如瑶柱，齿如编贝，头梳矮髻，脚踹蛮靴，浑身是雅淡短衣，外披一件蜀锦百蝶攒花大敞衫。一手扬鞭，一手牵着一串山雀儿。喜滋滋吐气如虹，睒睒间神光四彻。

西峰一见，不由笑唤道："玉姑娘吗？敢是上曾先生墓所去来吗？怎的不见你父亲呢？"

这时玉姑已到跟前，一跃下马，一面蹙着靴上尘土，一面举鞭回指道："兀的不是俺父亲来也。"

正说着，那手牵的山雀儿扑拉拉一阵飞挣，西峰大笑道："玉姑只顾弄狡狯，演习手儿，却不顾众生苦恼。待老僧与你做场功德如何？"

说罢，接过那串雀儿，一一解放。不想各雀儿都受微伤，一时间展翼伸项，踯躅良久，方才飞散。倒招得那女孩儿咯咯笑得小嘴儿只管合不拢来。

正这当儿，从西峰对面踅到一位五十来岁的儒士，生得长躯伟貌，书气盎然，衣冠修洁。后跟一个小童，有十三四岁，生得黑黢黢的面庞，剑眉海口，精壮非常，穿身劲装短衣，斜挎一张铁胎精漆的弹弓。

西峰一见，连忙合十道："老衲想着秦施主今天定要上曾先生墓的，不想连女公子都来了。便请到方丈献茶吧。"

那儒生一面还礼，一面笑指那女孩道："这妮子哪肯不来？昨天便磨着俺来。俺因删注那部《易说寻源》，所以今天抽空儿才来。大师，你看这孩子总是顽皮气，无端地又伤些山雀。"

那女孩一面用纤手摸弄腰间弹囊，一面低头微笑道："谁叫它尽管啄杀虫蚁呢？为众害的，必须剪除它哩。"

西峰听了，不由合掌点头。这时那小童已走拢来，接牵那马。不想那马一撩蹶，小童大怒，登时便是两脚，踢得那马咳咳的一阵长嘶，十分高亮雄健。

西峰细看那马，兰筋龙脊，骨相雄奇，十分神骏。不由失口赞道："端的好马，想是秦施主新买来的吗？"

儒士笑道："说来好笑，这却是俺一篇歪文换得来的。便是石硅土司宣抚马千乘，前些日曾专人致书于俺，求俺作《马氏家乘》的序文，所以赠此马和锦缎等物。小女一见此马，竟爱得什么似的。今日入山，竟自也骑得来了。因此马生性，还没驯熟，那会子经过山脚村店前，险些脱缰跑掉哩。"

正说着，小童忽抬指道："那山脚下为何尘埃滚滚的呢？"

大家一望，果然有一缕行尘。看那去路，是奔向村店。

西峰随口道："左不过是大帮的行旅罢了。"于是前行引路，一行人便奔静缘寺而来。

须臾到了山门，那儒士左右瞻眺，不由慨然道："这片所在，哪里没踏过曾先生的履迹？而今却只有静缘寺三字匾额，是他的贻迹了。"

一看小童，业已将那马系在山门前一株大松树上，忙喝道："这树上岂可系马？仔细它蹄啮，有伤树皮。"

西峰道："不打紧的，此树苍花得很。"

于是一行人厮趁着进门。早有行童等引入方丈，宾主落座，谈过数语，行童端上寻常茶来。

西峰笑向儒士道："施主有好些日没吃跳珠泉的水了，今天正好去汲新泉，烹茗清谈。"

于是命行童寻了汲桶，竟去取水。哪知那小童正闲得没事干，便置下所挎的弹弓，向行童道："俺和你去吧。"两人都是顽皮小厮，于是笑哈哈地径自跑去。

这里西峰却笑道："真是近朱者赤，近墨者黑。您看文璘在您家下，便有赳赳桓桓的气度，想也得曾先生传授不少哩。"因一望那女孩道："玉姑不消说，近来武功想越发精进了。便是曾先生所作的那册《孙子发微》，想更读得滚瓜烂熟了。"

那女孩听了，唯有微微含笑。儒士叹道："如今朝政日益混浊，文官爱钱，武官惜死。各地武备都成具文，以致奸民思逞，群盗遍野。更有国家心腹之患，便是鞑儿们时时侵边入寇。今九边要害上，重镇虽多，却不见有真能整军经武的。咱这里虽僻在西陲，一旦天下大乱，恐也有池鱼之惧。所以俺命孩儿们都胡乱习习武备，果一旦有事，也好为国家出力。像俺这尘土老生，报国无路，只好做个识途老马，教导孩儿们了。"说罢，掀髯大笑，意气轩轾。

西峰道："老衲默察世运，大乱将作，然当须十余年后。只是而今的小小乱象，便是拥众据险的群盗和跋扈自如的土司官儿。"

儒生拍膝道："着哇！所以马千乘求俺作序文，俺狠狠待价哩他哩。"

西峰道："这又不可一概而论。俺听说石砫马氏自宋朝建炎以来，抚有境土六百余年，世世相传，刻循礼则。这千乘为人定不会错哩。"

两人只顾高谈阔论，不想那活跃跃的女孩儿早一旁静坐得不耐烦了，不由笑向西峰道："师父怎不领俺到殿中去随喜随喜呢？"

西峰笑道："俺只顾谈话，倒忘掉这节了。"于是唤别个行童，就佛殿上准备香烛，便邀儒生父女，进殿参礼罢，随意游瞩。

那女孩见正中那尊如来佛，塑得慈眉善眼，倒是一旁的韦陀神，金盔亮甲，手执降魔宝杵，威目炯炯，很有气势。不由微笑道："师父将来成佛作祖，千万别做那婆儿似的如来佛，成日价低眉合目，怪闷人的。倒是做做这护法韦陀，运起宝杵，扫荡群魔，还痛快些。"

西峰笑道："俺哪里配做佛祖？倒是玉姑这口吻志气，委实不凡哩。可惜老天不叫你做个男儿。"

玉姑听了，登时小脖一梗，眉稍微挑，一蹾蛮靴道："难道女儿家比男儿缺鼻子少眼吗？"

于是西峰和儒士一齐大笑，便又同她趄向后殿，随喜一番。

三人方回到方丈，只见那汲水行童提了桶具蹑来，儒士道："文璘呢？这孩子太爱野跑。"

　　行童道："少时就来。方才俺们蹑到山门，不知那匹马是几时脱缰，业已跑出里把地外。所以他和俺师弟都赶去了。"

　　大家听了，也没在意。须臾新茗烹到，大家一尝那水，果然清冽异常。西峰因笑道："此泉只供本寺之用。施主如爱尝此水，何妨仿东坡故事，调水置符呢？"

　　儒士笑道："俺没如此雅致。倒是方才谈的那马千乘，习于世业豪华，一切服用饮食，很有讲究的。"

　　那女孩忽笑道："人若琐琐于膏粱文绣，其人也就可鄙了。"

　　正谈得高兴，忽见追马的行童气急败坏由山门外跑将进来，大喊道："师父了不得了，快些集拢合寺的人，前去夺马！好伙杂种们，竟敢白昼抢夺！"说着跑进方丈，只是喘气。

　　三人大诧，连忙问其所以。行童道："便是方才俺和文璘前去追马，距那马两箭来远，恰好对面树木中转出两人，看那结束，虽像行客，却挂些苗蛮野气。赤脚佩刀，长躯黑面。一见那马，便连声喊道：'好马好马。'说着踊跃奔上，一把拢住。文璘赶到，方喊道：'有劳尊驾。'不想那两人更不搭腔，一个飞身上马，那一个拉着便走。文璘忙喊道：'你且慢去，这是俺的马哩！'说着一个箭步，蹿到马后，手起处，拉住那人的腿子，只一掀，那人登时滚落马下。于是那拉马的大怒，回身向文璘尽力一搡，不想文璘纹丝不动。两人惊诧中，便一挤眼，向文璘道：'你说此马是你的，却没凭据。皆因俺们方才落在前面村店中，也走脱了一匹马，所以俺等来此跟寻。巧了，俺那马长相鞍辔，和此马一样儿。实不相瞒，俺还有主人家在店中，你要争此马，须自向俺主人交代去。'文璘听了，不知是计，当时和俺愤然跟他两人蹑到山脚下村店前，只见店门前人喧马嘶，甚是阔绰。还有二三十个彪形大汉，一色的横眉溜眼，正在店门前出出入入。一见那枣骝马，蜂拥而上，乱噪道：'这等好马，咱主人定然欢喜。'文璘怒道：'俺的马，干你主人鸟事！你主人在哪里，俺且和他辩理去。'众人喝道：'瞎眼的小厮，你也不探探俺主人是哪个，便来撒野。'说罢一拥齐上，竟将文璘困在垓心。俺抽头便跑之间，已见文璘奋呼跳跃，和他们交起手来了。如今须作速多扶持人才好哩。"

儒士沉吟道："这是何等旅客，怎如此蛮不说理？"

因向那女孩道："玉儿，你且瞧瞧去，只不许鲁莽伤人，咱只得马就是。"

行童惊道："只姑娘自己去吗？那厮们都野人似的，人又多哩。"

西峰笑道："不打紧的，你只给姑娘引路便了。"

玉姑道："山脚村店，俺记得很清，不须他去引路，倒爽快些。"说罢站起，拴了那弹弓，即便拔步。

行童送至山门外，还噪道："姑娘仔细呀！"一言未尽，只听唰的一声，行童大惊。正是：

威凤一鸣百鸟伏，彩云落处阴霾开。

欲知后事如何，且听下回分解。

第二回

枣骝马隐伏风波
玄精剑引出豪侠

且说那行童见玉姑一挫轻躯，迈开步法，便似水也般流去，顷刻之间，已到里把地外，不由暗暗称叹道："怪得俺师父常称道这位玉姑娘，今日看来，果然好的哩。"

不提行童慢慢踅转，且说玉姑施展开陆地飞腾的功夫，不消顷刻，已近村店。远远望去，早见一群汉子，正在店外广场上盘旋那匹枣骝马。玉姑见他们结束诡异，不似近处人，并且那店门横楣上，交叉着两把明晃晃的精铁留刀，门里影壁上，靠竖着一杆很长大的标枪，上挂红绸。玉姑猛想起听父亲说过，黔楚之间，溪峒的土司官儿却有这般的野制度。凡土司官所住之处，就设这样的刀枪，以示威尊，便如军中的牙旗一般。

当时玉姑略一沉吟，便听得文璘大骂道："好你这干野种们，白昼抢劫！须知自有人和你理会。"

玉姑一听，声从树出，延望良久，却见文璘被缚在一株短杉上，仍是气势虎虎。这时众人都跳跃着争试那马，玉姑从左边踅近，竟没理会。玉姑索性且不惊他，先解下文璘。文璘不暇言语，便想奔向众人。玉姑微笑握手，便拉他隐身杉后。

这时一个大汉正驰马如飞，距短杉两箭多远，玉姑悄悄探弹，觑准那汉后肩胛，弓弦响处，那汉应声落马。

众人惊道："哪里弓弦响呀？"

一言未尽，只听噼噼啪啪一阵响，玉姑弹儿连珠发出，单拣那

144

长大凶壮的奉敬一下。众人发声响，便如野兽一般，张皇四顾。中弹的滚滚爬爬，喧呼震天。

玉姑望得有趣，不由咯咯一阵娇笑，便和文璘转出树后，娇叱道："你等想夺俺马的，尽管来。"

众人望见，登时大呼闯来。哪知玉姑早做准备，便喝道："俺方才发弹，手下留情。你们若不知好歹，俺且来个榜样你看。"说着嗖一声，向空一弹。说时迟那时快，那弹儿滴溜溜下落之际，玉姑喝声着，弓弦响处，后弹又发，只听啪一声，和前弹碰个正着。恰好老远的一个大汉，正在昂头呆望，冷不防一个弹子横激将来，竟自穿腮而去。

于是众人乱喊道："了不得，这女子定不是人，定是什么山神显圣。咱快些报知主人是正经。"说着拥拥挤挤，没做理会处。

哪知文璘早装着一肚子的气，今又见他们浑得可气，便大喝道："哪里走！"拳头一捏，飞步便赶。

这一来不大要紧，众人回头一看，便似万马奔腾，一直撞到店门。

玉姑从后面唤文璘道："不要鲁莽，咱只得马就是。"

正这当儿，只见一个长大少年，从店门匆匆而出，生得黑黄脸膛，鹰鼻鹞眼，两道扫帚眉，一张蛤蟆嘴，眼光瞬处，早挂着凶狡之气。却是服饰十分阔绰，身穿锦箭袖长袍，脚踹黄革挖云的兽面长靴，头戴一顶武士巾，当额嵌一颗龙眼大的宝珠，光彩闪烁，直射多远。一阵丑态，却一面乱喝众人道："你等何事喧哗？对人家姑娘家，不得无礼。"

说着笑吟吟趱向前，对玉姑抱拳道："你这姑娘，为什么发怒？莫非俺手下家将得罪你吗？"

文璘怒道："你还不晓得吗？为何纵容手下人抢劫人家的马匹呢？"

他这怒喝之声，本如洪钟，哪知那少年竟若不闻。原来他两只眼睛一总儿注定玉姑。

玉姑却落落大方，毫不理会。便喝文璘道："你且慢慢说来。"

于是文璘详述夺马之故，少年惊道："竟有这等事？如今马在哪里？"

于是他手下人拉过那匹枣骝，少年失声道："这匹马为何落在这里？俺曾在成都马市出千金要买此马，不想去得稍迟，却被那石砫马宣抚买得去了。"

玉姑听了，却有些不耐烦，便道："尊客不必多话，既是俺的马，便请见还。"

少年笑道："你这姑娘，倒也性急。难道俺还夹生吃掉此马不成？实不相瞒，俺家中似此之马，少说着也有百十匹。俺姓奢名寅，在永宁地面，还算有点儿声望。今因访友，路过贵处，不想得罪姑娘。那么请问姑娘上姓，便请到敝寓，献茶赔罪如何？"一面说，一面歪眉斜眼地凑向玉姑，冷不防一伸手，便来把握。

玉姑微笑，只将腕儿略挺，骈起两指，就他手腕上轻轻一削，那少年哎哟一声，连忙退后，百忙中只管乱甩手腕。众人见了，又是一阵喊。

文璘怒道："难道你等真不还马吗？"说罢一摆双拳，又要动手。

只听店门内有人忙喊道："文管家吗，且看老汉薄面，莫争执了。"

文璘一看，却是村店店翁许翁。原来文璘随主人时常入山，往往便在此店歇脚，甚是厮熟的。

当时文璘道："你店里住的好体面客人哪！"

许翁赔笑道："文爷别说了，人都有个疏忽，错认物件。"因指那少年道："此位也非寻常客人，便是永宁土司奢崇明奢爷的侄少爷哩。"

说着一望众人受伤的样儿，不由大笑道："都是老汉来迟一步，才致众位受惊，玉姑姑发怒，如今却不必闹了。"

玉姑笑道："许伯伯，你出来好极了，俺这马儿只着落在你身上了。"

许翁笑道："当得当得。"于是亲拉那马，递过辔头。

玉姑一笑，略翻身，便登马背，一抖辔头，文璘从马后尻上啪

146

啪两掌，那马泼啦啦放开四蹄，两人如飞竟奔山径。直将个奢寅望得呆愣愣，出神良久，然后从容一询许翁，尽知玉姑的家世声望，不由喜得连连打跌，便率众登程，扬长而去。

不提这里暗含着伏下一场风波，且说玉姑和飞马趱回，方到山门，恰好那儒士因放心不下，和西峰出来张望。大家见了，玉姑便一说方才情形，儒士道："奢崇明在土司官中很不安分，无怪他子侄等如此行为。"

文璘愤道："只奢寅那副贼形儿，便不是好人。"

儒士瞅他一眼，却笑道："你只贪玩耍，不用心习武功，如今可知吃人的亏哩。"

文璘听了，不敢答语，却嘟囔道："那群人已被俺冲击得乱跑，不想赶至店门，已有人准备下绊索了，所以俺当了半晌的人参果。"

大家听了，倒为一笑。于是儒士等辞别西峰，慢慢下山。

说了半天，这儒士等究竟是谁呢？诸公别忙，且待作者来个倒插笔，慢慢述来。

原来这儒士姓秦名葵，世居忠州之鸣溪村，历世书香，很有声望。这秦葵自幼聪悟绝人，博通经史，并且生性忠纯，深明大义。他幼年时父母见背，不能尽奉养之欢，生平深以为恨。每每自叹道："古人说移孝作忠，老天既断俺孝养之道，却不能断俺忠荩之诚。"于是发箧陈书，详考古今治乱之源，并经国治民之道。又以余暇精研韬略等书。如是十余年，真学成满腹经纶。

却有一件，一心无二用，他既偏重在经世之学，自然在应试文字上忽略点儿，那目光如豆的主司们，虽见他文字义理有余，只是辞藻上老模老样，很不漂亮，也便随手丢向落卷堆中。啊呀，这堆落卷，也不知屈煞多少英才哩！所以这秦葵屡赴秋闱，依然不第。四十余岁上，方才得了个岁贡生的功名。他一想科第无缘，仕途无望，那用世报国之心也便渐渐淡将下来。

虽如此说，他却存了个自家下种、后人收成之意，便将全副本领，都教给自家的孩儿们。他长子邦屏，女儿良玉，便是以上说的那玉姑，玉姑以下，还有次子邦翰，三子民屏，一时间兰桂盈庭，都是很佳的子弟。

就中单说这秦良玉，当良玉之母怀胎的当儿，曾赴忠州串亲家，贺人生子。恰值城东雷母庙圣诞香会，忠州妇女有桩习惯，便是孕妇们都讲究给雷母进香，并且瞅个冷子，将雷母的大拇脚指头捻一家伙。相传如此一来，能避产难。

像此类习俗，到处都有，即如作者敝处，有座文昌阁，神像前有一具铜铸的特（兽名，帝君所骑），胯下整年的耀眼争光，那便是祈子的人来摸索的。还有贵州某县，妇女祈子，竟夜入文庙，大家脱得赤条精光，直登夫子之堂。哈哈，您想至圣先师和文昌帝君，从哪里说也管不着这档子事呀！这就是积习相沿，向来如此了。您要一定凿四方眼儿，这还须专门研究民风民俗的来答复哩。

当时良玉之母既逢雷母香会，又加着各女伴一撺掇，不由也逐队随喜。一行人各持香烛，步出城来。到庙一看，果见妇女进香，十分热闹。这秦母趱向正殿，只见神幔高揭，香烟缭绕。神案旁一个老婆儿，伺候点香打磬。这时各妇女嘻嘻哈哈，遮遮掩掩，便似偷油耗子似的，又待去摸脚趾，又怕人瞅见。

其中一个小媳妇儿，只好十五六岁，歪着个小髻儿，也凑向神前。方要伸手，不想背后一个快嘴婆子道："你看这个，能说不是命吗？俺这般年纪求拜祖的，才有点儿喜信儿，人家这点儿年纪，已然……"

那小媳妇一听，臊得脸儿飞红，回头便跑。大家一笑，厮趁趄出，神案前方才稍静。

秦母回头寻女伴们，已不知挤到哪里去了，只得自家拜过雷母。站起来仔细瞻仰，不由有些怕将起来。只见那雷母塑像，蓝面红发，巨口獠牙，霞带飞扬，雷鼓缠身。再一望两旁站像，是塑的雷部各天君，一色的金甲绣裳，十分威猛。

秦母悚然中眼光一瞥，却见雷母座左右塑着两名女童，一样的俊眉俊眼，盈盈欲笑。右一个是高髻宫装，捧书而立。左一个装束却特煞别致，头挽螺髻，余发散垂至腰，穿一件莲花披肩，下衬没袖的红锦短衫，露着藕也似的两条胳膊，霞带飘飘，势欲飞舞；下身是飞火烈焰纹的大红锦短裤，一足踏在个小魔的背上，右手中提一把霹雳斧，势欲下斫；嘻着一张樱桃口儿，好不精神奕奕。秦母一时价恋爱心动，不由喜滋滋凝眸呆看。哪知人精神所注，便似有现相当前。秦母居然觉得那持斧女童也似乎看她一般。

正在出神，恰好各女伴嬉笑寻来，便笑道："你如爱这女童，将来便照这样儿生这么个女孩儿不好吗？"大家说笑着，也便趱回。

这秦母回到家，还无端地想那女童。过得数月，秦母胎气满足，准备分娩。一夜梦中，仿佛自己独坐室中，外面正值大雷大雨，电光赫然，霹雳交加。秦母正在发恐，只见电鞭一掣，登时刮啦啦一声霹雳，红光照眼之间，似见那持斧女童笑嘻嘻跳舞而入，不容分说，向秦母怀中便是一扑。秦母惊醒过来，犹自觉得霹雳在耳。正在呆想梦境，不觉腹疼起来，于是婢媪和稳婆等拥抱就蓐，须臾分娩一女。啼声高亮，大家欢喜自不消说。

这时秦葵恰值在左近朋友家会文，到家一看那婴儿，不由大悦道："此女骨相非常，端的似个玉娃娃。"因取名良玉。

良玉之母一说梦异，秦葵大笑道："荒唐荒唐。"

这良玉长到七八岁上，不但颖慧异常，并且甚有气力，整日价跳闹淘气。你看她登高爬下，恨不得上没皮树。有时玩得高兴，便牵拉了村中众女孩，就家中一片麦场上分曹作队，各执秫秸之类，分作里国的兵，外国的兵，良玉不但自居指挥地位，还定要充里国的大元帅。说也奇怪，她竟能随意布置些阵式之类，虽是儿戏，俨然有奇正变化之势。说声攻击，众女孩便呐喊震天；说声撤队，众女孩便退如流水。她只管玩耍得高兴，哪知吵得邻居家只管攒眉。都暗笑道："可怪秦秀才，大闺女似的，却生这般泼辣的女儿。"

秦葵闻得，不但不呵禁良玉，反越发说些古来的娘子军夫人城的故事，去助她的兴致。却有一件，秦葵课良玉读书，如课邦屏似的，十分严厉。好在良玉读书，但观大义，十二岁上，便已五经都毕。这秦葵殚心著作，便令良玉代课邦翰民屏等念书。所以后来邦翰民屏的一番功业，也都秉的是良玉之教哩。

一日秦葵想作一篇谈兵的文字，秀才习惯，未免罗列出许多的兵家的书籍，方把着一册《三略》默然深思，只见良玉进前道："父亲没来由作此无用文字何用？"

秦葵诧异道："怎么呢？"

良玉笑道："孩儿只觉得用兵之道，不是可以口谈的。如其中精微，可以昭示后人，怎么六韬三略成书以后，却不见名将接踵？便是昔日赵括，又何尝不读父书呢？"

秦葵听了，知为女儿所笑，不由大笑，投笔而起，道："好好，不料你倒有这等见解。可惜俺虽究武略，却只是纸上文章。没得教诲你，也是一件恨事。"说罢，携了良玉，到村外散步一回。

这时秋稼登场，天空气爽。父女俩且谈且行，须臾经过邻村一座破庙后，良玉忽见墙角下堆着十余个鹅卵大的石子儿，光滑异常。居中一枚大些的，其余作围。良玉觉得好玩，不由驻足凝视。

秦葵道："这定是顽童们来此作耍，有甚好看的？"

父女趱过十余步，只见一个凶实实的大汉，头戴毡帽，虬髯绕颊，下面打着裹腿，大踏步从对面树木中闯来。眼光一闪，颇觉贼溜溜的。秦葵却不理会，即和大汉交臂而过。

哪知良玉暗暗回头一望，只见那大汉直奔庙后墙角下，蹲在那里，似乎是数弄石子。不多时，站将起来，徘徊四望。便见那破庙缺墙上，有人一探头，将两手一伸，又探出四个指头。那大汉点点头，忽向鸣玉溪方向一指。墙上人笑了笑，即便缩下，那大汉也竟趱去。

良玉望得心下怙惚，方想撺掇父亲趱回破庙中去望望，只听岔道上有人遥唤道："秦先生哪里去呀？"

良玉望去，却是个樵子，挑着小山似的柴担趱来。须臾近前，却是邻村的李阿二。原来这阿二以斫卖山柴为生，时常地与秦葵送柴，所以厮熟。

当时秦葵笑道："阿二这趟入山，没给西峰和尚留柴草吗？"

阿二笑道："别提了，俺本想给他留点儿，轻轻俺的担子。不想他不但没留，还给俺加点儿分量。秦先生，你再也猜不着，他给俺加的分量，是什么物件。"

150

秦葵笑道："出家人有甚奇物？左不过是废钹坏磬，把给你哩。"

阿二摇头道："不是的。"

于是歇下担儿，掀起数层柴草。秦葵还没注目，那良玉喊道："剑靶！剑靶！"于是不管三七二十一，抢向前一掀柴草，早拾起一把宝剑，七宝镶鞘，甚是精致。剑制略短，只有二尺来长，剑靶上，用金丝嵌就"玄精"两字。

良玉方在眉飞色舞，阿二忙道："姑娘仔细呀，这把剑快得很。割了手，不是耍处。"

一言未尽，只听呛啷一声响，良玉拔剑出鞘，便有一派寒光，白森森簇将起来。只见那剑锋滟滟如波，晶莹莹照人眉宇，端的是口名剑。

这一来，便连秦葵都诧异起来，便道："俺和西峰相稔日久，不曾见他蓄藏宝剑，并且他给你此剑做什么呢？难道还能当柴斧用吗？"

阿二笑道："好叫先生得知，此剑不是西峰的，却是他庙中有位寓居贫士，数卷破书之外，只有此剑。因近来从西峰学佛，以此剑为贽。西峰留此没用，所以命俺带下山来，随便卖掉了，得些价值，以便贫士的用度。只是这等冷货，俺看不易出脱哩。"

说着一低头，整理柴担。只见一股剑光，竟奔他脖儿飞来。阿二啊呀一声，望后便倒。正是：

剑气消沉行复起，奇人磊落已当前。

欲知后事如何，且听下回分解。

第三回

鸣玉溪深宵捉盗
蹲凤山四次访贤

且说阿二正在整理柴担，不想良玉看剑喜悦之极，便迎风一晃，直挥到阿二背项之间。却笑道："你若拿此剑去斫柴，真是作孽不小。那老和尚要多少钱？俺定要买他的。"说着便拂拭那剑，又张着小嘴儿，向剑上只管呵气。

哪知秦葵都不理会，只管向阿二问那贫士什么样儿。良玉焦躁道："左不过是个人罢了，什么要紧？父亲看这剑，到底给俺买不买呢？"说着脸儿一绷。

秦葵笑道："便是买，也须先问价呀。"

良玉道："咱就给他百两银子便了，买宝剑再磨价儿，倒是笑话了。"

阿二道："哟，这等高价，敢则卖主愿意哩。"

秦葵道："既如此，过两天你到俺家去取银两。俺还要入山会会那位贫士哩。"

阿二应诺，担起柴如飞而去。这里良玉喜获宝剑，只乐得眉欢眼笑。便顾不得再去散步，连忙和秦葵寻归路。逡巡间，眼珠一转，忽向秦葵道："父亲买此剑，不要给俺哥哥吧。"

秦葵笑道："你们将来哪个能习武功，便赐给哪个。"

父女说笑之间，已到破庙墙后。良玉望那堆石子儿，业已没得了。但是她一心在剑，顷刻间也便忘掉。

及至到家，业已天光薄暮。邦屏等一见此剑，也都你争我夺地爱玩不已。秦葵道："玉儿且收起此剑，有暇时结挂剑穗儿。"

良玉听了，正中下怀，便笑吟吟捧得剑去。不多时，大家用过晚饭，良玉趄向自己寝室，只管端相那剑，越看越爱，登时困都忘掉。便忙碌碌拣出许多各色丝线，左搭右配地，要结剑穗。总想衬起那剑的光彩才好，瞧瞧那剑，又相相色线，只觉左搭也不是，右配也不妙，摆得两只耳环悠来荡去。

好容易定好颜色，动手编结。这一来，又将姑娘难住了。只觉指钝线缠，再也弄不合适。不由焦躁得脸儿热辣辣的，暗笑道："这也可怪，俺一向读书玩耍，不知为难是什么。独有弄起针儿线儿，真真不成功哩。"

一面思忖，只得耐性做去。这一耽延，已有三鼓时分。须臾结就穗儿，系在剑柄，端相一回，甚是得意。听听前院父亲室中，还在吟哦有声。良玉趁高兴，捧剑趄去。秦葵笑道："你还没睡吗？这何必忙在一时呢？"

良玉道："父亲且看这穗儿，可以用吗？"

秦葵道："很好。"

良玉一笑，便随手挂剑于琴几之旁，逡巡退出。到得自己室内，不由呵欠连连，便卸去大衣，熄灯就寝。

正在辗转之间，只听院内啪的一声，似乎是石子飞落。良玉以为是猫儿之类，也没在意。哪知不多时，听得后墙上簌簌有声，接着又是个石子儿滚落院内。良玉忽触动日里所见破庙后的尴尬情形，忙起身，就后窗隙儿向外一看。这时疏星耿动，既不沉黑，又搭着良玉目力迥异常人，便见墙头上伏着个长大汉子，略一长身，似乎是四外翘望。忽探下身儿，向墙外轻轻一击掌，便闻外面掌声相应，接着围墙外步履有声，似乎是绕向院东。

良玉暗道："不好，院东边是一高土埠，只隔一道墙，便是前院。这厮们定是取两路进攻之势，使人不遑分头抵御。"

想到这里，颇悔方才将那剑挂在父亲房中。正在着急，便见嗖嗖嗖又从墙外跳过三个汉子，身形晃动，脊背上都插着雪亮的钢刀。先那大汉略一举手指挥之间，好良玉更不怠慢，忙向衾桌抽屉内探

153

取一物在手，猛地一启室后门，觑准后墙下，纤指一动，嗖嗖嗖一连数下，只见那四个汉子应声都倒。当时谁也不敢声张，只好挣扎着纷纷爬滚。良玉都不管他，略一沉吟，忽生急智，便飞步趋出，一跃出院，竟就院后堆积柴草之所，焰腾腾放起火来。

原来姑娘那抽屉里都是耍物儿，便如个万宝囊，无所不有。火种松脂，都是她常玩儿的。当她探取暗器之时，早已预备下这一招儿了。

当时良玉放火停当，急忙猱升一株高树，居高临下，望得分明。只见那群奔向院东的众贼共有八九人，一色的包头裹腿，各执兵杖。正一声呐喊，竖起一面龙脱节的活接软梯，就要爬墙。这时秦宅仆众业已惊觉，登时警锣大鸣，先从墙内乱抛石块灰罐，一阵抵御。

说时迟那时快，这边柴堆上早烧得红光烛天，照亮全村。这一来不大要紧，顷刻间，四面锣声大起，全村人递呼有警，蜂拥而至。拿的虽是救火器具，也都是铁钩长竿。猛见群贼，谁肯客气？发声喊，竿钩齐上。这一来，可苦了小子们了，闹了个滚汤泼老鼠，一窝儿都是晦气。当时大家动手，一面将群贼横拖倒拽，捆缚停当，一面分人去扑救那火。

这时秦葵早率领仆众，匆匆出宅，就见一个蓬头小孩，捏起拳头，虎也似的跳喊道："好泼贼们，且吃俺一顿拳头再讲。"说着，揪住个大鼻头的贼，一拳打去，鼻骨立塌。

村众拖开他道："文璘，这里不须你了，你还向宅后院内望望去吧。"

文璘道："是呀。"说着趋向院东墙，一跃而入。猛然大喊道："这里还有贼哩！"

秦葵大惊，便率村众进行宅门，直奔后院，一看文璘正在黑影子里乱踢乱打。大家奔去，举火亮一照，失惊道："真还有四个贼哩！他们却消停地玩得好体面的劲功夫。"

便有粗壮村人趱上去，拉腿便拖。一个贼大叫道："痛煞人了！"

众人仔细一望，他腿膝上却有一支小小袖弩，只有二寸来长，十分锋利。再一看那三个，或在腿，或在腰，每人也叨惠了一支。

154

大家方在诧异，文璘忽喊道："这袖弩是俺家玉姑的。"

秦葵一听，急向玉姑室门一望，见大开大敞，方要喊唤，只听墙外有人笑道："父亲不要着急，俺在这里哩。"说着一跃而入，正是玉姑。

向秦葵等一述御贼情形，并笑谢村众道："俺借着举火招人，虽有惊众位，却仓促之间，非此计不能擒贼哩。"

村众听了，不由都相顾惊叹道："如此机警奇智，便是成人，也难办到。今玉姑小小年纪，竟有如此智谋。不怕秦先生见怪的话，今天若非您这位女公子，尊府恐怕就有大大闪失哩。"

于是良玉又一说日间在那破庙后所见石子的情形，村众惊道："如此说来，只怕庙内还有隐藏的贼徒，咱们快去搜捉要紧。"

良玉道："且慢，他那石子的数儿，或就是集党的人数。今且检点贼数，便知分晓了。"

村众道："有理有理。"于是拥着四贼，大家来至前厅。

秦葵一面周旋村众，一面命仆人等将院外的群贼连连串串地牵进，一字儿长跪阶下。排头数去，却是十三个人。

良玉沉吟道："看此光景，还少一贼徒。"

村众一听，登时分十余人，奔赴破庙。这里秦葵便揖村众中的首事人等，列坐厅廊之上，其余村众和秦宅仆人等两行夹侍。虽没有官府的威严，然而群贼左右一瞅，都是长大精壮的村众。单是油钵似的大拳头，也就吓得人骨软筋酥。不由都崩角在地，哀呼乞命。这个道："俺是人贫志短，初次做活儿。"那个道："你老饶俺一命，便是两命。俺还有八十多岁的老娘哩。"

秦葵见了，不由恻然。便喝道："俺秦葵居乡以来，并不敢开罪于人。你等竟聚众来打劫，难道俺素行不亏吗？"

其中一个浑实实的贼高声道："你老人家这不是开玩笑吗？俺们做贼的，只知奔钱。要是心头有个好歹的分寸，还不做贼哩。"

此语发出，招得大家都笑了。便有个瘦小身躯的贼道："你老别生气，俺小名陶狗儿，呱呱一声，便是贼星照命。老实说，从小时拔人家烟袋起手，一总儿掏摸到这么大。可有一件，俺掏摸所得的，都养活了俺那老不死的娘。俺一径地忍饥挨饿，所以瘦到这个样。"说着连连挥泪道："俺偷是有的，何况敢明火劫人？如今是前世冤孽，无端遇着个什么自号飞天虎的谢蛮子。自称在永宁土司官奢某跟前，大红大紫。据他说，他们群辈散在各处，专以招集匪徒，打家劫舍。所得赃物，一半儿进献奢某。便是犯了案，一屁股逃向奢某处，便天大的事都没有了。并夸说自己本领非常之大，见俺穷苦，便撺掇俺来，给瞭瞭风，看看堆儿。"说着自恨道："咳，谁叫俺信他那套花胡哨呢？当时俺以为真个瞭风看堆，便模模糊糊跟他来了。不想事到临头，谢蛮子这挨千刀的，他却偎后溜边，自己还俊样自己道：'这秦家人们脓包得很，不值得俺显手段。俺只在庙左右，或在村前后，与你们巡个远风儿，便停当了。'如今俺们既被捉，这小子蹬开兔子腿，想早跑掉了。只是俺狗儿这一家伙，可掉在汤锅里了。啊呀，我的妈，从今以后，你连贼儿子的贼醒食都吃不着了！"说罢，瓢儿似的嘴一咧，放声大哭。

良玉见他说得苦楚，正要先放掉他，一首事人道："贼口中哪有实话。他既不惯行劫，如何一般地腰带长刀呢？"

狗儿听了，连忙解下那破蓝布裹的长刀，向地一掷，只听扑嚓一声，大家解开一看，原来是根乌煤吊嘴的拨火棍，委实是从人家厨下掏摸来的。

正这当儿，赶赴破庙的村众业已趑回，具言搜寻无踪。陶狗便吵道："怎么样？谢蛮子好奸猾，他岂肯等人去捉？这档子事也怨俺手儿闲。俺前天早晨，偶见那堆石子，是俺一时要大便，随手捡个别处的石子当作手纸，用毕后，俺偶然抛到那石子堆里。不想谢蛮子从庙后跳出，非叫俺入伙不可。"

于是众贼一齐叩头道："陶某的话都是实情，便是俺们也都上了谢蛮子的当了。倘蒙饶过俺们，再也不敢为非作歹了。"说着十余个头颅撞地，一片山响。

于是良玉暗和父亲商议道："此等穷民，无非是迫而为盗，咱不如爽利放掉他们，倒免得惊官动府许多麻烦。"

秦葵和村众一说此意，大家都赞道："秦先生如此长厚，最好不过。但不可不使他们知咱厉害。"

于是向众贼喝道："今秦先生开恩于你们，若说起秦先生一身武功，慢说是你等十余人，便来个三二百人，也是送死。"因指良玉道："但看这小小姑娘，捉弄你等便易如反掌哩。"

众贼听了，一齐注目良玉。唯有陶狗儿向良玉连连叩头道："姑娘莫非是神仙下界吗?"

村众道："你等若不知好歹，此后尽管再来。"说着放了众贼，又解下他们的兵器，由村众等押着出村，各个散掉。

这里秦葵叹道："据狗儿方才说来，土司官儿竟如此目无法纪，这真是地方上的大大隐忧。如此看来，练习武功越发不可缓了。"

良玉道："正是，俺玩习袖弩，本为射鸟雀，不想倒为捉贼之用了。"父女谈过一回，略为安歇，早已天光大亮。

那李阿二闻得捉贼之事，便来探问。秦葵道："你今日入山，便先将剑钱带去，并为俺致意西峰，迟一二日，俺还入山相访哩。"

阿二道："就是吧。"

于是秦葵将纹银百两交付阿二，便整整衣冠，赴村众各家，一一致谢，直忙过一日。次日早饭后，携了邦屏良玉，徐行入山。

原来秦葵和西峰和尚甚是相契，虽儒释为道不同，却互相钦佩。那邦屏小的时节，便循俗例，记名在西峰门下，两下里时相往来，所以并不回避。

当时父子们一路徜徉，不多时已到山畔。那良玉好不淘气，一路上东搜西觅，捉了许多的蝈蝈蚂蚱之类，都来穿在草绳儿上。秦葵笑道："你还不放掉，少时西峰见了，又该合起掌来，念善哉善哉了。"

良玉笑道："那西峰百样都罢了，就是不脱和尚气。"

邦屏道："阿妹倒脱得好姑娘气哩。又会捉贼，又会淘气。"

良玉笑道："难道姑娘家只该扭扭捏捏，说起话来学蚊子哼哼吗?"

兄妹说笑间，已望见松杉影里隐露红墙。三人方厮趁盘旋，步上磴道。忽闻道左高崖上有人击木作歌道：

揭吾剑兮任吾游，漂泊身世兮等浮沤。

排天门兮罡风道，折吾羽翼兮归且休。

敛吾气兮息吾照，老依禅侣兮聊淹留。

歌罢，割然长啸，声如鸾凤。中气回荡之间，又带些激昂慷慨。秦葵悚然道："此人歌啸不凡，这是哪个？"

连忙翘首仰望，只见灌木森蔽中，笠影一现，衣裙飘拂，须臾为云气遮断，竟自不见。

良玉笑道："山中人家，也尽有读书的。想是信口念念歪诗，父亲不必着魔吧。"

正说着，忽闻清磬一声，泠然飘落。秦葵笑道："西峰想又午经诵罢了。"

逡巡之间，已到山门。恰好寺中行童出来汲水，便一面入报西峰，这里秦葵等早整衣而进。良玉一路留神，只觉境界清幽，使人心目一豁。便见西峰由方丈徐步出迎，一见良玉便笑道："可喜女公子，得了把名剑去。还亏了前夜里没用此剑击贼，不然岂非老僧作孽吗？"说着迎上前，望着良玉，只管笑哈哈地点头。

原来李阿二入山交剑价，早将良玉捉贼一段事讲书似的述说出来了。当时良玉唯有歪着个鬓髻儿，嘻嘻憨笑。

秦葵道："大师且慢夸奖她，俺此来还有事奉烦哩。"

西峰笑道："你的事儿无非是文字商榷罢了。"于是宾主相让，进得方丈。邦屏兄妹先拜过了西峰，然后依次落座，行童献上茶来。

秦葵道："真人面前不作诳语。俺此来，老实说不专为参谒大师。实因那柄宝剑，端的名贵。因想那蓄剑之人，定非庸流。闻此人现在宝刹，便烦为介绍相见如何？"

西峰道："啊呀，今日怕不成功。说起此人来，倒是个不羁性儿。便是昨晚，俺偶和他谈起本山所产的茯苓，久服益人精气。今天早饭后，他便戴笠持锄，满山谷中刨寻茯苓去了。"

秦葵忾然道："那么俺方才在山径中，闻崖上有人歌啸，声韵不俗，或者便是此人哩。"

因将所闻的歌词一说，西峰笑道：“正是正是，他有时高起兴，不歌此辞，便歌猛虎行扶风豪士等词。不但长于词歌，并且能作胡旋舞，捷疾如风。有时摆那把剑，照得老衲两眼都花。可惜俺是门外汉，但觉浏亮生风，使人神悚罢了。”

良玉听了，不由喜上眉梢，两只小眼儿只注定西峰一张嘴。

西峰道：“俺询他定是深谙武功，他却也慨然不讳。”

秦葵拍膝道：“如此说来，定是奇士，不然怎会有那名剑呢？他去刨茯苓，想不久当回来吧？”

西峰道：“也未见得。此人乘兴出游，不问远近，往往一去便是四五日。即如这蹲凤山中，确确荦荦的所在，俺住山多年，都未踏遍。他来寺不过两月余，业已无处不到了。并说那剑峰之下，某洞左右，时有宝光腾灼，你说离奇不离奇呢？”

秦葵道：“那么此人来历，大师何妨先说说呢？”

西峰大笑道：“俺只知他姓曾，名珌，其余通不晓得。他只说是北省的人，因性好山水，浪迹远游。如咱川中峨眉青城诸名山，他都到过的。”

秦葵听了，越发惊异。因和西峰闲谈坐待，一望良玉兄妹，不知几时踅出去了。须臾日色向西，方见良玉等从外走来。那良玉跑得两鬓角上都是汗，邦屏也拉着腿子，喘吁吁的。

西峰笑道：“你两人哪里去来？”

良玉抿着嘴儿只是笑，邦屏噘着嘴道：“都是妹妹，风风火火地要寻那姓曾的，方才俺两个巴巴地奔赴高崖，却连鬼影儿也没得着。”西峰等听了，不由都笑。

秦葵起望日影，便站起告辞道：“便烦吾师，致语曾先生。俺过天还来拜访哩。”

西峰应诺，便相送出庙。

次日秦葵本想再赴山中，不意村众因本村会事，前来商量。这一耽搁，便是两天。及至再赴山中，恰巧那曾先生又出庙漫游去了。

话休烦叙，秦葵一总儿赴山四次，都没相遇，不由心下懒惰起来，并暗笑道：“我好发呆，想是那曾先生是一寻常游士，不欲见人，也是有之的。俺且停些日再访他不迟。"

哪知这一来暗含着闷煞了个秦良玉。原来她好奇心胜，以为那曾先生既蓄此名剑，又复磊落好游，定是个风尘中的奇士，巧了就许如当年岳飞的老师周侗一般。于是时时磨着秦葵再赴山中。

一日秦葵因点儿家事，心下发烦，方和一族人叙叨这档子事，不想良玉又提起寻曾先生来。秦葵心烦之下，便没搭腔，良玉就有些焦躁。哪知那族人忽握手道："嗬，可了不得，如今山中竟去不得了。"于是不慌不忙，说出一席话来。正是：

　　　山君忽阻求贤路，奇女偏兴访异心。

欲知后事如何，且听下回分解。

第四回

走剑峰良玉射虎
开武塾曾泌授徒

　　且说良玉见父亲没理她，正在焦躁，只见族人道："近来那剑峰左右，很闹虎狼。便是那李阿二都好些日不敢入山了。"说罢，连连摇手，又和秦葵陈谷子烂芝麻地谈起那事。

　　良玉听得，好不发闷，于逡巡踅出，取了袖弩，信步踅向村外，想射鸟雀散散闷。向蹲凤山一望，只见群峰罗列，便如画图。不由暗暗喝彩道："好一派雄秀山势，如何便忽然闹什么虎狼？这定是那族人来说谎话，缠扰父亲。难道自己便进不得山吗？"想罢，便趁着焦躁性儿，直奔山脚。

　　进山之路本该由那座村店前偏右取道，过得鼓冈，方合盘道。不想良玉方过得村店，登山走了一箭来远，兀的由深草丛中惊起一只小兔儿。良玉随手一弩，那兔儿带弩便跑。良玉喝一声，一挫轻躯，飞步赶去。兔儿腿本是快的，哪知良玉天生的脚步敏捷，只从后苦苦一追，不消顷刻，业已弯弯转转地奔向剑峰。

　　只见那兔儿蹿过涧边一条石梁，忽地一摆头，岔向涧坡，骨碌碌跌落涧下。良玉略一驻足，喘息未定之间，只听唰啦啦山风暴起，木叶乱飞。说时迟那时快，便听得涧坡丛莽中哞的一声，兀地一股亮晶晶的凶眼光射将出来。良玉忙耸身望去，却是只黑黄花纹的吊睛白额虎，有牯牛大小，正像猫儿似的，藏足缩身，跃跃欲搏，竖起一根懒龙似的大尾巴，鞭得山石啪啪乱响。

　　良玉暗惊道："怪不得俺族人那般说法，原来山中真有此物。"

仓皇间方要藏躲，那虎前足一按，吼一声跃起扑来。良玉只觉眼前一暗，忙一仰头，那虎的腹毛业已拂额而过。只后扑一端，良玉额角上早被爪尖挠破，顷刻鲜血直流，好不疼痛。良玉大怒，登时忘掉害怕，赶忙跃出丈把远，翻回身便是一弩。恰好那虎刚掉转身，嗖一声弩中鼻额。那虎越怒，吼一声复扑来。良玉奔避之间，失足跌倒，手足奋扬的当儿，连那弩机筒也抛出多远。原来她这弩机是自出新意，制就一支精巧铁筒，上凿五孔，形似梅花式样。每一孔中藏弩一支，五支发出，再另装弩。筒尾上有灵巧机关，只消手指拨动，其弩便发，其名便叫梅花弩。只这小小的淘气玩意儿，便见良玉的心灵性巧了。

　　当时那虎奋爪，方要去抓良玉，忽一缩步，便如猫儿戏鼠似的，只管围着良玉左右跳跃，更低下头去，咻咻去闻。原来老虎吃人并不像猪八戒吃人参果似的，到口便吞，它却很有讲究的。便如今之从政诸公，吸民脂膏，嚼人骨髓，必先用许多手续，来摆布人。然后大嘴一张，方遂其攫噬之愿。据人家说起来，虎不吃睡人，在他模模糊糊地不知恐惧；又不吃醉人，因神全气定，酒臭熏天，不中吃的。那虎吃男子，先从下身下口。吃女人，先从两乳上开斋。有此种种讲究，所以当时那虎见良玉卧在地下，只当是什么睡人醉人，一时间竟摆起臭排场来。

　　且说良玉顷刻间神气稍定，只见个绝大虎头咻来咻去，正在没奈何，只见唰一声，由涧旁高树上跳落一人，碎步趋风，竟奔弩筒。方拾在手中，那虎瞥见，登时一抖毛威，奋扑过去。

　　便见那人挺立大喝道："好孽畜！"身儿一挫，业已从虎肚下穿过，风也似的翻转身，单足立定，右足飞处，来了个蹬倒泰山式，向虎后尻便是一脚。那虎吼的一声，向前一蹿，那人赶向前，拖住了虎尾，趁势跃登虎背，两腿用力只一夹，只听那虎震天的一声吼，便是一个团团转。从尘沙乱卷之中，那人一跃而下，直趋伏一块大石之后。那虎扑去，前爪搭石，竟如人立。

　　良玉大惊，便闻嗖一声，弩机声响。接着那人便大呼道："你这姑娘，还不快快躲开！"

良玉跳起，飞跑出了百十步外。只听背后面砰訇扑通一阵响，便如天崩地塌。良玉至此，倒有些怕将起来。正在替那人担忧，只听后面那人遂呼道："姑娘消停些吧，虎已死掉了。"声尽处已经赶到。

良玉回身，仔细一看，只见那人身高七尺，有六十多岁，生得身似寒松，面如古月，眉棱郁彩，苍髯蔚然，两目一睁，赛如岩电。从精神矫矫中，另有一番沉稳气象。

良玉一见，不由肃然起敬，连忙敛衽致谢道："亏得尊客救俺性命。"

那人笑道："你这姑娘，倒也奇特，竟用得好弩机。况且这深山中，虎狼之区，你小小人儿，为何独得至此呢？你家在哪里？俺送你转去，方是道理。"

良玉道："俺家便在山下鸣玉溪，只因山中静缘寺内，寓居着一位什么曾先生，俺父亲累次去访谒，却未相晤。俺今天要独自去寻曾先生，不想却遇此险。"

那人大笑道："那么你是秦良玉姑娘了？只俺便是曾珌。"

良玉一听，只喜得心头乱跳，便道："如此妙极，便请过舍下，待俺父女致仰慕之诚，并谢方才救俺之惠。"

曾珌道："俺久闻西峰大师谈说姑娘父子见访之殷，都因俺性儿疏懒，也无暇去报谒，今天却巧极了。"说着，将弩筒交与良玉。

良玉看那筒里还有三支弩，不由吐舌惊叹道："怎么先生轻轻一弩便射杀虎呢？"

曾珌一笑，便和良玉走到那死虎跟前，用指将虎额下厚毛一拨，登时露出一段亮莹莹的弩尾。

良玉叫绝道："先生真是神妙手段，便恰中这要害所在。"

曾珌笑道："此弩虽是扼要，但也因那虎气力内伤，才能顷刻制杀它。姑娘但看虎的两肋，便知端的了。"

良玉仔细一看，原来那虎的两肋骨竟陷折了三四根，不由大惊道："先生神力，真个惊人。"

曾珌笑道："人力量有限，至于借罡气以运力，却是无限的。俺

163

借气运力，直伤虎的内腑，再加以弩中颔下，所以它才支持不得。”

良玉听了，料是武功秘诀，也不敢深问，便道：“先生且到舍下，等俺唤人来舁死虎吧。”

曾珌道：“俺还有采药篮锄儿，寄在树上哩。”于是跃登高树，取下篮锄。只那捷疾身形，俨如鹰隼，竟将良玉望得痴怔怔的。

于是良玉转身引路，过得石梁，直奔山脚。距那村店还有里把地，只听锣声震耳，并夹着呼噪之声，早有一群人各持兵杖，从对面树林中飞奔而来。

须臾将到跟前，众人大呼道：“好了好了！秦姑娘在这里哩。”

良玉一望，是村众和文璘并仆人等。原来那会子秦葵俟族人走后，不见良玉，向院中前后一寻，也没影儿。恰好文璘拎着两个弩伤的雀儿，跳蹦蹦地跑来，说道：“这两个雀儿好似姑娘袖弩射的，是俺在村外赴山的路上拾得，莫非姑娘上山玩去了吗？”

秦葵一听，吃惊非小，便登时命人寻将下去。知虎性颇畏金声，所以特特鸣锣。当下两下里撞见了，各自不暇细说，便合在一处，直奔村中，这时已斜阳啣山。

良玉方到村头，便见秦葵正在那里徘徊延望，良玉大呼道：“父亲不要着急，俺好端端在这里，并且给你请得曾先生来了。”

秦葵听了，真个是矮子掮大汉，摸头不着。连忙飞步迎上，一见良玉背后，站定一个采药先生，丰采奕奕，不由惊喜道：“莫非这位便是曾珌曾先生吗？”

那先生道：“小可曾珌，今日却有幸识荆。”

宾主奉揖之间，良玉笑道：“今天若不遇曾先生，孩儿早已饱了虎肚了。”

秦葵大惊，曾珌道：“且到尊府细谈吧。”于是宾主相逊，步入村中。

这里良玉又和村众仆人等说了几句话，众人惊道：“好险哪！明天一早，俺们便抬那花斑子去。”

于是良玉直奔家中，方到前厅，已闻得曾先生高谈阔论，正说那杀虎一段事。良玉含笑踅进，秦葵道：“你这孩子，好不鲁莽！还不来谢过曾先生。"说罢站起，自己先奉下揖去，良玉随后叩头。

慌得曾珌还礼不迭，因赞道："怪得西峰称道这位女公子不同凡女，但看她遇险不惊，还能运弩御虎，已非寻常孩儿了。小可浪迹以来，脚踪踏遍南北，还没见如此奇儿哩。"

秦葵没口子谦逊之间，良玉却噪道："父亲若放掉曾先生，俺是不依的。须知俺从虎口中请到先生，非同小可哩。"

曾珌听了，不由拊掌大笑。这里良玉不待秦葵发话，便立命厨下整备盛馔，又拉将邦屏等见过先生。须臾点上灯烛，酒筵齐备，那曾珌更不客气，欣然就座。

宾主饮过数巡，那秦葵便敬叩邦族，曾珌慨然道："迍邅之人，无闻于世，无益于国，即姓字流落人间，已属多事。如今因首前尘，都如梦幻，更不劳清询垂问了。且喜俺宝剑得所，又引出这一段因缘，这却是俺生平最得意之事哩。"说罢，连饮数觥，哈哈大笑。

秦葵听了，也便不深问，于是引经谈史，那曾珌对答如流。不想秦葵偏要谈谈他书本子上的韬略，这一来却招得曾珌拉开话匣儿了。你看他原原本本，上及统兵驭众、战阵攻守之规，下及运槊击剑、对垒冲锋之法，无不说得精奥异常，并且实啪啪都是神机妙用，更没有书册上浮虚之谈。竟闹得秦葵无从置喙，不由心下佩服到十二分。因叹道："先生议论如此，胸中蕴蓄可知，今俺不揣冒昧，便请先生屈就师席，使儿女辈同沾化雨如何呢？"

曾珌沉吟道："俺漫游托迹，随缘且住，本无不可，但俺久疏文字，并且不习举业，却恐未便哩。"

秦葵笑道："先生如此说，却以伪人待俺了。今天下多故，何事举业？儿女辈正当从先生习学武功，倘不幸国家有事，出而为国家效命，推所自出，这也就是先生尽忠于国了。"

曾珌还在沉吟，哪知良玉拖了邦屏等在窗外潜听已久，早已急得什么似的。这时便和邦屏等笑嘻嘻地跑入，说道："先生要不教俺们，等明天俺还上山寻大老虎去。"于是不容分说，领邦屏等纳头便拜。

其中民屏最小，竟将总角儿偎在曾珌膝盖上，说道："俺姐姐说了，您这先生的两条腿，竟不是人做的。那么大的大老虎，就生生夹杀。您有空儿，好歹再夹俩，俺玩玩。"说着小手儿乱搔，要拉脱先生裤儿，看看腿子。

曾珌大笑，即便慨然应允。秦葵大悦，当时宾主款洽，直吃到更深，方才罢酒，各自安歇。

次日绝早，秦宅仆人等和村众去抬死虎，唯有文璘更为高兴，满村中吆吆喝喝。这一来，招了许多人，都聚拢在秦宅门首，等看老虎。其中好事少年跟着入山的，也就不少。

不一时天色将午，村众等抬虎趱回，满村中男女聚观，好不热闹。只见那虎钢牙铁爪，都吓得吐舌道："我的妈，这物儿吼一声，管保就吓煞人了。真难为人家曾先生的本领和秦姑娘的胆量。"

正在纷纭，只见秦葵父女引曾先生徐步趱来，大家眼光不由又齐注三人，秦葵一见死虎，好不骇然，于是向曾先生重为申谢。便督视众人，抬虎进宅。一面命开剥那虎，分飨村众，一面置酒，并邀到村中父老等，来陪先生。闹过一天，次日西峰和尚也闻信趱来，问知秦葵延师之意，甚是称叹。大家一连欢筵两三日，那西峰自行回山，从此曾先生便开馆授徒。

喜得良玉颖慧非常，真是一点就透。不想开馆只到四五日，先生忽见那馆童文璘，整日价哭丧着脸没好气，每逢先生讲论什么，他不是在院内抡风使火，便是在窗外大惊小怪。良玉听了，倒笑得什么似的。

一日先生偶向良玉道："俺看文璘这孩子，颇为性格纯实，却就是粗鲁些儿。你看逢俺讲授，他便扰乱。"

良玉笑道："理他呢？那是个牤牛性儿，棒打不回。皆因他爹是俺家出过力的老人家，身后只有此子，所以俺爹未免处处优待他。等俺禀知俺爹，捶他一顿就好了。"

一言未尽，只听窗外大喊道："哪个耐烦挨捶呀！倒是给俺一刀痛快哩。好便好，不好俺会想法儿，咱大家学不成。"

先生和良玉向窗外一望，正是文璘倔头倔脑地经过窗下，跑向院门，并且眼圈儿红红的，似乎哭泣。

166

良玉道："这厮又发疯了。"曾先生一笑，也便没理会。

哪知次日清晨，先生方弯着腰，就盆架上净面。这时解衣磅礴，光着脊梁，猛见文璘气愤愤飞步跑入，一张油黑小脸儿业已铁铮铮的。不容分说，掏出把戒手刀，向先生右肋便刺。先生喊一声不及躲避，只得略一闭气，只听锵然有声，文璘大叫跌倒。恰好良玉一步赶到，便揪起文璘，大喝道："你这东西，真要作死了。"

文璘大哭道："唯俺学不得本领，俺也不活着了，你们也莫想学成！"

曾先生听了，好不诧异，赶忙穿上大衣。良玉忙问道："先生没伤损吗？"

先生道："幸亏俺集气抵住，不然也就好险哩。却是文璘端的为何呢？"

良玉不由又气又笑，便替文璘一说所以。先生喜道："看他不出，竟有如此的场所胆量。这节倒是你父亲过于拘谨了，但是可造之材，俺都愿成就。古来厮养中尽有人物，奴子何害呢？此后文璘执役之暇，便逐队学习就是。"

良玉听了，笑推文璘道："像你这等弟子，倒是天字第一号劲气的。动不动便杀先生。"

曾先生大笑之间，那文璘慌忙拜倒，站起来侍立一旁，只管咧着嘴憨笑。

原来他自见先生杀虎，神人似的，早憋了一肚子的意思要随同学艺。不想秦葵因文璘性儿粗猛，又是奴子，恐有辱曾先生，竟不许他学艺。文璘趁着急愤之气，哪管好歹，竟这么闹将起来。可见人要诚心求学，不拘在什么地位，都可以成功哩。

光阴荏苒，曾先生在秦家一住三四年，宾主之间，甚是相得。这时良玉等所学的武功，内而是兵机战略、阵法等等，外而是击刺诸法，马上步下，十八般兵器，无不精通。好在曾先生便如洪钟待叩，只要你问到他，他没有不晓得的。其中邦翰民屏，岁数较小，所得尚浅，文璘是勇力有余，至于行军对敌，诸般兵法，他却再也悟会不来。唯有良玉材质天成，只这三四年的工夫，业已武功大就。

曾先生授艺之暇，便从西峰参悟佛理。往往入山，连日徜徉。良玉没事，便教给邦翰民屏等许多武功。

一日节近中秋，秦葵大会村众，吃得一日酒。客散后，曾先生微挂酒意，方在静院中自玩月色，只听院外奔马似的一阵脚步声响。正是：

　　弯弓跃马当年梦，对月临风此日怀。

欲知后事如何，且听下回分解。

第五回

趁月色弟子小较艺
撒梨花师父授神枪

　　且说曾先生正在望月独坐，只见院门启处，良玉和邦屏文璘等齐齐趱来，一色的结束伶俐。其中民屏还气愤愤地向文璘道："俺就不服气你，如今先生在这里，来来来，咱当场较量一回。"

　　原来靠静院左边，便是一所大大场房，自良玉等习武以来，便改作演武的院儿。方才民屏和文璘比拳脚，却被文璘摔了一跤，所以大家直闹到这里来。

　　当时曾珫见众弟子气态昂昂，不由一捋苍髯，高起兴来。便笑道："不必争论，趁此大好月色，咱便到演武院比试一回，待俺评论高下，指点你们。"说着眼注众人，一笑站起。

　　只见良玉微微含笑，邦屏只望着良玉，邦翰却望着邦屏，唯有民屏和文璘浑实实地一闻先生此语，登时喜得打跌，却又乌眼鸡似的。当时民屏踊跃道："妙妙，咱这回才算数哩。"说着拖住文璘，当头便跑，大家随后跟去。

　　这时皓月当空，亮如白昼。曾先生翘首四望，不由浩然微叹道："今夜月色倒好似俺那年在海上防倭时。"说罢两臂一张，做个开弓势样，哈哈大笑，便拍手朗吟道：

　　　　走马张弓四十年，封侯无路且归田。
　　　　芭蕉夜雨梧桐露，注到孙吴第几篇？

曾先生一面高唱，大家听了，只有高兴，却无人理会诗中之意。便一窝蜂似的奔入演武院。

陆军中兵器架上，长短武器无所不有，曾先生方和良玉站在敞厅阶前，那民屏已抄起把竹节铁鞭，抡得风车似的，向文璘道："来来来，你瞧这一回吧。"

文璘目视良玉，良玉一努嘴，文璘得了主意，便拣一把柳叶刀，颤巍巍迎风一晃，两下里使个旗鼓。

民屏喝道："着家伙吧！"说着舞动铁鞭，奋勇而上。这里文璘刀光起处，嗖嗖嗖，且是煞溜。两人来往冲击，吆吆喝喝，那路数不相上下。须臾数十合后，那民屏却渐渐不支。曾先生喝命且住，两人霍地跳出圈子外，都是意气勃勃。

曾先生笑道："你两人此次相较，可说是功力相等。因民屏力弱，偏用的是笨重铁鞭，文璘力强，却恰用的是轻巧长刀。假如彼此间一调换兵器，便仍然功力悉敌了。人的力量，限于天生，却无关技艺优劣哩。"大家听了，都各佩服。

良玉恍然道："那么武功中择器练习，也很重要哩。"

先生笑道："那是自然。譬如力大之人，再用轻妙之器，自然挥霍如意，巧妙自生。那力小用沉重器械，不消说是吃亏了。不但步下如此，便是马上所用的器械，也是一样。昔人武功有马上夺槊的本领，非生有殊力的，慢说是夺槊，便是用槊，也嫌它太笨重哩。"

良玉听了，连连点头。这当儿邦屏邦翰又已跳向当场，比试短剑。前超后越地闹了一回。归根邦屏得胜，得意之下，便提剑踊跃，向良玉道："妹妹，咱们来来吧。"

曾先生笑道："良玉剑法不须比试，你等是不及她的。好在大家都在此，你们且攒斗良玉，便像马上冲锋一般，看她还能应付吗？"

这句话不大要紧，大家只喜得拍手乱跳道："有趣有趣！"于是火杂杂各选长短兵器，一退身并作一排，八只眼都望着良玉。原来良玉在他们队里，久已占了尖儿，今天大家一齐上，可要出口闷气了。

哪知良玉更不理会，只笑一笑，款步下阶，抄起一把双手长刀，一回身拖走两步，明闪闪荡开门户。这里邦屏等喊一声，各奋兵器，彼此一盘旋之间，早已杀在一处。虽是步下，依然地左冲右突，大家围住良玉，便如走马灯似的闹将起来。良玉一柄刀上下飞舞，遮前挡后，左格右拒，趁着月华放彩，便如雪片似的飕飕乱卷。邦屏等大呼跳荡，也自不弱，顷刻间大战数十合。

曾先生暗觑良玉刀势，却稍觉迟慢。正在暗暗点头，只听院门外有人笑道："先生今天端的高兴哪。"

说罢踅进一人，却是秦葵。于是良玉趁势住手，说道："俺今天气力不佳了。"大家一笑，放下兵器。

秦葵道："你们真个顽皮，怎这当儿还不让先生歇息？"

曾先生笑道："秦兄看如此醒酒如何呢？"

秦葵笑道："先生既有清兴，且自方便。"因向邦屏道："你等还有夜课不曾温习哩。"邦屏等一吐舌，连文璘都悄悄地跟着秦葵去了。原来秦葵课子甚严，因到书室寻他们不见，所以寻到这里。

且说良玉因方才未能胜人，未免心下不高兴。曾先生笑道："你可知不胜之故吗？便是你方才所用的兵器不甚相宜。马上用长刀，虽奋斫有余，未免决荡不足。并且须有大力盘旋，方能制胜。那会子俺说的武功须择器而用，却未可忽略哩。"

良玉道："请问步下马上，当用何种兵器最为相宜呢？"

先生笑道："这也未可拘的，须视其人质力怎样。然而大概论来，却有两首口诀，道：

钩拦劈刺鬼神惊，变化多般似彩虹。
移步换形称巧妙，由来千里不留行。（剑）

梨花撒处说杨家，姑姑风流亦可夸。
路数平分三十六，神锋到处血飞花。（枪）

这两首秘诀，说的便是步下用剑，马上用枪，最为相宜。剑法多般，其中以玄女剑法最为神奇矫变。此法传自古之越女，真有一剑能抵十万师之用。你看古来讲宝剑的诸记载，或云某国得名剑，则诸侯悉服，或云一挥剑，则晋郑之头毕白。这并非便矜宝剑，其实是寓言剑法的厉害。不然一柄剑，无论怎样的名贵，难道真能祭将起来，取敌人的首级不成？你所学剑法，据造诣看来，便可进而学玄女合法了。至于方才说的口秘枪法，此法起于宋朝末年。山东地面，有座杨家堡，堡主之女杨姑姑，精通武功，从诸般枪法中，变化出一派枪法。其法奇正相生，神出鬼没。综其路数，有三十六种转局制胜之法。当时杨姑姑下人盛称她这派枪法，便叫作杨姑姑梨花枪。马上所用的武器，端的要推此派枪法了。但后世学此枪法的，大半都非正传，真能此枪法的，真是执挺可以制胜哩。"

良玉忙问道："那么先生定会此枪法了？"

曾先生慨然道："俺自隐迹以来，久已不做此狡狯，至于此枪法传头，安得不会？"

良玉大悦，顷刻便再拜求教。当时曾先生纵步当场，执枪在手，一抖长枪，银花点点，须臾嗖嗖舞起。但见龙骧虎跃，沉着安静。只略示数路的变化，业已非良玉意中所有。喜得良玉抓耳挠腮，恨不得登时学会才好。

正这当儿，只见曾先生猛一翻身，用了个乌龙探爪式，单手拧枪，向外一送，接着一搭手，又是个灵蛇吐信，只听咔吧一声，枪头由附杆之处竟自折落。

曾先生笑道："此等凡铁之质，是不中用的。将来须锻冶精铁制枪方妙。"于是又略示梨花枪的入手法，即便各散。

这一夜累得良玉通没安生睡，只觉困梦中还和曾先生学习枪法。从此一连数月，良玉专心学枪，尽得其秘。

转眼间冬尽春初，天气融和。一日曾先生散步村外，只见李阿二挑着个小贩担儿，担内是鸡零狗碎的许多吃食耍货，无非是果儿糖儿、泥人土马之类。正走着，脚下一蹶，险些倾翻。不由唾道："万般不是力巴干的。您瞧挑个八根绳，也须在行哩。"

曾先生笑道："你如今高升了，可贺得很。竟做了小商贩，生意不错吧？"

阿二笑道："得了，俺的曾先生，俺这才叫拿鸭子上架哩。您看琐琐碎碎，俺又不大识数，东颠西跑，拉开叫驴似的嗓子喊卖。一天到晚，竟和馋嘴老婆及孩子们打交道，巧了还挣不到几百钱，谁弄得惯这个买卖呢？"

先生道："那么你为什么改行业呢？"

阿二道："咳，提不得了。如今进山又有些不仿佛了。自那年您杀那虎，山中甚是安静。不想近来剑峰朝阳洞……"

先生道："哦，不错的，有个朝阳洞。俺往年寓居静缘寺时，常去游玩的。但是怎么样呢？"

阿二道："奇得多哩。近来那洞左右，不意出了一个奇怪物件，据传说起来，那物件披头散发，行走如风，真是青脸红发，巨口獠牙。见人就追，吱吱乱叫。因此人都不敢进山了。"

一言未尽，只见曾先生拍手大笑。正是：

漫笑称奇谈鬼怪，有人望气识金精。

欲知后事如何，且听下回分解。

第六回

寻怪物探险朝阳洞
遇异人得宝霹雳斧

　　且说曾先生大笑道："原来阿二你也会说鬼话了，怪不得改做小贩营生，一半儿仗嘴皮挣钱哩。"

　　阿二正色道："岂有此理！俺是有名的老实阿二，不会掉谎的。近来过山的旅客，都如此传说，很有遇见吓病了的。还喜得那怪物不曾伤人。"

　　先生沉吟道："这越发离奇。它既追逐行人，又不伤害，却是为什么呢？朝阳洞那所在，俺往年望着，很有光怪的宝气，莫非宝气作怪吗？"

　　阿二登时悚然道："先生这话倒很有理。俺小时节听俺妈说，某地面凶得很，谁也不敢去踏脚。末后有个木匠醉经此地，忽见一个丈把高的大白人，木匠有酒壮胆，拔出斧头便是一下。那白人举手一挡，忽化为火光不见。木匠寻视地下，却落个大银手指头。如今山中那怪物要真是宝气作怪，不知是哪个大命人的神气哩。"

　　正说得高兴，良玉趑寻将来，问知所以，便笑道："阿二你有胆量，快些跟俺们进山，安知你不发财哩。"

　　大家笑了一回，也便丢开。哪知过了两天，遍村中传说怪物，胆小的恐那怪物出山恣闹，竟吓得太阳未落便大家关门堵户。良玉好奇心起，便怂恿惠先生进山探探。

　　先生笑道："朝阳洞有些宝气腾灼，倒是不错。若像李阿二一席话，未免没根据了。"

良玉笑道："先生只当去游山，何妨探探此异？阿二说那怪物披发追人，行走如风，或者是人熊猩狒之类，也未可知。那年剑峰下既有猛虎，就许也有别的兽类哩。咱去剪除了，也与行人有益哩。"

先生听良玉此话颇为有理，便一笑点头。次日早饭后，良玉业已结束停当，佩了玄精剑，先生略为扎拽，只随手拾了根细铁杖，师徒俩说说笑笑，慢步赴山。

过得山脚村店，刚登山走了不远，果见岔路口上竖着一根木标，上面大书道：

四方游客知悉：近来本山剑峰朝阳洞左右，忽发现一奇怪之物，追逐行人，凶猛非常。诸君光降敝刹，请迂道由鼓冈取路，以免危险。切切。

静缘寺住持西峰告白

曾先生看罢，诧异道："怪得很，今西峰也这般说法，莫非真有什么怪物吗？"

良玉跃然道："快些走吧，没的那怪物能掐会算，知先生去收拾它，先藏了呢。"

先生大笑道："若这等的真成了怪物了。"

于是穿林拨草，向剑峰一路行去。须臾峰回路转，岚光开处，已近朝阳洞地面。只见草木连天，羊肠路错。东望数百步，陡起一面石崖，削壁千寻，云气出没。

先生遥指道："朝阳洞便在此崖崖腹，须从这一带短林穿过去，方合赴洞之路。这所在虽然幽僻，却风景甚好。俺往年颇想在此结节，不想和你家有此一段缘法。可见人生行止，没得一定的。"

师徒一面谈讲，业已穿过短林。只见芳草如茵，地势平坦。遥望崖下，丛荟荆棘中，早现出蚰蜒似的一条樵径。

良玉笑道："看此光景，哪里有什么怪物？"

一言未尽，只听丛荟中一声怪叫，既高且亮，顷刻抢出一物，那形状果如阿二所说，手执一柄铁铲似的器具，向曾先生一摆，却不打下，只是跌跌乱跳。曾先生略一闪身，铁杖起处，向那怪胯下两腠之间只一搅，那怪喊道："唔呀！坏得哉！吾是个人呀。"

良玉听了，拔剑抢上。曾先生连忙拦住，便趁势拉起那怪物，仔细一看，却是个人。通身结束都是装扮的。因喝道："你这厮乔装截人，定非善类。今天败露，合该你命尽了。"

那人嘶声道："先生你且息怒，俺并非有意为非。实因俺略晓望气之术，在这朝阳洞地面，有所寻求。不想行人不断，讨厌得很。所以俺做此行径，以断行人，以便俺放手寻求。先生不信，且到敝庐一看，便知分晓了。"

师徒听了，好不诧异，于是命他头前引路。那人捞起铲子似的家伙，顶着一头假发，怪模怪样，便如猪八戒捞钉耙一般光景，甚是好笑。

须臾弯弯转转，行抵一处。良玉一望，又想拔剑。原来那所在荆棘蒙密，草深没膝，并没有什么屋庐。

曾先生笑道："你这厮便有多少党类，俺也不理会。"

那人也不言语，只就土草旁拣山藤垂蔓处用那器具一拨分，登时现出个大大土窟，并且有荆条结就的门，用石块顶着。那人置下器具，移开石块，良玉先向内一瞅，只见里面甚是宽敞，铺着厚草，还有件小小的行装。

曾先生方要举步，良玉目视先生，喝那人道："你怎么不先入去呢？"

那人道："吾格姑娘，倒是特煞仔细哉。"说着当先引路。

三人进入土窟，只好席地落座。曾先生便问那人乔装之出，那人道："吾姓钟名朴，江南人氏，少遇异人，颇飞望气占星之术。壮年以后，曾在宣大辽蓟各镇师幕下效力戎行。军事之暇，吾依然游览北方各山川，但觉葱茏之气聚于白山黑水之间。夜静细观，其气真有五彩成龙虎之势。便是辽参一物，已足见辽沈间地气非常了。吾尝闻军中谯鼓十分焦促，又不是好征兆。因此吾无意于功名，浩然南归。浪迹以来，不忘货殖。不瞒先生说，各处地阃之瑰宝，也被吾识破些。远至云贵地面，都有吾的足迹。今吾在此朝阳洞觇求

176

宝物，已将月余。前几日吾曾夜里去掘求，忽然昏晕恍惚中，如有神人呵斥，想是吾福命薄，不应得宝。今既被先生识破行藏，吾便当去此了。"说罢，神致间十分洒落。

你想曾先生本是不羁之士，钟朴一席话正对了他的脾气，因笑道："俺也是漫游湖海之人，今也不须细说，钟兄方才一片话，必非虚情。何妨今夜大家去掘求宝物呢？"

钟朴喜道："如此妙极。"因一望良玉道："这位姑娘恐不可同去吧？那洞里面难走得很。"

曾先生一笑，略述良玉的家世并武功，便道："这个姑娘却非寻常女子，是无处不敢去的。"

钟朴惊喜道："原来姑娘便是秦葵先生的千金，好一个贵相骨格。如此看来，洞中宝物或是姑娘应得，也未可定哩。如今夜寻求得手，定是姑娘的福命了。"说罢，端详良玉不住点头，说道："奇贵之相，奇贵之相。"

曾先生因笑道："钟兄既明于星相，看此女将来如何呢？或以夫贵，或以子贵，有个一品夫人的命吗？"

钟朴大笑道："庸庸相命，何足辱她？这姑娘的贵相奇得很，不以夫贵，不以子贵，武曜当头，名满天下。以巾帼之娇姿，建丈夫之事业。寿逾古稀，法当封侯。"

一言未尽，只笑得良玉前仰后合。钟朴正色道："姑娘莫笑，吾的相法不会错的。"

良玉忍笑道："俺并非笑此，俺笑钟先生柳树精似的，只管谈相，倒也是段奇景。"

一句话提醒钟朴，连忙捡出衣衫，就窟外换好，掬泉水洗净头面。进得窟来，重新和曾先生良玉施礼就座。

这里曾先生将钟朴仔细一看，只见他削瘦面孔，精神炯炯，更奇的是双瞳碧色，开合有光。不由也暗暗称奇，因漫问道："钟兄看近来辽沈间的气象，较前怎样呢？"

钟朴叹道："其气越发旺相。那一带市坊上，屠沽走卒，都往往有王侯骨格，至于满洲人们更不消说。据吾看来，岂止是小小边患？

再就吾国内地审察，直然地患气四伏。三十余年后，不天下大乱，便是幸事了。"

大家闲谈一回，钟朴就行装内取出一撮白灰色的面儿，用指甲挑了一些，分置在曾秦面前，又取椰瓢舀些泉水，便殷勤劝客道："旅人无物飨客，且用此微物充饥如何？"说着自取一撮，就泉水送将下去。

良玉失笑道："钟先生好生悭吝，这点儿东西，如何饱得肚皮？"

钟朴笑道："姑娘莫小看此物，虽只一点儿，却能充饥。如尽量吃饱，便可以十余日不食，此名为行军粮。俺因游行山谷，携带方便，所以制此。"

良玉连连称奇，和曾先生便就水吃下，须臾津液满口，果然精神焕发。不由大喜道："此物倒妙得很，若用以救饥荒，或者行军时，预防粮断，真个再好没有了。"于是一问钟朴炮制之法。却是黑豆面儿掺和了两种药物，蒸晒制成的，良玉记在心里。

不多时，天色向晚，钟朴取出根很长的燎炬，便引曾秦两人出得窟门，趁着微微星月光亮，由蜿蜒小径，直奔朝阳洞而来。喜得三人一样的健步如飞，虽攀萝附葛，并不觉险。到得洞口，钟朴方取出火种，燃燎而进。

这洞口嶒峋狭长，石齿巉巉。进行数十步，方才略为高敞。良玉长长地一伸身儿，向洞内仔细一瞧，只见四面怪石森立，便如奇鬼猛兽。洞上面石乳错垂，千形百态，脚下滑滋滋的，阴湿异常。这时燎火被潮气所侵，那焰头摇晃不定，照得奇石影儿便如趋走想抟人一般。

良玉跟在先生背后，方觉毛森森的，忽然冰凉的一条物件，竟自缘腿而上。良玉一剑挥去，却是个乌色毒虺，已被斫为两段，那段没头的身儿，兀自翻搅半晌。

钟朴喜道："今天事儿一定顺手，只俺初到这里时，几次入洞，都被这恶物阻住进路哩。你看前进不远，便是个极狭的陷孔，须要鱼贯穿过，方到洞深处。这恶物只管据在陷孔口，所以俺累被阻。如今却妙极了。"

这时曾先生左顾右盼，步步留神，不暇答话。须臾趑近那陷孔，忽闻里面只管呼呼风响。钟朴略一驻足，便见陷孔口内猛探出个小脑袋，猫儿似的脸，略瘦些，兔儿似的嘴，略尖些。雪白的两撇硬须，通红的两只小眼，啾啾有声，并且两个小耳朵扇耸不已。钟朴猛惊，略一退闪，曾先生不管好歹，举杖便捣去，杖头未到之间，那物儿灰云似的向外一蹿，忽展双翅，向空一翻，几乎将火燎扑灭。

良玉赶忙踊身一剑刺去，那物扑啦一声，跌落下来。大家仔细一看，却是个极大的老蝙蝠，翅儿上都有些变白了。良玉骂道："你这东西，略有道行，便想作怪，真真作死。"

钟朴喜道："妙妙！今天姑娘一来，怎么事事都顺手？可见得实须有福命哩。"说罢，平举火燎，三人鱼贯而入。

曲折良久，忽到一个半月形的石厦内。靠厦接壁之间，有一长方形沙土集结的大块儿，便似一小小矮炕。上面光彩浮动，有如蚌壳彩色，不可定名。

钟朴喜道："宝物在这里了。今天同你两人进来，吾竟安安稳稳的，真是怪事。"

曾先生便举杖击去，那块土十分坚硬，良玉急于探奇，也便提剑去斫。好玄精剑，真个锐利，一剑下去，那坚土块乱开如腐。于是钟朴置下火燎，也便举手中器具，合作起来。他这器具，连铲带刨，外挂着还有锯齿儿、倒钩儿，发出去，向回里一拉，好不得力。不消顷刻，大家掘开土块。

良玉望去，不见什么瑰宝，只有个土沙结就的斧形似的东西，黑漆漆的，只管闪碎亮光儿。不由失笑道："今天咱们费手费腿如南蛮子瘗宝一般，难道这个劳什子便算宝物吗？"

钟朴道："嗬，姑娘莫小看此物，俺游行以来今番却生平愿足了。"于是叉手不离方寸，说出一席话来。正是：

同气须知相感应，一声霹雳阴氛开。

欲知后事如何，且听下回分解。

第七回

钟隐士炼金开炉火
曾先生临命说根源

　　且说良玉一看那斧形似的东西，方觉失望，钟朴道："此物名为霹雳斧，是金精结就，实山川之秘宝。千八百年，不易生此。便是当大雷雨后，雷斧火精，沦于山谷，年深日久，遂成此物。此物金精之成分，可以烧炼提出，如以之铸炼刀剑，说什么莫邪干将？单是其中还含有一种丹砂之质，最合烧炼服饼之用。吾隐迹以来，颇求长生驻年之术，姑娘和曾先生得此无用，定当见赠，哪得不生平愿足呢！"说罢，哈哈大笑。

　　曾先生莫名其妙，只好眨着眼望着他。但见钟朴喜滋滋解下腰带，缚起霹雳斧。那斧儿只有常斧儿大小，并不沉重。于是曾先生取了火燎，当头引路，三人循旧道出得朝阳洞。抬头一看，只见疏星动野，斜月在林，约量已有三四更时分。

　　当时取路回至土窟，三个人逢此异物，哪里还有睡兴？曾先生就火燎下细玩霹雳斧，只见锋芒坚钝，那颜色黑中带颎，其中的亮白碎星儿，闪闪灼灼，毫光直射。

　　钟朴道："这便是金精的成分。提炼之法，还有许多的火候。若不得法，那火精借着凡火一引，腾烧起来，是无法扑灭的。"

　　曾先生叹道："真是神异之物。俺往年在山时，只见朝阳洞左右时露光气，可惜俺没有钟兄的识见哩。"

　　三人谈说之间，业已天光大亮。曾先生道："今瑰宝既得，便请钟兄同到秦宅，提炼起来吧。"

钟朴道："当得当得，吾到一处，必要拜识贤豪。何况秦葵先生文望甚大呢。"说罢，提了铲儿似的器具，三人厮趁着直奔秦宅。

那秦葵一见钟朴，并闻良玉述说得霹雳斧之异，不由大悦。当时宾主谈论，甚是投机。便扫除净室，款待钟朴，并准备炉火，为提炼神斧之用。不消数日工夫，炼出拳头大的一块铁精，并数两丹砂似的物儿。钟朴将那物儿珍重收起，喜道："吾得此物，便当专事服饼，远迹尘世了。"于是向秦葵等长揖告辞。大家挽留不得，竟自飘然而去。

秦葵道："如今江湖间真有异人，但是这块铁精却不够打刀铸剑的。"

曾先生道："只好打柄匕首，还可以的。"

良玉取那铁，端详一回，忽笑道："依我看打作枪头，管保锋利无比。将来俺为国杀贼，也省人许多力气。"

秦葵笑道："你这妮子，听了钟朴夸奖你，便登时样上来了。"

曾先生道："她这主意倒也使得。匕首为用无多，倒是做枪头用处大哩。"

于是叫到铁匠，登时开炉打锻起来。曾先生参照古兵器蛇矛形，绘成一图，枪杆长可一丈四五，枪头却六棱簇锋，细而且长。

不几日枪儿打就，刮磨出来。大家一看，端的好杆神枪。但见：

神锋脱颖起光芒，家数梨花更擅场。

霹雳一声阴雾散，秦家女子不寻常。

当时良玉见那枪精巧制成，用手一抖，甚是称用。更奇的是枪锋烨烨有光，明如闪电，不由喜得咧开小嘴咯咯地笑。忙取过炉下一片生铁板，厚有四五寸，一枪刺去，登时便是个透明窟窿。

曾先生拊掌道："此枪无坚不摧，真同霹雳下击，便可名为霹雳枪，倒也别致。"

良玉大悦，便磨着秦葵，立时篆就霹雳两字，命铁匠凿在枪跗之上。从此霹雳枪和玄精剑，便是良玉闺中腻友了。那武功日习日精，自不消说。

转眼间，良玉这年已十七岁，不但武功大就，便是戎机将略，经曾先生切实教导，也自深明其奥。

看官须知，人总须天资好，天然是这颗果儿里的虫儿，经名师指点，方能成功。如今良玉恰逢名工琢磨，所以能名副其实，不愧良玉两字。你若弄块燕石，便琢磨一辈子，也没事的。

当时良玉与兄弟等正习得武功，不想曾先生忽然病将起来。上年纪的人，竟自医药无灵，日加沉重。良玉等衣不解带，事病多日，连秦葵也没心情料理家事。

这时秋尽冬初，天气骤寒。曾先生困卧病榻，自觉支离不堪，形状不佳。一望良玉，方和秦邦翰等守坐榻头，大家都泪眼相看，愁眉不展。一问秦葵，方知他亲赴州城，给先生寻什么珍贵药去了。

先生叹道："承你们父子的厚意，端的可感。但俺这病势料难再起。咱师徒相处一场，你可知俺曾秘江湖浪迹的来历吗？俺少年时，累在边镇军营中，颇立功绩。后来被调到袁宗宪麾下，防倭海上。定海之战，俺会合浙僧竺元等二百人，杀倭千余人。竺元技勇绝伦，便是当时号称浙江僧兵的了。此战之功，以俺和徐海为多。这徐海是哪个呢？他是福建人，少年无赖，流浪江湖，身处贫困，又仗了一身武功，未免做些犯法行为。单劫掠那富商显宦的金赀，以供挥霍。他生得白皙俊姣，颇为风流自赏。好穿白袷，戴乌巾，步履之间，斯斯文文，乍望去便如公子哥儿一般，因此人家就给起个名儿，都称他为海公子。所到之处，闹得鸡犬不宁。但他踪迹飘忽，寻常捕役休想捞着他根汗毛儿。

"这时山东临淄地方有一名妓王翠翘，生是一貌如花，并且颇有侠气。往往推解于人，千金不吝。俺本贯青州，在家下时，便认识翠翘。一日翠翘悄悄地告诉俺道：'今有一客，甚是奇异。生得漂亮文弱，谈吐间却豪迈非常。短剑薄装之外，又无他物。却是阔绰得很，寻常金银不算数，你看他竟赠俺此物。'说着，从箧中取出一串大珠，约百余颗，都有扣纽儿大小，粗估去何止万金之价？

"我惊道：'这客人真有些蹊跷。但他是怎的个行径呢？'

182

"翠翘道：'他隔三五日，便来此盘桓。俺有时问他寓所，他却笑道:俺的寓所随处转移，更不着地哩。'

　　"俺当时沉吟道：'这客人来去莫测，挥金如土，大概中江湖大盗。你看他举动间，还有些奇处吗?'

　　"翠翘道：'也没有什么奇处，但他身量儿似乎轻得很。有时落雨泥泞，他偏去踏泥为戏，一些脚印儿也没有。'

　　"俺笑道：'不好，此人定是有本领的大盗，他这便是运气的内功。等他来时，你暗暗知会俺，俺自有道理。'

　　"过了两天，翠翘遣人来报，那客人又在她家吃酒哩。俺赶去悄悄一觇，那时正当夏月，只见那客人科头箕踞，赤着脊梁，露出雪练似的一身白肉，正胸前却用涅青镂涅就一尊小弥勒佛。正在紫藤花架底下和翠翘对坐，据石案浅斟细酌，面前摆着金杯。

　　"俺方在暗自怙惙道：'这客人如此俊爽，不像北方人，难道就是江湖间人说的那海公子吗? 若真是他，倒要小心一二。'

　　"正这当儿，那客人举杯，一饮而尽，随手合置在案，向翠翘笑道：'你果是北方佳人，可能随俺到闽海一带玩玩风景吗? 此间俗子恶客颇多，难道你还不厌倦风尘吗?'

　　"俺听他说闽海两字，越发瞧科，便大笑抢进，说道：'恶客却没得，倒有个不速之客哩。好个海公子，你的事情发作了，干脆，你跟俺到案，别的话不用讲。'

　　"海公子悚然站起，忽见俺面带笑容，他当时眼睛一转，俺猜他也是怙惙俺这四不像的捕役。因俺来得仓促，只穿件直裰，空着双手。俺和他对瞅之间，翠翘早笑道：'不要儿戏。'便指俺向海公子道：'此位便是青淄一带名动当时的曾爷曾秘。'

　　"海公子听了，神气一振，只笑吟吟迈步，一抱拳的当儿，忽地右脚接劲，向假山石上一踏，登时一个五分深的足印儿。"

　　良玉惊道："噫，先生怎样对付他呢?"

　　曾先生略为歇息，邦翰趁空儿端上一杯参汤，给先生接接中气。然后先生接着说道："俺当时微笑道：'主人饮旨酒，赏名花，却吝不召客，等俺自家抹抹脸皮，得一盅儿吧。'说着抬起手掌，向杯上

183

一按。手掌起处，那杯业已陷入石几，只剩个杯底金圈儿，和石面嵌平。

"那海公子何等机警，知俺非寻常人，不由拊掌大笑，连忙揖俺就座，并顾翠翘道：'此杯竟不须破石取出，便这般留个英雄的古迹，倒也是千秋佳话。'

"于是俺两人谈论起来，各相倾倒。那海公子十分豪爽，竟将为盗行为大言不讳。俺趁势道：'大丈夫处身，总该循正道才是。如今疆场上哪里不用人？想你我还怕埋没吗？'

"海公子笑道：'妙妙！曾兄见教的竟如翠翘一般见解。俺徐海从此谨遵台命就是。'

"俺方大赞不迭，那翠翘已喜得不可开交，即命侍婢另取杯到，——斟满，笑道：'今日这场双喜的酒，须要吃得痛快。'

"俺诧异道：'徐爷从谏如流，立归正道，将来封侯万里，都是意中之事。这固然是一喜了，但那一喜呢？'

"翠翘听了，不由喜上眉梢，嘴儿略启，却又低头一笑。忽瞅着海公子，眙起俊眼，半晌不语。

"俺一看两人神情，不由恍然，便笑道：'不错的，这真可称一喜。唯美人俊眼，能识英雄。翠翘托身徐兄，真个再好没有。将来乘时立业，说什么桴鼓助战的梁夫人呢？'"

良玉听到这里，微微点头。忽闻院中滴溜溜吹起一阵凉风，窗纸儿忒忒乱响。接着便闻扑答一声，邦翰拔脚便跑。正是：

前尘未尽生平事，健仆多情献药来。

欲知后事如何，且听下回分解。

第八回

海公子弃官落草
胡宗宪诱盗杀降

且说邦翰闻得响动，跑出一望，却是文璘跑得大汗满头，悄问邦翰道："先生今天好些吗？俺那会子闻得某村某大户家藏有那种珍贵药，俺一气儿跑了五十多里路，寻得来了。"

说着从怀中掏出药包儿，邦翰打开一看，却是寻常宽中理气丸。因笑道："这药不中用的。"说着和文璘进屋。文璘见先生正襟危坐，虽是困瘁，却神明不断。良玉目示文璘，不许作声。

少时曾先生又说道："当时俺说罢，连连举杯道：'这真个又是一喜。'

"海公子大悦，便登时和翠翘约定终身，从此翠翘闭门谢客，直待海公子后来纵横闽海时，两人方才团聚。此是后话慢提。

"当时海公子和俺杯酒定交，酒罢后，便起携俺手道：'今闻曾兄一番王论，便觉往日所为，如芒刺在背，顷刻也耐不得。便讲回到敝寓，看俺遣散手下人如何呢？'

"翠翘大悦道：'正该如此，俺也和你去。但你的寓处究竟在哪里呢？'

"海公子大笑道：'但到那里，自然晓得。'

"于是翠翘换了一身劲装，越显得丰姿如画。原来她系绳妓出身，舞剑盘马都来得的。那时为中秋节后，俺至今记得那夜风景澄澈，月如玉盘哩。

"于是俺和翠翘跟定海公子，趁初月之色，厮赶出临淄县城。曲曲折折，行得十余里，路径渐僻，耳里也闻得水声汤汤。海公子笑指道：'敝寓不远，便在此一片水乡中。'

"俺仔细一望，距俺身右边四五里外，一片白茫茫，水气涵空，与月相映。看那方向，是淄水田单陵的地面。这所在港汊纷歧，芦苇茂盛。方圆数十里，俨如一片湖荡，久已为盗贼出没之区。

"这时月华如水，照着俺三人的身影儿，如三点黑子儿。那翠翘衣带飘拂，行如御风。不多时，行抵陵旁，穿过一片短林，但闻芦苇战风，萧萧瑟瑟。俺极目望去，哪里有什么屋宇？

"海公子笑道：'俺这屋寓活跳得很，不须咱去就它，将它唤出来如何呢？'说着慨然四顾，忽地一鼓肚腹，集气长啸。那声音十分遒亮。

"一声未尽，便闻得四围丛苇中，掌声相应，转眼间十余只飞划小快船如飞而来，上面都是彪形大汉。一见海公子，声喏如雷，登时雁翅排开。居中稍大的船上，有两个黄衣头目，躬身为礼道：'徐爷差俺们哪里去呀？'

"于是海公子先诉出自己归正之意，然后道：'咱大家相处一场，今分散在即，船中所有财货，诸位便分携散去。此后行止各由自便。'

"各盗听了，方相顾错愕，其中一个黄衣头目却笑道：'徐爷此举，怕不有理。但是依俺看来，人生贵且适意，只要大碗酒，大块肉，论秤分金银，论套穿衣服，就得了。您冷不防地要做官，这官又有什么趣儿？无非也是吃好的，穿好的，多得几个猴儿眼珠子（俗谓钱也）罢了。没的婆婆不做，倒去做媳妇，受人八面的管辖，巧了还须闹一肚子肮脏气。俺看这才一百个犯不上哩。再说个痛快话吧，像徐爷您这等人物，朝廷家竟让你做了贼。你看功名官场上，还是人干的吗？俺翻水蛟出世以来，就不会蝎蝎螫螫，总须要一锤子捣到底。徐爷，您就此请便。巧了，咱们在海上，还有吃旧锅粥的时候哩。'说罢，一拍大掌，哈哈大笑。

"那一个头目也劝道：'蒋敬的话倒也有理。如今官场要出得来气，咱兄弟真不致到此场处。天生一条汉子，既挨不得饿，受不得冻，又受不得人家滥污气，不做强盗，还做什么去呢？便是俺袁化，何尝不是韶州数一数二的富户，被蠹绅伙着贪官，将俺害得人散家散。俺的徐兄，你如今羡慕官场，真个自己要上套儿了。'

"蒋敬大笑道：'散吧，不必多话，咱们后会有期。'说着和袁化分领盗船，一声呼啸，棹舟如飞而去。

"这里海公子便如孙大圣乍抛下金箍棒，一时间竟没着没落。俺便劝道：'他两人所说的话，都是过激之论，徐兄不要犹疑。'

"翠翘笑道：'俺看他们使船真个灵便。'

"俺笑道：'古人云：南船北马。真真不错。'

"海公子道：'这算什么？不瞒曾兄说，俺在家乡纵横时，比这局面大得多哩。这蒋敬袁化两人，也都是意气男子，如今他等就抛俺去了。'

"于是俺三个逡巡踅回。从此海公子和俺便投营伍。过了几年，甚是相得。及至在定海杀倭时，俺和他已都是守备职分。不想主帅昏谬，竟将俺二人一场功劳，做了他逢迎权贵之具，幕府叙功，只将笔尖儿一摆，早已将俺两人抛在脑后，倒做成了两个纨绔子弟顷刻超擢参将职分。海公子愤气之下，便留书别我，竟自弃官而去。三五年后，统没有音问。俺屡从军伍，迁调各地，也没暇去访问他。

"过了年把，忽闻闽浙间海盗某人，有众万余人，船只数千艘，大帮价出没海面。不但劫掠商旅，并且攻掠靠海的州县。地方大吏累次发兵剿捕，反倒伤了官兵多人。那盗魁越发猖獗，没有半年工夫，竟至海道大梗，闽浙震动，于是朝议命兵部尚书胡宗宪承命办贼。俺那时在胡帅麾下，已是参将职分。官兵既和盗魁交战，不料又被他们打败。满军中哄传盗魁十分厉害，俺只知盗魁叫什么余和尚，当时不由暗想道：'什么余和尚，便这般猖獗？'

"一日，胡帅亲自督队，和余和尚相持于洋面要道。两下水师闹得翻江倒海。俺自领巡舰方在游弋，忽闻舰左鼓震如雷，一盗舟如飞划过。这只舟十分气概，略如楼船样儿，上面旌旗戈甲，健卒百十人，佩刀列立。船桅上高悬一面正黄方旗，大书一个'余'字。船面上黄盖高张，下有男女二人，一色的绣袍金甲，正相对饮酒作乐。俺仔细一望，不由拊掌大笑。哪里是什么余和尚，原来那男子便是海公子，女子却是翠翘。俺方在略怔之间，那舟距舰已近。俺百忙中只唤得一个海字，海公子已望见俺，大笑道：'故人还识得俺吗？你近来官兴怎么样啊！'说着风涛一起，那舟已箭也似的驶去。

"当时俺更不怠慢，便谒见胡帅，陈可以招抚海公子之策，并述俺两人往年交谊。胡帅听了，沉吟半晌，忽然大喜道：'此计甚妙。他就抚之后，俺必然披诚相持。你见他，便可述俺此意。'俺领命拔腿出帐，胡帅忽又将俺唤回。"

良玉听至此，自语道："这是何意呢？"

曾先生长叹道："你等未涉世路，安知险诈？俺至今还恨伯仁由我而死哩。"说罢泣下。继续说道：

"当时胡帅唤回俺，忽换出一副温和颜色，历询海公子生平，不由掀髯欣喜道：'他既为大盗多年，劫掠所得，自然富堪敌国了。但是还有一件事，俺闻徐某曾得一侠妓王翠翘，并闻此妓很能帮助徐某，真也是个作怪妮子。今此妓容貌，想也是个绝色吧。'

"俺听了，虽觉胡帅发话没体统，却也不晓得他是什么用意。当时只得略述翠翘容貌。胡帅听了，越发大悦，便命俺多赍金赀等物，暗馈翠翘。那意思是叫翠翘助说海公子。俺深知翠翘先既能劝海公子归正，此番定不作梗。老实说不须金赀以结其心，哪里晓得胡帅别有用意？当时俺驾一只快船，只带两个护兵，领了金赀等，直抵海公子泊舰所在。

"到那里仔细一看，果然气概非常。只见舳舻相次，按阵势排定。十余里水面上，笳鼓相闻，俨然是一座水师大营。并且静寂无哗，很有规法。当时巡缉头目喝止俺舟，问明来意，便引俺直赴营门。相距已近，那头目喝一声，放起一支响箭，须臾海螺大鸣，那营门首是两只巨舰，便登时两下一分，让出水道。船上健儿都握刀怒目，一面瞅着俺，一面交头接耳。头目道：'曾爷且少待，容俺先去禀报。'于是棹舟先去。

"俺这里四望徘徊，回想海公子往年归正从军，既没得好结果，这次俺再劝他，他就许不相信。却是胡宗宪颇负时名，他因此就抚，也未可知。况且胡帅发誓掬诚相待，俺料不至误此良友哩。

"正中沉吟，只见对面一舟如飞迎来，上有一人，轻装缓带，徐步出舱，向俺大笑道：'今日怎的好风，便吹得故人到来！相别以来，看俺徐和尚还长进否？'

"原来徐海小名儿叫和尚，当时自某军中气走后，便更姓为余，即以和尚为名，一气儿跑回家乡。恰好旧友蒋敬等依然称雄水路，海公子一来，便如长蛇有头，所以越闹越凶。

"当时俺趋到船头，那海公子已一跃过船，和俺握手欢洽。于是同舟前进，只见一路上樯帆如麻，刀枪耀日。将近居中座舟，两旁头目都盛装待立。顷刻间奏起军中得胜之乐，海公子携俺手并立船头，左顾右盼，好不意气飞扬。因大笑道：'你看俺气势如此，顶不济也不失为扶余国王哩。'

"俺听了大笑，遥指道：'兀的不是张一妹来也！'

"一言未尽，那翠翘已笑盈盈地带了四名武装援婢，由正舱中迎将出来。依然的一貌如花，丰姿如故。

"当时海公子邀俺到座舟上，大家厮见，彼此间略述契阔。俺方侈谈胡帅为人，并善能用兵。海公子却笑顾翠翘道：'啊呀，俺真佩服你。你怎便知曾爷此来就是这番意思呢？'

"翠翘笑道：'这有甚难懂？胡宗宪甚有时名，既能用曾爷，那曾爷岂肯放过你，不来招抚？所以那会子俺一闻曾爷见临，便料到这步棋了。'

"俺因趁势一说宗宪之意，海公子笑道：'俺是钟鼓楼上的雀儿，受过惊恐的。如今再要俺做下车冯妇，却委实不敢从命了。'

"俺又细说宗宪掬诚之意，并命从人呈上金赉等物。那翠翘抿嘴一笑道：'怎么的赫赫有名的胡尚书也沾些秀才气。他配招抚俺们，只消一纸檄文，俺们便束手归命。若不配招抚俺们，弄这些劳什子干什么呀？俺这里金银珠宝，还只愁没处放哩。'于是吩咐援婢道：'你们给俺收进去就是了。'

"俺一见收了金赀，暗想事成八九，当时也不再深谈。海公子立命置酒，大会舟中。翠翘在座，酒酣后，特地为俺舞剑一回。群盗欢呼，声震波涛。当夜俺和海公子抵足而眠。

"次日海公子喜洋洋携了翠翘，对俺道：'俺本懒于再改局面，既是曾兄说胡帅能披诚相待，翠翘之意，又与曾兄相合。俺愿就招抚就是。'

"俺大悦之下，方彼此落座，商量回报胡帅，只听舱外有人大喝道：'徐兄干不得的。徐兄一误岂可再误？难道从先的苦头儿，没尝过不成？如今姓曾的又来做说客，等俺杀掉他再讲。'说着飞步抢入，举刀向俺便斫。俺一闪身，忙望去，却是翻水蛟蒋敬。

"接着袁化移步抢进，冷笑道：'蒋兄何必如此？难道徐兄没弃官回家时，咱们兄弟没做事业吗？今只须仍留第一把交椅以待徐兄便了。他受不过肮脏气，怕他不抿着翅膀再跑回哩？这当儿和姓曾的置气做什么？'说罢，挽定蒋敬，大笑出舱。

"须臾海螺大鸣，船鼓如雷。左右飞报道：'蒋袁两头领带巨舟数百艘，驾帆放洋去了。'海公子听了，不由爽然好一会儿。

"俺当时别了海公子，乘原船匆匆回报。宗宪大悦，便尅期遣弁，赍了煌煌檄文，将海公子招抚过来。不消说待以殊礼并奖谕翠翘不置。海公子夫妇自然满意，便是俺也得意非常。以为俺两人此后前程无量了。

"哪知过得个把月，胡帅已将海公子手下盗众分头安插在各营，只留百余人，随海公子在大营当差。

"一日，宗宪大会将佐，在广厅中大排筵席。翠翘侠气无双，也被宗宪召来与筵。一时间履舄交错，十分热闹，由薄暮吃至起更。俺因偶染腹疾，不敢贪饮，便悄悄溜出席来，趄回己帐，一觉好睡。及至醒来，业已三鼓以后。俺方起来，想要出外巡视一回，只见烛影一摇，瞥然间一人抢入。"

良玉听至此，愕然道："这是哪个呢?"

语方脱口，只见曾先生怨气无穷地发了一声长叹。正是：

欲知铸错千秋恨，尽在一声长叹中。

欲知后事如何，且听下回分解。

第九回

奢土司求亲讨没趣
岑如虎闹店逞强梁

　　且说曾先生长叹道："那来人非别个，就是海公子。满脸上悻悻之色，一言不发，竟趋就榻旁，附俺之耳道：'俺此番就抚，又不见能有好结果了。怎的胡帅拿着统兵大员的身份，却如此地不尊重。'

　　"俺愕然道：'怎么?'

　　"海公子恨道：'说来好笑，便是酒酣当儿，他一定命翠翘当筵舞剑。不想翠翘舞到浑脱浏亮的当儿，他竟连连喝彩，登时更换袍服，一跃当场。和翠翘对舞还不算，他还啷啷当当，障袖溜眼，向翠翘做出许多丑态。像这等人，咱要依附他以就功名，只怕难哩。'说罢，太息趦去。

　　"俺听了，甚是怙惙。还不敢以小人度量胡帅，以为他酒后失仪，也是小事一段。次日方想就翠翘细问情形，哪知胡帅有要事派俺驰赴某营。俺只去得半月光景，及至回头，做梦也想不到海公子夫妇一对儿死掉了。"

　　良玉失声道："这也奇得很!"

　　曾先生流泪道："你且听吧。当时俺大惊之下，一探所以，原来胡帅允俺招抚海公子，便已意在财色，早将自家威信抛在脑后。这时便硬说海公子意在反侧，缚去杀掉。一面遣心腹人去说翠翘归己。翠翘料势不可违，便假意应允，要求胡帅盛葬海公子于洑龙洲畔。到了下葬之期，那翠翘缟衣如雪，伏墓大哭，真个是泪尽继血。一时观者如堵，无不叹息。正这当儿，翠翘趔踊大呼道：'如今做官

192

的，比强盗还狠。真是衣冠禽兽！天哪！俺的丈夫，都是妾无见识，误了你了！'说罢，袖出匕首，刎颈而死。

"俺当时见此光景，如何有志功名？这便是俺隐迹以来的缘故。只是俺冥冥之中，负此良友，是死有余恨的。"

良玉等听了，好不悚然。唯恐先生话多劳神，便大家悄悄退出。

次日秦葵寻得贵药来，一面调理先生，一面听良玉叙说先生的来历，秦葵叹道："俺看先生行径，便料是有所激愤，灰心问世。但各人际遇，万有不同。他深恐官场，也是有激而言。但人生一世，除为国尽力，哪有他途可走？此后你等却不可效颦哩。"良玉唯唯受教。

过得两天，曾先生病已增重，自知不起，便向秦葵道："古人云，归葬为仁，随葬为达。俺因寄迹蹲凤山，得遇秦兄父子，亦是一段缘法。俺生虽迍邅，且幸良玉等传俺武功，将来能为国尽力，俺曾珑死复何恨呢？今俺没世后，便烦葬俺于蹲凤山中，也就是了。"说罢，又勉励良玉数语，竟自含笑而逝。

良玉等无不痛哭尽哀，便盛为棺殓，一遵他嘱咐，就山中择地下葬。那秦葵又亲题一墓碑，仍用曾珑官阶，大书"有明参将曾公珑之墓"数字。过了年把，秦葵率良玉等前去上墓，不想遇着奢寅夺马，却怄了一肚子气。

当时秦葵等辞别西峰长老，趱转家中，父女们灯下闲谈，未免又提起奢寅。秦葵道："世禄之家，鲜克由礼。何况土司们累代拥兵，所以那石砫上司马千乘，馈来金珠名马，求俺作文，俺很不欲交结他哩。如今却因那马闹这场笑话，刻下地面上群盗恣肆，一旦间朝政泄沓，倘被土司们窥破，却大大可虑哩。"

良玉笑道："哟，父亲没的俊样他们。依俺看，都是些没出息的脓包货，他们便真个跳起猴戏，也没什么大不了的事情。"

父女谈笑一回，也便抛开。不想过得数月，一日秦葵正在闲居读书，忽有远客相访。看那名刺，上题奢怀两字，暗忖道："此姓除永宁土司之外，稀见得很。这是哪个呢？"只得姑命请入。

宾主一见，秦葵望那奢怀衣冠阔绰，趾高气扬。后随四名健仆，各捧定金珠彩缎，齐压压列立主人背后。秦葵让入厅室，施礼落座。茶罢后，秦葵拱手道："今瞻雅范，却昧平生。尊客何事过访呢？莫非从永宁来吗？"

那奢怀笑道："正是，正是。可见俺们这姓儿便警动得起你老先生。"说着耸耸肩道："区区非别，便是永宁土司官奢崇明的族人，现居东路指挥的职分。"

秦葵不悦道："尊客莫谈闲话，且示来意吧。"

奢怀笑道："不瞒你老先生说，今有一场泼天富贵，特来送上。那永宁土司奢崇明，富堪敌国，兵马雄强。说个粗话，便是四川一带的皇帝老子。今有他虎侄奢寅，久仰清门，想和尊府女公子缔结良姻。啊呀，俺的老先生，这天大的喜事，他人便是做梦都梦不着，从此后你老先生得此快婿，还不是富贵逼人来吗？若说这样好事，你老先生再有推托，简直是不识好歹，不中抬举了。"说着咧开肥嘴，龇出里钩外连的黄板牙，哈哈大笑。登时喝令健仆端上金珠聘礼，那光景竟不容秦葵再说话了。

秦葵怒甚，转倒拊掌道："岂有此理！儿女大事，哪有不容商议的？俺一区区平人，岂敢仰攀巨室？况且小女极是拧性，老夫却管不了她的事。尊客如不信，便唤她来，面见商议。"

秦葵之意，是令给奢怀一顿拳头，撵出了事。哪知奢怀不识风头，竟大笑道："好好！快请令爱来当面应亲。俺看得新人回去，也让俺主人奢寅放一百个心，多欢喜一霎儿也是好了。"

一句话触恼了旁边侍立的文璘，登时提拳大喝道："贼獠子，别作脸了。俺家小姐是何等人，岂肯配你家那夺马贼？你这厮连胳膊带腿，给俺整个儿滚出去，好多着的呢。"说着抢上前，用手一叉，已将奢怀叉了个跟跄。

秦葵忙喝道："文璘不得无理。"因长揖奢怀道："方才尊客所谈一番话，俺委实不敢从命。恕俺不能接待，便请回驾吧。"

奢怀见此光景，不敢发作，只得领了健仆，端了聘物，白不赤地趄出秦宅，自行回转永宁。见了奢寅，自有一番话讲不提。

这里良玉过了几天才知此事，转恨道："真个便宜这贼獠，少吃

194

俺一顿拳头。"大家都以为笑谈。

光阴如箭，转眼又是数月。一日秦葵因事将赴成都，需要耽搁一两月。那良玉久有意游玩成都，便扭股糖似的磨着父亲同去。秦葵拗她不过，只得命邦翰等料理家事，爷儿俩带了文璘，各备行装马匹，即便起程。

时当七月初旬，郊野间众绿芳菲，天清气暖，良玉徐驱枣骝，纵观景物，好不有趣。一路上晓行夜宿，这日距成都还有两站之程，只见大道上纷纷行客，驮骑上装着货物，甚是热闹。秦葵问起他们，却是些商贩们赶武考季的。原来这年恰逢武考，各属举子都赴成都。俗语说得好，穷文富武。各举子一到省会，都要吃喝玩乐，任意挥霍，比文考酸秀才们大不相同。所以众商贩都来趁生意。

当晚秦葵等住在旅店，便闻同寓旅客纷纷谈说考季的热闹。一个老客人道："今年虽然热闹，却是地面上不大安静。昨天听说官中捉住一起劫盗，细一拷问，却是奢崇明手下的人。据那盗说起来，他们同党散在各处，直然地多得很。吓得官中竟不敢探问，只得模糊放掉。便是今年的赛马较武场，俺听说官中怕闹乱子，要禁止哩。"

一客人笑道："老丈放心吧，你所办的货物，管保得利市哩。像赛马较武这档子大财彩，官中看得命根子似的，岂肯禁止？各大小衙门，自上座至在官人役，哪一个不吃着设赌场的甜头儿？那陋规一项，总算来好大一笔进款哩。"

众客噪道："正是正是，咱一路上不是逢着许多阔家子弟，名骑骏马，都向省城去吗？"

其中一客道："俺由岔路上来的时节，却遇着一起子人。十来匹骏马，风也似的卷去。马上人都是贼眉贼眼，说起话来，野声野气。其中一个黄脸膛的少年，更长得凶横。一面策骑对余人道：'俺此次赴省，定要先买好马，没的还被马千乘抢了先去不成？'但是这起子人又十分阔绰，俺看了半晌，也看不出是群什么人来。"

众客笑道："管他呢？大考季上，奇人异士，纨绔盗贼，一概俱全。只要考季热闹，咱多销货物就得了。"说罢，众客哗笑，乱作

195

一团。

良玉听了，笑向父亲道："您听客人们说的黄脸少年，巧了便是奢寅哩。"

秦葵道："或者便是他。你听奢家这等行为，真是川中的祸害。"父女闲谈良久，方才安歇。

过了一日，这日将午，已到距成都十里的一个大镇，地名锦水驿。人烟稠密，十分热闹。客家旅店都贴吉利语的招揭，恭维试子。无非是连中三元了，独占鳌头了，还有累累赘赘俚俗可笑的。秦葵等住在一家小小旅店内，隔壁那店却甚宽敞，排场得很，无奈人客已满。

当时秦葵等略为歇息，用饭罢，秦葵偶趑到店门首闲望，只见一个老仆，愁眉苦脸，手提药包，由店前趑过。秦葵还没理会，那老汉却唤道："秦爷吗？既到这里，怎不望俺主人去呢？"说罢，趑近唱喏。

秦葵一望，却是好友焦璲的老仆。这焦璲甚有文名，和秦葵甚是相契。他家在隐泉村，距镇只三五里路。当时秦葵笑道："俺因有事赴省，想安置停当后再拜望你家主人。你主人近来安好吗？"

老仆皱眉道："告诉您不得，俺家主人染病多日，甚念秦爷。"

秦葵惊道："怎么？你主人竟病了？既这样，俺倒要先去望望他。"于是匆匆进店，吩咐良玉数语，命文璘携了两种土仪，便和那老仆竟赴隐泉村。这且慢表。这一去不大要紧，哪知顷刻间锦水驿中打了个落花流水。

且说良玉独坐半晌，忽闻店外马蹄如雷，人语嘈杂，顷刻间哄到隔壁店中。便闻有人粗声野气地大骂道："什么鸟人？敢占俺先订的店房。俺永宁奢府上可是好惹的吗？只你的店东，也欠斫头。"

便闻一人没口子央及道："俺的岑太爷，昨天奢爷由这里过去，本说是押辎重的，今晚方到，恰好这位杜客人来打午尖。如今您既到了，俺请杜客人即刻移房就是。"

这说话的，似是店东。良玉方暗想，怎又是什么永宁奢府呢，便听那粗野人大喝道："放你娘的屁！说得好轻松话儿。那姓杜的将房儿踏践得不像样子，难道不该他给收拾净吗？俺偏叫他连屋内桌椅都须与俺擦抹净了哩。"说着脆生生一声耳光响。

店主啊呀道："岑太爷，别生气。等俺给你收拾净就是了。"

那粗野人喝道："哪个用你？俺且打杀姓杜的再讲。"说着满店中人声鼎沸，顷刻大乱。跳踉叱骂声，拉搡劝解声，只闹得锅滚豆烂。

这边店中客人们争跑去看，良玉忍不住，随众趄去。只见隔壁店门前有雄赳赳的四五人，牵定驮骑，各插着永宁奢府的旗儿。店院中，正挤满了许多人。良玉趋进，一眼便张见个虬髯绕颊的大汉，浑身是土黄色的劲装短衣，足踹高勒黄皮靴，头挽椎髻，上套一顶罗圈式的龙须草笠，正伸出虬筋盘结的黑胳膊，揪住一个三旬年纪的儒士，抢得东倒西歪。左手捻拳，就要去打。

那儒士精神蕴藉，气度不俗。这时一面支吾，一面大声道："俺杜士伟不是受人挝打的人哪！"

大汉喝道："俺今天偏要挝打你哩。"说着一摔手，杜士伟踉跄撞去，却被众观者一把扶住。

大汉大怒道："俺便打你这班鸟人，又算什么？"说罢两臂一挥，竟自乱打起来。众客奔避不迭，一声喊，连那杜士伟都哄到西厢房前。

正这当儿，良玉忽觉眼光一闪，登时绽启樱唇，微微而笑。正是：

不是一场恶厮打，怎能引起好姻缘？

欲知后事如何，且听下回分解。

第十回

锦水驿秦马通款曲
成都城文白隐姻缘

　　且说良玉俊眼一闪之间，只见由厢房趑出一人，年纪约有二十余岁，生得猿臂蜂腰，剑眉星目，顾盼有神，行动间甚是安详。头戴一顶武士巾，身披团花水绿色大氅，内衬青绸短衣，足下踹着文履。斯文文趑到那大汉跟前，拱手道："足下想是奢府总管，人称岑如虎的吗？今天这举动，太不值得。便请恕过杜客人如何呢？"说罢笑吟吟连连拱手。

　　那大汉瞠目道："咦！奇哩！你横来拦俺，莫非透着你是人物吗？你从哪里认得俺？朋友，且通个名儿来，俺怕不着你。"

　　那人笑道："俺岂但认得你，便连你家主人俺们都是世交。不过自上辈子彼此不相走动罢了。俺的名儿提不提没甚要紧，今闲话休说，如今杜客人既依你移房也就是了，难道俺眼睁睁看你殴人不成？"

　　那大汉怪叫道："好哇，原来你们是一气儿。俺岑如虎打人，向来不择个儿。来来来，咱们玩一下子。"说着冷不防向儒士飞起一脚，便是个冲天炮。

　　儒士喝声好，略一闪身，趁势退步，脱下氅衣，一跺脚，使个旗鼓。良玉望去，已知是外家拳派。因他右拳搭拢左掌，是个先发取势的样子。哪知那大汉亦复不弱，两臂一张，用个双劈太华势，直打进去。两人这一交手，虽只十余回合，良玉旁观者清，已替那儒士怙惚起来。因那大汉气猛力雄，拳脚打出，十分结实。儒士身子轻妙有余，只吃了力薄的亏。俗语云，一力压百巧。此话再不错的。譬如写字，只要有笔力，先已占了一半儿胜势了。

当时两人这一阵各显手段，兔起鹘落，大汉是骂骂咧咧，儒士是从容不迫，进退盘擗之间，另有一种俊逸名贵的态度。休说众人都看得呆了，便是良玉，一寸芳心中，不由也暗自沉吟道："俺看这儒士态度，一定非寻常士子，因齐民中决不能有此隽致。"

正在喜滋滋呆望，只听店外牵驮骑的大叫道："岑爷你这不成了呆瓜了吗？咱大家毁掉他们就得了。犯得上和他比试吗？"说着，嗖嗖嗖蹿进三四人，大呼齐上，登时将那儒士困在垓心，眼睁睁就要吃亏。

良玉大怒，但见那儒士左冲右突，虽手法身法疾如风雨，然而也就吃力得很。不想这当儿，岑如虎一眼张见那杜士伟闪在众人背后，于是抛掉儒士，吼一声提拳赶来。众人大喊，呼啦一闪之间，只听有人娇叱道："你这厮休得逞凶。"声尽处，众人只觉眼前红光一闪，突地从众人身后跳出一人，趁如虎奔来之势，侧身略让，嗖一声飞起右腿，只平扫去，如虎一个踉跄，向前一撞。那人趁势翻身，用一个蹬山倒的架势，向如虎屁股上一踹，如虎大叫，登时趴在地下。那人进踏其背，只轻轻一按脚力，如虎大喊道："啊呀，脊骨要折了！"

于是牵驮骑的三四人，见如虎吃亏，抛了那儒士，就要一齐都上。那人娇叱道："你等如再无礼，俺先踏杀这只虎再讲。"

三四人见此光景，只得都逼定儿似的塑在那里。这时众人眼光方才清晰，一看踏定如虎的却是个绝俊的女郎。穿着一身浅绛衣裤，提着粉团似的拳头，望着如虎等微微冷笑。众人中有认得良玉的，不由暗惊道："这不是隔壁店内秦客人的姑娘吗？"

正在呆想，只见良玉笑叱如虎道："你这厮本是人奴材料，俺不屑责备你。但你主人也是土司世官，如何比野人还蛮横不堪？你快去给人家叩头赔罪是正经，不然俺活活踏杀你。"

说着轻躯略挫，耳环一荡，如虎大叫道："俺去俺去！"

于是那杜士伟趋进长揖道："俺因误入人室，竟讨了这场没趣，又累姑娘着恼。如今竟请恕过岑某，彼此不较吧。"

良玉听了，方笑叱如虎道："你听杜爷这番话，不当羞煞吗？"说着一抬脚，就势一蹴，那如虎真也听话了，登时球儿似的滚出多远，爬起来满面通红，向良玉并那儒士狠狠地望了两眼，竟自率众而去。

这里杜士伟方向良玉长揖致谢，只见从店门外挤进一个中年书生，面带微嗔，向那女郎道："玉儿怎不看守行李，却撞到这里来？"

那女郎登时低头微笑，嘟念道："叵耐那厮气得人肚儿生痛。"

那书生顿足道："还不快跟俺来。"说罢，两人直赴邻店中去了。

士伟这里怙憷当儿，忽望见那儒士目送那书生道："咦，原来是这位老先生哪。他怎的到此间呢？"

士伟趁势踅进前，长揖致谢，因道："吾兄莫非认识这位先生吗？"

儒士还礼道："足下忽遭横逆，多多受惊。此间非谈话之所，请进屋内如何？"

士伟道："正要拜谒。"于是宾主入室，叙礼落座。

那儒士先询知士伟姓氏，直敬道："幸会幸会，您便是川东名士杜先生啊。"

原来这杜士伟广有文才，精通韬略，累膺各当道书记之聘，甚有时名。这时方在闲居，薄游成都，意在看机会再就馆地。当时士伟谦逊不惶，及问知儒士姓氏，大悦道："怪道吾兄如此丰采，如此意气，石砫马家，哪个不晓得，真不愧翩翩佳公子之誉。"

儒士大笑道："杜兄莫称赞了，俺们土司官儿，是没人味的。您没见方才那般妄人，夸说奢家狐假虎威吗？"于是两人都各拊掌。

士伟道："方才那位姑娘排解于俺，俺因那位老先生将她唤去，不便再去致谢。吾兄如认识那位先生，便烦代俺致言如何呢？"

儒士道："当得当得，但是俺虽认得那先生，他却未必认得俺。那先生是川中宿儒秦葵的便是。俺往年曾在某处见过他，却未交谈。后来俺曾遣人通问，求过他一篇文字。但不知方才那位姑娘是他什么人。"

士伟道："哦哦，那位先生就是文名藉藉的秦葵吗？如此说来，那位姑娘俺倒猜料着一二。俺两三年前，幕游忠州时光，却闻得秦老先生有一爱女，名唤良玉，竟是个文武全才，没一些巾帼气象。忠州人们都以奇女子相夸述。那会子秦老先生呼她玉儿，这定是良玉姑娘无疑了。"

儒士悚然道："这真是天地间气，钟灵毓秀了。"

正说着，士伟小仆来报，鞍马已备，于是士伟起辞道："俺先行一步，咱们省垣再会吧。"因问明儒士进城后寓在哪里，便匆匆而去。

这里儒士忽地喜上眉梢，沉吟一会儿，又在室内乱踱一会儿，少顷便命仆人伺候着，换了一身簇新的衣冠不提。

且说秦葵到得隐泉村，看望老友焦璲，相见之下，彼此欣喜。那焦璲喜逢良友，登时觉得病体爽快许多。宾主互叙一回近来造诣，并谈些家事，渐而谈到朝政颠倒，地面不安，焦璲叹道："如今土司官们轻视朝廷，便是咱川中大大隐患。然而也未可一概而论，即如石砫马千乘，总算是秉礼世官。自建炎以来，累代循良，如今千乘为人，循循好礼，确是少年英俊。往年时曾厚致金币，求俺作一篇马氏家乘，俺想俺的文字如何及得老哥，所以俺指引他们去求老哥哩。"

秦葵漫问道："俺也闻得千乘英俊，所以才允他求文。但其为人究竟如何呢？想这等世禄之家，恐怕是浪得名吧。"

焦璲道："不然，这马千乘读书击剑，很有才调，并能驾驭部下，宽猛得宜。屡率其众剿捕盗贼，所在石砫一带甚是安靖。历任川中疆吏，都很器重他的。而今川中商旅有一种口号，是宁在石砫住一年，不在永宁住半天。因永宁奢崇明的地面，商旅都视为畏途的缘故。可见这马千乘和寻常土司臭味不同了。"

于是两人又谈了会儿满洲日盛，群盗日多，太息一番，方才别过。

秦葵踅回店，恰逢隔壁店中刚唱罢那出大武轴子，所以忙忙唤回良玉。问知相打的情由，秦葵道："玉儿此后当自尊重，不可流于轻剽任侠的行为。"

良玉笑道："父亲说的是。但那当儿，人家那儒士仗义排解，却被一班凶虫们攒打，委实令人气他不过哩。"

秦葵道："哪个儒士？"

良玉道："父亲没见咱们出店时，西厢房阶下那人目送咱们吗？"

父女正在谈论，只见文璘传进一张名刺，上写马千乘三字。秦葵沉吟道："他如何也到这里，又知俺在此呢？"

良玉从父亲背后一望名刺，说道："这就是送咱枣骝马的那人吗？"

秦葵道："正是哩。"

良玉笑向文璘道："你看那马客人什么样儿呀？"

一句话问得文璘竟急切间形容不出，略愕一会儿，方说道："那客人也有姑娘那么高，只是身儿略粗些，也有姑娘那么白净，只是颜色略黄些。眉儿眼儿，鼻儿嘴儿，一样的长得搭配。斯斯文文，便像个秀才相公。也有腿儿，也有胳膊的。"

几句话招得秦葵扑哧一笑，便道："你还不去请客人去？"说着站起，迎出室来。

旅店狭小，无从回避，又搭着良玉是落落大方，便是素日在家时，父亲每有宾客，良玉一样地侍坐谈话。若像小家子女儿，扭扭咕咕的，屏角窥人，还成个秦良玉吗？

当时良玉在室伫立，便闻父亲和马千乘互相揖逊，又见文璘将帘儿一启，良玉一眼望去，不由心头一动。原来马千乘非别个，就是隔壁店内那个儒士。这时穿一身簇新衣冠，越显得英姿凛凛，倜傥非常。

良玉怊惝之间，宾主已相让入室。那千乘猛见良玉，顷刻色喜，却又面容立肃。因遥揖道："那会子多承姑娘排去众凶，特来申谢。"

良玉敛衽还过礼，秦葵道："这便是小女良玉，憨跳无状，可笑得很。"

千乘越发色喜道："令爱真非寻常巾帼。"说着宾主落座，良玉便侍坐室隅。

须臾文璘献过茶来，秦葵先谢往年名马之惠，千乘述罢渴慕之诚，便代杜士伟致过谢意。秦葵道："杜先生很有时名，俺久已耳闻的。可惜方才未能攀谈。"

因问千乘赴省何干，千乘笑道："也没甚正经事。俺因石砫偏僻，不得近来吏治的真相，所以赴成都，一来觇觇官中的治理，二来玩玩风景。不想在此间得接清颜，此行却不虚了。"因又提起店中相打之事，不但宾主拊掌，便连良玉都瓠齿粲然。

哪知文璘没打着这场快活拳头，便如人家偏了他好东西吃似的，心里正痒丝丝的不舒服。这时正来换茶，不觉嘟念道："偏是小人时气不济，不但没打着这群凶人，连个热闹也没瞧着。"

秦葵笑道："蠢材罢了。"

于是宾主又谈回书史。那千乘颇晓大义，自始至终并无失辞。不但秦葵暗暗称奇，便是良玉也纳罕道："怎的土司官中也有如此人物？"

既这般思忖，不消说一寸横波，向千乘索注几下。作者虽非史笔，也要据事直书，不敢为姑娘讳了。诸公要晓得，英雄儿女四个字，是颠扑不破的。若说秦良玉只晓得马上击贼，没一些儿女情愫，岂非不通之论吗？便是良玉后来忠君爱国，无非是扩充这个情字，不使都消沉在缠绵歌泣之中。人若无情，还成什么英雄呢？

当时千乘畅谈良久，因起辞道："咱们省垣再见吧。"

秦葵送客出室，良玉也信步退出，经过马厩旁，千乘一眼望见那枣骝马，因笑道："此马若去比赛，定然得彩的。"

文璘贸然道："此马几乎被人夺去。"

秦葵瞪他一眼，却笑道："尊赐脚力，果然神骏，但是老夫却没气力骑它。唯有小女，还能驯服此马。"

千乘笑道："好好。"说着一回头，恰与良玉眼光相值，于是向秦葵长揖告别，匆匆而去。这里秦葵等略为歇息，也便结束鞍马，随后登程。

十来里的路，不消日平西时，已到成都东郭之外。这成都地面，古名锦城，好不繁华富庶。只见三街六市，熙来攘往，商肆云连，笙歌溢耳。许多的都雅士女，游侠少年，驰骋于红尘四合之中。又搭着当时武试，各路士子纷纷都到。未到城内，业已拥挤热闹得不可开交。

文璘当先，将辔头一紧，三骑马泼啦啦跑开去。良玉居中，那枣骝马本自出色，又搭着良玉丰姿，大家见了，都相顾惊异。须臾，进城住店。秦葵不欲和当道往来，他赴省并没俗事，不过访访知己的文字朋友，并随便购求些书籍。再有余兴，便是登山临水。为避嚣起见，特觅了一处静僻旅店。

这店中，只有店翁老两口儿，并一个浑浑闷闷的儿子，待客人既事事周到，又和气异常。秦葵既有他的勾当，良玉游览之暇，和那店婆儿且是说得来。更有文璘和那店翁的儿子一对儿直桶性儿，且是对劲。

原来店翁的儿子名叫朱大，只有二十多岁，也学得些平常拳棒。虽是三脚猫的本领，他却好胜不过，最好与人动手动脚，便如稀臭的屎棋，越臭越爱对局。他的本领是从哪个学的呢？便是他有个舅舅，名唤铁腿白玉山。此人壮年时，极有勇名，是成都响当当的武教师。后来上了年岁，在家闲居，便将生平本领都教给女儿白锦娃了。

这玉山以铁腿著名，真有独造的功夫。他每日早晚必要踢拔二十四根梅花桩，那木桩儿都有碗口粗细，埋入地几乎三尺来深。他一腿扫去，趁势脚尖一蹙，那桩儿登时拔出，有时飞起丈把高。他这本领已经惊人，哪知锦娃慧心独运，竟由她父亲腿脚上的功夫，自己悟出一套鸳鸯拐子腿的家数。这套鸳鸯脚，有十二样变化，其疾如风，专以败中取胜。那朱大从他舅舅学艺，便成了锦娃的小菜儿了，好不好便捶一顿醒醒脾，因此朱大一见了他这位表妹，便如逼定鬼似的，却又心中鼓鼓的，总不服气。这也不在话下。

且说秦葵访友之暇，便和良玉历游名胜。成都名胜本多，什么青羊宫了，武侯祠了，浣花溪了，这些所在都已游遍。良玉独爱武侯祠，地势高耸，可以俯览全城。每到那里，便皋然高望，悄然深思。

一日秦葵又去访友，良玉枯坐无聊，方想再去游览。文璘却笑道："那些死巴巴的山水有什么看头？如今较艺赛马，两个热闹场子，业已开场了。嗬，人山人海，有趣得很。姑娘何不去望望呢？他们都说近来很有好马好武艺，两下赌起彩来，上千上万的银两哩。咱们这里人也有，马也有，怎不去赌两场子，添补主人的旅费也是好的。"

良玉笑道："别胡说了，老爷知得那还了得？咱闲去看看倒使得。"

于是和文璘到两处场一看，只见较艺的无非是花拳绣腿，赛马的更绝少骏骑龙驹。两人一连去了两日，休说是良玉兴致嗒然，便是文璘也懒怠去了。

在店里没事，便和朱大扑跌为戏。不消说每一交手，朱大定然吃亏。跌得脑袋上疙瘩累累，他还是不服气。良玉见了，每引为笑。但是文璘也教给他两路拳脚，朱大大悦，以为学了新本领来了。三不知跑到艺场去较艺，和人赌十两纹银的彩头。一上场，方施展出两路拳脚，早被人打了个跟头。不怨他自己没学熟练，倒以为文璘和他开玩笑，故意地教他挨捶的拳脚。当时他懊丧之下，只得请场主宽限三日，如数缴赌输之。原来艺场赌彩，都是主人先垫款，胜者却提一成归主人。

当时朱大垂头丧气地出得艺场，一路暗想道："真他娘的丧气，我哪里有白花花的十两银子？都是文哥儿作成俺，这促狭鬼，好不可恶。"

怙惚之间，刚趄过一家门首，只听背后唤道："朱表兄哪里去呀？怎不进来坐坐？你两个眉头只管摔跤，又挨了谁的捶呀？"

朱大回头一望，却是他表妹锦娃，正勒起藕也似的胳膊，提了一大桶泔水，向街沟里倾泼。原来这时白玉山已经去世，只有锦娃奉母过活。她母亲邬氏又复年老多病，所以粗笨家事都是锦娃料理。

当时朱大忽然心中一动，暗道："有了，文哥儿你教给俺使王八拳，输掉十两银子，俺也掇弄一下，叫你尝尝苦头儿再说。今先须弄过这十两银子来。"

想罢，登时将脸子苦丧得待滴水，然后趑转身，说道："俺今天有点儿事儿，拨置不开，咱们进内再讲吧。"

一进和锦娃厮趁入去，朱大先见过舅母，然后和锦娃客室内落座。朱大未从开口，先脆生生打了自己一个耳光子，招得锦娃咯咯地笑。朱大攒眉道："表妹慢笑，俺如今上了人的当，整整输却十两银子。三日后须归人家，这便怎么办呢？"因将方才较艺赌输之事一说。

锦娃唾道："俺当是什么为难的事哩，这也值得这种样儿？少时禀知俺娘，你取用十两银子，还人家就是。但是你好不自量，你也想想，你在俺手下都是败将，还向艺场里抓什么甘脆呢？并且自己打输了，如何说上人家的当呢？"

朱大道："你不晓得，若仗咱们白家派的本领，巧了就不会输的。不想前些日，俺店内来了个文客人，这人长相、性气，都再好没有，就是心高气傲，外带着单单捉弄俺。俺被他打跌得没有数儿了。前两日他高兴，教给俺两路拳脚，俺觉着怪好儿的。不想到艺场上一施展，登时打输。你说文客人不是捉弄俺吗？"

锦娃笑道："你这浑虫，俺猜定是你自家习练不熟之故。自家栽了跟头，倒来埋怨地皮。俗语说得好，熟能生巧。为何放着熟习的白家拳派不用，却用他现教的呢？"

朱大鼻孔里哼了一声，说道："别提了，咱这白家拳派，几乎被他笑掉大牙哩。"

锦娃听了，不由双蛾微竖，俊眼一转，说道："怎么呢？"

朱大暗道："有因儿。"便道："皆因俺累次被他打翻，他便笑道：'白玉山也是有名的武教师，如果白家拳派如此不中用？你这拳脚都是从玉山学的吗？'俺只好实说，起初四五年，原是从俺舅学的，后来俺舅去世，俺便跟锦娃表妹学些本领。俺以为提出表妹的大名，定能镇住他。哪知他听了，扑哧一笑，说道：'哦，这就怪不得了。人家从师娘学艺都不成功，你从师妹学艺，不消说更上不得盘台了。一个丫头子家，晓得什么武艺？'"

朱大偷眼瞅锦娃面色一沉，越发得了主意，因接说道："你莫小看俺表妹，俺表妹的鸳鸯拐子脚是没人敢当的，你若不服气，俺领你去和她比试。他大笑道：'打败一个丫头家算什么英雄？她若赶到俺跟前请教，俺说不得也只好指教她了。'"

一席话不大要紧，只气得个锦娃小脸儿通红，不禁眉儿一挑，说道："他真个如此夸口吗？好好，明天俺就去会会他。索性你输的那十两银子，罚他赔偿。俺还要问他没本领教人拳脚之罪。他若拗一拗，你看俺打他个王八样儿。"说着跳起来道："你便这样和他讲去。他若不敢下场，算他是赖汉子。什么话呢？咱们白家拳被人看轻了，就不用提了。"

朱大听了，还恐不作实，便道："算了吧，那文客人粗手重脚，万一伤了你，俺可搪不起俺舅母。"

锦娃怒道："你不用和俺蝎蝎螫螫的，你敢不去说！"

一声未毕，只听正房中有人唤道："锦儿呀，你两个又怎么了？"

朱大听了，只吓得吐舌不迭。正是：

良缘未系红丝足，琐语先惊白发人。

欲知后事如何，且听下回分解。

第十一回

小拨撩竟成大撮合
鸳鸯脚翻结凤鸾交

上回书交代到朱大正撮弄锦娃的火头儿，不想锦娃发怒声高，登时惊动她母亲邬氏。这邬氏本是儒门之女，性儿严正，最讲礼节。当时听得锦娃怒喊，只当又和朱大耍拳头，便唤道："锦娃呀，你们都老大不小的了，见了面不说是客客气气，却尽管撕皮打掌。都是你死鬼老子，不留念想，教得你伸拳动脚。我看将来谁家愿意娶你这疯丫头。"说罢，恨恨不已。

锦娃忙向朱大一挤眼，高声回道："娘又吵什么？俺是留朱表兄吃过中饭再去，谁和他厮打来呀！"

邬氏道："这便才是。外甥便吃过饭再去吧。"

朱大道："不消了，俺还有忙事哩。"说着别过锦娃，逡巡走出。

一路上颠头拨脑，甚是得意。暗想道："明天他两人一交手，无论谁毁了谁，俺总算暗含着出口闷气。俺老朱受他两人的捶可在少处哩？"

得意之下，忽又怙惙道："锦娃这一头虽挑动成功，但是那一头呢？如劈空地说俺表妹要和他比试，他定然不肯。这便怎样呢？"

思忖之间，躁汗满额。一抬头，已到一家香货店门首。哈哈，真是浑人有浑智，朱大眼睛一转，便掏出百十文钱，买了一朵通草花并三两个粉桃儿笼在袖里，一径地趱回店。瞧了瞧左右无人，便取出粉桃，向脸上一抹，又用衣袖抹了一回，然后将通草花搓揉一阵，依然袖起。

刚一脚踏到店首，恰好文璘跟着秦葵送一位体面客人出来，宾主揖别之间，那客人道："俺便当转致先生之意，马宣抚人本倜傥，先生如此相攸，真是一段佳话。"说着含笑而去。

　　这里朱大分明望文璘，却故意将脸子腆得高高的，噘着大嘴，直入己室。

　　文璘不由暗想道："这东西，脸上生白癜风似的，为何见俺又这副嘴脸？"当时伺候秦葵入室后，趄转自己下室，屈指算计道："今天，明天，大约后天或大后天，俺该看姑娘较艺去了。这等热闹，须得约朱傻哥去看看。"

　　方欣然站起，要去寻朱大。只见门帘一启，朱大绷着脸儿趄进，一言不发，向文璘便是一个大揖，说道："啊呀，俺的文老哥，你教的俺两路好拳脚哇，输了赌彩还不算，还受了人家天字第一号的挖苦。简直说不得了。你这手儿真透着损德堂啊。"说着从袖中掏出一朵破通草花，尽力地掷在地下。

　　文璘笑诧道："你这光景，是又挨人的捶了。为何又输了赌彩，并受人挖苦？顶没道理的，是怨俺那两路拳脚做什么？"

　　朱大拍手道："咳，要不是你两路拳脚，俺为什么弄成这个猴相？用你那拳脚一出手，输却十两银子。再一出手，便成这样儿了。"说着一抹额汗，登时像个三花脸儿，光景甚是好笑。

　　于是先将艺场输彩之事一说，文璘笑道："这怨你生手怯脚，于我拳法有什么相干？输彩自是输彩，为何又受人挖苦呢？"

　　朱大沉吟道："不说吧，若说出来，连你也没面孔。反正俺因你这拳法，粉也擦了，花也戴了，也扭着给人家看了。面孔丢了一大堆，就得了。俺的文老哥，真有你的，你不愿教俺真本领就也罢了，却犯不着作弄俺。"说着一摔袖，就要趄出。

　　文璘听了，好不诧异，忙拖他坐下，说道："你且说是怎么档子事，哪个挖苦你，等俺替你出气，总要弄得他叫爸爸，才算数儿。"

　　朱大道："你别吹牛胯了。人家还惦着找你不依呢？说这十两银子，就输在你那两路拳脚上。论理说，此银该你拿出。你应了还倒罢了，若不应时……"

文璘听到此处，不由双眉一挑，说道："怎样呢？"

朱大道："人家要和你比试比试。说你是个银样镴枪头的尿小子。"

文璘听了，微微冷笑道："就是吧。你且说怎的受挖苦。"

朱大道："便是俺输银之后，向一处亲戚家去借银两。俺那亲戚和俺都是白玉山教师的门徒，当时她问知俺赌输之故，大笑道：'你真是憨透腔了，你想文客人本是个少名少姓的外县来的生虎儿，即便会个三脚猫儿、四门斗，可知怯头怯脑哩。你放着咱白家大拳派不用，却学那小家数去赌彩，怎会不输呢？'俺一听此话，想起你老哥平日价捶打俺，甚是勇气，忽被她笑为小家数，未免心中不服气。便将你老哥怎的本领一说，她越发笑道：'文某人怯拳脚，只好哄你哩。你若不信，咱们也赌个戏，你就使那新学的拳派，和俺比试一下，哪个败了，便插花抹粉，扭上个来回如何呢？'于是俺两人如约交手，三晃两晃，俺就败了。哈哈，俺那亲戚真挖苦，她叫俺擦粉插花俺不恼，她当着许多人，看俺扭罢，却大笑道：'你这样儿，正好见你那怯师娘去哩。这种本领，也腆着脸子教人？你去对他说，这赌输之银子，叫他拿出。不然，俺便和他比试。他不敢下场，便是个软小厮。'"

文璘听了，登时气得脸儿惨白，更不问朱大的亲戚是张三李四木头六，便拍膝道："好好，你那亲戚何时来呀？"

朱大道："明天就来。"

文璘笑道："巧了，明天俺家老爷正出店回拜今天来的那位杜先生，没拘没管，等俺痛痛快快打你那鸟亲戚。"

朱大一眄眼道："你别骂人，明天你若被俺那亲戚的长相吓软了，可不够朋友。"

文璘大怒道："难道他是三头六臂的哪吒太子不成？"

朱大笑道："虽不是三头六臂，然而你一见面，定要心窝内动动地跳上两跳。你那时要爬房怎说呢？"

文璘听了，登时趁火气和朱大彼此击掌。朱大心头一块石头落地，因漫问道："那会子出店的那体面客人，便是杜先生吗？"

文璘道："正是哩。俺方才高兴兴地要知会你准备瞧热闹，不想被你鬼混了俺一肚子气。"

朱大道："什么热闹呢？"

文璘道："便是方才杜士伟先生趸来，口述石砫土司官马千乘之意，欲做俺家老爷的袒腹娇客。马千乘门第品貌，少年英俊，一切都如俺老爷之意。本待一口允亲，哪知俺家姑娘因他是土司拥兵之官，自家若没有十分武功，如何能镇抚其众，为国干城呢？于是要和他比试武功，果然他名不虚传，方才允亲。俺家老爷是个老板板的脾气，听俺姑娘这么说，甚是踌躇。因为比武联姻，未免惊动俗人。再者呢，倘若马千乘本领不济，白闹一场，似乎没趣哩。不想杜士伟他倒出了个巧招儿，便是订期在较艺场中，只做两下里寻常比试，自然免却俗人议论了。"

朱大听了，也没在意。忽一沉吟，忙去向他娘说道："明天锦娃表妹要来玩玩，巧了便和文客人彼此间穿换着学学拳脚，您老人家别管闲事，只闭了嘴瞧热闹就得了。"

朱母道："不能吧？你舅母那样古板性儿，肯让你表妹和陌生的男人叉腿撩脚的吗？"

朱在这："娘您不用管，只瞧着吧。反正没咱娘儿们的事。"

当时朱大八下里安置停当，这且不提。

次日早饭后，秦葵果去回拜杜士伟。这里文璘急得皮猴一般，摩拳擦掌地专等较艺。那店的左边，便是一片空所，接着一带大竹林。林尽处却有一家的园亭，楼馆连延，十分壮丽，名为栖凤园。园主人远官在外，只留个妥当老仆看守园子。那老仆很会想生财法儿，遇有大家宴会，或者夏月来避暑的，他便租赁给人家。和这朱店翁甚是厮熟。当时文璘就空场上徘徊一回，暗道："朱大说这里很便比试，真也不错。"信步趸向竹林，只见园亭四外，十分旷杳。不由四下张望，暗道："这园亭虽然雅趣，只就是不谨严。"

正这当儿，只听背后奔马似的一阵脚步响，接着笑喊道："好哇，躲了的不算好汉，人家那主儿来了。"声尽处，朱大赶到，拖着文璘向回路便跑。

211

文璘回头道："令亲呢？你也当先给俺们介绍一下子。"

朱大笑道："那是自然。"

须臾，跑到空场跟前一株大杨树下，文璘一望场四外，业已围拢了许多瞧热闹的男女。但是大家眼光一少半注视文璘，却有一大半注视树后，不但都眉欢眼笑，并且有时交头接耳，就仿佛树后有什么稀罕宝贝似的。

文璘方略驻足道："令亲在哪里，快请来相见。"

朱大高声应道："嗻！"

一声未尽，文璘但觉眼光一眩，便见从树后霍地转出个花枝似的女郎来。年约十八九岁，生得丰容盛鬋，秀眉俊目。瓜子面皮，长细身段，行动之间，若往若还。穿一身劲装衣裤，外罩锦帔。两目一睁，秀中带威。从从容容趋近文璘，向朱大道："表兄，莫非此位便是教你高拳的文爷吗？"

这句话不大要紧，竟将文璘愣在那里，真个应了朱大的话了，登时觉得心头乱跳，浑身起刺一般，一阵阵热辣辣的火气，只管往脸上撞。

作者说到这里，且请诸君猜猜文璘是何心理，是惊呢？是愤呢？是羞呢？是怯场呢？惊便有些儿，因梦想不到朱大的亲戚是个女郎；愤也有点儿，因无端上了朱大的当，人家并且当面嘲笑高拳；羞呢，当然不能免，因文璘长了这么大，没和女人接近；怯场呢，更不消说，因为自家一个稍长大汉，和女儿家比试，自然须缩手缩脚。以上四项，虽是文璘心理中的复杂分子，却还不是真正要素。至于这真正要素，却委实不可言传。大概是异性忽逢，免不得有点儿阴阳电的感吸力吧。那么只好请教心理学的诸公，来下一断语吧。却有一件，您下断语，切不可露文明高眼儿。须知人家那时代，还是男女之界很严的哩。

当时文璘暗恨道："好朱大这狗头，这一壶子烫得好不热。"

正是沉吟，朱大却笑道："此位正是文爷。"又向文璘道："这便是俺舅之女白锦娃。您看准是俺近亲至戚吧？俺老朱不撒谎的。你二位也免客气，就请下场吧。"说罢，向观者捧了一揖，说道：

"诸位雅悄点儿，看功夫吧。"

锦娃听了，早摔去锦帔，抛与朱大，一撒步法，两只小脚儿便如蜻蜓点水，直奔下场首，身儿一矫，卓然立定。

文璘至此索性一言不发，只得略为扎拽，稍一沉气，用一个苍鹰侧击式，身儿一拧，唰的一声飘落上场，双拳一抱，只道得一声"有僭"。

锦娃一进步，玉臂双分，使个旗鼓。文璘喝声好，刹那间摆拳打入。两人这一路前趋后耸，东拒西击，彼此各逞手法步法，便如两个灵猫，扑朔迷离，回旋之间，连点儿声息也没得。文璘初入场，一百个不高兴，哪知锦娃拳头十分了得，并且招招进攻，捷疾如风，简直不容文璘含糊了。数转之间，引得文璘性起，不由喜滋滋尽力纵击。只见锦娃忽地娇喘细细，鬓角儿香汗淫淫，只办得招架拦格，顷刻之间，被文璘追逐两周。

这时朱大猴在一株小树上瞭高儿，先见锦娃得势，乐得他不住地点头咂嘴，此刻却伸长脖子，两只眼鸂鸡似的，跟着锦娃乱转。便连许多观者，也都替锦娃捏一把汗，更顾不得交头接耳了。

正在这当儿，忽见锦娃凭空地身势一侧，似乎跌倒。在此将倒不倒之间，忽地双脚一撑，嗖的一声，跃起丈余，直翻落文璘背后。不容分说，伸玉手便掐后项。这一手儿名为饥鹰拗兔，最为歹毒不过。若敌人稍欠灵便，折不转身，登时咔嚓声，脖儿便拗过来，眼睛可就以瞧了脊梁了。这便是推拿拳法中很霸道的招儿。原来锦娃故意骄敌，自己蓄足精力，专等收科取胜哩。

好文璘，不愧为曾先生门下，猛见锦娃跃落背后，便已瞧见，于是更不回头，就锦娃手风未到之间，侧项一让，一回身，便是个双风贯耳。锦娃双手一挡，趁势戟起两中指，向下略按，便奔文璘胸乳之间。文璘用一个玉泉翻沙势，两手下抄，霍地一分，锦娃趁势接住他的双手，两下里齐声一喝，各逞力量，登时风车儿似的一个大旋转。接着便脚下生根，各施扑跌之术。但见推移扑靠，盘肘拨脚，这一番扎实实的大手搏，好不亲切有趣。两个人便如扭股糖似的，急切间分不清楚。观者至此，谁还理会朱大嘱咐雅悄的话，不约而同地喉咙作痒，那连环大彩早接二连二地喊将起来。

正在这当儿，只见两人霍地一分，甩跃出丈余远。那锦娃一变步法，风趋而上。朱大大声喊道："文老哥，小心鸳鸯脚呀！"一言未尽，只见文璘业已手忙脚乱。

原来锦娃那路鸳鸯脚，十二般变招，可以一气儿发出。高能踢穿人脑，低能扫断人胫。若是中路挨一下儿，顷刻便性命交关，那快法便如闪电一般。若说文璘的本领并不是不及锦娃，只因这路脚他没见过。当时仗着身儿捷疾，躲闪过五六招，方想冷不防跳出圈子，只见锦娃用一个王祥卧鱼式，斜刺里香躯平弹，用左腿横旋一扫，说时迟那时快，文璘双足一逃，方才闪开，那锦娃趁势一歪身，左腿一拳，脚下踏牢，唰的一声，右腿早又平扫来。文璘足方落地，如何再进得及？只听扑通一声，业已山也似的倒将下来。

锦娃笑了一声，飞起纤足，刚要踹踏其背，不想文璘如飞滚转，作势欲跃之间，锦娃纤足已到胸口。这一来，文璘可不客气了，不管三七二十一，老实实一伸手，香钩入握，方运足气力，要连掀带跳。只听得朱大道："啊呀，舅母，这可没俺的事呀。"说着话，咕咚一声，跳下树来。文璘眼光一瞥，顷刻释手，反卧在地下，撒起赖来。

便见众人一分，早闪进两人，一个是如花娇女，一个是年老婆婆，不约而同地唤道："咦！"便是娇女是春风满面，婆婆是怒气冲冲。再看锦娃时，早慌忙就小树下披上锦帔，淹蛇似的趋进那婆婆跟前，只涨得一张俏脸绯桃一般。大家见了，不由一怔。正是：

　　　　不是一番争胜负，怎能平白结姻缘？

欲知后事如何，且听下回分解。

第十二回

千乘较艺定良姻
文璘赛马折奸伧

　　且说众观者见文璘一把抄住锦娃小脚儿，正要看锦娃如何破解，不想朱大乱噪之下，踅进一女一妪。看官都是明眼人，娇女自然是良玉，闻得店外喧闹，踅来观看。那老婆儿是哪个，看官留心上文的，想到朱大唤的舅母两字，也就不待作者点明了。

　　原来邬氏这天早晨见锦娃说要向姑姑家去望望，欣然道："俺这些时啾啾唧唧，没法去走动，你去去也好，早些回来就是。"

　　及至锦娃走后，邬氏闷坐多时，便扶杖到门首望望。只见邻居家两个小厮，拉着手儿飞跑。邬氏笑道："小人儿，看跌坏了。你们慌的是什么？"

　　邻儿笑道："俺去看俺锦姐姐去。"

　　邬氏笑道："巧了，她今天看望她姑姑去了，没在家呀。"

　　邻儿道："俺知道她没在家，俺听说她今天赴朱翁店，和一个文姓客人较艺赌彩。这事儿姆姆会不晓得吗？俺锦姐姐赢了彩来，俺不来讨钱买果儿吃？"说着跳跃而去。

　　这里邬氏登时气怔。她本是个女道学的性儿，直到偌大年纪，每逢出门，还定要裙儿衫儿地扎括好。见了人们，她那张皱脸上还会泛起凛凛正气。今闻锦娃忽然掉着谎和男人较艺赌彩，你想她哪里容得？当时更不踅回，便唤过仆妇，吩咐她照看门户，竟自如飞赶向朱翁店。

　　说也凑巧，邬氏赶到场的当儿，恰值良玉喝观者闪闪，邬氏紧

215

跟趄进，一眼便望见朱大猴在小树上，直勾勾两眼注向场中。再瞧锦娃，正和一黑凛凛的少年盘肘靠肩地辮拿作一团。邬氏气得话都说不出来。及至锦娃小脚儿被文璘抄入手中，树上朱大恰好望见邬氏，俗语云，贼人胆虚。他摆弄了这阵鬼八卦，所以吓得跌下来，先脱口而出地说没自己的事哩。

当时邬氏先喘吁吁地瞪了锦娃一眼，一把拖住，直奔店房。回头喝朱大道："外甥跟我来！"朱大闷浑浑地答应着，十分懊丧。

良玉目送锦娃，却喝文璘道："你还不悄悄回店，倘老爷回头知得了，可是要处？"于是五个人厮趁回店，观者还互相议论半晌，始一哄而散。

这里良玉入店后，文璘一述较艺之由并锦娃的来历，良玉听了，倒觉好笑。便道："那锦娃的本领委实不错。既是朱妈妈的娘家侄女儿，俺须问问她那路鸳鸯拐子脚哩。"一进趄向店之跨院。

原来朱翁开店，挂着住家。进店门不远，靠墙便是个角门儿，朱翁一家儿便住跨院。当时良玉方趄进角门，便听得跨院正房中吱吱喳喳，并有女子饮泣之声。夹七夹八，还听得朱大倔声倔气地乱吵。良玉心细，便悄立影壁后，倾耳一听，便闻朱母道："大儿呀，你这孽障，好不知轻重。你表妹一个闺女家，你平白地撺掇他和小子家比什么武？也难怪你舅母生气。本来一交手，推推拥拥的，怪不好意思。况且你舅母性格，便是诸凡礼节稍差点儿就不如意，何况男女之间呢？"

朱大倔道："怎的娘也这等说？便算俺撺掇的，反正表妹也没吃亏，倒摔人家个跟头。人家呢，也没搂着表妹，也没抱着表妹，不过表妹要给人家窝心脚，人家略用手沾了一下，一只脚子，算什么事？谁不长两只脚呀？俺看简直不算什么。"

朱母忙捶床道："你这厮，还胡说！如今你舅母没有他法，你表妹既和人家交手了，只好就交跌，招人家为婿。这件事便责成在你身上，你不怕给人家磕响头去呢，也说不得。"

良玉听至此，暗暗诧笑，便闻得女子越发嘤嘤啜啜地哭泣。方暗想道："若文璘得这么个媳妇，倒是福气。"

沉吟间，又听得一个婆婆声音，似是锦娃之母邬氏，说道："外甥你不晓得，女子身体岂可被人接触？昔日王凝妻子李氏，被店人偶一捉手，登时断腕示节。俺闻这位秦老爷是大大的读书君子，知他仆人和你表妹交手，他定然应允联姻的。你只向那文客人说妥便成了。谁叫你无事生非了？这当儿须推诿不得。"

朱大带着哭声道："舅母这不是叫俺为难吗？那文爷如何听俺的话？没的亲事不成，倒挨顿抢白来。总而言之，舅母打骂俺一顿，倒可以的，这难题目俺可做不来。"

朱母怒道："好小子！"便闻噼噼啪啪两个耳光。

这时朱母颤巍巍的发怒声，朱大又哭又跳声，邬氏捶胸自挝声，只闹得一塌糊涂。却是那女子泣声忽止，方想越进，忽闻一人越出正房门，低低一叹，接着有锦帔影儿一晃，直奔正房旁边的箭道。那箭道直通后园，良玉时常寻朱母谈天，是很知路径的。当时料是锦娃，不由心中一动，便翻身出得跨院，竟由箭道墙外，直奔后园墙外。猫儿似的一耸身，攀住墙头，向内一张，叫声不好，用一个鹞子翻身，飘落园内，大叫道："朱妈妈快来，有人上吊了！"

这一声不要紧，吓得朱母和邬氏撒脚跑来，一看锦娃已被良玉抱坐在地，那株歪脖树上，可不是荡悠悠拴着条解下的腰带。原来锦娃被母亲数责，已就羞悔难当，又见朱大娘儿俩哭哭打打，简直僵大发了。女孩儿家如何受得，所以趁乱越出，竟去上吊。

当时邬氏先扑抱锦娃一看，还不碍事。良玉道："你们不要乱闹。方才朱妈妈的一番话，俺都听见了。此事虽怨小店东多事，却是细想不也是一段缘分。待俺将这段情节禀知老爷，不怕文璘不依亲事。只是文璘身份未免配不上俺这位锦姐哩。"说罢，一手给锦娃扑撒胸口，那一手去扶她低下的头。

哈哈，锦娃的蜻蜓玉项，这便用五只老牛也休想拉得动。反索性向良玉胸前一偎面孔，梗起个漆光似的大髻鬐。于是良玉一笑，扶她一同站起。

邬氏一面向良玉万福，一面道："此事全劳姑娘费心。姑娘到店许多日，俺虽悄悄地望见过，却不敢冒昧进见。便是俺这妮子，听

217

她表兄称说姑娘怎的本领，直羡慕得什么似的哩。"

朱母乐得拍掌道："罢呀！俺的妈，如今你可饶过你那傻外甥了。今有秦姑娘做主，这段亲事，千妥万妥。俺想那文爷也不是憨子，像这样的媳妇，只怕掮着灯笼也寻不着哩。"

于是大家一笑，刚要回房，只见朱大哭丧着脸跑来道："表妹上吊不上没俺的事，如今趁早挂起俺来是正经。俺方才见文爷，一说亲事，便拧了秤了。"

这时邬氏见朱大急得满头是汗，倒有些过意不去，忙向他一述良玉之意。朱大喜得向良玉咕咚咕咚地便磕了几个响头。良玉不由笑道："人家两家倒结成亲戚，小店东，你自始至终忙了半天，到底为什么呢？"一句话招得众人都笑了。

于是同到正房，大家叙话。良玉先询知锦娃所能的武功，十分欢喜。邬氏母女去后，良玉和朱母又闲谈半晌，方才趄回。瞅空向秦葵一说锦娃一段事，秦葵知良玉办事不会错，便饬文璘不得梗此亲事。在老先生之意，以为文璘是生牛性儿，或有不从，正预备了一肚子严词正义，想斥责他。哪知文璘听到不得梗此亲事一句，早笑眯眯地答应不迭。又探知马千乘订于三日后和良玉在艺场比试，越发欢喜。

不提这里秦葵一面给文璘定亲，一面吩咐良玉准备比试，且说那奢寅自在蹲凤山下村店前一见良玉之后，登时转了个癞蛤蟆要吃天鹅肉的念头，所以有遣奢怀求亲之举。奢怀碰了个老大钉子，夹着尾巴跑回，便添枝加叶，一述被辱情形。奢寅大怒，本想当时便遣他党羽，赴秦宅硬为劫取，却因他家中砂窝子的勾当耽搁下来。至于什么勾当呢？这须转笔，略述奢崇明的来历，便了然了。

原来这永宁土司官奢崇明，累代的骄奢淫逸，跋扈无状，拥兵自雄，便如那一方的国王一般。自上辈子，每当袭职时光，便不免嫡庶争夺，或强宗觊觎等事，归根儿是拳头大胳膊粗的占了位子。朝廷以羁縻为怀，只要他们还肯纳国家那点点税课，不扰乱地方，便一切不管他们的事，反正是姓奢的袭职就是了。那例定的税课之轻，无以复加，只叫作是纳国课，其余的土地采赋，尽归土司。所以土司日益富强，目无朝廷，视为等闲。这就是易于作乱的原因。像石砫马千乘那样的守法度明大义，在土司官中是不多见的。

这奢崇明当初袭职，便仗了个远族的哥哥奢崇煖的力量，大杀近宗，然后保定崇明坐了这把交椅。那崇煖不消说就是站着的头儿脑儿了。这奢寅便是崇煖的遗孽，天生的阴诈阴鸷，更过其父。并且多力善射，弓马娴熟，善使一柄鎏金锐，颇为骁勇。其为人凶淫之至，无复伦纪。凡他手下头目们，不问同姓异姓，只要人家的妻女有些姿色，他任意唤来侍寝。崇煖死后，他接掌兵权，越发肆无忌惮。那崇明既耄且昏，荒于酒色，本来不敢十分约束奢寅，又一想自己左右没儿子，将来一挺腿，两眼一合，这份世业还不是他的吗？何苦放着省心不省心呢？因此除衔杯拥艳外，一切不问。那奢寅也看出他叔子那番意思，便一面选进美人，催他叔子早早升天，好让位子，一面笼络部下，大结党羽。更勾连群盗，各处里小为扰乱。

其时便有崇明的两个近宗侄子不忿奢寅所为，这两人也是两路指挥，各拥寨众。于是两个定计，欲借杯酒之间，杀除奢寅。不想事机不密，被奢寅侦知。登时拥众一直入两寨，将那两个近宗捉下，竟生生地剥皮示威。更将两个的妻子都掳了来，置于姬妾之列。以此耽搁，才将劫取良玉之意，暂为抛开。

他因成都一带暗地里颇有群盗和他交结，这时便趁武试热闹的当儿，到省垣玩玩。一来暗中与群盗联络，二来他因那年失掉那匹枣骝马，总想物色几匹名马。这时赛马开场，各路马贩都来趁生意，自然易于物色了。便先带几名健仆，从容赴省，随后命那岑如虎领驮骑续发。不想岑如虎在锦水驿地面，被良玉大挫凶威。

当时如虎狼狈出店后，便就街坊家侦知千乘良玉的来历，不由暗想道："这就是俺主人想劫取的那女子了。等俺禀知主人，设法抢她。"

于是入省后，一径地向奢寅一说此事。奢寅先听说马千乘替杜士伟打抱不平，不由怒道："马千乘那年抢买那枣骝马，便是不知好歹，今又如此。"及至听到良玉排解一段，反将一天怒气顷刻出个馨尽，哈哈大笑道："妙妙，合该俺红鸾星动，她竟也来省。咱不抢取她，还等何时？你快去探明她的寓处，咱便动手。"

如虎道："且慢，此事在省会中动手抢人，许多不便。咱们虽怕不着什么鸟官府，却恐主人家自损声名。秦葵等在省料没多日耽搁，他回程必路过距省百数十里之红泥坂，主人只消知会贺金钊，伏人劫取，咱悄悄取回永宁，岂不甚妙？那女子既落在咱眼，早晚间还怕她飞上天去不成？"

原来这贺金钊却便是红泥坂的一名山寇，聚众千余人，据山为寨，专以打家劫舍，和奢寅甚为莫逆。

当时奢寅听如虎之计，甚是有理，便一面吩咐如虎侦察良玉，一面兴冲冲游玩各处，寻求良马。果然不多日，得了一匹乌云盖雪的马，试起脚力，神骏非常。奢寅大悦，便连日和人在赛马场赌彩，回回得胜。于是大高其兴，这日便吩咐马场主人，准备下千金巨彩，凭人来赌。

阅者诸公，你道这日是哪日？便是千乘和良玉较艺的头一天。当日奢寅胜服临场，便有两起赛马客向主人询知赌彩之巨，并一望乌云盖雪马，不由都悚然而退。

奢寅正在得意，只听场外銮铃乱响，须臾系马场外便有个黑凛凛少年，手提丝鞭，大踏步走进。向主人拱手道："今天俺要赌彩玩玩，请问什么数目哇？"

场主人端详那少年，服装鲜明，气概昂昂，不敢怠慢，忙赔笑道："今天是设彩千金。"

少年大笑道："不多不多。"

奢寅听少年口气阔大，不由得仔细一望，颇觉十分面善。正在这当儿，场主便道："尊客既高兴赌彩，且请先端详此马，不可大意了。"说着向乌云盖雪马一指，并指奢寅道："此位便是马主人奢爷。"

少年向那马略瞟一眼，更不去瞅奢寅，却手弄丝鞭微笑道："俺赛马赌的是彩，马主人干俺什么事？"说着和场主人签注簿籍毕，场主人立命左右抬到彩台，上面白花花二十锭大元宝，都用红绸裹定。

220

脚夫四名，并鼓乐一班，也都披红挂彩。照例是哪家得彩，他们登时鼓吹抬送。

这时马道上的执事人，也便吆喝静场。便见夹道观者万头攒动，奢寅略为扎拽，兴冲冲拉了乌云盖雪马，便赴马道。方在那里顾盼自得，只听观者齐叫道："好哇！好俊样脚力！"

奢寅一望，登时失色。正是：

　　　　入望已惊千里足，动心更念玉娉婷。

欲知后事如何，且听下回分解。

第十三回

岑如虎再逞奸谋
白锦娃暗觇刺客

且说奢寅猛闻观者一声喝好，便见那少年步法如飞，由场外牵进一匹嘶风逐电的良骥，偏搭着鞍辔鲜明，十分雄骏。奢寅望去，分明是那匹枣骝马。转念之间，登时忆起那少年便是文璘。不由暗想道："坏了，今遇此马，巧了就许输彩。"沉吟之间，又联想到良玉，竟不觉愣怔怔的。然而业已到了临场比赛，如何说得上不算来？于是他整整精神，和文璘翻身上马，并辔立定。这当儿，更没空怙慲不相干的。

但听场上鼓声一起，两人不约而同地各加一鞭，泼啦啦撒下马去。八个蹄儿便如撒钹翻盏，顷刻间绕场一周。那枣骝马却落后了一个马头，但文璘身势十分安详，那奢寅在马上却颠得猢狲似的。众人见了，都注目乌云盖雪马，转瞬间，两马电也似的又是一周，两个马尾差不多平作一线，便是文璘鞭儿更不再动，那奢寅一条鞭是唰唰唰，两膝盖是夹夹夹，百忙中拉开怪嗓子，大呼助势。顷刻间方绕过半场，两家胜负只在须臾，便连观者也都鸦雀无声，但闻场鼓如雷。

场末尾早有个漂亮小伙，斜披十字红绸，手执一面小红旗，上绣一个白丝捷字，在那里迎风招展，满口里说着吉祥语。更翻翻滚滚，做出许多身段，便如戏场上的优伶一般。此等人名为场头，专等报捷，领取喜赏。当这角色也非容易，必须本地响当当的青皮，能以镇服众无赖不来扰闹场子，场主人方许他做这个场头。

当时观者眼睁睁见枣骝马就要落后，只一刹那间，距场尾只有三丈来远了，于是奢寅呼音都岔，力鞭那马，简直地四蹄悬空。便是那场头也手舞红旗，作势迎来。说时迟那时快，只听文璘一声大喝，观者登时一个连环大彩喝将来，便见那枣骝马振鬣长嘶，一跃两丈远，顷刻间先到场尾。那场头一个箭步，抢带嚼环，红旗一展，早飞也似的直奔彩台。于是鼓乐暴作，众脚夫声喏如雷，早已将千金赌彩抬上肩头。场主人早笑吟吟向文璘拱手致贺，说道："文爷便请吧，容迟日到府叩喜。"大家这阵乱，将个奢寅竟没有瞅一眼了。

你道文璘如何忽来赌彩？说实了是孩儿气发作，并没打算。傻子睡凉炕，全凭时气壮。这一家伙竟被他捞去千金。假如他输了，便是件很为难的事哩。

原来昨天杜士伟来传马千乘之意，订于后日较艺，订婚之后，千乘便想在省迎娶，同回石硅。为的是两下里都免奔波，并省许多繁文。秦葵听了，虽然合意，却因所携旅费无多，一切婚费势须订婚后从长计议。所以当时对杜士伟不便一口便允。客去后，父女未免密谈这件事，不想被文璘听在耳内。于是他心中一动，便想得到这注外财，以为他芹曝之献。所以这日瞅空儿，牵出枣骝马，即赴赌场。他一心只在赢个数百金，业已足意，不想竟得千金。便喜洋洋跟定脚夫等驱马而回。这且慢表。

且说秦葵这日在店寻思摒挡婚费，便写了两封信札，想就左近朋好处，暂为挪借。因要命文璘前去投书，喊了半天，不见答应。到院中一看，那马也没在槽上。良玉道："想是他出外遛马，不久便回。"于是父女一面谈论明天较艺之事，一面等那文璘。

堪堪日色过午，还不见他转来。秦葵焦躁道："这小厮，哪里去了？"

一言未尽，只听店外鼓乐喧天，夹着人声笑语。便见朱店翁飞步跑来，说道："秦老爷快瞧瞧去吧，你们文管家赛得一趟马，赢得千金来了。"

秦葵一怔之间，便是文璘牵马进店，背后跟定许多人，争求喜钱。朱店翁也自知有趣，便替文璘一一开发过，然后命脚夫将彩银直抬入秦葵屋内。这时文璘挥退众人，一述得彩情形，并陈己意。秦葵笑道："你只知咱们如意，便不想输彩的不如意了。倘输彩的是豪华纨绔一流人，咱用这钱还倒罢了，倘或是马贩或小资本的商人，大家醵金，冀得彩兴，一旦输此巨金，岂非便绝养命之源吗？"

良玉道："正是哩。"因问文璘道："那输彩的是何等人呢？"

一句话问得文璘只干眨眼，只得道："小人倒没理会他。"

秦葵笑道："可见你一片孩子气。今咱们暂用此银，也自无妨。俟消停些，咱就场主人访明输银的，果是寻常小商贩，咱再设法还他此银就是。"

不提这里主仆们一团厚道，且说奢寅输却千金，扫兴回府。头些日虽屡闻如虎报告侦察的情形，偏巧这两日如虎因别有勾当，没在跟前。他只得忍了一肚子的气，俟如虎回来，再作计较。

次日便没兴头再去赛马，闯到街上游玩良久。过午以后，趄近一爿大茶肆，轩窗敞豁，座客如云，甚是热闹。

奢寅正觉口燥，便信步进去，就座吃茶。对面座上有一群鲜衣阔服的少年，捧定一位须发皤然的老头儿，在那里高谈阔论。便有茶伙跑来，向老头足恭道："林教师闲暇呀，想是从较艺场回来吧？"

那老头儿颔首未语，众少年已吵道："伙计，快去泡上好的龙井清茶，润润渴喉。你不晓得，俺们在艺场累坏了。脖儿伸着，眼儿瞪着，腰儿拔着，脚儿竖着，真他娘的作怪，喉咙内小耙儿挠的似的，不禁不由喊了半晌的好儿。今天累也累倒所以然，却是也开了天字第一号的眼了。"因向老头儿道："林老师，您虽偌大年纪，恐怕也是初次见这等武功哩。"

老头儿微笑之间，茶伙早如飞也似的泡上茶，大家不暇相让，端起便喝。

一少年笑道："真是天外有天，人外有人，学艺无尽，棋争一着。这些话再不会错的。俺看那少年，那等枪法，已叹观止，哪知和那女子一比较，便笨得多了。你看女子使出的家数，不要说咱们摸不着头，便是林老师经多见广，恐也未必懂得哩。您看那许多变化，简直是神龙戏海哩。"

老头儿正色道："这路枪法俺少年时仿佛听老前辈们说过，名为杨姑姑梨花枪，精妙得很。人家老前辈曾说过，是怎样怎样的手法，俺少头没尾地还记得点儿，所以还一见便晓得。你看他们力巴头直嚷什么罗家枪，这定是会看《说唐》。"

众少年大笑道："总算您老眼无花，梨花枪也罢，罗家枪也罢，简直叫作秦家枪，准贴切不过。但您看那少年是什么枪法呢？"

老头儿沉吟道："这个俺虽不敢断，但人家马家是石砫的世官，所习枪法，总有考究的。然而比起那女子枪法来，却差得多了。"

一少年笑道："俺看那女子委实是手下留情。但看那临末尾拨云望月那一枪，若不是一笑回掣，保管敌人咽喉上是个窟窿哩。"

众少年大笑道："好个傻哥哥，你问那女子，她可割舍得戳他个窟窿吗？"说罢，会过茶钱，和那老头儿一哄而去。

奢寅听他们说的话，料是较艺等事，起初也没在意，及至听到秦家枪并石砫马家等语，不由心中一动。末了又听那个少年口作谐语，越发摸头不着。恰好茶伙来取茶钱并向奢寅道："这班大爷们去了，你老可清静静地吃回茶吧。"

奢寅趁势道："这班人想是习武的朋友吧？不然不会讲武艺。"

茶伙笑道："不错的，你老好眼力。那老头儿姓林，是个武教师。今天领着徒弟们看人家较艺回头，所以这般讲论。难道今天艺场中这番热闹，你老没看看去吗？街坊上人都说，今天看了活跳跳的杨宗保大战穆桂英哩。"

奢寅笑道："此话怎讲呢？"

茶伙道："您没听说是一女子和一少年较艺吗？不但较艺，人家是较艺之后即便联姻。"

奢寅笑道："这倒也别致。不知谁家女子，便有这等枪法。方才被他们夸得一朵鲜花似的。"

茶伙道："嗬，你老不晓得，那女子是忠州大家的姑娘，名叫秦良玉。便是那少年也赫赫有名，就是石砫土司官马千乘哩。并且没多日子迎娶，就在省中办理。"

奢寅猛闻，竟怔得只张大了口。茶伙也不管他，自去张罗他客。

这里奢寅清醒些儿，心头这口恶气就大了。不由暗恨如虎道："都是这厮，拦俺劫取良玉，如今眼睁睁被马千乘得了宝去。俺如何气他得过？"沉吟一回，只好闷闷回寓。

恰好如虎也自转回，奢寅一见，哪里有好气，黑不提白不提，照准如虎面孔恶狠狠地一口酽唾，大跳道："哪个混账行子再拦俺在省中劫取秦良玉，俺便先斫他的狗头。"

如虎等他气头儿过了，问知所以，便笑道："既是如此，咱给他个出其不意，索性连马千乘也毁了，省得他们的地面上人人称赞他。都是一般的土司官儿，他闹些假仁假义的名誉，简直地是形容哩。"于是附着奢寅耳朵喊喳一回。

奢寅大笑道："妙妙！你们有本领，能生捉得千乘来才写意哩。俺叫他眼睁睁地看俺和良玉成亲，方出这口恶气。怎的俺黄的是金，白的是银，花红柳绿的是彩帛绸缎，那等使人恭敬敬地去求亲，秦葵老儿他就不允，如今马千乘钻出来，他就容容易易允起亲来？怎又偏偏地昨天文璘小厮赢俺千金去？这不是有意找俺的斜茬儿吗？"

如虎附和道："正是哩。今主人不必瞎生气，但凭俺妙计，准备做新郎吧。您若恐良玉扎手，但看俺新交这位壮士，只凭身量也压跌良玉几个跟头。若要活马千乘，只消命他背了来就得了。"

说着跑出，须臾引进一人，身高九尺，面如蟹壳，两道淡赭眉，配着铜铃眼，短髭绕口，像野人似的。晃晃荡荡，便似个大闹昆阳的巨无霸。一见奢寅，登时躬身唱个肥喏，只震得窗纸嗡的一声。如虎道："他名苗赛卞，曾一拳打杀两只老虎，因此人家送他此号。俺前几日曾到贺金钊处，先透给他劫取良玉之意，命他静听消息。恰好赛卞方投到红泥坂，所以俺带他来，以备主人差遣。"

奢寅端详赛卞，委实勇猛。略问武功，也都晓得。不由大喜，笑对如虎道："此人既如此猛相，俺倒须嘱咐你，命他动手时用力量须拿个筋节儿，不然，损伤了俺那妙人一根汗毛，俺也不答应的。"

如虎笑道："主人不必劳心。那良玉是俺未来的主母，俺有个不十二分小心吗？"

这句话不大要紧，竟将个奢寅弄得浑身酥麻，大概连姥姥家并自己生日都乐忘了。于是鼓掌大笑，连声道妙，便吩咐如虎，侦准马千乘的婚期，酌量行事。

不提这里三个浑蛋不知死活，搅作一锅粥，且说良玉较艺回寓后，暗想千乘武功虽逊于自己，只是那俊爽气概，真堪做英雄夫婿。便就秦葵询问千乘较艺如何的当儿，良玉只嫣然一笑，低下头去。你想秦葵本是个大文学家，文学家的心格外玲珑剔透，善能体会人，于是也就不言而喻了。便烦杜士伟转达允婚之意。千乘大悦，索性一客不烦二主，所以订婚下礼的一切繁文，都烦士伟去办。

原来士伟本是幕游之士，一见千乘气派正大，很有意依附他，见见自己的才略。所以抵省之后，便和千乘过从甚密，来做这冰人月老。

当时千乘忙了几日，一面诹吉期，一面觅寻迎娶的喜寓，看过两处，都不中意。原来千乘性爱肃旷，不喜热闹所在。只这一节，翁婿间便有些投缘。那士伟因常赴朱翁店，便想起距店不远的那所栖凤园。便烦朱翁向守园老仆一说租赁之意，登时成功。

话休烦絮，马千乘移居园中，登时命仆从铺陈得齐齐整整。一连三两日，婚期已到。先一日，照例地送过妆奁。这日锦娃便在良玉处料理妆具，只见抬妆奁的脚夫中，有一个彪形大汉，不但出人头地，并且溜溜瞅瞅的，眼光不正。锦娃只觉他粗笨得好笑，也没在意。不想少时抬具出店，那大汉脚步且是有异于众。原来习过武功的人，只一行动，若遇行家，定然看得出的。锦娃这时颇觉蹊跷，方想寻良玉来望望，那大汉已杂在众脚夫中出店而去。

不多时众脚夫纷纷趱回，都挤在院中讨赏。锦娃留神望去，却不见那大汉。正这当儿，只听店前一阵喧闹，便闻文璘大喝道："你这厮好大胆，你竟敢在此撒野。"说着和那大汉厮趁而入。正是：

归妹占爻方协吉，乘墉有象乃逢凶。

欲知后事如何，且听下回分解。

第十四回

闹栖凤良玉捉贼
警枭雄锦娃送耳

且说锦娃当时见文璘向大汉喝道："你这厮好没规矩，那会子去送妆奁，你却鬼鬼祟祟地在新房左右东张西望，俺不责叱你便是从宽，你还想多得喜钱？"说着向大汉一搡道："滚！"

哪知大汉只略微一晃，瞪起凶睛冷笑道："滚啊？咱老子还没高兴哩。什么鸟规矩？那新房左右又不是皇宫内苑，便不许人站脚。俺凭力气挣钱，做什么给这点子喜钱就算完事吗？俺向来做工都是双份工钱哩。"

文璘大怒，刚要叉他出去，亏得朱翁赶来，掏给他数百文，大汉方悻悻而去。

锦娃诧异之间，只见朱翁托了一掌散钱，笑着从店外进来，说道："这个人好异性，钱争到手，他出店却抛撒了。"

文璘道："不必理他。"

锦娃这时见文璘当然不便说话，只得自家心下怙惄。忙碌之间，一天已过。次日是喜期，锦娃越发忙碌得手脚挓挲。便服侍良玉径登彩轿，自己也便随后跟去，伺候一切。因秦葵在客中不曾雇仆妇，所以命锦娃帮忙。当时千乘良玉拜堂成礼等事，无非是热闹风光，不必细表。

千乘那里只有个喜娘，也忙碌得要掉裤。一见锦娃到来，忙笑道："好大妹子，你快来替替俺，俺装了一大泡溺，还没空去撒哩。"说着望茅厕便跑。

偏巧这茅厕紧靠园后墙，距新房颇远，那喜娘又生得白胖，行步迟钝。锦娃笑道："你这不是好跑腿吗？这里又没人，那丛木槿花旁还撒不得溺吗？"

喜娘听了，真个蹲下身，方要小解，恰好文璘愣怔怔踅过，吓得喜娘提裤便跑。须臾由厕踅回，摇着头儿，咬着牙儿，向锦娃笑骂道："促狭鬼，俺不好骂你的。俺便半夜三更地起来跑肚，也不听你的话在这里撒尿了。"两人笑了一场。

须臾入夜，新房中自然又有一番合卺俗礼，闹过这场，业已天交二鼓。千乘出来，吩咐仆人等小心值夜，并命文璘回店伺候秦葵，也就踅转新房，迤巡就寝。

且说锦娃连日忙碌，和那喜娘服侍良玉安歇后，回到下房，熄灯便睡。这时微月清光照彻枕簟，她和衣卧下，看那喜娘业已入梦，却是肚内一阵阵咕噜噜山响。不由暗笑道："她白天直吵跑肚，莫非真个要拉稀吗？"迤巡之间又想到一对新人，拿这等如月芳年的女儿家，自然有一番不可言喻的风怀。辗转良久，方才入梦便醒来，一看喜娘不在榻上，不由暗笑道："这蹄子，定是听新房去了。俺且悄悄蹑去，吓她一下子。"

于是跳下榻来，方要踅出，只听门儿一响，那喜娘慌忙跑进。一见锦娃站在榻下，惊问道："难道你也听得动静了吗？"

锦娃道："什么动静？"

喜娘道："便是俺方才赴厕，刚解完了手，忽听墙外有人轻轻拍掌，又似喊喳说话。所以吓得俺一径跑回。这老大宅院的，四外又安静，可不是玩的。"

锦娃不等她说完，先抄起那柄玄精剑来，呛啷声拔出鞘，吩咐喜娘道："你只闭门安坐，不怕外边闹塌了天，你只悄没声。若一出声，被人家背了你去，俺可不管。"说罢，一伏身斜跃到院。

原来这玄精剑和良玉是顷刻不离，今天喜日，本将剑挂在新房中，却是千乘有点儿书生气，以为武器在房，似乎不吉庆。于是依刘先主东吴入赘初会孙夫人，撤去刀枪剑戟之例，便命锦娃捧开来。哪知误打误撞，正应了锦娃的手了。

当时锦娃跃到院，先就月阴黑影中略一四望，便直奔新房后身，想巡视一番。距房后身还有数十步，忽见后窗上灯光倏然熄灭。向来俗例，新婚这夜，是通宵明烛。为的是亮堂堂、火暴暴、夫妻和睦过好日子的意思。锦娃忽见灯熄，略一住步，想趄进听听动静。不知怎的，脸儿上只觉热辣辣的不好意思。

　　正这当儿，忽听新房前檐下扑通一声，似乎有人坠地。锦娃大惊，方要从身旁假山边趄向新房前面，只见眼前黑影一闪，便有一个晃荡荡的大汉，由假山后跳出，一摆钢刀，明晃晃直抢近身。锦娃仗剑一闪身，那大汉一刀斫空，只斫得砌路石子儿四下飞迸。锦娃暗道："这厮好大气力。"于是奋剑由大汉右边挥霍而上。大汉抡刀如风，气力绝大，只十余合，锦娃不由步步后退。因两下兵器偶一接触，便震得锦娃玉臂酸疼。锦娃虽用玄精剑，却不知此剑锋利异常，反恐那大汉牛力，斫损良玉心爱之剑。没奈何，只得用灵巧绵软的家数，仗着身儿捷族，想窥大汉的漏隙。哪知一力胜百巧，锦娃几次价觑准破绽，都被大汉横闯过去。少时愈逼愈紧，锦娃就月光隐约见大汉凶恶面目，未免又暗暗惊心。

　　须臾两人直追逐到新房后身，锦娃方想声张有贼，只听后窗上铮的一声，那大汉应声而倒。锦娃累得粉汗淫淫，如何有好气？便趁势抢去，方要手起剑落，只听背后良玉笑道："不必伤他，且捆翻这头笨牛，就捉那只老虎去吧。"

　　锦娃忙回头，早见千乘提着华灯，和良玉并肩趄来。原来良玉夫妇解去大衣就寝后，枕上情话，良玉便谈及此番婚费是文璘赛马得了千金。千乘笑道："如此说，此项费用是老奢孝敬咱的了。俺闻得那日赛马，以千金作彩的，便是奢寅。便是今天傍晚，俺偶在园外散步，却见那片竹林边有个汉子，探头探脑，远望他后影，绝像那个岑如虎，可知老奢等还在省勾留哩。"

　　良玉沉吟道："如那汉子真是岑如虎，倒有些蹊跷。你想奢寅本不是正气人，自俺家拒他提亲之后，咱又在锦水驿挫折如虎，百忙里文璘偏用那枣骝马去赢他赌彩。你虽没得罪他……"说着嫣然一笑，又道："然而俺这当儿却归了你了。奢寅那种人有甚好肺腑？难保他不怀恨在心。咱此后在省或道途间，倒须小心一二。"

千乘道："左右咱不日便回石砫，且不须理会他。听是近来川中群盗多与奢寅联络，咱回石砫后，倒须大整武备，先为保障地面之计哩。"

夫妇正谈得入港，忽闻前檐瓦垅似乎微有声息。良玉何等机警，忙一肘千乘，噗一声先吹熄华烛，由枕畔摸出袖弩，和千乘悄悄起来，就声息来处穴窗一望，恰好一条黑影儿倏然落地，月光映处，现出一人，手挺单刀，直奔室门。好良玉更不怠慢，只就那人一转身之间，由窗穴一弩射去。那人一个呀字未出口，早已翻身栽倒。方挣起，抓得两步，千乘已启门一跃而出，啪啪两脚踩翻他，袖出红丝绳即便捆缚停当。原来这红丝绳是扎捆衾具解下来的，如今却给贼老哥披了红了。可见做贼也须碰人的喜气哩。

但是良玉这时已闻得房后身有人动手，就后窗外望，见是锦娃。知她能料理得来，于是一对新夫妇竟给他个云端里看厮杀。只见锦娃剑术端的不凡，那大汉虽蠢笨可笑，却仗了气力占胜。良玉恐锦娃有失，所以由窗内一弩射去。当时锦娃见良玉拦她剑落，只狠踹了大汉两脚。

这阵厮闹，值夜的仆从们也便由睡梦中惊醒，各执灯杖，一齐赶来。登时捆翻大汉，先由腿上拔下袖弩，一看那凶恶体格，都吃一惊。

千乘道："房前面还捆定一名贼人，且都带向前厅，等俺发落。"仆从嗾应。

这里良玉携了锦娃和千乘又就园后墙边巡视了一回，然后同入新房。锦娃述知闻警情形，良玉笑道："你快瞧瞧喜娘去吧，没的吓坏了人家。"

锦娃笑道："不要紧，她有的是肥膘头儿，便吓掉个四两半斤的，倒灵便些。婢子倒要看看这两个贼，有多大胆，就敢到此伸拳撩脚？俺想来，必非无因而至。"

一句话提醒千乘，因向良玉微微一笑，说道："真是说着曹操曹操就到，莫非姓奢的真作怪吗？"

于是命锦娃秉烛前导，和良玉直入前厅。只见众仆人正大呼小喝，左一掌右一掌地打那两贼。前房檐那贼伏首于地，一声不哼，那大汉却扬起凶脸子来，噪道："俺说就是，你们只管打什么鸟？咱老子行不更名，坐不改姓，江湖好汉苗赛卞的便是。俺只知奢寅命俺来，给他抢取花不溜丢的新媳妇儿。还有个什么姓马的，奢寅也命俺给他背了去，好看着他和新媳妇成亲。"

语声方绝，两健仆抢上去便是几脚。大汉喊道："奢寅是如此说，干俺甚事？"

良玉笑道："原来这厮是个傻贼。"因命左右，揪起那个贼头来。夫妇一望，正是如虎。不由心下了然，知赛卞之话不虚。

千乘喝道："你等本该诛却，但你主人如此的卑劣行为，俺堂堂男子，实不屑和他计较。以后他怎样的周旋，俺都不避。似此鼠窃勾当，真不值一笑。"说罢，喝命左右解去缚，放他两人转去。

左右答应，方要动手，只见锦娃小脸儿气得红红的，挺剑趸上道："苗贼若不满口里媳妇媳妇地喷粪，俺就饶过他。如今却说不得。"说着，揪住赛卞脑袋，哧一声割下左耳。如虎方喊道："俺可没说呀！"刚一摆头，锦娃剑锋已到，不但丢却耳朵，还拐了一片头皮去。

千乘一见，忍不住哈哈大笑，说道："你主人寓在某处，俺是知道的。今先烦你等寄声，明天俺高兴，还许登门拜访，谢你两位贺客见临之意哩。"

正这当儿，锦娃忽就良玉耳根喊喳数语。良玉笑道："难道你闹了半夜，还不累吗？"

锦娃一笑，就地下拾起两耳，拔步便走。这里良玉却吩咐仆人道："主人既说他两个是贺客，说不得须吃杯喜酒去，也显得咱不小气。"于是和千乘含笑趸回新房，静待锦娃。

不提这时众仆人果搬来冷酒残肴，羞如虎等。且说那奢寅自二鼓之后，趁夜饮高兴当儿，便打发如虎等来做手脚。并亲斟两杯酒，赏给岑苗，以壮其气。两人去后，奢寅以为顷刻间美人便到，想到快活处，便连连举杯痛饮。他生平不吃闷酒，纵是肉屏风围定他。

这时客寓中只有两个随行的美妾，听得奢寅要抢良玉，未免都心头酸溜溜的，不高兴来伺候他。这时都在里间屋里睡得肿眉乜眼，奢寅也不理会。一时酒力发作，直入里间，倦眼一合，竟自盹睡起来。

然而他心头有事，少时便醒转。方迷离恍恍间，似乎良玉已被劫到，正在心花怒放，口内有声，如冻狗子一般地哆哆，忽听一妾喊道："啊呀！这……这……这是哪里来的耳朵呀？"

奢寅猛闻，突地坐起，一看榻头几上，赤溜溜的两只鲜耳朵，已摆得停停当当。刚叫声不好，只听一仆人连连叩户道："主人不好了，今有红泥坂急足到来，说有紧急事要见主人。"

奢寅大惊。正是：

奇观两耳飞腾至，急足一人匆遽来。

欲知后事如何，且听下回分解。

第十五回

剿群盗良玉起兵
守石砫文璘备寇

且说奢寅听那仆人，顾不得理会耳朵，忙出见急足，问其所以。急足道："如今贺爷处现被官兵剿捕，堪堪破寨，现已准备投向他处入伙。并闻官中颇探悉奢爷在省，贺爷恐或有不便，所以命俺通知奢爷，速回永宁，再作区处。"

奢寅惊忙中连连点头，方打发急足去了，恰好苗岑两个龇牙咧嘴地跑回。奢寅一望他两个，早知几上两耳的来历，于是惊悚悚问知两人被捉情形，只有跌足恨恨。没奈何，且搁下一团妄念，便连夜收拾，且回永宁慢表。

且说锦娃夜投两耳，示警奢寅，回得园来一宿无话。次日文璘知得此事，就想去寻奢寅厮打，却被良玉止住。转眼间喜月已过，秦马两家便商量各自回程，秦葵向邬氏道："你如不忘旧居，何妨随俺移居忠州？将来文璘迎取锦娃，也自省事。"邬氏大悦，本来没多家具，略为摒挡，即便相随就道。

不提秦葵和文璘等自回忠州，且说马千乘一旦得这等佳偶，欢喜不尽，夫妇归程，一路上自有许多风光。这日将到石砫，便先命仆人前行报信，须臾距石砫十来里，良玉留神，见一处处关卡、设备兵卫等，颇为合法。见良玉千乘马到，都一队队肃然列立，甲仗等虽然整齐，只是各兵卒气色之间颇欠精神，并且千乘等马过，后面便不免笑语纷扰。良玉暗道："此等兵卒还须大费教练哩。"不多时，尘土起处，前面十来骑如飞迎来，滚鞍下马，向千乘良玉声喏毕，仍然上马，便为前驱。骑上人都是全身武装，胁下佩刀，这便是千乘宅中的家将。

原来土司官例许养兵，一来镇抚地面，二来朝廷如有军务，便须应征调。土司既有这般权势，所以土司每同，兵骑如云，那气派大得很哩。

当时良玉等入宅后，众家将并宅仆侍女都来参见。那宅中一切陈设真个是锦天绣地。于是千乘命合宅喜筵，以至兵卒等都有赏赉。

闹过几日，稍静下来，良玉道："不练之兵，壮观则有余，应敌则不足。今咱家兵众似乎还欠教练。"

千乘矍然道："俺久有意请娘子阅阅他们，加以教练。那么便择日集合石砫兵众，就演武场检阅一番如何？"于是命人传知四路指挥，三日后，各部所众齐集就部。

到了阅武这日，千乘和良玉戎装佩剑，双双临场。号炮一鸣，即便依次开操。须臾，又合操一次，极金戈铁马驰骤之观。良玉正在按剑留神，只听西路指挥队中，有一丛兵士，因彼此撞触，喧哗起来。良玉大怒，立命那指挥将喧哗兵士鞭背示众，然后责那指挥道："将兵不严，罪在首领。若按军法，你还有头颅吗？"说罢，脸儿一沉，霜气浮然。

只吓得那指挥汗流浃背，连连叩首。场中士卒无不悚然，便连千乘也觑得良玉面色稍和，方才替那指挥求情。良玉喝那指挥起去，立降为一队队长，却从家将中拔擢一人，以补其缺。

这日阅毕兵卒，次日又阅看各指挥并家将的武功。良玉道："武艺一道，也须择器为用，方能骁勇无敌。今竞猜破阵，无过于枪矛，今俺因枪矛一法，悟出一样利器，最为合用。就是本地所产的一种白杆木，此木坚致如铁，刃斫不损，若仿略矛制，用俺那梨花枪法，教给兵卒几路路数，管保英锐无前。寻常兵卒必不能敌，并且制造甚便，顷刻可办。"

千乘大悦道："俺也看此木堪为兵器，但没娘子那等枪法，所以就悟会不到。"

良玉道："利器既具，便是操练得法。从明日起，四路指挥、所部的队长，都须更番到此，从俺学习白杆，以便分传给手下兵卒。如此不逾数月，咱石砫兵可以无敌。"

千乘大喜，便一面采办白杆，一面传知各队长，轮替从良玉学习。真是棋高一着，便自不同。不到数月间，石砫兵都成劲旅。每当合操，白杆如林，那一番精悍气象，就不用提了。恰好近石砫百十来里，有伙山寇窃发，石砫兵到，只一阵白杆冲锋，便如竹签穿蛤蟆一般，杀死无数。

那良玉又以余暇，教练二百余名女卒，都是姣好长大的女子，每人是一柄剑，一杆矛，马上马下，击刺如飞，便作为自己的亲兵。

不到两年光景，石砫兵威名远震，不要说地面上盗贼绝迹，便连川中大吏，都倚石砫为重。接连着有几处剧寇，攻城陷邑，大吏知千乘忠荩，石砫兵精，便飞檄命千乘剿捕。每有出发，良玉无不从行，真是动合机宜，马到成功。但是千乘为人刚鲠自喜，又好议论朝政。良玉每进规谏，但千乘总不能改。夫妇治兵之暇，时或并辔出游，良玉更求得全蜀地图，深研各处的险阨攻守之要害。千乘每笑道："咱石砫地面，料没人敢来窥伺。娘子用此苦心做甚？"

良玉道："不然，今四海多故，盗贼蜂起，况石砫地势毗连黔楚之交，倘一旦猝有大警，势不可专取守势。且男儿为国屏藩，当求树勋万里之外。若拘促自守，倒像俺们三绺束头、两截穿衣的女人家了。"

千乘大笑道："像你这等女人家，俺情愿拜倒石榴裙下哩。"从此每有军事，必待良玉议行，真个是言听计从，相敬如宾。

那良玉到石砫过得四五年，方向忠州归宁，父母一见，喜慰可知。邦翰诸兄弟业已分途从军，文璘已娶得锦娃，只因不忍远离老主人，所以不曾随邦翰等去从军。当时一家欢叙，好不畅然。秦葵问知良玉在石砫一切设施，更加欣喜。便连日家宴，更邀得那西峰长者来，在座欢饮。

西峰向良玉道："俺往年曾听曾先生谈过姑娘的霹雳斧之异，今姑娘英特如此，又得石砫之凭借，舒展武略。俺想钟朴谈相一节，恐非谀语哩。"

236

良玉笑道："长老要如此说，哪个掩得你的嘴？"于是合座大笑。

酒至半酣，良玉高起兴来，便卸去大衣，舞回玄精剑，以助欢笑。这时座后齐整整立定由石硅还来的四名女卒，都看得眉欢眼笑，有些技痒的神气。须臾，良玉舞罢，锦娃连忙接剑，因笑道："姑娘剑法越发纯熟，只是俺在这里却呆糠了。怎的俺给姑娘牵马去，也是福分。姑娘还没见文璘哩，一见那匹枣骝，便搂着马脖子，亲了半晌。昨天俺说起姑娘在石硅怎的教武练兵，他听了，倒眼泪汪汪地抚髀。"

良玉听了，心有所触。一看父亲，也在那衔杯微笑。便道："你且别说没要紧的，且和四女卒手搏一回，看你呆糠了不曾。"

四女卒自负所能，正是一瓶不动半瓶摇，巴不得露两手儿。一看锦娃娇脆模样，不由都相顾而笑。哪知锦娃更来得干脆，便笑道："这四位姐姐到这里，便算是客。主须让客，是个定理。便请四位一齐下场，俺领个大教如何？"

四女卒听得锦娃这般口气，都暗道："这小媳妇好大口气，只看她那一拧拧的脚儿，怕不风吹就倒？俺们只须用大脚一阵踹，便料理了她了。"

沉吟间，良玉便命交手。四女卒大悦，和锦娃都到厅外，秦葵携西峰亦到廊下。只见两下里各放门户，四女卒一拥齐上，那锦娃从容肆应，更不着忙。少时斗到酣畅处，一个锦娃便如有分身法一般，俏影儿翻飞倏忽，只将四女卒照得眼花缭乱，不多时相继颠仆，被锦娃一一扶起。其中一女卒不容分说，弯倒身便摸锦娃的腿脚，笑道："好奇怪，方才她腿脚到处，便似铁铸。如今一般也绵软软的。"大家听了，哄堂大笑，于是踅转厅内，洗盏更酌。

秦葵道："锦娃夫妇只管随俺乡居，也恐湮没了他们。恰巧锦娃之母已经病殁了，玉姑何妨带他们同赴石硅？将来或有出版，亦未可知。"因向西峰道："咱们幸还老健，日后他们发达起来，咱看了，也是一乐。"

西峰微笑道："因缘所在，文璘等自是石硅的人，只是老衲西归在即，却没缘见他等建立功业了。"说罢，大笑辞去。当时秦葵等也没理会他的语意。

过了数日，议定文璘夫妇从良玉同赴石砫，便忙碌碌收拾归装。正这当儿，山中行僮忽来报西峰圆寂，秦葵等至此方悟西峰的西归语意。于是和良玉同赴山中，看寺众塔葬西峰已毕，又拜回曾先生的墓。良玉眺望山势，忽笑道："孩儿上年曾因击贼经过一座高山，名为青山墩。那山峰峦合沓，也委实地藏风聚气，却就是为山寇所据。那贼魁姓何名霖，生得铜筋铁骨，善用马上双刀。每率众劫掠，必全身红衣，骑一匹红鬃马，叱咤生风。因此人都称他为红衣怪。如今川中群盗最凶实的就是青山墩，其余如红崖山寨之刘大化、观音寺山寨之诸玉符，虽一样地啸聚跳梁，却不如红衣怪，敢于远出肆恶。闻各地团防一闻红衣怪三字，无不慄慄。可惜青山墩那等好山，反以资寇。"

秦葵叹道："而今大吏专善养痈，将来群盗日多，若仅在山中恣睢，还算国家之福哩。"

当时父女矻转。过了两日，良玉拜别父亲，便回石砫。夫妇晤面，各谈两地情况。文璘夫妇拜过千乘，千乘喜道："你等来得正好，如今俺这里正缺个总指挥，文璘可以便充此职，锦娃便统率女卒，更再好没有了。"

良玉道："文璘初到这里，恐难服众。俟他稍立功绩，再擢此职吧。"

千乘笑道："文璘本领俺是晓得的。"

于是登时传知众家将，这家将们都久经战阵，大家都希望这总指挥之职。今见文璘忽跑来，冷手抓热馒头，未免肚儿内鼓鼓的不高兴。却是主命所在，只得板起面孔，纳着气儿，都来向文璘称贺。文璘有什么不晓得，当时也不说破。

只过得两月余，文璘越发听得众家将闲言冷语，不由噘了嘴，暗向锦娃道："好没来由，俺竟受这等鸟气。你便在此，俺还回忠州去吧。"

锦娃笑道："俗语说，鹄子上看箭。将来总有机会叫他们佩服哩。"文璘听了，只得暂住。

也是文璘夫妇合当显手段，一日千乘和良玉正在闲谈起红崖观音寺各处山寇日益猖獗，恐怕督抚李化龙就许调取石砫兵会师剿贼。正这当儿，只见仆人来报道："今有青山墩何霖遣人奉书，特来借粮。"

千乘大怒道："无端草寇，焉敢张我！"说着霍地站起，大踏步直临前厅，立叱左右带进来使。

这时文璘率众家将佩刀列立，须臾，那来使昂然直入。大家望那来使，凶实实的身材，有三十余岁，顾盼之间，眼光狡猾，进得厅时，向千乘长揖道："俺家何寨主知马爷慷慨好交，特奉书借粮五千石。有便有……"

千乘喝道："谁许你多话！"

这时来使手奉书信早被文璘抢过呈上，千乘阅毕，勃然大怒，顺手一撕，粉碎于地，拍案大喝道："石砫米粮有便有，只是不喂虎狼狗彘。你这厮好大胆，还不与我滚出！"

来使向左右一望，微微冷笑道："便没得粮，也不要紧，只是你不要后悔。"

文璘大怒，只用手一叉，那来使已倒撞出厅，早被众家将拳逐而去。千乘消气后，倒和良玉笑了一场，即便丢开此事。

不想过了月余，那督抚李化龙因剿办红崖观音寺两处山寇，官军不甚得手，果然檄到石砫，命千乘统兵助剿。文璘一闻此信，只乐得咧开大嘴憨笑，以为可有贼可杀了，便兴冲冲催促锦娃，准备一切。

锦娃笑道："你慌的是什么？俺看这次杀贼，你我没有指望。巧了咱们时气好，在这里解解手馋还使得。"

文璘道："怎么呢？难道主人去杀贼，会忘掉咱们吗？"

锦娃道："你不晓得，俺话前语后地听主人议论，恐青山墩何霖那厮，挟借粮不遂之忿，趁空儿遣人来扰石砫。商量着命咱们统率家将并抽拨精卒留守此间哩。"

文璘听了，登时呵欠连连，大扫其兴。锦娃笑道："你好发呆，将来出发杀贼的事，管保有的是哩。咱在此留守，倘真个何贼来扰，咱且乐得显显手段服人。不然那干老橛头也够你缠的哩。"文璘一听，这才欣然。

过得两日，千乘夫妇检点士卒都毕，克日出发。果如锦娃所语，命文璘夫妇留守石硅，以防意外，并抽留四百精卒应用。当时文璘率众家将送千乘夫妇登程后，满想着和众家将商略防备等事，哪知转眼间都一个个淹溜了。及至好容易召聚到一处，大家有的瞪眼，有的暗撇嘴，不待文璘说话，便乱噪道："凭咱石硅，什么红衣怪他就敢来递爪儿？主人吩咐防备，不过是那么一句话，文爷你便风风火火，小题大做地闹将起来。这个防备什么？果然贼到跟前，凭文爷全挂子本领，杀他娘的就是了。"

有的道："俺们都是小卒儿，唯有听您分派。您说东就东，说西就西，没有什么可商量的。"

文璘道："话不是这等讲。俗语云，小心没不是。今主人临行既那等嘱咐，咱从今日起，诸位须随俺相度地势，分段把守要道，以防万一何贼闯来。"

众人笑道："也好，俺们反正是吃饱了蹾膘，疏散疏散。且是免得存食害病。"说着一挤眼道："您便登坛下令吧。但俺等虽是本地娃子，却不晓得什么要道。"

众人之意，是单看文璘如何布置。哪知文璘虽然到石硅不久，早将四面要路探得清楚，于是朗然分派道某路某去，刚说了三路，众人不由心下怙悢道："别看这小子，肚儿内真有个路数。这几路真是要地。"

少时文璘又说道："今还有偏北一处，地名橡林冈，那所在虽然稍僻，却恐贼人出其不意，或由此进。并且那所地地势稍平，不易扼拒，说不得俺须自当此路。"

众人听了，便目视一个老家将。那老家将登时倚老卖老地冷笑道："俺在主人跟前当了这么多年的差，从来没人屁股后头。今橡林冈正该俺去才是。"

文璘焦躁道："那所在倘有疏虞，不是耍处。还是俺去为是。"

众人一挤眼，又笑向老家将道："老哥，你太不自量。你半截入土的人，怎当此重任？英雄出少年，自然须文爷去哩。"

那老将一听，越发挂了倒火儿，当时和文璘争执良久。文璘没法儿，只得由他去防守橡林冈，自家作为各路的策应。至于本宅左近，便由锦娃带领女卒防卫一切。

众人见文璘分布得井井有条，便分头领人自去安置。唯有那老家将，哪里将文璘瞧在眼里，一到橡林冈，便将领众屯在冈上，冈的偏北面本是要道，他也不耐烦去设卡探。过得十余日，居然安静静的。大家有时聚在一处，无非是置酒谈天。老家将吃得惺惺着眼，便大夸自己当年英雄，并痛骂文璘。

转眼间个把月，文璘闻得红崖山寇已被石砬兵击散，现方会合官军围剿观音寺，并闻千乘建议于李化龙，想出奇兵从间道突赴青山墩，顺势一鼓而下。这消息一来，老家将越发得意，说道："如今何霖自顾不暇，姓文的还卖弄的是什么？"于是终日酣嬉，更不将防务为意。文璘没奈何，只得自在橡林冈时时逡巡，并自派探子。

这日大雾迷漫，天方拂晓，文璘方策马率众，想到西路上巡视一番，只听橡林冈方面隐隐嚣动，须臾一大队鸟雀唰的一声惊噪而过，文璘一怔，忙下马伏地一听，登时惊得直跳起来。正是：

恍疑铁骑从天下，会见鼓鼙动地来。

欲知后事如何，且听下回分解。

第十六回

白杆兵大破青山墩
奢土司围攻成都府

　　且说文璘听得橡林冈人马喧嘈，喊杀隐隐，情知有警，刚跳起上马，挥众欲去赴援。恰好探子飞来报："文爷不好了，今有何霖派千余悍贼来袭石砫，现已过橡林冈。更有一队，由东路直趋咱宅。"

　　一言方尽，已闻得鼓角声动，四路上接续不断。文璘料是众家将俱已闻警，心下稍安。也不暇致问那老家将是何光景，便纵马当先，直迎来路。左右一望，两旁林樾丛蔽，于是心生一计，立分其众为两队，夹路而伏。约俟贼众半过，听响箭为号，一齐奋呼，前后夹击。并向东路上蹙敌，以便会合锦娃，一鼓歼尽。

　　方埋伏停当，从晓色熹微中，已见贼骑杂沓，如飞而至。当头是两个贼目，跃马横刀，直抢过来。须臾半过，又有一名步下贼目，黄布裹首，锦袄红带，下穿杏黄色的豹皮裙，手托五股闪锋点钢叉，上缀铜铃，哗啷啷一片山响。

　　文璘一见，更不怠慢，突地一支响箭，射上半天，伏卒一声喊，由林樾中跳跃而出，戈矛如林，顷刻将贼众截为两段。那文璘挺枪飞马，直取那步下贼目，枪叉交处，搅作一团。这里石砫精卒单拣贼厚处，刃落如雨。少时文璘奋起雄威，一枪刺去，喝声"着"，竟将那夜叉似的贼目平挑起两丈高，啪嚓声摔入贼队中，鲜血四溅。众贼被石砫兵赶杀得早已亡魂落魄，这一来，直惊得势如山倒，纷纷乱窜。

　　文璘飞马赶杀，方想兜截贼众，直向东路。只见过去的一半贼众没命地卷将回来，当头一贼目身带重伤，伏鞍吐血。那一贼目被赶得披头散发，勉强扬刀，督众奔走。文璘喝一声，磕马迎去。枪到处，那贼目应声落马。

正这当儿，忽闻石砫兵一齐欢呼，众贼乱窜之间，早见一骑马如飞杀到。马前后百余精卒，各执刀盾，便如一条狞龙，直卷入众贼堆中。马上那人，娇叱频频，舞起两口日月刀，便似飞云闪电。銮铃响处，马项下挂着一颗血淋淋的贼头。文璘望去，正是浑家锦娃。料知她战败袭宅的贼队，直赶到这里来。于是精神百倍，方要合兵一处，给他个滚汤泼老鼠，恰好各路家将也都率众赶来。这一来何霖贼众只有咧着嘴叫妈的份儿了。不多时，千余贼众死伤大半。众家将见文璘夫妇纵横驰骤，这般骁勇，不由都心悦诚服。末后文璘挥众放开一角，残败贼众方兔脱而去。

文璘一问锦娃，方知那袭宅贼目名叫何雯，便是何霖的阿弟，马项下挂的便是他的首级。原来这何雯凶悍尤过其兄，当何霖闻官军有意趁势来剿青山墩时，本没暇来报借粮之仇。可巧这时朝廷方被言利之臣蛊惑，锐意开矿，川中矿事却是内监邱乘安办理，所开之处，任意挟势削朘，闹得官民交弊，叫苦连天。这时邱乘安正驰驿路经某处，距青山墩不过数十里。于是何霖心生狡计，知此阉人最爱的就是钱，便遣人厚馈金赉于乘安，请他设法阻李化龙剿办青山墩之举。内监一见大钱，真是屁股都要笑。便登时移文于李化龙，大意谓本矿监勘得青山墩矿苗甚旺，业已奏知朝廷，着手勘踏。事关矿务，恐有误期，剿贼事宜宜缓。李化龙本是巧吏，他可敢拗内监？当时一见移文，便将千乘的建议无形取消。所以何霖才放大了胆，遣何雯来扰石砫。他虽是挟恨报复，一半儿也是垂涎千乘的富有。哪知蜜枣没吞着，却吃了大苦头，又搭上一个阿弟。

当时文璘收束兵卒，和锦娃并众家将回宅，方要遣人探询那老家将的下落。只见一人反缚双手，免去冠巾，闯然直入。向文璘叩头道："俺贻误防务，罪应万死。便请文爷从公发落。"说罢伏首于地，不敢仰视。

大家一望，正是那老家将，于是众家将一齐跪倒。文璘连忙扶起，说道："诸位不必如此，俺一战胜贼，也是侥幸。咱石砫没失闪，便是天之大幸。咱等都是一体，还分什么功罪呢？"

众人一听，不由都实啪啪佩服起来，唯有老家将好不惶愧，便自述失防之由。却是贼人趁五更深雾时，偃旗息鼓，人伏鞍，马啣枚，悄悄地绕冈竟过。又分一小队殿后。及至冈上，石砫兵觉察了，那老家将领众赶来，又被人家殿后之队截住。还亏得老家将指挥有方，士卒虽有伤损，却还不多。

当时文璘一面椎牛酾酒，犒赏士卒，一面遣人飞报千乘。不多日，千乘剿毕两处山寇，率众凯旋。文璘夫妇拜见过，又细叙拒贼情形。千乘夫妇十分赞赏，喜得良玉拉过锦娃，一面给她抿鬓角，一面笑道："锦姑英勇如此，真是俺的劲膀膊。什么何霖臭山贼便敢当你？真是作死哩。便是这次出兵，俺那杆霹雳枪也大发利市。方想直指青山墩，不想被邱内监坏了事儿，不然，何霖那厮逃命不迭，安得扰及石砫？"

锦娃听了，含笑侍立，不敢答语。千乘却叹道："如今朝政真是颠倒可虚。邱乘安擅受贼贿，阻俺剿贼，这行为出在内官，原不稀奇。内官之恶，还有十百倍大于此的哩。只是这开矿害民，却是圣朝大大的弊政。将来遇有机会，俺还想论列此事。便触怒权奸，也尽俺报国之诚了。"

夫妇叹息一番，仍然在石砫整军经武。过得年余，那青山墩何霖越发猖獗，在那山百里之间，连扎下七座坚寨，贼众万余。竟公然剽掠郡县。李化龙没法儿，只得仍檄调千乘。可巧千乘偶染时疾，正在卧床。那差官捧檄到来，只急得搓手。说道："这便怎处？如今李督宪驻节青山墩左右，亲自督师，专盼马爷就去哩。"

良玉笑道："这不要紧，你只回报，石砫兵克日就发便了。"

差官听了，半信半疑，只得星夜驰去，回禀化龙。化龙前些时虽屡调千乘破贼，并略知秦良玉颇能佐军，却不曾亲眼见过。当时闻禀以为千乘染病不能来，必派骁将领兵。算计行期，不久当到，于是胆气略振，便督官军奋勇攻那第一寨。哪知贼众凶悍异常，一连力攻三四日，反伤损许多官军。

244

这日化龙方在帐中闷坐，沉思破寨之策。忽闻贼寨前喊杀如雷，鼓角震天，真有虎豹辟易、屋瓦皆飞之势。化龙大惊，方要喊中军官出外查视，只见中军匆匆入报道："石砫兵到。"化龙大悦，投袂出帐，率左右驰马登高阜一望，只见石砫兵旌旗招展，分左右两翼，便如两条生龙，着地卷来。一片白杆，晃耀如林，又如飞天蜈蚣，乱舒密脚。中权间绣旗飞舞，闪出两队女卒，一色的红绢包髻，短襟绣袄。各持长枪，红缨耀日。最后一员女将，头戴双凤啣珠紫金冠，身穿锁子连环软绣甲，持一杆烂银霹雳枪，跨一匹飞鼠枣骝马。生得神同秋水，面压芙蓉，蛮靴蹙处，纵马如飞，便如一朵彩云，直飞过来。举枪一挥，马前两翼兵呐声喊，翻翻滚滚，忽变作贴地流云势，就这么向第一寨一裹之间，那女将挥动神枪，早率女卒杀开一条血胡同，直取寨隘。顷刻间守寨贼众鬼哭神号，血雨乱飞。李化龙只一眨眼之间，便见那面绣旗如顺风跑帆一般，简直地飞向寨中。冲得那贼众好似山水四溢。石砫兵呼声动天，白杆到处，顷刻间伏尸如麻。

　　化龙惊顾左右道："这便是石砫马夫人秦良玉吗?"

　　一裨将道："正是。"因急指道："督宪但看旗势前飞，想已破寨。快督官军随后继进才是。"化龙点首，登时壮起气来。于是鼓声大作，挥兵继进。

　　话休烦絮，石砫兵到，无坚不摧。只一日之间，连破七寨。那何霖情知支持不得，便聚拢余寇，焚巢撞出，从间道便投奢寅。这且不提。

　　且说化龙和良玉晤面之下，见良玉议论风生，没一些巾帼气习。当时奖谕之下，暗暗称奇。这时千乘已因累次破贼的功绩，升擢至都督总兵。化龙随口敷衍，自然许立即叙功。

　　哪知良玉回得石砫，直待至半年光景，化龙业已去任，竟没有大破青山墩这场功绩。好在千乘知李化龙是个妒贤嫉能的角色，也便不以为意。且喜良玉生子祥麟。夫妇燕居之余，只以整武教子为事。这时秦葵业已病殁，喜得邦屏等能继世业，在各军中都得武职。姐弟间函使往来，时时不绝。

转眼间十来年，祥麟已有十二三岁的光景，生得岐嶷雄健，既壮且姣，绝似良玉。便给他订婚于张氏，子妇名张凤仪，便是显官张铨之女。这张铨后来殉流贼之难，世称张忠烈公。那凤仪出身将家，颇谙武略。千乘夫妇眼看佳儿并未过门的佳妇，好不欢喜。夫妇燕居，又处着富贵佳境，令名远闻。这十余年间，总算是良玉夫妇最美满的风光。哪知花总要谢，月不常圆。这年千乘无端忠诚病发作，竟落得身死囹圄。

说到这里，诸君想还记得上文所说的那个内监邱乘安吗？原来邱乘安因开矿得宠，这时已进秩为司礼监的职分。明朝太监的权势是无以复加的，他便倚势越发推广开矿。不消说那班狐群狗党所到之处，地皮都尽，堪堪弄得盗贼遍野。满朝言官都似没嘴的葫芦，连个响屁都不敢放。千乘闷在心里，也非一日。

恰好川南某县因被矿使激发民众，当道顷刻捕杀无辜之民，以媚矿使。千乘闻知，大怒道："似此暗无天日，哪里还有世界？"于是自决于心，更不向良玉商量，便上书论谏矿弊，请即罢撤，以苏民困。哪知此书未达御览，那通政司官儿本是乘安一党，早将这消息透给乘安了。于是乘安巧奏皇上，轻轻以越职进言，訾毁朝政八字，便将个英英岳岳的马千乘拿付该管，系狱待勘。

良玉至此方晓得，业已无及。眼睁睁看夫婿槛车就道，不由和祥麟痛倒在地，良久方苏。那文璘追随一程，方掩泪面回，传千乘之话道："主人命主母不得灰心，弛慢武备。将来主母和小主人尽心报国，也和主人一样哩。"

良玉听了，一面点头，一面痛哭，只得仍叠起精神，整理石砫。文璘不消说是赶赴狱所，职纳饘粥。但是为日不久，千乘竟死在狱中。良玉悲痛之间，只得率祥麟料理丧葬。一看祥麟斩焉衰绖，还是个孩儿家，不由暗念这袭世职之事，十分怙惙。及至丧葬都毕，朝命已下，便命秦良玉袭千乘之职，镇抚石砫。良玉当时拜命毕，又欣慰又是伤感。

这时石砫人众，自文璘以下，无不欢欣鼓舞。良玉便择日大会将佐，袭爵之礼。高搭将坛，坛上供了朝旨并军符印剑，鼓吹楼上，三阕乐罢，大炮一鸣，四路指挥率各队目，由东西辕门鱼贯而入，齐整整列立坛下。少时良玉全副戎装，绣袍金甲，由锦娃导引升坛，叩拜朝命毕，然后转就偏座。锦娃临坛，举令旗一挥，全场肃静。良玉宣布国恩，并申明军纪已毕。不由慨然道："俺虽一弱女子，既蒙朝廷厚恩，必当完先总兵报国之志。愿诸君努力，策动皇路。刻下满洲肆恶，群盗日多，咱石砫虽僻在一隅，亦当整理武备，作天下忠义之气哩。"坛下大家听了，肃然声喏如雷。偷瞧良玉，霜威凛然，哪个敢正面仰视？从此良玉治理石砫，整练兵众，比千乘在时越发完善。期间剿除群盗不可胜纪。于是白杆兵名闻天下，号称无敌。过得四五年，祥麟完婚，那张凤仪武功了得，弓马娴熟。良玉每有出发，凤仪和锦娃无役不从，大家觇望丰采，方晓得古人说的什么娘子军、夫人城了，敢情真有这般人物。

不提这里良玉镇抚石砫，且说那永宁奢崇明，这时已老得不像模样，所有事权都付奢寅。奢寅久蓄作乱之志，自何霖投奔他后，又招了许多山贼海寇，成日指天画地，恭维奢寅，闹得奢寅很疑惑着自己不错，成天心头痒兮兮的，要尝尝这皇帝果儿，是否比人参果好吃不好吃。合该他贼星发旺，恰好朝廷因满洲人又扰乱辽东，十分披猖，便遣官募兵川中，赴援辽东。奢寅闻得此信，还没理会，不想何霖这厮鬼鬼祟祟，和奢寅咬了阵耳朵。奢寅道："此计虽好，巡抚徐可求是个白面书生，咱们自然怕不着他。俺所虑的是布政使爕元有些扎手。"说着搔首道："俺如今还有一桩心事，说起来又叫人恨，又叫人放他不下。便是那石砫女官秦良玉，马千乘虽然死掉，她张致得更狠了。咱们一举动大事，她要来拆咱们的台，可是小事哩？"

何霖道："这不要紧，您想千乘庚死于狱，按理说，良玉必然怨恨朝廷。她袭职后，虽屡听官中调兵，也是敷衍面孔的事。今咱们若使人厚馈金赀于良玉，一面谢释前嫌，一面说她共图大事。凭您这势派，您这英雄，转眼间怕不是个簇新新的皇帝老儿？她定然心内动动的，巧了她小心眼儿一软化，您不但添个硬膀臂，还许添个贤内助哩。"

奢寅听了，登时乐得挠屁股，搔脑袋，捧着臭肚皮如弥勒佛一般，大笑道："妙妙，咱们就是这么办。"

于是兴冲冲调兵遣将，先使人驰赴重庆巡抚徐可求处，自请勤王，随后便派骁悍土目樊龙张彤等，率领永宁悍兵两万余人，向重庆进发，都暗暗授以诡计。奢寅和何霖却事务大部兵众，专听消息。只是往说良玉一时间没个机灵人。

这日，奢寅正在踌躇，不想岑如虎这小子那年虽被锦娃割去一耳，但他至今想起人家那兜罗锦似的手儿，摸索他的耳朵，甚是有趣。这时他探得奢寅不忘良玉，不由他也瞅个冷子，要抓这份俏差。以为一到石砫，必然成功，乐得的先和锦娃趁势打个进步，总不会有亏吃的。哈哈，俗语说得好，曹操使华歆，严嵩用汤勤。有一厢情愿浑透腔的奢寅，便有不知死活、妄想非分的岑如虎。于是他主意打定，便兴冲冲向奢寅讨了这份俏差，带了书函金赀并仆从等，直赴石砫，这且慢表。

且说那重庆巡抚徐可求，进士出身，为人忠厚，和川中布政使朱燮元有同年之谊，两人交契，十分相得。这燮元精明练达，兼有谋略。抵任以来，颇讽川中大吏，整饬武备，并久闻永宁土司奢崇明跋扈不法之状，每晤徐可求，谈到崇明，必慨然道："此等贼骨头，将来必能做贼。如今川中石砫永宁两土司，一个是香饽饽，一个是臭狗屎。年兄都须留意哩。"

可求耳轮中听得厮熟，这时忽见崇明遣人自请勤王，不由心下踌躇。书生性儿，大半是烟不出火不进，乌里乌秃，迟疑了两三日，方和幕僚们商议此事。幕僚们见事关重大，谁也没主见。逡巡之间，忽报奢崇明发来人马，有两万余众，现方屯兵城外。土目樊龙张彤立请巡抚给照军令，便北上勤王。可求大骇，登时手忙脚乱，只得召集合城文武，共议此事。众官也都晓得奢崇明靠不住，以为崇明贪功好名之念居多，还没料到他便有反志。当时大家七嘴八舌一阵议论，统没个所以然。末后还是重庆知府张振德建议道："今只宜裁汰其老弱之兵，他自然不高兴北上，巡抚再示以尊严，消其狡志便了。"

可求沉思半晌，也没比这招儿再漂亮的了，于是盛设仪仗，大陈兵卫，召樊张两人进见，便谕以裁汰老弱之意，樊张早知官军伎俩，都是纸老虎，况且他此来成竹在胸，当时有什么迟疑？便昂然答道："此事土目等不能做主张，须等土目禀奢土司，再做道理。"说罢，拂袖竟出，神色之间，好不倔强。

可求虽然颟顸，也料是不妙，便忙忙召集僚属，商量调兵。哪知樊龙张彤一面遣人飞报奢寅，一面登时鼓噪，挥兵直抢重庆。便如一群猛兽，所向无阻。更分队攻下合江泸州等处，大杀大抢。官民死难的不可胜数，重庆文武自徐可求以下，几乎全数死掉。不多日，奢寅统率大队，并会合了许多的杂蛮以及群盗亡命，凡数万人，火杂杂直抵重庆。所经之处，杀抢连天。

这警闻报到成都，全蜀震动。还亏得左布政使朱燮元真有个主心骨，自闻重庆失陷之信，便进谒蜀王道："今奢贼早晚间必窥成都，王爷如能出财，招募死士，燮元缮治城守，或可无虞。"

蜀王应允，燮元便一面出榜募士，一面飞调附近镇兵赴援。又会合了右布政使周著、按察使林宰等，各领麾下将弁，登城守御。

刚料理得稍有头绪，那奢寅率领贼众早风雨似的卷将来。燮元等登城一望，只见尘埃弥天，人马如蚁，密层层十余里间，不见首尾。一片杀声，直闹得红日无光，顷刻间包围成都，扎下营寨。中有一簇人马，都是长大悍贼，马上奏乐，擎起一柄黄罗宝盖，并乱哄哄杂设銮仪，拥定一骑逍遥马，马上一人，头戴冲天冠，身穿赭黄袍，结束得便如优伶一般。马前后数名妖姬，各执拂尘巾扇，便这等不伦不类，直抵城下，扬鞭大叫。

燮元认得是奢寅，不由大怒，亲挽雕弓，一箭射去，嗖的声却中黄盖。奢寅大笑道："朱先儿，休得不识天命。今天命在俺，你早些归附，倒是正经。"说罢，举鞭一挥，贼众如蚁附城，顷刻间大举进攻，十分凶勇。亏得燮元守御得法，直闹至晚，两下里互有死伤。

原来奢寅进围成都的当儿，业已关了门儿起了国号了。自称大梁皇帝，并设丞相以下诸伪官。当时燮元和众官以大义鼓励城众，苦守多日。又窥隙遣所募死士，出斫贼营，斩掉骁悍贼目三四名，两下里互有胜负。但是官军援兵虽渐渐四集，却不如贼众续来之多。

一日，燮元捕获贼人内应三百余人，尽数绑赴城头杀掉。奢寅

249

见，稍为夺气，却是攻城越急。可喜燮元守御之具无不齐备，不但滚木雷石、金汁火箭等等，便是大木大石块，似乎用不着的，他也都准备停当。

这日奢寅忽然罢攻，只在城外纵火焚掠，并命贼众裸体叫骂，一面张盖往来，扬扬自得。城中人觉得诧异，燮元道："此贼必有诡计攻城，切须留心。"于是通宵巡城，幸没动静。

不想次日清晨，燮元方率众巡至东城，只见对城一座大林中，忽地贼众大噪，登时拥出个蠹天蠹地的怪物来。正是：

> 守城古传墨翟子，奇器今见吕公军。

欲知后事如何，且听下回分解。

第十七回

杀贼勤王荣膺宸藻
上书策蜀预烛危机

且说守城兵弁见林中千余贼众，拥出一很高大的物件，其形如舟，下有转轮，上面竖着一面大皂旗，旗下一人，披发仗剑，居中楼内，藏着数百人，各挟机弩毒矢等物，两旁有云楼，便像巨鸟展翼，楼下伏定标枪手。那巨物运动如飞，直临城下，简直俯视城中。呐声喊，就要抢登。守兵一见，只吓得不知所以，城中人不由都哭声震天。

燮元按剑道："妄动者斩！此器名吕公车，便须巨石挡御。"说罢，命将准备的大木登时竖起，上面设了机关转索，挽起大石块，如弹丸一般地激打出去。不消顷刻，吕公车支持不得，只得鼓噪退回，倒剩下许多肉饼子烂倭瓜似的贼尸。气得奢寅暴跳如雷，便越发肉搏力攻。燮元虽相机抵御，也就十分危急。不由暗念道："方成都合围，俺已飞檄，去调石砫之兵。怎的月余光景，还不见到？"

这日登城，正在心下怙惙，只见东路上尘头大起，鼓角喧天。城下贼众翘首东望，登时纷纷扰扰。便见一大部贼众水也似的直向东迎。燮元东望，是石砫的来路。刚要缒死士出城去探，只见两下里来队迎队，顷刻间碰作一处。这时尘土陡涨，化作一团阵云，翻翻滚滚。还没有半个时辰，只见阵云一开，忽然化为一线。但是前半截纷纭断续，后半截势如长蛇，须臾喊杀连天，已近城下。燮元急望来帜，早见绣纛如飞，高揭出斗大的秦字。只那一片白杆，已平铺出多远，就中飞出两队，势如风雨，追杀那迎去败退的贼众，便如切瓜斩菜，顷刻间，踹入附近贼寨，锐不可当。

夔元大悦，额手道："石砫兵到！石砫兵到！"于是城众欢呼，勇气百倍。夔元挥众方要开城夹击，只见绣纛飞舞，闪出数百女卒，一色的长枪大马，中有位女将军，横枪勒马，便如天人一般。马前后还有男女二将，都是英风凛凛。城众认得那女将军，是名闻天下的秦良玉。

说也奇怪，如有无数的秦良玉，一一附在大家身上，那股壮气，就可以冲破九霄。正中呐喊助威之间，只见良玉拧动霹雳枪，磕动枣骝马，人马如飞，率部下直冲奢寅那座大寨，简直如黄河之水，直灌下去。顷刻间，全寨大乱。但见石砫兵东冲西击，所到之处，无不披靡。于是夔元大悦，登时开城夹击。这一来所率官兵，都似煞神附体，大杀大斫，只择那贼厚处大战起来。不多时，贼众大败，势如山倒，急望奢寅那把黄罗伞盖，业已飞跑出十多里。众贼知大寨已破，心下这一慌，只恨当初爹娘没给自己多造两只脚子。正在互相践踏，拥挤成堆的当儿，叫声苦，不知高低。绣纛飞处，良玉已率众趱转，这一来，和官兵两下一兜剿，更苦了小子们了。作者一支笔，不暇细述，只得以尸横遍野、血流成河八字了之。

当时贼众乱糟糟退出二十余里，城围立解。只这一阵，良玉和文璘锦娃共杀骁悍土目十数员，奢寅肩中一箭，幸得何霖拼命救出。这良玉暂不入城，便就城外要道扎下营幕。当夜又遣文璘夜袭贼寨，斩获无算，那奢寅直退却三十余里，方能收合余众。

次日良玉戎装跨马说起赴援之故，并不曾接到夔元的檄文，若非奢寅遣岑如虎前去找没意思，石砫兵到，还没有如此神速。原来如虎到得石砫，良玉一闻禀报，早已瞧科三分。当时眼睛一转，微微冷笑，便唤过文璘，吩咐他如此如此。文璘应诺，便命人盛待如虎如上宾一般，如虎心下高兴得了不得。这日正在使馆中，揣拟着怎的说服良玉，怎的和锦娃打进步，若是俺老岑时气一来，设法儿除掉文璘，以后那乐儿简直就大了。沉吟间，一摸耳朵，又有点儿觉着犯含糊。

正这当儿，只见文璘含笑，徐步而入，抱拳道："惭愧惭愧，竟劳岑兄久待。敝主母偶染微恙，一半天也就请岑兄相见了。便是俺也因忙碌失陪，没和岑兄畅谈。"说罢，立命从人排设酒筵，笑吟吟揖如虎就座。如虎谦逊数语，两人便传杯弄盏，越说越款洽起来，如虎本是个浑小子，不待文璘拨撩，早吐出说劝良玉之意，并大夸奢寅兵力。

文璘低声道："今俺有个喜信，透给岑兄。俺主母因俺主人无端地庾死在狱，本没兴头再给皇帝出力了。况且永宁石砫，都是土司官，有唇齿相依之势。在势在理，俺这里定从尊处指挥。只是这事儿也非同小可，今永宁既举大事，究竟是怎的策划方略呢？咱们闲谈一回如何？"

如虎高兴之下，便将奢寅假勤王为名，先袭取重庆，然后进窥成都，并联合贵州水西土司安邦彦以为后援，许多的进兵机密，一一说出。

文璘道："那么如今俺这里响应，就须进兵重庆了。"

如虎大笑道："俺来时，业已去抢重庆，俺随路密探，早已来报，重庆已得。俺主人这时已围攻成都了。"

文璘听了，更不再语，霍然站起，说道："岑兄且坐，俺主母今天就请你相见，也未可知。"说罢，匆匆趋出。

这里如虎高兴到十二分，便命仆从端正金赏厚礼，真个是黄黄白白，照耀庭除。少时四家将佩刀而入，向如虎声喏道："俺主母现在内厅，请岑爷相见。"

如虎听得内厅二字，以为良玉格外相款，这事儿成功是定了，于是昂然起行。方出得行馆，只见夹路兵卫，好不森严。都一队队按次列立，有严装待发的光景。如虎暗道："怪不得人说良玉行军神速非常，这光景只怕就要跟俺老岑走哩。"

少时趑近宅门，那气派越发严肃。四家将至此，便拥定如虎，直叉进去。如虎得意之下，还没在意。须臾，内厅在望，只见夹阶武士，各执刀斧，帘栊启处，正中座上，笑吟吟端坐着秦良玉。全身披挂，仪态如神。左有文璘，右有锦娃，都肃然按剑而立。那一番岳岳正气，早闹得如虎心头便如十五个吊桶打水，七上八下，不由大犯含糊。当时也顾不得去瞅锦娃，便忙忙参谒毕，命从人摆列盛礼，然后呈上奢寅的书札，退立一旁，偷眼去瞅良玉。

只见良玉阅书，略点点头。如虎大悦，方嘴皮掀动，要下说辞，只见良玉绽裂樱唇，咯咯咯只管大笑。忽地眼光一闪，电也似的直注如虎，说道："岑土目，你说此事怎么办呢？"

如虎应声道："便请兵发成都，共图大事。"

良玉笑道："是的，俺顷刻就赴成都，便承你主人厚惠，不可不使你眼见俺俵散此款，以扬你主人德意。"说罢，立命会计吏将所列金赀犒赏众兵。

如虎见此光景，以为这事已如板上钉钉，不会有差的了。登时气壮意得，就良玉案前摆来摆去，不知不觉，两只贼眼向锦娃瞅了一眼。

良玉忽笑道："抱歉得很，那年俺手下人有伤尊耳一只，不想这些年，尊耳还没长出。如今咱既举大事，岑土目若也赴成都，很不壮观瞻。俺想留你在此，你看如何？"

这句话不大要紧，招得锦娃一回身便掩着小嘴儿笑个不止。可笑如虎这浑蛋，生死关头，他还心下乱怙惙，以为锦娃这一笑，或于自家就有关系，不觉丑态露出。

良玉见此光景，便将脸儿唰啦一沉，拍案大喝道："快将这厮拉去斫头。俺石砫历代忠纯，恨不能立斩叛贼，以报皇家。你这厮擅敢巧于俺，你真好大胆呀！"

如虎方要哀求，已被武士拥出，顷刻斩讫。良玉便率众直趋成都，恰是成都吃紧的当儿。

当时燮元见良玉按剑雄谈，忠愤慷慨，奖谕之下，暗暗称奇。便道："俺那檄文没到石砫，想是中途有失。天幸夫人到来，一阵解围。今奢贼势蹙，燮元督众，便可料理。唯有重庆被悍目樊龙等占据，还须夫人一行。"

良玉慨然应诺，便驻军两日，协同燮元又退却奢寅数十里之遥，然后方率兵直指重庆。这里燮元等自率各路援兵，追击奢寅，许多战绩不必细表。后来奢寅穷蹙，只得挟了那昏聩老迈的奢崇明，暂投那水西土司安邦彦，事非正文，只好不去提他了。

且说良玉兵到重庆，大小十余战，樊龙授首，立复各城。朝廷降诏，温慰备至，就命良玉率兵援辽。因这时满洲人方围攻杏山地面，和洪承畴督师正在相持，偏师刘綎一军业已覆没，烽火连天，燕都震动。良玉奉诏哪敢怠慢，便星夜兼程北上。迢迢万里，说不尽披星戴月栉风沐雨的勤苦，良玉忠诚耿耿，越发刷振精神。既抵杏山，这股生力军好不得力，接战之下，闹得满洲人惊愕不迭，大家互相诧异道："若明兵都是这样儿，咱趁早回长白山，吃牛羊肉去吧。"

于是满洲兵帅顿起退兵之意，恰好朝廷也意在言和，便就此两下罢兵。良玉眼见得满洲人大车小驮地满载着金贮子女，并许多掳获品，扬扬而去，不由气得蛾眉直竖。立见承畴，想去邀击。承畴叹道："今内讧外侮，为势方急。夫人且宜息兵，入都觐见，再俟机会吧。"

原来这时已是崇祯初年，陕西流贼高迎祥王佳胤等业已揭竿而起、声势震动了。良玉无奈，只得随承畴振旅入都。白杆兵的名头是无人不知的，真是所到之处，万众耸观，大家望见兵行整备，并良玉的婍嬿丰姿，无不叹为天生奇女。这日良玉抵都，便就虎坊桥左近一片空场中安下营幕，真个是万帐云连，悠悠旌旗，只那番军容也就少有。

阅者诸公，尽有老北京，可知虎坊桥畔那片空场儿叫作四川营的来历吗？便是因良玉屯兵于此，就得此名。这段小小故事，也可见国人没瞎眼睛，真能崇拜真英雄。是男是女，就大可不论了。呀呀，你看人家秦良玉，以一弱女子领兵，皆因她一片忠正之心，保国卫民，就能所到之处，享名不朽。怎的如今军阀们，说兵呢，比人家多得多，讲保国卫民呢，比人家吵得凶。说得更好听，却有一件，他老人家到哪里，小百姓们唯恐他不动窝，幸而他走了，百姓只有念佛的分儿，再没个人好把戏，给他屯兵之所起个美名。这个闷葫芦，作者委实打他不破。阅者诸公都是高才，且请猜一猜是何缘故。咳咳，这些年来，兵呀兵的闹得人浑浑闷闷。作者敢发誓说，若不因自己肚皮饿，便在纸上也不愿谈兵哩。然而像白杆兵，却正是军人模范。但愿而今军阀们不必高揭什么爱国保民的大旗子，能够学学这秦良玉，也就流芳千古了。何苦贪一瞬的权威无上，不顾身后之名呢？

闲话少说，且说当时崇祯皇帝见良玉万里赴援，欢喜之下，又是无限感慨，只好望望两班文武，叹口寡气，便登时驾临平台，召见良玉。那良玉锦袍玉带，内衬软甲，俯伏金阶，越显得丰姿如画。当时嵩呼毕，应对皇帝温谕，言辞朗然，十分得体。皇帝大悦，历询她累次战功，越发称奇。便传旨赐筵，赏赉有加。驾回宫后，还对后妃们称叹不置。

周皇后起贺道："真出国家瑞徵，偏僻之区，生此奇女。皇上睿藻天擅，何妨赐诗于良玉，奖其忠节呢。"

皇帝听了，龙颜大悦，便命宫人取过文房四宝，亲洒宸翰，题诗一首道：

蜀锦征袍照眼明，桃花马上请长缨。
世间多少奇男子，谁肯沙场万里行？

皇帝这一赐诗不大要紧，良玉的声望就不用提了。不多日，良玉率兵回川，一路之上，见各处流寇猖狂，好不愤叹。便迂道一至忠州，一拜秦葵之墓。原来秦葵已于数年病殁了，这时邦屏等都在外从军，各得武职。良玉在忠州只耽搁两日，即便起程。前驱报到石砫，祥麟和凤仪双双出迎。原来祥麟及壮完婚后，便屡随良玉击贼。赴援成都之役，已得授指挥使之职，现方调赴襄阳驻守，尚在未行。

当时良玉询知祥麟赴官，欣慰之下，未免又慨然道："咱家世受国恩，志在报国，且喜你请缨有路。只是襄阳要地，如今流寇蜂起，飘忽无常，将来如荆襄有警，便是咱川中也难免波及。你此去吾无他嘱，但谨记精忠报国四字，勿辱咱石砫家声便了。"

祥麟夫妇顿首受教，于是母子们择日盛陈皇帝的赐物于本宅中，

256

称庆一日。大犒兵卒，并恭告千乘之墓。这一番风光荣耀，端的非常。不多日，祥麟夫妇辞母赴任。良玉在石砫越发地教练兵卒，以备不虞。

转眼七八年光景，这时流贼李自成张献忠等越发闹得天昏地暗，凶锋所到，杀人如麻。李自成已僭位西安，竟自称孤道寡。那个八大王张献忠，已有窥伺荆襄之势。

张献忠这厮人称病虎，本是陕西肤施县人。自幼当过兵，便因愤宰掉他的本兵官，做了流贼。生得黄白豺声，嗜杀无厌。所到之处，非屠即烧，并有许多的奇惨凶杀，如割剥锉煮诸杀法。当他面前，血流成川，他方快活。简直地是杀星下界，无复人理。

良玉每有所闻，只气愤得中宵长叹。暗想献忠果一朝窥及荆襄，四川一隅便大大可虑。于是揣料全蜀要害之处，上书于巡抚邵捷春，请拨调重兵，扼守十三处要隘，以防献忠入川境并请尽起石砫之兵，以资守备。

良玉策略本是周密不过，哪知邵捷春是冗阘官儿，本无远略，又微探得当时督师杨嗣昌之意，因流贼散漫，不易剿除。想将张献忠挤入四川，妄思瓮中捉鳖。所以捷春见良玉之书，竟付之一笑。这一笑不要紧，全蜀生灵，几乎都尽。你说庸臣误事，有多么可恨！

当时良玉上书后，静候多日，不见消息。情知此策不用，川中可危。百忙中又闻得张献忠贼队业已窜入湖北，长江下游一带被屠杀得暗无天日。良玉惦念祥麟，正在放心不下，只见匆匆入报道："今有襄阳急足到来，特致家信。"良玉大惊。正是：

孤城抗难传烽火，远道来书诀母闱。

欲知后事如何，且听下回分解。

第十八回

战夔州文璘夺大纛
治石砫良玉保乡邦

且说良玉见报，情知襄阳事急，忙唤进来人，问其所以。急足道："好叫夫人得知，刻下贼氛将到襄阳，所以少主人命俺来起居夫人，并候意旨。"说罢，由贴身取出书函，双手呈上。

良玉拆观，是祥麟亲笔。起居之外，便述贼势，其中吃紧的话，是果一旦襄阳被困，孩儿素禀母训，誓当与城存亡。愿大人善保玉体，勿以儿为念。

良玉看罢，登时喜动颜色。一面点头，一面提笔，就来书上批了两句道："好好好，真吾儿！"当时手腕一颤，还要写两句话，却是业已写不下去了，不由洒下两点至性达天的泪来。便将原书交付急足去讫。后来此书竟未失落，永为石砫马氏世守，岁时荐祀先烈，此书总要和良玉的霹雳枪并陈的。

且说良玉料知川中将乱，便忙忙整理地面，为自卫之计，终日练兵阅武，将石砫一带防御得如铁桶一般。这时四方百姓移居石砫的，早络绎不绝，良玉都妥为安插，并选其中才武少年，都勒之以兵法，因此石砫兵马越发既精且多。

转眼间两月余，襄阳警报传到，祥麟夫妇婴城固守四十余日之久，杀贼数千，终以粮尽援绝，双双殉难。祥麟忠骸不知下落，凤仪挥兵力战后，却自焚在宣抚使衙内。原来祥麟自镇襄阳以来，已升擢至宣抚使了。当时良玉得报，大痛尽哀。还幸得祥麟之子万年被仆人辈藏匿民间，未遭其难。

纷纭之间，业已闻得张献忠将窥重庆。良玉拊膺长叹道："重庆全蜀门户，邵捷春不用吾谋，川中将乱。"方要再痛切上书，忽又闻得罗汝才一股悍贼由间道将犯夔州。

你道这罗汝才是哪个？此人是个老流贼，和李自成张献忠等齐名，在流贼中最为骁悍。外号老曹操，弓马娴熟，十分了得。他自制一面皂色大座纛，上画真武神像，披发仗剑，纛四缘缀以奇珍异宝，毫光直射，并缀许多小金铃。单选百余名长躯大力的汉子，各戴假面具，皂衣披发，手执大斫刀，装扮得如鬼怪一般，拥护大纛。那大纛趋走如风，只不离汝才马前后。官军望见此纛，早已亡魂落魄。

这时汝才拥众万余，将犯夔州。良玉大怒道："此贼猖獗如此，显见得川中无人。俺虽没奉檄调，岂可坐视？"

原来巡抚邵捷春曾将良玉上书之意，达知督师杨嗣昌，杨嗣昌不悦，恐良玉坏了他挤贼入蜀的馊主意，于是授意捷春，抵制良玉，不用石砫之兵，所以良玉这般说法。

当时良玉慨叹之下，更不怠慢，便简拔精兵数千，率文璘等直向夔州小路上名黄花坪的地面进发。

文璘叩马谏道："那所在山原险阻，是一僻道。罗贼犯夔，只恐不由此道。"

良玉笑道："罗贼绰号老曹操，诡诈可知。他今欲犯夔州，定从大路上以老弱之众虚张声势，为的是牵制官军。他却暗选精锐，道出黄花坪，好使人不备，立陷夔州。今不必多语，俟抵黄花坪，俺自有道理。"

文璘听了，不敢多语。由石砫赴黄花坪，都是崎岖山路，喜得石砫兵登山涉涧，矫健如飞。良玉又特选五百藤牌军，命文璘带领，在前开路。真个是峻坂云连，旌旗萦转。良玉马上按辔，忽而沉吟，忽而辗然微笑。

这日既抵黄花坪，良玉相度形势，就扼要处扎下营寨，便命土人引导，和文璘等三骑马直登坪左畔一带高冈。只见西北来路上，林木森蔽，路径交错，约略距冈有五六里路，有一处深菁连延，坡陀回互。良玉遥指道："这是哪里？"

土人道："好叫将军得知，那所在名为秀野坡，是通西北的一股支路。往年时，夔州附近土贼肆扰，所有来往商旅都从此道赴夔，而今却没人由此行走。所以深草连天，甚是荒僻。"

良玉喜道："既有此地，俺已得破贼之计了。"说罢，匆匆回寨。

一面派遣探子赴西北来路专控贼耗，一面唤过文璘，吩咐他如此如此。文璘得令，便领藤牌军匆匆去讫。这里良玉又分派两名指挥，就黄花坪左右埋伏，自己却立将营寨移扎在冈后坡下，命全军偃旗息鼓，专等杀贼。这且慢表。

且说那罗汝才统万余流寇，和了张献忠攻陷武昌后，便分头沿江而下，直犯四川。献忠一股自去取道重庆，汝才便一路杀抢，想抢夔州。官军得报，自然也草草准备。果然一如良玉所料，那汝才遣些弱老贼队，由大路上牵制住官军，他却自率悍贼，取道黄花坪。便如蝗虫一般，可天一飞。流贼本来善走，一日常行二百多里。

这日汝才行抵一处，距那秀野坡还有十来里。汝才见路径崎岖，草树连天，不由心下起疑。便命大队略驻，先遣精能探子，前去探路上有无官军设防。少时，探子回报道："小人一路探去，直至黄花坪，并无官军。并在秀野坡那里遇见几个割草农人，他们说前几日本有一队官军在此设防，如今却被调到大路上去了。"

汝才听了，就马上鼓掌大笑，说道："果然官军中俺妙计。"于是鞭梢一挥，万足齐发。拥着那杆皂色座纛，风也似的卷将下来。过得秀野坡，都无一人。须臾贼前锋忽然嚣动，汝才急命去探，却是黄花坪有几处行营破灶。汝才大笑道："便是有多少官军，且叫他饮俺刀头，怕他怎的。"说罢，催动部下，正走得高兴，只距那冈有里余远近。

汝才遥望前队已过去大半，方横刀催马，顾盼自得，只听冈后密林中轰隆隆一声号炮，喊声四起。汝才一怔之间，早见绣旗飞舞，由冈后转出一彪军马，白杆如林，便如两条怪蟒，分左右蜿蜒而来。居中是一队女卒，拥定一员女将军，横枪勒马，笑微微挡住去路。大叱道："何等草寇，便犯俺川中地面！认得俺石砫女官秦良玉吗！"

众贼一望白杆兵，早已魂飞魄落，发声喊登时乱队。汝才大怒，长刀一挥，先斩掉两名贼目，便纵马提刀，直奔良玉。汝才武功也算罢了，却是一逢良玉，哪里还支持得住？当时良玉展动霹雳神枪，和汝才大战三四十回合，两下里战鼓如雷，正闹得惊天动地。汝才百忙里便见前队大乱，贼众奔溃，势如山倒。那左右的石硅旗帜早已两面夹攻。汝才情知中了埋伏，正在心慌意乱，说时迟那时快，又见自己后队没命地纷纷四窜。汝才这里勉强招架之间，便见一队藤牌兵刀光如电，势如猛虎，直从后面扑到。当头一人黑凛凛精神百倍，刀牌舞处，腾跃如飞。不容分说，冲杀开一条血路，便奔皂纛。汝才刚叫声不好，手下略慢，良玉大喝道："罗贼哪里走！"手起一枪，正中汝才左腿。汝才大叫一声，险些落马。便有两悍目拼命救去。

　　这里良玉挥众掩杀之间，已见文璘奔取皂纛，挥霍如风，率领五百藤牌军顷刻间踹入贼队。那藤牌军下跃下滚，刀锋到处，头裂脚断。再加着后有良玉锦娃，前有两指挥，合兵兜杀，四下里一挤弄，这班贼众，真成了滚汤泼老鼠了。有命的闯出重围，纷纷四溃。这一阵，良玉兵杀贼数千，保障夔州，更缓献忠入川之势。假如这当儿，朝廷能用良玉，还不至全蜀糜烂，这也只可说是民该遭难了。

　　当时良玉既却汝才，依然趱回石硅。论这等奇功伟绩，报上官中，朝廷家总要有些奖励。哪知朝廷方因一干冗阘文武，没法儿办贼。圣心忧眉头不得展念，寝食难安。虽见疆臣奏到良玉的功绩，眨眨眼也便忘掉，更无褒奖。好在良玉唯知纾忠保民，绝没有邀功希誉的心肠。

　　从战退汝才之后，良玉声望越高，隐然是一方的长城。四方人民移居石硅的直然地没有数了。便是张献忠也因良玉声威，虽然直犯重庆，倒有些怯手怯脚的。后来他探知石硅之兵不为官家所用，他这才长驱大进，将一座天府名都，搅了个稀糊脑乱。那一时杀戮之惨，简直地一言难尽。

　　献忠屠蜀的故事，具见正史和明人的野史记录，今也不必多叙。单说那秦良玉因得石硅，只日以整武保民为事。虽上了几岁年纪，依然豪气如昔。每巡行石砫边界，居民瞻望她，只如三四十岁的人。她手下的指挥官和家将们，见了她还凛凛低头，不敢仰视。因她军法最严，苟有所犯，虽马氏亲族，一概不贷。却有一件，凡人名高了，那毁谤诬蔑是不可免的。良玉天性豪侈，不拘细节，并且祖怀待卒家将等，平日宅中诸门洞开，家将少年辈颇供奔走之役，出入闺阃，有郭汾阳坦易之风。因此当时游士文人，或干谒良玉有所陈乞，一不满意，未免就肆其笔舌，造作些秽言蜚语，流播各处。无非诬良玉风流放诞，面首多人。甚至说土司们类似苗蛮，当然该淫纵的。此行狗吠之谈，原不值一笑。因他并不晓得良玉是大儒秦葵的女儿，忠根孝蔓，有所自来。竟糊里糊涂概以出于土司目之，也就可笑极了。

　　但是当时游士怎便如此作怪呢？因明末风气，最重山人。这山人便是游士的别名，仗着一肚皮歪文才，或会做打油诗，或会画山水画，便装出名士面孔，到王公镇帅面前竿牍乞怜。人家吃不了的残羹冷炙，蹴与他些，或赏他一封揄扬荐札，他便感恩戴德地无可无不可。登时便形诸笔墨，大夸其人。不怕其人分明是曹莽，写入他笔端，便是活跳跳的伊周。

　　当时有个天字第一号的山人，人称陈眉公。此人的虚声几乎便似那山中宰相，时人看不过，便嘲笑他道："装点山林大架子，附庸风雅小名家。可怜一只云中鹤，飞去飞来宰相衙。"陈眉公虽被人嘲笑，他却绝不理会。每逢岁时令节，各中外的大老显官，那整千整百的金银馈送，便如流水似的送来，就为是堵堵他这张讨人嫌的嘴。因他笔锋可畏，颠倒黑白。

　　其时皮岛镇帅毛文龙本是辽东的长城保障，满洲人虽屡寇边，却不敢深入，怕的就是他。一日文龙求眉公做篇文字，镇帅豪富，眉公是久已垂涎。于是登时端足了山人架子，使人示意于文龙，索万金为酬。

　　他遣使去后，自以为千妥万当，高兴之下，便就自己园墅中大会宾客。酒到半酣，眉公持杯大笑道："古人文字，一字千金。今俺为嫣嫣姹姹两个妮子积攒些私房，也只好贱售与老毛了。"

原来眉公老而好淫，颇讲房术。嫣嫣姹姹都是他的爱姬。众客听了，自然大赞不已，有的还摇头晃脑，做出可惜的样儿道："如此说，老毛便宜极了。花上万把臭银子，请您大笔一挥，便可名传不朽哩。"四座听了，顷刻一阵咂嘴龇牙地酸得不可开交。

只见使人匆匆趱回，眉公禁不得倒履起迎，说道："他几时送银子来呢？"

使人嗫嚅道："这个倒没听得说，今有毛帅回书，请爷拆看。"

眉公一听，不由倒抽一口凉气，只得接过书，启封一看，登时羞得一张老脸赛如霜柿。原来文龙不求作文，前议作罢。说个俗语，就是拉秃鲁了。按理说，眉公虽然无耻，毛文龙来的也干脆点儿，使眉公转不开场。当时众客昵笑而散，眉公这一气非同小可。

恰好为日不久，他因事入都，这时华亭董其昌当国，和眉公本是文字书画的契友。两人相晤，畅谈之下，其昌偶言及当时镇帅大半骄蹇难驶，眉公趁势只作闲谈，便将文龙大扒大砸，简直说文龙挟敌自重，反状已露。其昌记在心里。事也凑巧，不过两月光景，恰值袁崇焕有经略辽东之命，崇焕是其昌的门生，当时赴任辞师之间，其昌便将眉公一席话和盘托出，嘱崇焕留意文龙。所以崇焕抵辽后，先矫制诛却文龙。文龙之死，虽不尽由眉公一席话，却也与有力焉哩。可见明末游士笔告，是很作怪的。您但看秦良玉，以这等的忠纯奇女子，还不免被游士诬蔑，也可见明末士习之坏，足以亡国而有余了。

且说良玉整理石砫之余，便自教孙儿万年武功兵法等，文璘本可出仕，他一来恋主不舍，二来见世局日坏，官场中统没个青红皂白，因此灰心，无心做官。便是秦邦屏自从军以来，已仕至都督金事，曾屡次召唤文璘，他都不愿去奔驰功名。这当儿，总领石砫各指挥众家将，倒也自由自在。他生平最喜那枣骝马，每日总是他亲自刷洗喂养。自大破奢寅之后，良玉因那马太衰老了，便一向闲养在宅。这时文璘多暇，那马便成了他的良伴。有时文璘牵那马缓辔出游，石砫居民见了老将老马，另有一番气概。居民男妇等，有时簇拥文璘，争献茶酒。文璘高起兴来，便畅谈那马当年的功劳，并良玉许多的破贼逸事。

　　一日文璘方牵马回宅，只见一个远方客人，有三十来岁，正在门首徘徊。一见文璘，忙抱拳走上道："这里是马宅吗？请借一步说话。"正是：

　　　　远客忽临方触目，警闻报到又伤心。

　　欲知后事如何，且听下回分解。

第十九回

哭先皇全军皆缟素
明因果圆照话兴亡

　　且说文璘细望来客，不由失声道："你不是杜相公吗？今匆匆到此，莫非秦金事那里有事体吗？"

　　那客听了，泪下如雨，说道："在下正是杜涪，便请您引俺拜见太夫人，细说一切吧。"

　　文璘见状，不由心头乱跳，便先命人匆匆入报，自己引了杜涪叩见良玉。良玉细询杜涪一切情形，不由掩面大痛。唯有文璘想念起当年老主人秦葵，不由心似刀剜一般，顷刻晕倒在地。左右连忙扶出，杜涪洒泪道："俺家东翁殁于王室，望太夫人善保玉体，勿过悲痛。但是晚辈家乡一带，传闻流寇将到，晚辈还须即刻回家，料理移居。"说罢，匆匆去了。

　　原来这杜涪便是杜士伟的儿子，杜士伟自到马千乘门下，过得数年，千乘便将士伟荐到秦邦屏处，去做书记，宾主间甚是相得。后来士伟病殁，这杜涪便袭了父职。前两年良玉曾遣文璘到邦屏处看视一趟，所以文璘依然认得他。这时邦屏在镇守任所，业已殁于流贼之乱，杜涪幸逃得性命，特迂道至石砫，一报警闻。

　　当时良玉哀痛半晌，知贼氛日盛，好不忧念。只得振刷精神，日励武备。不想过得月余，文璘因那日猝然心痛晕倒，一径地病将起来。至此日益沉重，医药无效。却是病语模糊中，还捶床大呼道："喂马喂马！杀贼杀贼！"

　　那锦娃服侍病榻，他却援手道："你快去帮着主母料理兵事，不然，替我当心喂那枣骝马，且是紧要哩。"

如此闹了数日，竟自瞑目长逝。良玉得报，不但念他事主之忠，并且失一健臂之助，哀痛慨叹，厚赐殓葬，自不必说，唯有锦娃只哭得死去活来。说也奇怪，便是文璘属纩那日，那枣骝马悲鸣一阵，也便仆地死掉。

良玉知得，越发伤感。便饬人掩葬那马。因心绪忧煎，便将宅中一切事体都交锦娃掌管，自己却避一静室，闲玩佛书，借以消遣世虑。等闲价足不出户，唯每逢朔望，定要检阅兵卒，或燕居时，命万年侍坐，历举古人忠孝节义等事，以励其志。

转眼五六年，那流贼越闹越凶，全川糜烂不必提。李自成一股业已在西安僭号，火杂杂就要北上。良玉得报，真是忧心。

这年是崇祯十七年正月，良玉方闻得李自成率众北犯，宁武居庸各关隘相继失陷，正在忧愤不堪。没多日子，便闻李自成长驱大进，焚烧昌平州的历代皇陵，直围京都。一时间朝臣死不尽的纷纷南窜，道远传讹，人各异辞。那石砫又在僻区，道路纷传，统没真相。也有说皇帝驾幸南京的，也有说太子等业已逃出，南来即位的。良玉震骇之余，不得确耗。哪知噩闻传来，天崩地塌。直到四五月间，良玉方得确报，原来崇祯皇帝竟于三月十九日龙驭上宾，缢死在煤山顶上了。良玉听了，登时大痛晕绝。待了半晌，方才悠悠醒转。不由北向长号，泪尽继血。便命石砫人众尽皆挂孝，择日在演武场中高搭灵棚，恭设皇帝灵位，率众举哀，哭奠先帝。

到了这日，石砫兵众并居民耆老，都悲切切陆续会齐，全场皓白，便如天降大雪。须臾，良玉全身缟素，直临场中，向大众一望，早已痛泪直泻，不由擗踊大哭道："先帝呀，都是文武臣僚误了你了。微臣秦良玉，远在西陲，不能救主，也就罪该万死了！"

说罢，匍匐灵前，大哭不止。众人和声一痛，声闻数里。亏得万年和锦娃一边一个，将良玉搀扶起来，业已委顿不堪，面无人色。直卧病月余，方转复常态。

从此良玉懒问世事，便是整武等事，也都交给万年。且喜万年少年英迈，绰有父风。又有众指挥家将等一班旧人，为之辅佐，经营得石硅地面依然安安静静，所以川中虽被献忠扰乱到那步田地，唯石硅一隅完好无恙，所救生灵岂可计数？可见用兵能善，真能保民。如今咱南北同胞，被这班将军们连年价打窝子架，闹得一个个都似舍哥儿，只好靠老天保穷命罢了。

且说万年，侍奉祖母承欢膝下，每逢春秋佳日，看祖母高兴当儿，他便奉祖母安骑出游。一日祖孙缓辔，迤逦行至石硅东南面，却见一座高山，峰峦环抱，甚有气势。良玉瞻眺良久，笑向万年道："古人说明察万里，失诸眉睫，真真不错。吾曾详览全蜀地图，竟不知咫尺间有此胜地。"

万年笑道："此山风景想必不错，待孙儿觅土人导引，请祖母游览一回如何？"

良玉笑道："你还不晓得吾意。吾非文人骚士，焉用品题名山？"

正说着，恰好有两个樵夫，趄过马前，一见良玉，连忙叩头。良玉命两人站起，温言道："你两人既是山樵，山中路径想都熟悉的。且此山何名哩？"

樵夫回道："此名万寿山，山中深杳得很，方圆有数百里光景。山势逶迤，直达黔境。其中山环山套，颇为严密。最险阻的是山口那座巨灵崖，高峡一线，势如斧劈，非过此崖，不能进山，便如天生的门户一般。"

良玉喜道："不想此山竟有这般形势。"

便命樵夫导引，策马进山，邀游终日，一处处观玩都罢，不由连连点头，便重赏樵夫，欣然回宅。万年只当是祖母欣赏此山风景，又于暇日，请其出游，良玉却笑而不语。

又过得一二年，那福藩王继位南都，又早被清人攻陷。接着是鲁王奔浙，唐王奔闽，许多的遗臣故老想图中兴，无奈天命已去，徒滋扰乱。但是这当儿，天下大乱，百姓们死亡流离，真苦极了。良玉眷念故国，郁郁不乐。且喜她读玩佛书以来，心地朗然，又闻新朝布政，颇有远大规模，甚合民意。她情知天命在清，也便放下那子房报韩之志，便索性深研禅悦，时时虔诚诵经，为百姓祈福。

这时锦娃业已成了白发婆婆，马宅中上下人等，都呼她为文姆姆。青裙练衣，便陪侍良玉焚修。一所静院中，清磬冷然，旃坛徐袅。想起当年横戈跃马，真又是一番境界了。

这时川中青城山有一位得道的高僧，法名圆照。戒行精严，年已九十深岁，在山中筑庵诵经，有驯猿伏虎之异。一日行脚募缘，偶到石砫地面。良玉接见之下，只见圆照白眉郁彩，梵相清奇，不由肃然起敬。便道："吾师看年来劫运何时当止呢？"

圆照合掌道："劫数生灭，要随人心为转移。今人心趋治，天下不难大定矣。除旧布新，自关运会。却是这当儿能立定脚跟，从忠孝节烈上找个结果，其人定是有根器的人。即如女菩萨，也应自家觉得了。"

良玉听了，洒然有悟，因叹道："吾师所示，自是至理。但弟子愚昧，终不晓得满洲何德而兴，有明何失德而亡？即如崇祯圣上，励精图治，君德无失，何以搬弄是非得如此结果呢？"

圆照道："天道之盈虚乘除，理微计远，不能据一世以窥测。若如人识之拘拘目前，还成什么天道呢？满洲之兴，亦非崛然，自其为部落酋长时，必有积德累仁之行为，中以上膺帝眷。有明之亡，亦非忽焉，自魏阉祸国以来，朝政颠倒，岂可深讳？而士气摧残，廉耻道丧，此又是亡国之因。崇祯帝恰承其弊，虽是贤明之主，也难回天意了。便是人各为因，人各得果，女菩萨如一观究竟，便可于定中求之，老僧当为导引。"

良玉听了，十分叹诧，便命左右向静室中分设蒲团，邀圆照对坐下来。须臾敛照息念，彼此入定。说也奇怪，那良玉俨如随圆照历观九幽，得见种种果报。

少时微风振阒，良玉悚然睁目，圆照微笑道："定中所见如何呢？"

良玉听了，便膜拜作礼，从此心下洒然，都无郁愤。静慧之极，早预知归期。

这年为有清顺治五年，便是胜国永历四年。良玉行年已七十五岁，依然康健异常。时当四月下旬，忽大会麾下将佐，嘱以遵守成法，善保石砫。大家看良玉精神如常，都摸头不着。唯有万年不免着慌，却是侍座之间，见祖母谈笑如故，还以为老人家偶耍个孩儿脾气，也是有的。

一日万年从外回宅，刚趄进门首，只见一仆人匆匆迎出道："主人来得正好，太夫人方才有唤哩。"

万年一听，匆匆便走。正是：

　　婺女星沉销剑气，寿山地险障兵氛。

欲知后事如何，且听下回分解。

第二十回

万寿山遗策保黎民
忠贞侯英灵示显报

　　且说万年匆匆趋进祖母静室，只见祖母趺坐于榻，文姆姆侍立榻前，面挂泪痕。万年心下一跳，良玉却笑向文姆姆道："世界上没有不散的筵席，人的生死原是常理，你但遵俺嘱咐，保持万年几年，你也该寻俺去了。"因向万年道："吾一生戎马，幸无负石砫家声。屡膺皇封，位晋宫传。今且年逾七旬，寿登上算。揆之生平，诚无遗憾。今吾殁后，你但遵吾家法，以忠孝长绵世祚罢了。至于人事万变，却在你好自为之。"

　　万年听了，早不禁呜咽流涕。良玉道："吾今还有一事嘱咐你，便是那万寿山地势绝佳，足以避乱。日后倘有兵祸，切须运备赍粮，据保此山。但在那巨灵崖安设关隘，聚众而守，便有一夫当关、万夫莫开之势哩。"说罢，又嘱万年必用明衣冠殓葬。谆谆娓娓之间，忽然眉低目瞑，竟自端坐而逝。

　　于是万年和文姆姆伏地大痛，忙忙殓厝如礼。率合宅人众并麾下将佐等，举哀三日，然后择吉安葬。四方来吊的，宾客阗咽，好不热闹。远近居民感良玉之惠，无不奔走相告，泪眼相看。大家私祭并有摹良玉遗像的，简直举国若狂。到了安葬之期，真个是白幡映天。那一番风光气概，就非笔墨所能形容了。便将良玉葬在石砫东面回龙山下，并立墓碑一通，上面大书：明少保前军都督府都督同知镇将军石砫宣慰使司忠贞侯秦夫人良玉之墓。

　　万年营葬已毕，果然一遵祖母遗嘱，整理武备，有不得主意的事，便和文姆姆商议。文姆姆是被良玉熏陶了一辈子的人，自然胸有成竹。每有擘画，大家无不悦服。

不想过得一年光景，文姆姆因思慕良玉，也便病殁。万年感痛之余，葬以厚礼。只得自家打起精神，整理石砫。这时一班旧将佐业已凋谢不全，亏得万年还能用人，所以石砫声威依然不减。

却是这当儿新朝定鼎未久，各处的桀骜之徒颇有借起义之名，却行盗贼之实的，啸聚徒党，动不动便是数千人。起初戴副假面具，民人不忘故国，自然都箪食壶浆，欢迎恐后。久而久之，他露出强盗真相，民人自然逃避不暇。于是所谓当时义师的，一揭假面，公然做贼。就以四川而论，如袁昶化、李铁刀、崔冠雄等，大小七八股，有的据山劫掠，有的游走肆扰，真是闹得锅开豆烂。所以那孑遗之民，只得大家结合了，寻山隘险地，练起民团民壮，暂保残喘。如江西宁都之魏叔子，兄弟三人，结寨翠微峰，保全乡里，很能名著当时。

这时距石砫百里之遥，便有一股悍贼，那贼魁姓谭名宏，本是著名流贼老狪狪的部下，自张献忠势败，被村民一阵锄头锄死在九宫山下，这小子看势不妙，便投诚在某镇帅麾下。只过得月余，他贼心不死，瞅个冷空子，率手下人大杀大抢，依旧去当他的草头王去了。从此纵横各地，啸聚越众。刻下川中巨贼，总算属他。他那巢穴虽近石砫，却不敢向石砫地面动个寸草，皆因畏惧良玉之故。良玉在时，也因年老意倦，不耐烦去料理他。既至良玉殁后，那谭宏便如孙行者去掉紧箍一般，越发任意胡为。

事也凑巧，当时有一股土寇，也不知因何嫌隙，和谭宏互相厮拼，直闹了两年之久。归根儿谭宏胳膊粗，那土寇渠魁死掉，许多喽啰都归谭宏，这一来谭宏如虎添翼。

万年素来便留意此贼，于是便一遵良玉遗言，就那大山巨灵崖建筑起关隘房舍，一切守御之具无不齐备。又悄悄迁民运粮，都入山中。又恐粮尽被困，便配合了诸葛行军粮，此法便是良玉得于钟朴的。亏得这时谭宏正率众寇抢掠他处，万年得以从容布置。既至谭宏趄回老巢，果然侵犯石砫。无奈巨灵关奇险天生，那谭宏围攻

271

两月之久，反倒死贼无数。因巨灵崖地势既妙，又搭着石砫兵卒训练有方。万年虽没经过战阵，总是将门出将子，所以能保障一方人民。准原其故，还是良玉的遗谋胜算哩。

这时，良玉之弟民屏等也都以军功仕至都督佥事，因无意再入新朝，便回得忠州，隐居不出。和石砫时通音问。

光阴迅速，清朝顺治帝即位业已十六个年头，海内大定，民渐复业。四川地面，也便太平重现。万年便率众纳款，朝廷赐给勅印，许其世袭土司，一如前明。

石砫民人深感良玉之惠，便在万寿山下，择高敞之地，为良玉建一专祠，十分壮丽。那祠中塑像，却戎装跨马，奕奕如生。岁生祭享。居民瞻拜的，还往往流涕。至于良玉所用的玄精剑、霹雳枪，便成了马氏的传家宝物，平日价什袭珍藏，必须春秋家祭时，方将那枪剑并崇祯帝所赐的锦袍玉带等，一一陈列出来。

那万年殁后，历传数世，都以驯谨著称。直到乾隆年间，马氏袭职的有个名叫光裁的，因不谨降为通判，不多几年，即便改土归流，也如平民一般了。但是石砫马氏，自宋朝建炎以来，便抚有境土，历代的储蓄并瑰宝奇珍，也不知有多少。每出一物，往往价值连城。每当春秋节祭，将各种宝器宝物摆列庭中，真是璀璨陆离，光动左右。

俗语说得好，清酒红人面，财帛动人心。当时官吏并左近的七劣牛监，未免馋涎拖得老长，偏搭着光裁猥琐，撑不起台面，却信任了一个族子名光绩的，两人终日厮缠，无非是吃喝嫖赌，结交无赖，完全成了个花花公子的腔调。若论马氏世业，便是十个光裁也够挥霍一世。不想光绩为人阴坏不过，一面奉承光裁任意快活，一面暗地里打主意，想狠狠捞摸光裁的家财，却一时也没机会。

也是合当有事，这时石砫厅丞姓卜名世仁，为人贪婪异常，带了一班恶劣幕客，专门搜刮地面。自他到任，境中富户无不自危。光绩平日以绅士自居，不断地出入官府，和幕客们甚是厮熟。

一日光绩因赌输了一笔大钱，被人家逼索得昏头奋脑，方信步踅到厅衙前，想寻一班公门朋友做个大赌局，捉捉肉头，填这个陷子。却听背后有人唤道："喂，老马哪里去？怎许久没见哪。"

光绩回望，却是厅中幕客彭先生。此人生得木瓜脑袋，干虾身段，圆丢丢两只耗子眼，满脸的阴鸷文。却是满腹机械，森森可畏。当时光绩回问道："你老先生哪里去呀？公务不忙吗？"

彭先生龇着黄板牙笑道："公务虽忙，俺私务更是忙哩。便是小兰那妮子越趁俺没钱，她越耍花样。说不得既当大老官，就得鼓着肚子办。俺方典当了数十两银子，还得像波斯献宝一般，亲自送去。你老兄说，她不是俺前世的娘吗？"说罢，似乎恨恨，却得意到十二分。又凑近光绩，仔细一望，说道："唔呀，怎的你也垂头搭脑呢？"

光绩笑道："告诉你老先生不得。你是穷嫖，俺是穷赌。咱们几时才脱这根穷骨头？"因将输钱的事一说。

彭先生大笑，说道："咱俩人彼此争穷，倒是同病相怜。且到小兰处玩玩吧。"于是不容分说，扯定光绩，便趄向署左小巷。

须臾趄近一家小小门户，彭先生啪啪叩门，便听得有人娇声浪气地应道："谁呀？这当儿便来吃茶吗？俺娘还没起床哩。"

彭先生登时一捏鼻头，细声道："花姐呀，你到底要蝈蝈不要？若不要，俺送给铃儿姐去了。"

里面道："要要。"说着门儿一启，跑出个歪鬓的丫头。

彭先生两手一抖，说道："哟哟，跑掉了。"

那丫头登时拖住彭先生，便揪胡子。彭先生笑骂道："去你娘的，你真个上头扑脸吗？"于是喧笑之间，三人并入。

一看那娼妇小兰正在屋内引逗狸猫玩哩，光绩本是常来的狎客，大家一见，无非是调情打趣。彭先生却皱着眉头道："兰姐儿呀，对不住，你给的限期还得宽容两天才好。俺这个月修金须过十来天方能支取哩。"

小兰听了，登时瞟着眼儿道："也是哩，你有梯里己（满语：即有余钱之意）不定哪里闹场面去？俺们是提不在话下的。"说着眼圈一红，似笑非笑。

只见彭先生一挤眼，却从怀内掏出一包银两，小兰登时咬着牙说道："促狭鬼，我不好骂你的。你们当师爷的，若只等修金应用，倒成了不偷腥的猫儿了。"

于是调笑良久，小兰便含笑趑出，吩咐龟奴等准备中饭，这里光绩和彭先生便闲谈话，各述穷状。彭先生笑道："依我看，你不会穷的。石砫马家何等阔绰，你若会捞摸的，只愁你花不尽的钱哩。"

光绩道："光裁虽零零星星添补俺些，济得甚事？倒是他花冤桶钱却不打算。即如现在被捉的大盗于六，前半月于六还装作个侠客模样，骗了他一大注钱去。说起来也是笑话，那于六说是生平有一恩人，有一仇人，所以漫游四方，欲了恩仇。一日，光裁夜深独坐，忽见灯影一摇，于六闯然而入，一手仗剑，一手提着个血淋淋的皮囊。光裁大骇之下，于六慨然道：'今俺仇头到手，便当别君远去。可巧俺那恩人便在左近某处，俺想从足下暂借千金，以了生平心愿。不知足下能有此高谊吗？'说罢，抛下皮囊，叉手道：'此中便是俺仇人的首级，等俺送金回头，用药末化掉他。'光裁见此光景，立刻命俺由账房中支给他千金。"

彭先生一面听，两只椒圆鼠眼只管霍霍上耸，至此忙问道："那么这本银账簿总在你手中了？"

光绩道："是的。当时于六取银去后，可笑那呆子光裁直等到次日过午，于六也没转来。只闻得皮囊内腥臭扑鼻，打开一看，却是他娘的个大狗头。"

彭先生大笑道："妙哇！有这等事，你何不早说？咱还愁穷做什么？"

光绩听了，只瞪着眼发怔。彭先生笑道："你真是呆子。咱们发财的机会到了。"因和光绩附耳良久。

光绩道："妙可是妙，只是咱这颗心，歪到胯骨上去了。"

彭先生大笑道："既要发财，不怕一颗心从屁股眼掉出去，有什么要紧？"

于是两人计定，匆匆别过，各去安排陷阱。

且说光裁这日正在闷坐，只见两个公差手持绿头签，红圈票，大踏步直入，不容分说，黑索一飞，拉了光裁直赴厅丞公堂。卜世仁沉着脸子，猴在座上，拍案大喝道："现有大盗于六扳你伙盗窝

274

藏，可从实招来，免得皮肉受苦。"

光裁虽觉自己认识于六，不大方便。还以为被骗银两之事，除光绩外，没人知得。因极口声屈，咬定不识于六。

卜世仁喝道："带证人！"

须臾，光绩捧着账簿匆匆上堂。卜世仁抛下账簿，命光裁看道："账上明明记着某月某日，于六支取千金。伙盗证实，你还抵赖吗？"

光裁没奈何，一说被骗之由。世仁哪里肯听，便登时杖了一顿，下在监内。因那于六案情甚重，关乎叛逆，卜世仁狠心辣手，定了光裁死罪不必说，还竟将马氏家财籍没。于是数代之菁英，顷刻散尽。彭先生和光绩自然大得其意，脱去穷骨。

哪知天道好还，神怒难犯。若都这样，便没事一大堆，还有天理报应吗？何况秦良玉生而为英，死而为灵，岂得没有警示？

一日那厅丞正和彭先生促坐密语，彼此谈到暴得大财，都喜笑得抹蜜似的。忽见左右人此出彼入，纷纷耳语，像煞有介事似的。厅丞漫问道："什么事呀？"

左右道："好叫老爷得知，便是那个马光绩忽然披发持刀，两眼滴血，类似疯狂，一径地跑向街坊，向大众直陈过恶，并向空中连呼祖奶奶饶命，竟自剖腹死掉。"

厅丞和彭先生方叫道一声啊呀，微风起处，便见一女将军甲胄仗剑，冉冉而入，瞋目一视，神光四射。厅丞见过良玉画像的，当时和彭先生大叫跌倒，只喊得一声秦夫人饶命，登时呕血满地，死掉一对儿。这段逸事见于明人纪录，虽近神话，作者因旨重膺惩，也就不忍割爱了。

说到这里，秦良玉全传已毕，这才是咱中国的军人模范哩。正是：

史册芬芳说巾帼，武功炳耀愧须眉。

275

图书在版编目(CIP)数据

荒山侠女·巾帼英雄秦良玉 / 赵焕亭著. — 北京：
中国文史出版社，2019.3

(民国武侠小说典藏文库·赵焕亭卷)

ISBN 978 – 7 – 5205 – 0956 – 5

Ⅰ. ①荒… Ⅱ. ①赵… Ⅲ. ①侠义小说 – 小说集 – 中国 – 现代 Ⅳ. ①I246.5

中国版本图书馆 CIP 数据核字(2018)第 276251 号

点　　校：袁　元

责任编辑：卢祥秋

出版发行：**中国文史出版社**

社　　址：北京市海淀区西八里庄 69 号院　邮编：100142

电　　话：010 – 81136606　81136602　81136603（发行部）

传　　真：010 – 81136655

印　　装：廊坊市海涛印刷有限公司

经　　销：全国新华书店

开　　本：720×1020　1/16

印　　张：18.75　　字数：270 千字

版　　次：2019 年 3 月第 1 版

印　　次：2019 年 3 月第 1 次印刷

定　　价：66.00 元